O DOMÍNIO DAS SOMBRAS

KATY ROSE POOL

O DOMÍNIO DAS SOMBRAS

SÉRIE A ERA DA ESCURIDÃO, LIVRO 2

Tradução
Natalie Gerhardt

Copyright © 2020 by Katy Rose Pool

Grafia atualizada segundo o Acordo Ortográfico da Língua Portuguesa de 1990, que entrou em vigor no Brasil em 2009.

Título original
As the Shadow Rises

Capa
Mallory Grigg

Ilustração de capa
Jim Tierney

Mapa
Maxime Plasse

Preparação
João Pedroso

Revisão
Natália Mori Marques
Maitê Acunzo

Dados Internacionais de Catalogação na Publicação (CIP)
(Câmara Brasileira do Livro, SP, Brasil)

Pool, Katy Rose
  O domínio das sombras / Katy Rose Pool ; tradução Natalie Gerhardt. — 1ª ed. — Rio de Janeiro : Suma, 2021.

  Título original: As the Shadow Rises
  ISBN 978-85-5651-125-6

  1. Ficção norte-americana I. Título.

21-70828   CDD-813

Índice para catálogo sistemático:
1. Ficção : Literatura norte-americana   813

Cibele Maria Dias – Bibliotecária – CRB-8/9427

[2021]
Todos os direitos desta edição reservados à
EDITORA SCHWARCZ S.A.
Praça Floriano, 19, sala 3001 — Cinelândia
20031-050 — Rio de Janeiro — RJ
Telefone: (21) 3993-7510
www.companhiadasletras.com.br
www.blogdacompanhia.com.br
facebook.com/editorasuma
instagram.com/editorasuma
twitter.com/editorasuma

Para Lucy, que disse que o amor é a mensagem

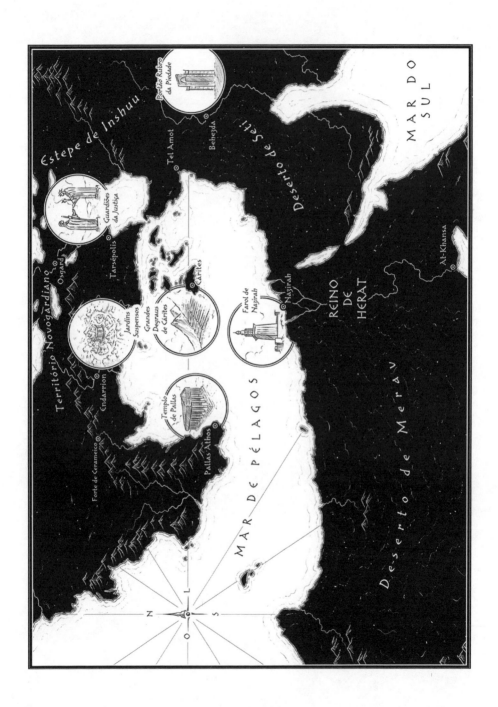

PARTE I
GRAÇA E FOGO

# 1

EPHYRA

Ninguém no salão de apostas enfumaçado sabia que uma assassina caminhava entre eles. Ephyra observava a multidão agitada composta de marinheiros e golpistas gritando e brigando nas mesas de jogos com dados, moedas e cartas espalhadas na superfície, enquanto dentes e joias brilhavam na luz difusa. Ninguém prestava atenção nela e, se estivesse ali para matar alguém, teria sido fácil demais.

Mas Ephyra não estava em busca de uma vítima naquela noite. Estava em busca de respostas.

Passara mais de uma semana seguindo os rumores sobre o Rei Ladrão em cada casa de apostas de Tel Amot, clandestina ou não, antes de finalmente conseguir uma pista graças a uma mulher que lhe vendera vinho no Mercado Noturno. Não era muito, apenas um lugar e um nome — Shara, que estaria na Chacal Risonho.

Ephyra abriu caminho pelo chão grudento em direção ao bar, desviando-se de uma briga que tinha começado por causa do carteado.

— Você viu minha amiga Shara por aí? — perguntou Ephyra quando um atendente lhe lançou um olhar de expectativa. — Marquei de me encontrar com ela aqui. Ela já chegou?

O atendente olhou sério para ela.

— Tenho cara de pombo-correio? Peça uma bebida ou dê o fora.

Ephyra cerrou os dentes e colocou duas virtudes de cobre na mesa.

— Está bem. Vinho de palma.

O atendente pegou as moedas do balcão e desapareceu no salão dos fundos. Ephyra observou enquanto ele saía, enfiou a mão na bolsa e passou um dos dedos pela lombada do diário do pai. Passara dias lendo as páginas, buscando pistas além da breve carta endereçada ao pai no verso do mapa que, supostamente, mostrava todos os lugares em que ele esteve em busca do Cálice de Eleazar.

O mesmo objeto que Ephyra buscava agora. A única coisa capaz de salvar a vida da irmã.

Analisara os desenhos do pai e as poucas linhas rabiscadas nos cantos das páginas. Havia apenas uma coisa que se sobressaía. Seis palavras rascunhadas abaixo do desenho do rosto de um homem bonito.

O Rei Ladrão tem a chave.

Na semana anterior, descobrira que o Rei Ladrão era um acadêmico acabado da Grande Biblioteca de Nazirah que abandonara os estudos para procurar um artefato lendário chamado Escudo Branco de Pendaros. Ele percebera que levava jeito para procurar tesouros e lendas e se autointitulara Rei Ladrão. Além do Escudo Branco, diziam que seu bando roubara diversos outros artefatos lendários — o Véu de Rubi, as Flechas Flamejantes de Lyriah, o Olho do Deserto.

No entanto, de acordo com a carta que encontrara escondida no diário do pai, o bando não roubara o Cálice de Eleazar.

Ephyra se sobressaltou quando o atendente colocou um copo lascado de vinho diante dela.

Ele fez um gesto com o queixo por sobre o ombro de Ephyra.

— Lá está sua amiga.

Ouviram o estalo de madeira quebrando e Ephyra se virou. A uns três metros, uma garota estava parada de costas para uma das mesas de carteado. Uma coleção de pulseiras e pingentes tilintava ao redor do pulso, e uma trança frouxa caía sobre o ombro. Estava entre dois homens e, diante de seus pés, havia os restos de uma cadeira quebrada.

— Eu deveria saber que um cretino chorão como você não tem palavra — gritou a garota. — Devolva o meu dinheiro ou vou...

— Vai o quê? — provocou o homem com um sorriso de deboche. — Nos irritar até...

A garota acertou um murro na cara dele, depois agarrou o tecido da camisa do homem e o puxou para mais perto.

— Dê. Meu. Dinheiro.

— Você vai pagar por isso — rosnou ele.

O homem levantou a mão e bateu no rosto dela, que cambaleou para trás enquanto outro homem avançava.

Ephyra praguejou baixinho. *Claro* que a pessoa que era sua pista tinha que ser uma completa idiota. Cruzando a alça da bolsa no peito, Ephyra se colocou entre Shara e os dois homens e empurrou a garota para trás.

— Hora de ir para casa — declarou Ephyra para os homens.

— E quem você pensa que é para nos dizer o que fazer? — rosnou um deles.

— É, que história é essa? — disse a garota. — Estamos em uma negociação.

— Estou tentando te salvar de um desmembramento — retrucou Ephyra. — Então, se eu fosse você, ficaria quietinha.

— Saia do nosso caminho.

O homem se aproximou para empurrar Ephyra com uma mão pesada.

Ephyra desviou e colocou a faca no pescoço dele antes que o homem tivesse a chance de piscar.

— E eu sugiro que *você* fique bem longe do *meu* caminho.

Ephyra sustentou o olhar surpreso do homem, esperando para ver o que ele ia fazer. Se testaria o que parecia ser um blefe ou se a faca o assustaria.

Claro que não era a faca que ele deveria temer. Mas o homem não sabia.

Ele levantou as mãos.

— Tá legal. — Ele apontou para Shara. — Isso não acabou.

Ephyra esperou um momento, e então estendeu a mão para pegar o braço de Shara, empurrando-a para longe dos homens.

Depois de alguns passos, Shara de repente a empurrou em direção a uma mesa de carteado próxima. Ephyra bateu forte com o quadril e cambaleou para recobrar o equilíbrio.

— Qual é o seu *problema*...

O protesto de Ephyra morreu nos lábios quando viu o que estava acontecendo. O homem que ameaçara antes estava segurando um dos pés de uma cadeira quebrada. Shara tinha acabado de tirá-la do caminho do golpe.

— Eu devia ter imaginado que você jogaria sujo — desdenhou Shara. — Uma vez trapaceiro, sempre trapaceiro. Pode ficar com o dinheiro. Você não é digno do meu tempo.

Ela se afastou deles e esperou até estar a uns dez passos de distância, antes de se virar e sair correndo do salão.

Ephyra saiu correndo atrás dela e a alcançou perto da porta dos fundos.

— Um conselho — disse Shara. — Nunca dê as costas para canalhas.

A cada passo, suas pulseiras tilintavam. Ephyra agora via os anéis polidos nos dedos e o colar de contas em volta do pescoço.

— Suas negociações costumam ser assim?

— Você obviamente é nova por aqui — respondeu Shara. — Quer alguma coisa? Era melhor ser direta.

— Estou à procura do Rei Ladrão. Me disseram que você poderia ajudar.

Shara arqueou as sobrancelhas.

— É mesmo?

— Você pode me ajudar?

Shara franziu o cenho.

— Só existem dois motivos para procurar o Rei Ladrão. — Ela levantou um dedo. — Primeiro, se está buscando alguma coisa. — Ela levantou outro dedo. — Segundo, se ele roubou alguma coisa sua. Então, qual é o seu caso?

— Então você o conhece.

— Não falei que sim.

— Mas você o conhece — retrucou Ephyra. — Pode me levar até ele?

Ela avaliou Ephyra, passando os olhos pelas botas gastas e pela capa esfarrapada, demorando-se na cicatriz que fora o presente de despedida de Hector Navarro, pouco antes de Ephyra acabar com a vida dele.

— Depende.

— De quê?

— De você estar disposta a pagar o preço.

Ephyra sentiu um frio na barriga.

— Que tipo de preço?

— Do tipo que todo ladrão deseja.

Ephyra sentiu um aperto no peito.

— Não tenho muito dinheiro.

— Não é dinheiro — disse Shara. — Estou falando de tesouro.

— Bom, também não tenho nenhum tesouro.

— Claro que tem — contradisse Shara. — Todo mundo tem. O tesouro só precisa ser valioso para a pessoa que está abrindo mão dele.

Ephyra avaliou tudo que tinha. Seus pertences eram poucos. Não poderia abrir mão do diário do pai, uma vez que poderia ter mais pistas a serem descobertas. Com certeza não queria se desfazer da adaga. Tel Amot já provara ser uma cidade nada confiável e, se quisesse sair de lá ilesa e sem fazer nenhuma nova vítima como Mão Pálida, precisava ter algo com que se defender. Aquilo a deixava apenas com uma opção, embora Ephyra sentisse um aperto no peito diante do pensamento de se desfazer daquilo.

— Aqui — disse ela, tirando o bracelete do pulso.

Era a última coisa que Beru tinha feito antes de sair de Pallas Athos, usando pedaços de cerâmica quebrada e a tampa de uma garrafa de cristal que Ephyra levara para ela. Ephyra tinha encontrado o bracelete entre os pertences das duas no santuário incendiado. Ainda se lembrava do pânico que sentira ao perceber que Beru tinha partido. Engolia esse mesmo pânico agora enquanto Shara aceitava o bracelete e o girava por entre os dedos finos.

— O que foi? — perguntou Ephyra com impaciência. — Você precisa que eu conte uma história triste?

A garota a olhou.

— Não. Desde que *haja* uma história triste. Venha comigo.

Ela abriu a porta dos fundos para um pátio ladeado por tamareiras. Havia um pouco de gente por ali, algumas bêbadas demais para ficarem de pé. Shara a guiou pelo pátio e desceram por um passadiço.

— O que você fez? — perguntou Shara, casualmente. Ela desenhou uma linha no próprio rosto, indicando a cicatriz de Ephyra. — Essa é a marca de um criminoso em Behezda.

— Não sou de Behezda — respondeu Ephyra.

Aquela pergunta de repente explicou um monte de olhares estranhos e cautelosos que vinha recebendo. Mais ninguém, porém, tivera coragem de perguntar.

Chegaram ao fim do passadiço, que terminava com alguns degraus até a terra fria.

— Aqui estamos — disse Shara, fazendo um gesto para Ephyra descer.

Ephyra hesitou.

— Ah, vamos lá — disse Shara, revirando os olhos. — É você que tem uma faca.

Ela desceu, seguida por Shara. Lá embaixo, uma porta se abria para um aposento retangular comprido com pé-direito baixo. Havia uma escrivaninha e uma cadeira de couro bem no meio, cercadas por diversas prateleiras lotadas de livros e outros objetos.

Não havia mais ninguém lá.

Ephyra olhou em volta enquanto Shara fechava a porta atrás delas.

— Quanto tempo temos que esperar?

— Esperar pelo quê? — perguntou Shara, contornando a mesa e se servindo de vinho de palma de um decantador de cristal.

— Você disse que ia me levar para um encontro com o Rei Ladrão.

— Ah, certo — respondeu Shara, parecendo entediada. Ela se sentou na cadeira de couro e colocou os pés calçados com pesadas botas, em cima da escrivaninha. — Prazer em conhecê-la.

Ephyra espalmou as duas mãos na mesa e se inclinou ameaçadoramente para Shara.

— Não me faça perder tempo. Sei que você não é o Rei Ladrão. Ele é um homem, um antigo acadêmico da Biblioteca de Nazirah.

— O Rei Ladrão *era* um homem — disse Shara, levantando o braço para a luz como se estivesse admirando o bracelete de Ephyra. — Ele está morto agora.

— Não — disse Ephyra com mais ênfase do que desejava. — Não pode ser. Preciso falar com ele. É importante.

— Ah, é *importante* — disse Shara. — Por que não disse logo? Nesse caso, vou até ali desenterrá-lo e podemos ressuscitá-lo.

Ephyra ofegou, assustada. Por um instante, perguntou-se se Shara sabia, de alguma forma, o que ela era. Que ela conseguia ressuscitar os mortos e que já tinha feito isso antes. Mas aquilo era impossível.

— Se o Rei Ladrão está morto, por que você está se chamando assim? — perguntou Ephyra, se recompondo.

Shara deu de ombros.

— Não consegui pensar em um nome melhor.

Ephyra levantou uma das sobrancelhas.

— Você quer a verdade? — perguntou Shara. — O Rei Ladrão tem uma certa reputação. Que tenho certeza de que você conhece bem, já que se esforçou tanto para encontrá-lo. Quando ele bateu as botas, imaginei que seria uma pena deixar a reputação morrer junto com ele. Ela vem com muitas vantagens: contatos úteis, intimidação, coisas assim.

— Você está trabalhando como o Rei Ladrão? — perguntou Ephyra. — Roubando artefatos lendários em nome dele?

— Exatamente.

— Você o conhecia?

A expressão de Shara endureceu de repente.

— Sim, eu o conhecia.

Ephyra conhecia aquela expressão muito bem — o olhar de alguém tentando desesperadamente não demonstrar tristeza.

— Então talvez você possa me ajudar, no fim das contas — disse Ephyra, pegando o diário do pai na bolsa. — Seu antecessor mandou uma carta para o meu pai.

Passou pelas páginas do diário e tirou a carta que estava entre elas. Shara a pegou com cuidado.

Ephyra já conhecia as palavras de cor. *Aran, temo que não possamos ajudá-lo dessa vez. Se o Cálice realmente existir, é melhor não procurá-lo. A única coisa que você achará é uma morte rápida.*

— E ele achou? — perguntou Shara, erguendo os olhos da carta.

— O quê?

— Seu pai. Achou uma morte rápida?

— Não — respondeu Ephyra. — Ele morreu logo depois de receber esta carta. Mas ficou doente. Foi uma morte lenta. — Não queria falar sobre aquilo com Shara. — Você pode me dizer se esta carta realmente foi escrita pelo Rei Ladrão?

Shara olhou para a carta, franzindo as sobrancelhas.

— Me parece a letra dele. Esse cálice que ele menciona... É o Cálice de Eleazar?

— Você já ouviu falar?

O sorriso de Shara brilhou como o fio de uma faca.

— Todo ladrão de tesouros do mundo já ouviu falar do Cálice de Eleazar.

— E algum deles já o encontrou?

Shara riu.

— Você leu a carta. Meu antecessor era o ladrão mais corajoso e destemido de todos. E ele não queria nem chegar perto daquilo. Então, o que isso lhe diz?

— Ela não esperou pela resposta de Ephyra. — Agora me fale, por que seu pai estava procurando uma coisa dessas?

— É o que estou tentando descobrir — respondeu Ephyra. — Acho que meu pai devia conhecer seu antecessor... Talvez muito bem. Ele nunca falou dele para mim, mas a carta me faz achar que eles já tinham trabalhado juntos. Meu pai era comerciante.

Shara assentiu.

— Nós trabalhamos muito com comerciantes... São nossos intermediários, encontram os compradores certos para os artefatos.

— Então você acha que meu pai talvez estivesse pedindo o Cálice para uma outra pessoa?

— Talvez — respondeu Shara. — Embora eu duvide muito. Acho que não existe ninguém louco o suficiente em Pélagos oriental para tentar fazer essa venda.

Ephyra estremeceu. Não conseguia deixar de pensar que o pai *estivera* em busca do Cálice para outra pessoa — ela. Mas não sabia o que aquilo significava. A mãe e o pai sempre a proibiram de usar sua Graça — não parecia muito provável que estivessem procurando pela coisa que a tornaria ainda mais forte.

Talvez... talvez de alguma forma o pai soubesse que a Graça de Ephyra fosse maligna. *Errada*. Talvez ele soubesse do que ela era capaz, e talvez achasse que o Cálice podia *curá-la*.

Você precisa terminar o que seu pai começou. Foi isso que a sra. Tappan lhe disse em Medea. Se tinha alguma esperança de salvar Beru, precisava encontrar o Cálice.

Shara interrompeu seus pensamentos.

— Você não é a primeira pessoa que pergunta sobre o Cálice de Eleazar. De vez em quando algum tolo começa a procurá-lo.

— Meu pai não era tolo — irritou-se Ephyra.

— Só estou comentando — disse Shara, levantando as mãos como um pedido de desculpas. — Não é a primeira vez que alguém procurando o Cálice acaba morto.

— Eu disse que meu pai adoeceu.

Shara levantou uma das sobrancelhas.

— Existem muitas formas de se matar alguém.

— Você acha que existe alguém impedindo que o Cálice seja encontrado?

— Tenho minhas teorias — retrucou Shara. — Pensando bem, de um tempo para cá parece que andam falando muito sobre o Cálice. Mais do que o normal.

Essa informação sobressaltou Ephyra. Além da sra. Tappan, quem mais poderia estar perguntando sobre o Cálice de Eleazar? Não podia ser coincidência.

Shara olhou para ela.

— Você sabe mais do que está me dizendo, não é?

Ephyra a encarou. Não podia contar o verdadeiro motivo de estar perguntando sobre o Cálice. Que aquela era a única esperança de salvar Beru. Que, depois de anos matando para manter a irmã viva, finalmente tinha ido longe demais — matara Hector Navarro, e Beru não tinha sido capaz de perdoá-la. Ela havia partido, preferindo encarar a própria morte a permitir que Ephyra continuasse matando. E agora o Cálice era a única chance que tinha de impedir que isso acontecesse.

— Você está certa — disse Ephyra, por fim. — Não quero só saber por que meu pai estava procurando o Cálice. Quero encontrá-lo também. *Preciso* encontrá-lo.

— E você quer minha ajuda? — perguntou Shara, cruzando um pé por cima do outro na mesa. — Mesmo depois de tudo que contei?

— Você é o Rei Ladrão, não é?

— Sou — respondeu Shara. — Mas falei que só tolos procuram o Cálice.

Ephyra sentiu o coração trovejar nos ouvidos e um nó se formar na garganta.

Abruptamente, Shara tirou os pés da mesa e se levantou, dobrando a carta do pai de Ephyra com cuidado.

— Para sua sorte, eu *sou* tola.

Ephyra hesitou enquanto Shara se aproximava dela com a mão estendida.

— Aceito o serviço.

— Serviço? — repetiu Ephyra. — Eu disse, não tenho muito dinheiro.

Shara deu de ombros.

— A gente resolve isso depois. Então, você aceita ou não?

Ephyra estreitou os olhos.

— Por que você ia querer me ajudar, depois de tudo que acabou de dizer?

Shara fez um gesto com a mão.

— Eu gosto da glória e costumo ignorar as consequências. E você me encontrou em um momento de poucos negócios. Fico entediada quando não tenho muita coisa para fazer. Você quer ficar parada aqui e discutir ou quer encontrar o Cálice?

Ephyra apertou a mão de Shara, o coração acelerado. Naquela manhã, tudo que tinha era um nome, um lugar e um pouco de esperança. Agora ela tinha uma genuína ladra de tesouros ao seu lado e, pela primeira vez, acreditava que realmente pudesse conseguir. *Aguente firme, Beru*, pensou com fervor. *Só fique viva mais um pouquinho.*

Shara sorriu e elas trocaram um aperto de mãos.

— É um prazer fazer negócios com você.

2

JUDE

Pela primeira vez nos dezenove anos de Jude, o Tribunal foi convocado no forte de Cerameico.

Embora Jude não soubesse o motivo, a última vez que o Tribunal se reunira havia sido antes de seu nascimento. A prática do Tribunal era manter todos os registros dos procedimentos em segredo. A única pessoa que tinha acesso aos registros, além do próprio Tribunal, era o Guardião da Palavra — embora Jude mal tivesse tido tempo de exercer aquele direito.

Havia uma estátua de cada lado da entrada da Câmara do Tribunal — uma de Tarseis, o Justo, e a outra de Temara, a primeira Guardiã da Palavra, que se colocara a serviço dos Profetas quase dois mil anos antes. Jude parou por um momento ao lado da estátua de sua ancestral. Ela brilhava na luz da manhã e seu olhar forte vigiava a fortaleza. Era uma guerreira, uma soldada, assim como Jude. Devotada a uma causa maior do que ela mesma. Imaginou se teria sido fácil para ela desistir de tudo que era calmo e reconfortante em troca de uma armadura fria de aço.

— Jude. — A voz do pai soou atrás dele.

O antigo capitão Weatherbourne estava no meio da passagem e seus ombros largos ocupavam todo o espaço. A barba grossa tinha começado a ficar grisalha e, embora o pescoço não fosse mais adornado com o cordão de ouro do Guardião, ele ainda mantinha a postura da função.

— Você não deveria estar aqui — disse Jude. — A não ser que tenha recebido autorização para participar.

O pai meneou a cabeça.

— Só vim mais cedo para ver você. Tudo que acontecer é entre você e o Tribunal. — Ele colocou a mão no ombro de Jude. — E não estou preocupado com você, meu filho. Serão apenas perguntas sobre o que aconteceu com Navarro, sobre o que o levou a desertar.

Jude ouvira alguns rumores. Alguns o deixaram com mais raiva do que achava possível, como um que dizia que Hector havia desertado a Ordem para criar um filho que tivera antes de fazer o juramento. E outros... estavam perto demais da verdade.

— Se decidirem que Hector é culpado de deserção...

Jude parou de falar. Não queria pensar no que aconteceria. Ainda se lembrava da expressão séria nos olhos do pai quando explicara que parte das obrigações que teria como Guardião da Palavra era ser o único a fazer cumprir o juramento paladino e administrar pessoalmente — de forma rápida e irrevogável — a punição, se alguém o quebrasse.

Com um expressão séria e solene, o pai apertou o ombro de Jude com mais força. Jude sabia o que ele estava pensando — que a condenação de Hector seria inevitável.

— Ninguém ao menos sabe onde ele está — declarou Jude em voz baixa. Aquele dia em Pallas Athos, quando lutara contra Hector nas ruínas do santuário, tinha sido a última vez que vira o amigo. — Ele pode estar do outro lado do mundo.

— O Tribunal vai decidir o que será feito — retrucou o pai. — Só conte tudo que sabe.

Com os nervos à flor da pele, ele assentiu. O pai não sabia exatamente o que se passara em Pallas Athos, além do fato de que os acontecimentos tinham levado Jude a encontrar o Último Profeta.

— Quando o Tribunal acabar, estarei aqui para te apoiar. E apoiar o Profeta — disse o homem. — É nisso que precisamos nos concentrar.

Anton. Jude ainda tinha dificuldade de pensar nele como o Profeta. Logo que o conhecera, em Pallas Athos, ele parecera um ladrãozinho e um apostador — um jogador que salvara a vida dele. Estava o evitando desde a volta para Cerameico. Ele compreendia Jude com tanta facilidade que temia que, se passassem algum tempo sozinhos agora, bastaria que Anton o olhasse para ler todos os pensamentos que tomavam a mente de Jude. Não podia arriscar, não com a ameaça do Tribunal pairando sobre ele.

O pai afastou a mão do ombro dele e o deixou passar sozinho pelas portas que levavam à Câmara do Tribunal.

A Câmara era composta de plataformas de pedra em volta de um círculo central, no qual ladrilhos azuis e cinza formavam a estrela de sete pontas da Ordem. Os membros do Tribunal estavam nas plataformas em meia-lua, observando Jude entrar. Eram uma mistura de Paladinos e administradores, embora todos usassem uma capa cinza para a ocasião. Cada um também usava um broche com a balança de Tarseis, o Justo, e o rosto coberto para manter o sigilo. Qualquer um poderia estar por trás do véu — antigos professores de Jude, vigias que poderiam guardar rancor, até mesmo seu pai, se Jude não o tivesse encontrado dois minutos antes.

Ele baixou a cabeça ao chegar ao centro do círculo. À esquerda, Penrose e o resto da Guarda estavam nos bancos de pedra no perímetro.

O magistrado, nomeado para conduzir o interrogatório do Tribunal, deu um passo à frente do resto do grupo. Diferente dos outros, não usava máscara, e Jude se lembrou vagamente dele — não um guerreiro, mas um administrador, responsável pela manutenção das defesas da fortaleza.

— Foi convocada a octogésima primeira sessão do Tribunal de Cerameico — declarou o magistrado. — O Tribunal gostaria de começar atestando a circunstância incomum que levou a esta sessão. Nunca antes um Guardião da Palavra foi interrogado em um dos julgamentos.

— Estou aqui por livre vontade e colaborarei de qualquer forma que o Tribunal precisar — disse Jude.

O magistrado assentiu, satisfeito.

— O objetivo deste julgamento é determinar se o juramento do Paladino da Ordem da Última Luz foi quebrado, quais circunstâncias levaram à suposta quebra de tal juramento e quais medidas devem ser tomadas para resolver a questão. Questionaremos todos os envolvidos com conhecimento direto das circunstâncias. O Tribunal convoca primeiro Jude Adlai Weatherbourne para depor.

Jude ocupou a cadeira de pedra no alto do púlpito de mármore preto.

— Capitão Weatherbourne, por favor nos conte os eventos que precederam a partida de Hector Navarro de Pallas Athos.

Jude respirou fundo. Talvez conseguisse convencê-los de que Hector deixara a Guarda a serviço da Ordem. Talvez, dessa forma, Hector pudesse voltar um dia. Começou a relatar como ele e Hector tinham ido à fortaleza de Pallas Athos. Como haviam descoberto a Mão Pálida lá.

— E como sabia que se tratava da Mão Pálida? — questionou o magistrado.

Jude hesitou. A verdade se voltaria contra Hector e faria com que parecesse que ele agira movido pelo desejo de vingança. Exatamente como Jude o acusara de fazer, no fim das contas.

— Ele a reconheceu — disse por fim. — Ele já tinha visto ela matar antes. Sabia do que era capaz.

A mesma fúria e sofrimento que rasgaram seu peito naquele dia pareceram formar um nó na sua garganta. Engoliu em seco, obrigando-se a explicar como Hector tinha voltado à fortaleza na manhã seguinte e a própria decisão que tomou de segui-lo.

— E quando deixou a vila naquela manhã, o que pretendia fazer? — perguntou o magistrado.

Não era uma pergunta que Jude tinha previsto. Imaginou o que o magistrado queria descobrir com aquela resposta.

— Meu objetivo era encontrar Hector. Achei que poderia convencê-lo a voltar comigo.

Jude fez outra pausa. Aquela era a parte mais crítica da história. Tanto para o Tribunal quanto para ele. O momento quando os dois lutaram e Hector o deixara sangrando no chão das ruínas do santuário. Mesmo agora, ao recontar os fatos, Jude se sentia mal.

— E não o achou? — perguntou o magistrado.

— Ele... ele sentiu que tinha que cumprir sua própria missão. Encontrar a ressurgida que ele acreditava ser o último arauto — declarou Jude.

Assim como o resto dos Paladinos, o Tribunal todo conseguia sentir se alguém estava mentindo por mudanças mínimas nos batimentos cardíacos, no cheiro, no hálito. Aquilo não era mentira — só não era toda a verdade.

— Se ele tinha razão, então suas ações talvez tenham impedido a Era da Escuridão.

— É mesmo? — perguntou o magistrado. — Capitão Weatherbourne, a questão aqui não é se as ações de Hector foram erradas. Não estamos aqui para determinar o que ele fez, mas o motivo de ter feito. A violação do pacto sempre começa no mesmo lugar: no coração.

— Apenas Hector pode dizer exatamente o que sentiu no coração quando partiu. — Mas Jude sabia um pouco da história.

As palavras que Hector jogara na cara de Jude — dizendo que jamais deveria ter aceitado um lugar na Guarda — ainda reverberavam.

— E, se ele estivesse aqui, eu perguntaria a ele — retrucou o magistrado de forma direta.

Jude olhou para o punho cerrado. O magistrado estava certo. Não importava o que dissesse para defendê-lo, a verdade pura e simples era que Hector não estava ali. Ainda assim, Jude alimentava a esperança de que voltasse um dia. Mas, no fundo do coração, sabia que não importava se o Tribunal o condenasse como traidor. Ele nunca mais ia voltar.

— Muito bem — disse o magistrado com voz suave. — Em nome do Tribunal, agradecemos sua participação hoje.

Jude se sentia dormente ao se levantar do banco e se retirar do círculo.

— O Tribunal convoca Moria Penrose para depor — disse o magistrado.

Penrose entrou no círculo, parando um momento ao lado de Jude. Ela não o olhou, mas ele ouviu a respiração agitada quando ela passou e subiu no púlpito.

— Paladina Penrose, você concorda com a versão do capitão Weatherbourne em relação aos eventos que levaram à partida de Hector Navarro? — perguntou o magistrado.

— Sim, concordo.

— Você tem alguma coisa a acrescentar?

Jude olhou para Penrose. Ele deixara de fora algumas coisas, principalmente como Penrose tentara desesperadamente impedi-lo de partir. Mas, ao olhar para o magistrado, ela simplesmente fez que não com a cabeça.

— Tudo aconteceu como Jude relatou.

— Muito bem — disse o magistrado com animação. — Agora, eu gostaria de voltar ao dia em que Hector Navarro regressou à Ordem. Você se lembra de falar com alguém sobre a volta de Navarro naquele dia?

— Conversei com o capitão Weatherbourne — respondeu Penrose. — Theron Weatherbourne, no caso.

— E o que ele disse?

— Que se preocupava com a volta de Hector e com o juramento que faria.

Jude fincou as unhas na palma das mãos. Conhecia as preocupações do pai em relação à nomeação de Hector para a Guarda Paladina — mas não sabia que a preocupação dele se estendia ao retorno de Hector como um todo.

— Você compartilhou essas preocupações?

Penrose pareceu escolher as palavras com cuidado.

— É raro que um membro da Ordem deixe Cerameico por livre e espontânea vontade. E é ainda mais raro voltar depois de ter partido. Todos tínhamos dúvidas.

— E qual foi sua resposta para as preocupações do capitão Theron Weatherbourne? — perguntou o magistrado.

— Eu disse que achava que Jude talvez escolhesse Navarro como membro da sua Guarda. — Penrose fez uma pausa. — E que eu não achava uma boa ideia.

O magistrado detectou a hesitação de Penrose como um cão farejando sangue.

— E foram essas as palavras que você usou?

— Não — respondeu Penrose.

— E quais foram, então?

Penrose lançou um olhar para Jude.

— Falei que, para mim, aquele seria o pior erro que Jude cometeria na vida.

As palavras atingiram Jude como um soco. Ele soubera que Penrose se preocupava com a possível volta de Hector, mas não tinha ideia do quanto. Foi ainda mais chocante o fato de ela ter falado com o pai dele daquela forma, pois beirava a insubordinação ao futuro Guardião. Penrose devia ter noção disso, o que significava que sua desconfiança em relação a Hector era importante o suficiente para se arriscar daquele jeito.

— Você sentia que seria um erro por causa das questões que envolviam Hector Navarro? — perguntou o magistrado em um tom quase gentil. — Por ter medo de que Navarro não se comprometesse com o juramento?

Penrose baixou o olhar. Chegara o momento. Apesar de suas tentativas de proteger Hector, as desconfianças de Penrose em relação a ele significavam que seria condenado como traidor. Sentenciado à morte.

Penrose respirou fundo e fechou os olhos.

— Não.

Jude sentiu a esperança tremular no peito.

— E qual era o motivo da sua objeção? — quis saber o magistrado.

Penrose respondeu com um ligeiro tremor na voz:

— Eu temia que Jude estivesse apaixonado por Hector. E, embora eu soubesse o quanto Jude era totalmente comprometido e fiel às suas obrigações, eu também temia que, se Hector estivesse com ele, os sentimentos de Jude pudessem comprometê-lo.

Jude sentiu todo o corpo esquentar e esfriar ao mesmo tempo, como se tivesse sido queimado pelo Fogo Divino. Cinzas preencheram seus pulmões e a boca do estômago. Aquele era o momento que temia desde os dezesseis anos de idade, quando percebera que seu compromisso com o destino não era tão inabalável quanto pensara. O momento quando todas as dificuldades, fracassos e indignidade seriam expostos diante de toda a Ordem. Quando veriam que, em vez de um coração sólido, dentro do peito de Jude batia uma coisa sensível e selvagem.

— Na sua opinião, os sentimentos de Jude Weatherbourne o comprometeram? — perguntou o magistrado com voz suave.

Penrose baixou o olhar e não respondeu. O magistrado deixou o silêncio se estender.

Por fim, com voz bem baixa, Penrose respondeu.

— Sim.

— É como eu disse — declarou o magistrado, quase com pena — A violação do pacto sempre começa no coração. Paladina Penrose, você pode, por gentileza, dizer o juramento da Guarda Paladina?

Penrose engoliu em seco, como se estivesse tentando controlar as lágrimas, mas, quando falou, sua voz estava firme como aço:

— Juro cumprir as obrigações do meu cargo, exercer as virtudes da castidade, austeridade e obediência, devotando o meu ser, a minha Graça e minha vida à Ordem da Última Luz.

— Ao ir atrás de Hector Navarro, ao colocar os sentimentos acima das obrigações e do juramento como Guardião da Palavra, Jude Weatherbourne cumpriu seu juramento?

Jude ofegou. Mesmo sem olhar nos olhos dela, sabia a resposta de Penrose. Também sabia o quanto era difícil para ela admitir. A sentença para um Paladino que quebrava o juramento era a morte. Mas Jude também sabia que, quando decidira ir atrás de Hector, entendia bem o que aquilo significava.

— Não — respondeu Penrose em tom vazio. — Acredito que não cumpriu.

— E essa era sua maior preocupação, não é mesmo? — perguntou o magistrado. — Não que Hector quebrasse o juramento, mas que Jude Weatherbourne quebrasse o dele.

3

BERU

O lugar inteiro fedia a mijo.

Beru cobriu o nariz com o lenço de linho azul enquanto passava pela multidão. Ajudava a tapar o cheiro, mas não muito.

O ar estava agitado por conta da zombaria da multidão reunida como urubus ao redor das arenas de areia encharcadas de sangue. Lá embaixo, lutadores trocavam socos — às vezes até um fim cruel. Alguns eram prisioneiros trazidos em carroças de aldeias vizinhas, para quem uma boa exibição nos fossos talvez significasse uma liberdade antecipada. Alguns eram andarilhos desesperados que vinham do deserto em busca de um punhado de moedas ou emoção.

Aquilo era considerado entretenimento naquela cidade insignificante e poeirenta. As pessoas se agrupavam ali para assistir a jogos e apostar nos resultados. Beru não via o apelo de ver uma pessoa esmagando o rosto da outra nem o de colecionar dentes quebrados no fundo de um fosso, mas não estava ali para assistir.

Deixara Medea uma semana atrás, fugindo da irmã e da vida que conhecera. Na época, não tinha nenhuma direção em mente, apenas uma voz que sussurrava: *conserte seu erro*.

Isso a havia levado ao leste, para um posto avançado ao longo da rota de comércio entre Tel Amot e Behezda. Uma cidade tão pequena que nem merecia o título. Consistia em uma única hospedaria, um poço e os fossos de luta. O proprietário da hospedaria e sua esposa, Kala, tiveram pena de Beru e permitiram que ela ficasse em troca de ajuda em vários trabalhos na cidade.

— Você perdeu as primeiras lutas — disse Kala quando Beru chegou à estação médica na extremidade do local.

"Estação médica" era um termo generoso — estava mais para uma faixa de terra batida afastada da multidão e com alguns bancos. As lutas nos fossos eram brutais e sangrentas e não havia curandeiros na cidade, então alguns moradores faziam as vezes de médicos, arrumando curativos em troca de boa parte dos ganhos dos lutadores. Beru conversara o suficiente com os lutadores para saber que seus ferimentos não seriam tratados se não pagassem. O dono dos fossos de lutas sequer os *alimentava* se não ganhassem.

— Desculpe o atraso — respondeu Beru.

Já era possível ver alguns lutadores esparramados nos bancos, exaustos e feridos.

— Por que demorou?

Beru deu a resposta que treinara no caminho para a cidade:

— Eu estava limpando os estábulos e perdi a noção do tempo.

Mas o verdadeiro motivo não tinha nada a ver com a limpeza de estábulos, e sim com as dores repentinas e fortes que começara a sentir nos últimos dias. Sabia o que significavam e estava com medo. Não sabia quanto tempo lhe restava antes de sua vida se extinguir, mas achava — esperava — que tivesse mais tempo. Tempo suficiente para fazer o que a voz na sua cabeça exigia.

Conserte seu erro.

Agora sabia que era a voz de Hector. Ainda se lembrava do tom, baixo e rouco, ao lhe dizer aquilo em uma cripta abandonada em Pallas Athos. Queria que ela confessasse que sua irmã era a Mão Pálida. Mas Beru simplesmente não conseguiu traí-la daquele jeito, não importava o que Ephyra fizera.

E agora as palavras de Hector a assombravam. Sua morte a assombrava. Tinha sido a vida dele que Ephyra tirara para salvá-la. A última vida que Beru usaria para viver. Dessa vez, as coisas seriam diferentes, prometeu para si mesma. Passaria o tempo que lhe restava seguindo as palavras de Hector.

Conserte seu erro.

Estou tentando. Aquele trabalho era um começo. Curar, pela primeira vez na sua vida, em vez de machucar. Mas aquilo era tão pouco diante de tudo que já tinha feito. Sabia o que Hector diria. Que não estava tentando. Não estava fazendo nada. Apenas esperando pela morte.

O som do gongo arrancou Beru de seus pensamentos. A luta seguinte estava para começar. Outro gongo soou em seguida. Dois toques significavam que o lutador tinha derrotado dois oponentes. A maioria dos lutadores teria desistido naquele ponto e saído com os ganhos conseguidos a duras penas. Mas alguns optavam por continuar lutando, já que a terceira vitória valia o dobro da primeira e da segunda juntas. Era raro que um lutador conseguisse ganhar a terceira partida, mas eram sempre as mais populares entre os espectadores.

O locutor, que também era o dono dos fossos, subiu na plataforma e caminhou de forma afetada, segurando um disco pequeno de metal na frente da boca.

— O próximo no fosso é um lutador que todos conhecemos e amamos! — A voz dele reverberou, ampliada por um artigo feito com a Graça da Mente. — Aplausos para o Quebra Ossos!

A multidão aplaudiu e gritou quando o Quebra Ossos, com suor e óleo escorrendo do peito estufado, entrou no ringue. O sol poente cintilava na cabeça raspada, e a cicatriz no rosto tornava a carranca zombeteira ainda mais assustadora. Beru já o vira lutar antes e sabia que a alcunha era mais do que merecida. Podia muito bem já começar a preparar as talas para a pobre alma que teria de enfrentá-lo.

— E o nosso novíssimo lutador, já competindo pelo título de invicto depois de vencer as duas primeiras lutas do dia... O Tempestade de Areia!

Uma salva de palmas deu as boas-vindas ao outro lutador, bem menor que o Quebra Ossos, quando ele entrou do outro lado do ringue. Estava de costas para Beru.

Quebra Ossos cuspiu no chão.

— A brincadeira acabou, pirralho.

Ele bateu o pé com força e o fosso inteiro tremeu com o impacto. A multidão foi ao delírio.

O outro lutador não respondeu à provocação e manteve uma postura quase relaxada enquanto Quebra Ossos se aproximava.

Quebra Ossos atacou. O lutador menor se esquivou do golpe. E continuou se esquivando à medida que mais golpes vinham. Ele parecia estar quase provocando o oponente, se pondo ao alcance para rapidamente desviar. Mas Beru sabia que aquilo não ia durar muito tempo — Quebra Ossos ia acabar acertando um golpe e bastaria um único soco para derrubar um homem do tamanho de Tempestade de Areia.

Quebra Ossos desferiu um soco. O lutador menor não desviou dessa vez, mas desarmou o golpe com uma das mãos, enquanto acertava as costelas do oponente com precisão mortal.

O gigante gemeu e tossiu. Sangue escorreu pelo canto da sua boca.

Beru ouviu um arfar coletivo da multidão, que não estava acostumada a ver ninguém derrotar Quebra Ossos.

O lutador maior rosnou e partiu para cima do menor, que se esquivou com um salto sobre Quebra Ossos e pousou com facilidade na beirada do fosso, perto da estação médica.

Beru ficou sem ar ao ver o rosto do lutador pela primeira vez. Conhecia aqueles olhos escuros. Eles assombravam os sonhos dela. E era impossível que os estivesse vendo agora.

Hector Navarro estava morto.

Ainda assim, estava parado na frente dela.

Os olhos de Hector brilharam diante da comemoração da multidão e, então, ele viu Beru. A satisfação se transformou em uma surpresa fria.

Beru não conseguiu desviar os olhos. Eles sustentaram o olhar, sem se importar com o caos que os cercava. Não conseguia se esquecer da última vez que ele a olhara daquele jeito, com a espada erguida para dar um fim à vida dela.

Então, os punhos cerrados de Quebra Ossos acertaram Hector e o derrubaram na terra.

Beru foi tomada por uma onda repentina de dor. Ela gritou e caiu no chão como se tivesse sido atingida.

— Você está bem? — perguntou Kala, correndo para o lado dela para apoiá-la. Por um instante, Beru não conseguiu responder.

— Esmague ele! Esmague ele! — pedia a multidão.

— Estou bem — disse Beru, com voz fraca, quando outra pontada de dor irradiou na lateral do seu corpo. Ela se apoiou em Kala e olhou novamente para o fosso.

Quebra Ossos estava segurando Hector acima da cabeça como um saco e, com um rosnado, lançou-o para a lateral do fosso.

Hector se virou no ar e atingiu a lateral do fosso com os pés. Então partiu para cima de Quebra Ossos, seus joelhos acertando os ombros largos do oponente. Girando, Hector usou o impulso para derrubar Quebra Ossos na areia com um baque alto.

A multidão ficou em silêncio por um momento, enquanto o lutador brutamontes permanecia inerte. E então a comemoração se elevou, bloqueando qualquer outro som.

Beru estendeu o braço para trás, procurando às cegas o banco, e se sentou pesadamente, enquanto ouvia os vivas da multidão. Percebeu vagamente Kala preparando a estação atrás dela.

Hector Navarro. *Vivo*. Não era possível. Será que sua mente estava lhe pregando peças? O rosto de Hector assombrava seus sonhos toda noite — talvez o pesadelo tivesse se espalhado pelas horas do dia também.

Não sabia o que sentir. Ficara tão horrorizada ao perceber que Ephyra o tinha matado. Aquela fora a gota d'água, o momento que não conseguiu mais suportar quem ela era. O que tinham se tornado, juntas.

Mas agora Hector estava vivo, como se nada tivesse acontecido. Como se aquele dia horrível na vila tivesse sido apagado.

E o modo como o corpo dela reagira quando Hector fora atingido pelo Quebra Ossos — ela não tinha imaginado aquela onda repentina de dor.

— Beru, preciso de você aqui — chamou Kala, distraída.

Alguém já tinha arrastado Quebra Ossos até a estação médica, e Kala estava avaliando os ferimentos dele.

— Yandros, fique quieto.

Beru pegou outro kit. Foi só quando começou a avançar entre os bancos que Beru percebeu o que Kala estava lhe pedindo que fizesse.

Hector Navarro estava sentado no banco no fim da estação médica, sem camisa e pressionando os dedos sobre um corte na testa. Ele ainda não a tinha visto. Ela poderia desaparecer no meio da multidão e inventar desculpas para Kala mais tarde.

Beru ficou parada, só o observando. Era ele *mesmo*. Os mesmos cabelos escuros e bagunçados, o mesmo porte alto e forte. Ficou encarando-o, esquecendo-se de tudo até que, de repente, ele ergueu o olhar, a viu e ficou imóvel. Sentindo-se estranhamente alheia, Beru se aproximou.

— Posso... posso dar uma olhada? — perguntou ela, indicando o corte no rosto.

Ele não disse nada, apenas afastou a mão devagar do ferimento, sem tirar os olhos dos dela.

Com a mente tomada pelo pânico, pela tristeza e pela confusão, Beru se ajoelhou. Hector estava *morto*. Como podia estar sentado ali, parecendo perfeitamente bem, a não ser pelos ferimentos da luta?

Não tinha como perguntar a ele como estava vivo, como aquilo era possível, então se inclinou e tocou suavemente sua têmpora com o polegar. Foi tomada por uma dor repentina e forte na própria têmpora, seguida por uma tontura. Parecia que o chão tinha desaparecido sob seus pés, como se tivesse se soltado do próprio corpo. Terror, raiva e tristeza correram seu corpo como um veneno.

Hector se afastou. A expressão no rosto dele era familiar — a mesma do momento em que descobrira que ela era uma ressurgida. E Beru então compreendeu de quem era a raiva que estava sentindo.

— O que foi que você fez comigo?

Ela não conseguia falar. A mão formigava onde o havia tocado.

— Tempestade de Areia! — ressoou uma voz à direita de Beru.

Ela suspirou quando a atenção de Hector se voltou para Quebra Ossos, que vinha caminhando por entre os bancos.

— Quero revanche!

Hector assumiu uma expressão de insolência relaxada.

— Quer perder de novo? Se insiste...

— Ninguém derrota o Quebra Ossos. Vou provar.

— Mas precisa ser agora? — perguntou Beru, levantando-se do chão.

— Não é da sua conta, garota — rosnou Quebra Ossos, avançando na direção dela. — Fique fora disso a não ser que queira sua vez no fosso.

Hector se levantou tão rápido que Beru quase não o viu se mover.

— Quer uma revanche? Então é melhor eu amarrar um dos braços nas costas para ser uma luta justa.

Quebra Ossos urrou de raiva.

— E que tal se eu quebrar o seu braço?

— Ah, pelo amor de Keric! — resmungou Beru, entrando no meio dos dois. — Por que vocês não tiram o pau para fora e comparam o tamanho?

Quebra Ossos e Hector a encararam com expressões igualmente chocadas.

— Yandros, por que está com tanta raiva dele, afinal? O seu dono lhe trata como um cachorro, deixa você com fome e pronto para atacar ao seu comando — disse Beru. — É *dele* que você devia sentir raiva.

— Do que você o chamou? — perguntou Hector, parecendo perplexo.

— Yandros — respondeu Beru, encarando-o. — É o seu nome, não é? Você não é Quebra Ossos. Você não é um cachorro de rinha. Você é um ser humano, e aposto que embaixo de todos esses... músculos, você tem um bom coração. Talvez só tenha se esquecido de como usá-lo, já que vem usando seus punhos há tanto tempo.

Yandros lhe lançou um olhar perplexo. Assim como Hector.

— Nós... Nós terminamos isso depois — disse Yandros, mas toda a raiva tinha desaparecido da sua voz. Ele se afastou e foi embora sem dizer mais nada.

Beru olhou novamente para Hector, que a encarava com uma expressão inescrutável.

— Eu tinha me esquecido de como você é boa nisso — disse ele.

— Em quê? — perguntou ela.

— Acalmar pessoas que querem te machucar.

Beru se ajoelhou de novo, procurou um pano limpo no seu kit e, então, com cuidado para não tocar a pele dele, limpou o corte. Seus rostos estavam a centímetros de distância e ela conseguia ouvir o som da própria respiração enquanto trabalhava. Esforçou-se para controlar o fôlego e evitar que as mãos tremessem.

— Você está com medo — comentou ele depois de um momento.

— Você veio para cá me procurar? — perguntou ela de forma abrupta, sustentando o olhar dele.

Hector negou com a cabeça.

— Eu... Como você veio parar aqui? — perguntou ela.

— Não sei. Esperava que você talvez soubesse. Perdi algumas lembranças. Lembro de Medea. Lembro da chegada da sua irmã. E depois apenas de acordar sozinho no deserto. Fui encontrado por uma caravana de prisioneiros que me trouxe para cá, para os fossos de areia, para lutar.

— Você não se lembra do que aconteceu em Medea? — perguntou Beru com voz fraca.

Ela o observou e viu que a marca da Mão Pálida não estava mais no pescoço dele.

O que aquilo significava?

— Não — respondeu Hector. — O que aconteceu?

Ele não fazia ideia do que Ephyra tinha feito. Do que *Beru* tinha feito.

Ela colocou a bandagem sobre o corte, fingindo que aquilo exigia toda sua concentração. Não precisava contar nada para ele. Podia sair daquele lugar e deixar que Hector descobrisse sozinho. Virar as costas do mesmo modo que ela e Ephyra fizeram quando mataram a família dele.

Quando ela fez menção de se afastar, ele a segurou pelo pulso e fechou os dedos ao redor da marca escura da mão que ficava escondida sob um tecido. Seus olhos escuros e intensos fizeram o coração de Beru disparar sob o toque. Além disso, ela podia sentir o medo desesperado sob a raiva dele.

Hector a segurou com mais força.

— Conte.

Beru fechou os olhos quando lágrimas se acumularam ali.

— Ela te matou — respondeu ela com a voz falhando. — Ephyra te matou para salvar minha vida.

— É impossível — disse Hector. Ele a soltou e se levantou. Uma lufada de ar saiu de seu peito. — Ela não pode ter me matado. Ainda estou vivo.

Beru fez que não e se levantou também.

— Não sei como. Não faz o menor sentido que você esteja aqui.

— Ela está aqui? — perguntou Hector.

— Eu a deixei em Medea. Não consegui... *não consigo* lidar com o que ela fez com você.

Ele estremeceu e assumiu uma expressão incompreensível.

— É melhor você ir.

— Hector — disse ela, mas ele lhe deu as costas.

Beru congelou e sentiu a respiração presa na garganta. Ficou olhando para as costas de Hector, em um ponto perto da coluna. Ali, pouco acima do quadril, havia uma marca escura de mão.

Quase igual à que havia no seu pulso.

4

HASSAN

A bússola de Hassan ainda apontava para o farol. Ou para o que restava dele, pelo menos.

Seu olhar passeou pelas ruínas enegrecidas na costa. Sem o farol, parecia que a cidade não era mais realmente sua.

Mas havia outros motivos horríveis pelos quais Nazirah não era mais a cidade que ele amava. Testemunhas com túnicas pretas e douradas marchavam pelas ruas. Hassan contou cinco, carregando correntes e tochas — não de Fogo Divino, apenas chamas amareladas normais — enquanto passavam pelas casas escuras alinhadas pela rua. Era um bairro tranquilo e residencial, longe do agito da Estrada de Ozmandith e do bairro dos artesãos e alquimistas. Havia rumores de que as Testemunhas iriam para aquele bairro, e eles estavam certos. As Testemunhas só podiam estar ali por um motivo.

Ele cutucou Khepri, que estava agachada ao lado dele no terraço. Sem fazer nenhum barulho e com o corpo tenso, ela mudou de posição enquanto pegava a espada no seu quadril.

Hassan tocou o braço dela. *Espere*, disse apenas com os lábios. Com sua visão aprimorada pela Graça, ela conseguia ler os lábios dele mesmo no escuro.

Os dois se inclinaram e observaram as cinco Testemunhas se aproximarem da porta de uma das casas escuras. Elas pararam lá. Esperando por alguma coisa.

Três soldados heratianos vestindo os inconfundíveis uniformes verde e dourado surgiram das sombras do outro lado da rua.

Hassan olhou para Khepri e viu o próprio medo e raiva refletidos nos olhos dela.

A Testemunha que vinha na frente do grupo sacou uma haste de metal em forma de gancho, e os outros ficaram para trás enquanto ela a usava para arrombar a porta. Quando conseguiu, uma luz se acendeu na casa.

— Agora — disse Khepri, preparando-se para saltar.

Mas Hassan a segurou pelo braço.

— Não. Precisamos descobrir para onde vão levá-los.

Uma mulher apareceu à porta, parecendo irada.

— Como se *atrevem* a invadir a minha casa? — gritou a mulher, encarando as Testemunhas. — Quem vocês acham que são?

— Somos servos leais do Imaculado — respondeu a Testemunha com a haste de metal. — Sabemos que está escondendo um herege.

— Herege? — repetiu a mulher. — Saiam já da minha casa! Vocês não têm o direito de estar aqui.

— Entregue o herege, em nome do Hierofante — disse a Testemunha.

A mulher o encarou de cima a baixo.

— Pois eu prefiro desfilar nua pela Estrada de Ozmandith do que obedecer a você ou ao Hierofante.

— Detenham-na — disse a Testemunha para os soldados.

Dois deles avançaram e seguraram a mulher. Ela reagiu, acertou um deles e voltou para dentro da casa, saindo do campo de visão de Hassan e Khepri, que conseguiram ouvir vidro se estilhaçando e um golpe surdo contra a parede. Alguns momentos depois, os soldados arrastaram a mulher para fora da casa.

— Me *soltem!* — exclamou ela, olhando de um lado para outro antes de começar a gritar: — Socorro! Socorro!

Hassan sentiu Khepri se contrair sob seu toque. Ele a segurava com força, esforçando-se para ficar parado, sem saltar lá embaixo e colocar as Testemunhas no seu devido lugar.

Mas precisavam descobrir para onde os outros Agraciados tinham sido levados.

As Testemunhas invadiram a casa. Tudo que Hassan e Khepri puderam fazer foi esperar, com os punhos cerrados com força e o coração disparado, até as Testemunhas saírem. E, quando saíram, puxavam outra pessoa, presa com as correntes forjadas em Fogo Divino.

— Mamãe? — chamou a menina, presa entre as Testemunhas e olhando para a mãe, que nada podia fazer.

Era uma criança. Uma *criança*. Não devia ter mais de doze anos.

— Hassan — disse Khepri.

Era apenas o nome dele, mas ela colocara muito mais significado naquela palavra. Não permitiriam que uma criança fosse raptada, não importava o quanto precisavam descobrir para onde as Testemunhas a levariam.

— Vamos — disse Hassan.

Khepri saltou do telhado. Hassan desceu logo atrás, fazendo bem mais barulho.

— O que é isso?

Hassan congelou. Khepri, que estava quase alcançando as Testemunhas, com a mão já na espada, congelou também. A pergunta tinha sido feita por um dos soldados heratianos.

— É uma criança — declarou o soldado. — Não vamos prender uma criança.

Uma das Testemunhas se aproximou dele.

— Agimos de acordo com a autoridade do Imaculado. Você acha que ele está *errado*?

O soldado heratiano hesitou visivelmente. Então se empertigou.

— Não me importo com o que o Hierofante diz. Não vamos arrancar uma criança dos braços da mãe.

— Os Agraciados são abominações, não importa a idade — declarou a Testemunha, em tom enojado.

— Ela ainda nem teve tempo de ferir alguém. Olhe para ela!

A hesitação do soldado surpreendeu Hassan. Ficou evidente que nem todos os soldados heratianos tinham passado a cultuar o Hierofante e condenar os Agraciados quando Lethia assumiu o poder.

— Você está dizendo que sabe mais que o Hierofante?

— Talvez eu esteja — respondeu o soldado, avançando em direção à Testemunha. — Talvez eu esteja dizendo que seu líder mascarado bizarro não sabe o que é melhor para esta cidade.

Hassan segurou o braço de Khepri. Se o desentendimento entre a Testemunha e o soldado virasse uma grande briga, talvez pudessem tirar vantagem.

O rosto da Testemunha estava retorcido de raiva.

— A única coisa pior do que uma abominação é a pessoa que as protege. Entre na linha ou enfrente as consequências de desobedecer ao Hierofante.

— Vocês não podem fazer isso. — Ele olhou para os dois companheiros, que seguravam a mãe da menina.

Mesmo de onde estava, Hassan percebeu que o soldado não teria o apoio dos companheiros.

Apertou o braço de Khepri e fez um breve gesto com a cabeça.

Eles correram pela rua em direção à garota. Khepri saltou sobre a Testemunha que a segurava e a derrubou com um único golpe na nuca. Hassan de repente teve a abertura de que precisava e pegou a garota.

Mas as outras quatro Testemunhas os cercaram, segurando correntes forjadas em Fogo Divino.

— Hoje é o nosso dia de sorte — comentou uma das Testemunhas. — Três hereges pelo preço de um. O Imaculado ficará *muito* feliz.

— Hassan, *agora*! — gritou Khepri.

Ele hesitou por meio segundo antes de agarrar o braço da menina e arrastá-la para longe da luta, enquanto Khepri desembainhava a espada para lutar com as Testemunhas.

O soldado heratiano que tentara enfrentar as Testemunhas bloqueou o caminho de Hassan, que parou, sentindo que o coração ia sair pela boca, enquanto olhava para a mão do homem apoiada no cabo da espada.

Houve um momento de hesitação e então o soldado deu um passo para o lado, abrindo caminho para que passassem.

Hassan olhou por sobre o ombro, onde Khepri mantinha as Testemunhas sob controle e então levou a garota pela rua abaixo. Entrou atrás de uma casa para libertar a menina das correntes forjadas em Fogo Divino.

— Agora você tem que correr — disse ele.

Fungando enquanto tentava controlar as lágrimas, a menina fez que não.

— Não vou deixar minha mãe.

Hassan respirou fundo. Já estivera na mesma situação que aquela menina — com as Testemunhas e o Hierofante à sua porta. Com o pai e a mãe à mercê deles. E tinha fugido.

Mas não ia fugir agora.

— Certo — decidiu ele, apertando a mão da menina, sem saber se era um conforto para ela ou para ele. — Fique aqui. Se vir qualquer pessoa se aproximar, grite o mais alto que puder. Vou voltar com sua mãe.

Saiu apressado pela rua. Na frente da casa da menina, Khepri estava ajoelhada no chão com os pulsos presos pelas correntes forjadas em Fogo Divino. Havia três Testemunhas caídas ao seu redor, mas outras duas sobre ela.

Hassan foi tomado por uma fúria cega enquanto avançava, e derrubou uma das Testemunhas.

Khepri aproveitou a distração, ergueu os punhos presos e acertou o rosto da outra, que cambaleou para trás e levou um chute bem no meio das pernas que a fez se dobrar ao meio. Khepri se pôs de pé e estendeu a mão para ajudar Hassan a se levantar. Ele mexeu furiosamente nas correntes até que se soltassem do pulso dela.

Juntos, correram em direção à mãe da menina e afastaram os dois soldados de perto dela. Um olhar por sobre os ombros lhe mostrou que as Testemunhas estavam se levantando.

— Tire ela daqui — disse Khepri, decidida, e Hassan obedeceu.

Mãe e filha estavam juntas momentos depois. Ao ver a filha sã e salva, a mulher soltou um pequeno soluço enquanto se abraçavam.

— Não quero ser estraga-prazeres, mas precisamos sair daqui agora — disse Hassan. — Outras Testemunhas podem estar a caminho. Vocês têm algum lugar seguro para onde ir?

A mulher hesitou e assentiu.

— Meu irmão tem um barco...

— Isso é bom — disse Hassan rapidamente. — Vão logo. Tire sua filha da cidade.

A mulher assentiu e Hassan percebeu o modo como ela se retesou para ser forte pela filha.

— Vamos ter que viajar por um tempo, está bem? — disse ela em tom calmo. — Só vamos pegar nossas coisas...

Hassan negou com a cabeça.

— Não há tempo para isso.

A mulher pareceu querer discutir, mas fechou a boca.

— Não nos passou pela cabeça que viriam pegá-la — disse ela com voz trêmula. — A Graça dela só se manifestou há alguns meses. Meu marido não é Agraciado, nem eu. Como eles podem...?

— Não sei — mentiu Hassan. O mais provável era que algum dos vizinhos a tivesse denunciado. — Não adianta ficar pensando nisso agora. O mais seguro é que você tire sua filha da cidade e não olhe para trás.

A mulher assentiu.

— Obrigada.

— O maior agradecimento que pode me dar é levar sua filha para um lugar seguro.

Ela pegou a mão da filha e elas desapareceram na noite.

Hassan voltou pela rua e reencontrou Khepri, cansada, mas sem ferimentos. As Testemunhas e os soldados tinham partido.

Ele parou por um momento, apenas para admirá-la. O luar pálido fazia a pele bronzeada reluzir. Ela tinha aquele olhar forte e obstinado que a fizera cruzar o mar para encontrar Hassan e voltar para salvarem seu lar.

Não conseguiu deixar de estender a mão e segurá-la pelo ombro.

— O que aconteceu com as Testemunhas?

— Fugiram. Os soldados também — disse Khepri, sem parecer aliviada. — É melhor darmos o fora antes que... — Ela parou de falar de repente. — Tem alguém aqui.

— Reforços?

— Vamos — disse Khepri, correndo pela rua.

Hassan a seguiu de perto.

— Não podemos voltar para o esconderijo — gritou Hassan enquanto corria atrás dela. — Não até termos despistado eles.

— Por aqui! — gritou Khepri, virando para a direita e entrando em uma viela.

Foi quando Hassan ouviu passos atrás deles. Havia construções dos dois lados da viela estreita, conectadas por passarelas arqueadas. E, no fim, um beco sem saída.

Khepri parou e saltou para se colocar entre Hassan e os perseguidores. Desembainhou a espada.

No escuro, tudo que Hassan conseguia enxergar eram duas formas se movendo com velocidade.

Khepri partiu para cima de uma das figuras. Hassan avançou para a outra e atacou com um soco em direção ao pescoço. Mas não acertou nada além do ar.

O homem havia se movido rápido como um raio.

Antes que Hassan conseguisse se recuperar, seu oponente o acertou. Ele caiu de joelhos e foi sendo inclinado para trás enquanto o atacante puxava seus braços e os prendia atrás das costas.

— Solte ele! — gritou Khepri. — Não coloque as mãos nele, seu imundo...

— Khepri? — disse o outro atacante.

Hassan levantou a cabeça e viu a garota ficar em silêncio e relaxar os braços, hesitante. Embora não conseguisse ver a expressão em seu rosto, percebia, pela postura dos ombros, que ela estava confusa.

A voz dela cortou o ar, cheia de incredulidade:

— *Sefu?*

Ela embainhou a espada e se atirou nos braços do atacante, aliviada. Ele correspondeu com um abraço carinhoso.

Hassan sentiu um aperto no peito enquanto sua mente era tomada por cenários horríveis de Khepri reencontrando um amor perdido pronto para substituir Hassan em seu coração.

O atacante de Hassan o soltou e correu rapidamente para Khepri, pegando-a no colo e levantando-a no ar.

Khepri ofegou e deu um tapa nele, acertando uma cotovelada na barriga do rapaz assim que ele a colocou no chão.

— Chike!

Khepri se virou para Hassan, os olhos brilhando de alegria.

— Hassan, esses são meus irmãos.

Ele piscou e olhou para os dois. Ambos eram grandes, quase uma cabeça mais altos que ele, e tinham as laterais do cabelo tosadas, como Khepri. Mesmo na penumbra do luar, dava para ver a semelhança.

— Sefu, Chike, esse é o príncipe Hassan — apresentou Khepri.

Hassan não conseguia ver a expressão de Sefu, mas ouviu o choque na voz dele ao responder:

— Você conseguiu? Você o encontrou?

O outro, Chike, se virou para Hassan e se ajoelhou.

— Vossa Alteza. — O irmão seguiu o exemplo. — Sabíamos que retornaria para Nazirah. Há quanto tempo...

— Podemos conversar depois — disse Khepri, olhando para Hassan. — Precisamos dar o fora daqui.

Os irmãos trocaram um olhar enquanto se levantavam.

— A gente conhece um lugar. É seguro.

Sefu e Chike guiaram Hassan e Khepri pelas ruas escuras de Nazirah.

— E o que vocês estavam fazendo naquele bairro, afinal? — perguntou Chike.

— Ouvimos um rumor de que as Testemunhas planejavam uma operação em uma das casas desta região para prender um Agraciado — explicou Khepri. — Queríamos descobrir para onde estão levando os Agraciados. Mas a vítima era uma criança e tivemos de intervir. E *vocês*, o que estavam fazendo lá?

— Patrulha — explicou Chike. — Algumas pessoas do nosso grupo fazem rondas à noite para ver se há alguma Testemunha por perto causando problemas.

— Na última vez que que a gente se viu, vocês dois estavam sendo arrancados daquele navio por Testemunhas — disse Khepri, a voz embargada. — O que aconteceu?

— Nós fugimos — disse Sefu.

Chike empurrou o irmão.

— Na verdade, fomos resgatados. Depois que as Testemunhas nos arrastaram para fora do navio, fomos levados para a cidade e eles caíram na armadilha de alguém. Um monte de bombas de fumaça começou a explodir e, na confusão, nós fugimos. Àquela altura, seu navio já tinha zarpado há muito tempo, e enquanto estávamos procurando outra forma de sair da cidade, nossos salvadores nos encontraram e nos recrutaram.

— Recrutaram? — repetiu Hassan.

Sefu assentiu.

— Há uma facção rebelde operando na cidade. Eles... Nós... nos chamamos de Asa do Escaravelho. Acolhemos os Agraciados antes que as Testemunhas tenham a chance de prendê-los e os levamos para o nosso esconderijo.

— A entrada fica escondida — explicou Chike. — E o esconderijo em si é fortificado por uma tecnologia poderosa desenvolvida com a Graça. Vocês vão ver quando chegarmos lá.

— Não fomos os únicos a voltar para Nazirah — disse Hassan. — Viemos com um grupo, um batalhão inteiro de soldados. Outros refugiados de Nazirah. Voltamos há cerca de uma semana, e o restante dos nossos soldados se dividiu e se escondeu. Há lugar para eles na base da Asa do Escaravelho?

Chike sorriu.

— Pode contar que sim. Qualquer um que seja contra as Testemunhas é bem-vindo lá.

— Não acredito que encontramos vocês — disse Khepri, admirada. — Não acredito que ainda estão vivos.

Hassan sentiu um nó na garganta. Estava feliz por Khepri ter reencontrado os irmãos, mas uma pequena parte dele não conseguia evitar a inveja que sentia. O pai estava morto, a tia o traíra, e a mãe... ainda não sabia onde a mãe estava.

— Há alguma notícia da rainha? — perguntou Hassan. — A verdadeira rainha, quero dizer. Minha mãe.

— A Usurpadora — Sefu cuspiu a palavra como um xingamento — disse que ela foi assassinada. Não acreditamos. O Hierofante não perderia a chance de fazer uma grande exibição da morte dela. Ela provavelmente está escondida em algum lugar. Como você estava.

As palavras foram ditas de forma bastante casual, mas Hassan sentiu uma pontada de irritação. Ele tinha se escondido em Pallas Athos, verdade. Mas ouvir aquilo dito de maneira tão displicente fez com que parecesse fraco. Um tanto covarde.

Quando o grupo se aproximou de uma adega, Hassan não conseguiu deixar de pensar na mãe, à mercê do Hierofante, ou coisa pior. Mas obrigou-se a manter a cabeça erguida — precisava acreditar que ela estava viva.

Chike os guiou para dentro da adega e eles desceram até o porão, onde havia centenas de barris empilhados ao longo das paredes. Sefu se aproximou de um dos barris em um canto, segurou a lateral e girou-a. O barril desceu e entrou no chão, deixando uma abertura em seu lugar.

— Primeiro vocês — disse ele, fazendo um gesto para entrarem.

Chike foi na frente e Khepri o seguiu, enfiando as pernas pela abertura e mergulhando na escuridão. Hassan foi logo atrás.

Entraram em um túnel escuro e Hassan estendeu as mãos para se guiar, até colidir com alguém.

— Desculpe — murmurou.

— Ah, verdade — disse Chike. — Você não enxerga no escuro. Um minuto.

Houve uma batida leve e então o brilho alaranjado de uma luz incandescente iluminou o espaço. Uma longa fileira de luzes se acendeu, uma depois da outra ao longo do túnel comprido.

— Parece uma longa caminhada, mas logo vamos chegar — assegurou Sefu.

Quando chegaram ao outro lado do túnel, Hassan viu que a porta estava trancada com o que parecia ser um monte de engrenagens integradas com sete lados, cada qual com um símbolo diferente.

— Esta é a fechadura — informou Chike.
— E a chave? — quis saber Khepri.
Sefu bateu com o dedo na cabeça.
— Está bem aqui.
Metodicamente, ele e o irmão viraram cada uma das engrenagens, trabalhando de fora para dentro. Quando a engrenagem central entrou na posição, a porta deu um estalo baixo e Sefu a empurrou.

Hassan entrou em um grande salão, com estantes repletas de livros que iam do chão ao teto. Pendurados no teto havia grandes globos dourados circundados por anéis de ouro — esferas armilares.

— Esta... Esta é a Grande Biblioteca — disse Hassan, perdendo o fôlego ao se dar conta daquilo. — Mas *como*?

— Esta é a base de operações da Asa do Escaravelho desde o golpe — respondeu Sefu. — As proteções que os bibliotecários colocaram aqui foram muito úteis para deter as Testemunhas.

— Elas sabem que vocês estão aqui? — perguntou Hassan.

— Devem desconfiar — respondeu Chike. — Mas não conseguiram entrar, então não têm como ter certeza.

Uma menina baixa com cabelo escuro e raspado veio rapidamente na direção deles.

— Mas onde foi que vocês se meteram, pelo amor do Viajante? Arash estava esperando vocês voltarem há séculos. Ele estava prestes a mandar um grupo de busca.

— Encontramos alguns amigos — respondeu Chike. — Zareen, permita que eu lhe apresente minha irmã, Khepri. Khepri, conheça minha chata favorita, Zareen.

— Você quer dizer *alquimista* — corrigiu Zareen. Os olhos dela se iluminaram ao ver Khepri. — Ouvi muito sobre você. E, para ser sincera, o fato de ter conseguido aguentar esses dois a vida toda já diz muito.

— Khepri trouxe companhia — disse Sefu. — Este é o príncipe Hassan.

As sobrancelhas de Zareen se ergueram até a raiz dos cabelos. Ela baixou a cabeça.

— Vossa Alteza. Eu... Não sabíamos que se encontrava em Herat. Achamos que tivesse fugido, depois do golpe.

— Foi o que aconteceu — disse Hassan. Não gostava de admitir que tinha fugido enquanto todos ficaram, mas seu caminho o levara até ali. — Voltei com Khepri e outros que queriam lutar.

Zareen olhou para Sefu.

— Arash já sabe disso?

— Arash já sabe o quê?

Por sobre o ombro de Zareen, Hassan viu um jovem alto se aproximando, o olhar intenso concentrado neles.

— Arash — disse Chike, de repente soando bem mais formal do que tinha sido com Zareen. Ele chegou a se empertigar. — Sefu e eu encontramos nossa irmã. Nós a trouxemos, junto com...

— Príncipe Hassan — disse Arash suavemente, dando um passo em direção a ele. — Eu o reconheceria em qualquer lugar.

Hassan olhou para ele e hesitou. Embora bem mais magro, era quase tão alto quanto Chike, e seus ombros adornados com brocado mantinham uma postura reta. Uma barba rala cobria o maxilar estreito e havia olheiras sob os olhos claros, como se não dormisse há dias.

— Já nos conhecemos?

— Nos encontramos uma vez — respondeu Arash, parecendo não se importar que Hassan não se lembrasse dele. — Meu pai veio para a corte há alguns anos. Você provavelmente não se lembra. Ele era um dos nobres de hierarquia mais baixa.

— *Era*? — perguntou Hassan. — Sinto muito por sua perda.

Os olhos de Arash escureceram e os ombros ficaram ainda mais tensos.

— Sofremos muitas baixas desde que as Testemunhas assumiram.

— Foi Arash que fundou a Asa do Escaravelho — explicou Sefu. — Ele nos recrutou e nos manteve a salvo.

— Então talvez você possa nos ajudar — disse Hassan. — Temos um grupo de soldados. Por volta de duzentas pessoas. Agora estamos espalhados por Nazirah, nos escondendo onde é possível.

Arash assentiu.

— O grupo de Faran.

— Você conhece Faran?

— Vimos algumas pessoas do grupo dele pela cidade — interveio Zareen. — Trouxemos alguns conosco. Diria que recebemos uns dez ou mais por aqui desde a semana passada.

— Não sabíamos disso — disse Hassan. — Muito obrigado.

— Não precisa agradecer — devolveu Arash. — Precisamos de gente que possa lutar. Você acha que consegue trazer todos os seus soldados para cá? Sabe onde eles estão?

Hassan notou que a pergunta foi feita para Khepri. Ela hesitou antes de responder:

— Acredito que sim. Alguns podem ter mudado de locação desde o último contato, mas acho que vamos conseguir encontrar todos.

— Bom — respondeu Arash. — Quanto antes você conseguir trazê-los para cá, melhor.

Hassan notou o tom seco e a intensidade do olhar em Khepri. Mas Sefu, Chike e Zareen pareceram não perceber.

— Nesse meio tempo, dou as boas-vindas a vocês — disse Arash em um tom mais leve. — É bom termos mais pessoas aqui dedicadas à causa.

Novamente, as palavras pareceram se destinar mais a Khepri do que a Hassan.

— Zareen — disse Arash com voz de comando —, leve eles até os aposentos. Vamos abrir uma garrafa de vinho de palma esta noite para comemorarmos.

Com isso, ele se afastou. Hassan o observou partir, com uma sensação desagradável de queimação no estômago diante da dispensa rápida.

— Venha comigo, Vossa Alteza — disse Zareen.

Ela os conduziu até um dos dormitórios dos bibliotecários aprendizes e os deixou a sós para se acomodarem.

— O que acha de tudo isso? — perguntou Hassan.

— Como assim? — respondeu Khepri. — Isso é tudo que estávamos procurando. Um lugar seguro para trazer os soldados. Um lugar onde a gente possa se proteger contra as Testemunhas, se reorganizar e contra-atacar. Exatamente como você disse, Hassan.

Hassan ouviu as palavras dela, um eco das dele. Estava certa. Claro que estava. Mas ele não conseguia afastar a estranha preocupação que sentia.

— O que achou de Arash? — perguntou ele.

— Parece inteligente. Capaz. *Bonito* — acrescentou ela com um sorriso.

Hassan a abraçou pela cintura.

— Bonito, é? — disse ele, puxando-a contra o peito. — Mais bonito do que eu?

— Hum — disse Khepri, fingindo pensar no assunto. — Não tenho certeza.

Fazia tanto tempo que não ficavam sozinhos e em *segurança*. Lembrava-se com saudade do calor entre eles quando se beijaram a bordo do *Cressida* na noite anterior ao retorno para Nazirah. A noite em que tudo começara a dar errado.

Não. Hassan não permitiria que pensamentos sobre a traição da tia ou sobre o terror do que acontecera no farol arruinassem aquele momento. Estavam seguros e abraçados. Finalmente tinham um caminho pela frente.

— Talvez eu deva apresentar minha defesa então — disse Hassan, acariciando o rosto de Khepri. Ela fechou os olhos. Ele se aproximou até que seus lábios quase se tocassem. — Quem você acha mais bonito agora?

— Me beija de uma vez — disse ela em um suspiro.

Khepri nem esperou a resposta, agarrou a camisa dele e o puxou para um beijo.

Hassan se entregou e perdeu-se na sensação dos corpos unidos e de seus dedos mergulhados no cabelo dela. Toda a exaustão, todo o medo e a preocupação que haviam se acumulado desde a queda do farol pareceram se esvair.

Uma batida à porta fez Khepri protestar e se afastar de Hassan, que tentou continuar o beijo, sem querer abrir mão daquele momento juntos.

— Um *segundo* — disse ela, pressionando as mãos contra o peito dele.

Ela rapidamente ajeitou o cabelo, verificou as roupas, e só depois foi até a porta.

— Khepri. — Era Chike. Hassan viu Sefu logo atrás. — Viemos buscar vocês. Tem comida e bebida no observatório. Uma comemoração por termos encontrado vocês.

— Certo — disse Khepri. — Já vamos.

Chike hesitou à porta e seu olhar passou dela para Hassan. O príncipe tinha certeza de que estava bem menos apresentável do que ela, e não tinha dúvidas das conclusões que Chike tinha feito.

Sefu se inclinou sobre o ombro do irmão.

— Talvez vocês precisem de mais tempo para se *acomodarem*.

Hassan enrubesceu, mas felizmente Chike empurrou o irmão para irem embora antes que pudesse fazer mais algum comentário.

Khepri se virou para Hassan.

— Não se preocupe. Eles só estão implicando — disse ela, rindo. — Mas se não nos juntarmos a eles no observatório, não posso prometer que as coisas vão continuar assim. Vamos?

Ela estendeu a mão.

Parte dele queria implorar a Khepri para que ficassem e continuassem de onde haviam parado. Mas tinham acabado de chegar ao esconderijo da Asa do Escaravelho, e Hassan estava curioso para saber mais sobre aqueles rebeldes. E, em particular, sobre o líder deles.

Pegou a mão dela.

— Vamos.

5

ANTON

Anton sonhou, mas o lago e o gelo já não assombravam mais suas noites. A escuridão que o engolira mil vezes em mil noites diferentes não o consumia mais.

Agora, Anton sonhava com a luz. A luz fria e branca das chamas do Fogo Divino lambendo o alto da torre perto do mar. Sonhava com braços segurando-o com força, com o vento passando e aquela luz se erguendo para o céu enquanto ele e Jude mergulhavam no mar.

Sonhava com um rosto coberto por uma máscara dourada, decorada com chamas pálidas.

Sonhava com um céu vermelho. Vermelho como sangue, vermelho como chamas, vermelho como a fúria.

Anton abriu os olhos, arfando.

Uma água morna espirrava nele. Viu o céu azul manchado com nuvens brancas e recortado por colunas de videiras.

— O que você viu?

Anton se assustou ao ouvir a voz baixa e melodiosa de Penrose. Sentou-se enquanto a água escorria pelo seu corpo e ergueu o olhar até a paladina na beira da fonte.

— O farol de novo — respondeu ele depois de um momento, aproximando-se dela.

Penrose comprimiu os lábios.

— Mais nada?

Apenas a náusea da queda, a luz cortante do farol atrás dos olhos e o rugir do coração de Jude nos seus ouvidos.

— Não — disse ele.

Fazia mais de uma semana que haviam chegado a Cerameico, a fortaleza secreta na montanha da Ordem da Última Luz. Anton ia todos os dias até a fonte de cristalomancia com vista para o rio e tentava conjurar a visão que tivera duas vezes na vida — a primeira quando ainda era criança, uma lembrança que reprimira, e novamente uma semana atrás, depois que o irmão o torturara até quase matá-lo. Illya tentara usar Anton como um peão para ganhar a confiança do Hierofante e das Testemunhas, quase o afogando para que ele pudesse revelar o que tinha visto. Mas Jude o resgatara antes que Illya conseguisse o que queria, e eles fugiram — saltando do farol para o mar.

Foi apenas embaixo d'água, à beira da morte, que Anton conseguira lembrar.

Agora ele afundava, de novo e de novo, em busca de alguma pista que lhe dissesse como evitar a destruição que a visão prometia.

— Não estamos chegando a lugar nenhum — disse Penrose em tom de frustração. — Precisamos garantir que você esteja pronto para o teste de amanhã.

— Por que preciso fazer isso? — perguntou Anton, saindo da água e indo para uma pedra próxima. — Preencho todos os requisitos. Eu disse a eles o que vi. Se não acreditam que sou o Profeta, então é problema deles.

— A Ordem ficou ainda mais cautelosa depois do que aconteceu em Pallas Athos. Quando...

— Quando pensaram que o príncipe Hassan era o Último Profeta e deixaram que ele levasse todo mundo para Nazirah com base em uma visão falsa, e depois vocês todos quase morreram. Eu sei, eu sei — retrucou Anton, pegando a toalha com ela e se secando.

Penrose comprimiu os lábios.

A questão era que Anton não necessariamente se importava se o resto da Ordem acreditava que ele era o Profeta. Se achassem que tinham errado de novo, talvez o expulsassem de Cerameico — e, para ele, essa opção não era tão terrível assim, se significasse não precisar mais sofrer a tortura de reviver a visão. E se eles realmente *estivessem* errados... bom, isso significaria que a visão de Anton nunca aconteceria.

— Só estamos sendo cautelosos — afirmou Penrose.

— E com "cautelosos" você quer dizer me obrigando a prever o futuro no Círculo de Pedras para provar que sou o Profeta?

— Já expliquei — disse Penrose, com tom de quem estava perdendo a paciência. — Existem certos lugares no mundo onde os poderes de cristalomancia dos profetas ficam mais aguçados. O Círculo de Pedras aqui em Cerameico é um deles. As pedras vão reagir com a sua Graça do mesmo modo como reagiram com a dos outros Profetas.

Anton esfregou a toalha no cabelo. Não estava nem um pouco ansioso por aquele teste — seu julgamento. Acreditara que, agora que sabia qual era a visão que o assombrara durante toda a vida, não entraria em pânico toda vez que usasse sua Graça. No entanto, o pânico estava piorando. Só a possibilidade de ter a visão novamente, de reviver aquele pesadelo, comprimia seu peito com terror. Odiava aquelas sessões de cristalomancia, odiava os dias longos sem nada para fazer a não ser pensar nas terríveis possibilidades.

Jude podia tê-lo salvado da tortura de Illya, mas será que aquilo era tão diferente assim?

Anton sentiu uma pontada de indignação no peito ao pensar no espadachim. Não via Jude desde que haviam chegado a Cerameico. No instante em que aportaram, a Ordem reuniu o Tribunal para questionar o que tinha acontecido com o membro desertor da Guarda Paladina, Hector Navarro. Levaram Jude para um interrogatório e impediram qualquer um — especialmente Anton — de falar com ele.

Não era culpa de Jude, mas Anton não conseguia deixar de culpá-lo mesmo assim, embora a indignação também estivesse misturada com preocupação. Sentira a Graça de Jude no navio, enquanto voltavam de Nazirah. Antes, a Graça dele era forte e inflexível como uma tempestade. Agora, era trêmula como uma brisa fraca. Já tinha perdido a conta de quantas vezes desistira de fazer perguntas sobre isso a Penrose. Não sabia o que Jude tinha contado para os Paladinos sobre a forma como o Fogo Divino o afetara. E se quisesse manter aquilo em segredo, Anton não o exporia.

Voltou a atenção para Penrose.

— Você sabe o que acontece na minha visão. Uma sombra vai encobrir o sol. As Seis Cidades vão ruir. Uma praga, uma tempestade de fogo, um rio de sangue, a terra se abrindo...

— Sim, eu sei — retrucou Penrose com severidade.

— E nada — continuou Anton depois de um segundo — que diga como impedir que essas coisas aconteçam.

— Há um jeito — disse Penrose. — Tem que haver um jeito.

— Minha visão vai acontecer — disse Anton. — Se eu for mesmo o Profeta, é assim que funciona, não é? As profecias sempre se realizam. Algo está chegando, Penrose, e não há como evitar, mudar ou impedir que aconteça.

— *Para derrotar a Era da Escuridão* — disse Penrose. — Essas foram as palavras da última profecia dos Sete Profetas.

— *Ou destruir o mundo de todo* — retrucou Anton. — Essa é a parte da qual você sempre se esquece.

Os olhos de Penrose ficaram sombrios.

— O que você sabe sobre as outras profecias, Anton? Sobre os outros Profetas?

Anton deu de ombros. Estava ali como o primeiro Profeta que aquele mundo tinha visto em mais de um século, e não sabia praticamente nada sobre os que vieram antes dele. Isso obviamente incomodava Penrose e o resto da Guarda, mas Anton não conseguia se importar.

— Venha — disse Penrose, virando-se para sair do pátio.

Anton se controlou para não resmungar e a seguiu.

Abriram caminho através do forte. Morar em Cerameico não era de todo mau — o lugar era bonito, localizado entre duas montanhas e banhado pelas brumas das cachoeiras que o cercavam.

E era seguro. Isso era uma certeza. Depois de quase sete anos de pobreza, garimpando tudo o que conseguisse — comida, roupas, afeto —, com certeza era diferente estar em um lugar onde não precisava se preocupar de onde viria a próxima refeição, nem decidir do que estava disposto a abrir mão só para ter um canto para passar a noite.

Anton sentiu um arrepio na nuca quando se aproximaram da extremidade do forte, contra a lateral da montanha. Uma escadaria de pedra se erguia em volta da face da montanha. O arrepio subiu pelo pescoço e pela cabeça, fazendo-a latejar. Ele parou e levou as duas mãos às têmporas.

— Tudo bem com você? — perguntou Penrose, demonstrando preocupação ao parar ao lado dele.

Anton respirou fundo.

— Só a minha cabeça — disse ele com dificuldade. E apontou para a escadaria de pedra. — Onde isso vai dar?

— No Círculo de Pedras — respondeu ela.

Anton baixou as mãos ao esticar o pescoço para olhar para cima. De onde estava, não conseguia ver o Círculo, mas saber que estava lá lhe provocou um calafrio.

Penrose franziu a testa, mas continuou subindo a escada até chegarem a uma construção erguida contra a lateral da montanha. Colunas finas e ornamentadas ladeavam os degraus de pedra que davam em um arco estreito que se abria para o átrio da construção. Um teto de vidro permitia que a luz banhasse o piso de pedra.

— Onde estamos? — perguntou Anton enquanto Penrose seguia para as portas duplas de pedra e colocava a mão em um relevo quadrado.

As portas rangeram e se abriram para dentro, revelando um aposento cavernoso, com estantes mais altas do que três homens somados. Embora não houvesse janelas, uma luz amarelada suave banhava o aposento, pois a luz do sol passava por entre os tijolos de mármore das paredes.

— Estes são os arquivos da Ordem — respondeu Penrose. — É aqui que mantemos todos os documentos sobre cada profecia dos Sete Profetas; quando foram feitas, as interpretações, os resultados.

Eles entraram no aposento cavernoso e Anton ficou imaginando quantas pessoas tinham dedicado a vida a escrever cada detalhe daquelas profecias. O suficiente para encher aquele cômodo inteiro.

Uma mulher esguia, que usava uma capa cinza-escura, se aproximou, anotando alguma coisa em um diário enquanto caminhava.

— Boa tarde — disse Penrose.

A mulher fechou o diário e olhou para eles.

Àquela altura, Anton já tinha se acostumado aos olhares que recebia dos moradores de Cerameico — respeitosos e um pouco temerosos. Como se ele não fosse uma pessoa, mas um salvador. Aquilo fazia com que se lembrasse muito do modo como a avó o tratava, não como uma criança, mas como algo que poderia usar para retomar o legado da família.

Esse fato o deixava mais solitário do que nunca, mais solitário do que se sentira em uma família que não o amava, mais solitário do que quando vivera sozinho nas ruas.

— Ficamos honrados com sua presença nos arquivos — declarou a arquivista, recompondo-se. — O que espera encontrar aqui?

— Queremos saber mais sobre quem eram os Profetas — respondeu Penrose.

Anton desviou o olhar. Queria saber mais sobre os Profetas — quem eram *de verdade*, o que não acreditava poder encontrar em nenhum documento. Para a Ordem, os Profetas eram infalíveis. Mas agora ele sabia que aquilo não era verdade — que as histórias eram apenas histórias. Porque ele era um Profeta, e era tudo, menos infalível.

A arquivista pareceu um pouco surpresa com o pedido.

— Por onde gostariam de começar?

Anton decidiu responder antes que Penrose tivesse a chance:

— Queria saber sobre as profecias que não se cumpriram. As que estavam erradas.

A arquivista ficou olhando para ele com uma nova expressão no rosto. Choque e um pitada de raiva.

— Só existe uma.

— Você está se referindo à profecia do rei Vasili — disse Anton.

— Você a conhece. — Não foi uma pergunta.

Aquela era a única profecia, além da última, que Anton conhecia de cor e salteado. Sua avó o obrigara a aprendê-la quando tinha seis anos, certa de que seria Anton a provar que estava errada. Provar que os Profetas estavam enganados e que o legado do avô dela seria maior do que o deles.

A arquivista seguiu até um dos corredores e pegou um grosso manuscrito marrom, encadernado em couro. Entregou o volume para Anton.

— Estes são os escritos do rei Vasili. Temos as cópias originais. Bom, a maioria.

Anton pegou o manuscrito e folheou as páginas. O início do livro estava escrito com caprichados símbolos novogardianos e cada seção era datada. Pareciam descrever diversas anotações e planos militares a respeito de em qual dos conselheiros de Vasili, se houvesse algum, podiam confiar.

Anton folheou até o final. Ali, o texto era mais bagunçado, como se tivesse sido escrito por mãos trêmulas e terminado de forma aparentemente aleatória. Lendo algumas páginas, Anton não conseguia entender bem a escrita. As anotações caprichadas e metódicas tinham ficado para trás, substituídas por garranchos sem sentido:

As sombras se aproximam a cada dia.
Sei que Ele deseja falar comigo. Ele visita meus sonhos.
O que os Sete fizeram nunca poderá ser desfeito. Seu pecado maculou
o mundo e todos sofremos por isso. Principalmente eu.
A Pedra me chama. Sabe que foi roubada e quer me
punir pelo pecado dos Sete.
A luz é linda e avassaladora. Ela quer me consumir.
Quer consumir todos nós. Está me consumindo, queimando tudo
e deixando nada além de cinzas.

— Esta é a última página? — perguntou Anton, erguendo o olhar.

A arquivista assentiu.

— Foi escrita dias antes de ele se suicidar. Talvez tenha sido a última coisa que ele escreveu.

— O que significa? — perguntou Anton. — Que luz é essa a que ele se refere?

A arquivista meneou a cabeça.

— Vasili já tinha partido há muito tempo. Estava consumido por terríveis dores de cabeça que o incapacitavam por dias a fio. Dizem que a luz era um efeito dessas dores.

Anton estremeceu. Não achava que fosse apenas um efeito das dores de cabeça. A descrição de Vasili da luz se parecia demais com a luz da visão de Anton.

— Você disse que ele se suicidou. Como aconteceu?

— Você não sabe? — perguntou a arquivista.

Anton meneou a cabeça. A avó amava falar sobre seu avô, o rei Vasili, mas se recusava a mencionar o que tinha acontecido depois de sua derrota. Como se pudesse apagar aquela parte do legado apenas não a mencionando.

A arquivista pareceu triste ao responder:

— Ele se afogou.

6

EPHYRA

Shara esperava por ela do lado de fora do salão de apostas, no dia seguinte.

— Está pronta para conhecer o resto do bando? — perguntou ela quando Ephyra se aproximou.

— Bando?

Shara arqueou as sobrancelhas.

— Você não acha que me tornei a ladra mais famosa do mundo agindo sozinha, acha?

Não tinha passado pela cabeça de Ephyra que havia uma *equipe* inteira para ajudar o Rei Ladrão. Não conseguiu ocultar o desconforto. A Mão Pálida costumava agir sozinha.

— Você vai gostar delas, prometo. — Shara fez uma pausa. — Quer dizer, *gostar* é um palavra forte. Mas nós precisamos delas. Venha.

Shara empurrou a porta e gesticulou para Ephyra entrar. Àquela hora da manhã, o salão de apostas estava vazio. Parecia haver apenas mais uma pessoa lá dentro, um garçom atrás do balcão, empilhando copos de cerâmica. Quando se aproximaram, Ephyra percebeu que era a mesma pessoa com quem tinha falado na noite anterior.

— Shara! — exclamou ele, e covinhas apareceram ao vê-la. Ao notar Ephyra atrás dela, sua expressão ficou confusa. — Quem você trouxe?

Shara indicou Ephyra com a cabeça.

— Ephyra, este é Hayu. O dono deste estabelecimento. Hayu, esta é Ephyra. Ela... hum... está procurando uma coisa.

Os olhos de Hayu brilharam ao compreender.

— Ah, o novo trabalho.

Shara apoiou o cotovelo no balcão.

— Hayu é como a mãezona da nossa casa. Nós nos hospedamos lá em cima quando estamos na cidade, para descansar e nos reagruparmos. — Ela se virou para ele. — Cadê todo mundo?

Ele abriu a boca para responder, mas o som de duas vozes altas o impediu:

— Já *falei* um milhão de vezes para não mexer nas minhas coisas! — exclamou uma voz feminina e aguda do corredor que levava até o salão de jogos.

— Você tem muitas coisas — respondeu uma voz feminina mais grave. — Por que precisa de tudo aquilo? Uma mulher só deveria precisar das roupas, de uma faca e de uma tigela. É assim que as coisas são nas estepes.

— Não estamos na porcaria das estepes — retrucou a primeira voz. — Mas Pallas nos livre de termos *qualquer coisa* que facilite um pouco a vida.

Duas mulheres, que pareciam pouco mais velhas que Shara, surgiram dos fundos do estabelecimento. Uma era pálida e esguia, com um rosto aristocrático, cabelo claro e olhos da cor do céu depois de uma tempestade. A outra era bronzeada, tinha o cabelo preto preso em rolos e era a mulher mais alta que Ephyra já tinha visto.

— Hayu, você pode dizer para Numir que, se ela mexer nos meus livros de novo, pode ir dormir ao ar livre, já que sente tanta saudade das estepes? — disse a mulher de olhos azuis.

— Hayu, diga a Parthenia que os *livros* dela estão entulhando o quarto, e ela nem os lê, só os guarda para que a gente ache que ela é inteligente — desdenhou a mais alta.

— Hayu, diga para Numir que eu *sou* inteligente e que ela saberia disso caso lesse um livro que fosse...

— Senhoritas — disse Shara, empoleirada no balcão do bar. Ela fez um gesto em direção a Ephyra. — Temos uma convidada.

As duas mulheres, totalmente concentradas uma na outra, pararam de repente e se viraram para Ephyra.

— Como vai? — disse a garota de cabelo claro, com voz doce e agradável. — Meu nome é Parthenia.

Ela era uma das mulheres mais bonitas que Ephyra já tinha visto. Demorou um pouco para encontrar a voz.

— Ephyra.

— Esta é Numir — disse Hayu, sorrindo para a mulher alta ao lado dele.

— Minha rastreadora — explicou Shara. — Parthenia é a perita em linguagem. Ela sabe basicamente todas as línguas do mundo. Até as extintas.

— Principalmente as extintas — disse Parthenia com um brilho nos olhos. — Me especializei em tradução de neemiano antigo na Grande Biblioteca.

Shara se virou para o bar como se estivesse procurando outra pessoa nos fundos.

— Onde está Hadiza? Falei que todo mundo devia estar aqui no meio da manhã.

— Você conhece minha irmã — disse Hayu com um suspiro. — Ela considera "na hora" a hora que resolve aparecer.

— Que mentiras está contando a meu respeito agora, maninho? — disse uma voz da porta do estabelecimento.

Ali estava uma mulher com as mãos na cintura, cabelo preto cacheado e o mesmo tom de pele marrom de Hayu e Shara.

Ela olhou para Ephyra enquanto se aproximava do bar.

— Você deve ser a nossa nova cliente.

Ephyra ficou nervosa com a familiaridade do grupo, não apenas uns com os outros, mas com ela.

— Ephyra — respondeu ela. — Shara falou que vocês poderiam me ajudar.

— Me chamo Hadiza, sou a historiadora do grupo — respondeu a garota.

— Ela sabe tudo sobre artefatos lendários — explicou Hayu, orgulhoso. — Sério. Qualquer coisa mesmo. É só perguntar.

— Você conhece o Cálice de Eleazar? — perguntou Ephyra.

Hadiza arregalou os olhos, e as outras ofegaram. O aposento ficou em silêncio por um instante.

Hadiza olhou para Shara.

— Você não contou que ela estava procurando *isso*!

— Não? — perguntou Shara. — Que estranho, me lembro claramente de ter dito. Devo ter sonhado.

— Não, você *não* disse nada, e aposto que foi porque sabia que não apareceríamos se tivesse dito — retrucou Hadiza. — Muito engraçado.

— Bom, agora vocês sabem.

Hadiza soltou um suspiro pesado.

— Mesmo que *quiséssemos* encontrar o Cálice, como exatamente você propõe que a gente faça isso?

— Estão duvidando de mim? — perguntou Shara. — Acontece que este trabalho chegou com informações privilegiadas. — Ela fez um gesto com a cabeça em direção a Ephyra.

— Meu pai estava procurando o Cálice de Eleazar — disse Ephyra, pegando o diário do pai na bolsa e abrindo no desenho do Cálice. — Encontrei o diário dele. O Rei Ladrão... ou melhor, o primeiro Rei Ladrão... escreveu para ele sobre o assunto. As anotações do meu pai dizem que o Rei Ladrão tinha uma coisa... uma chave.

— É um começo — disse Shara de forma encorajadora. — Badis deixou todas as posses dele para mim quando morreu. Então a gente deve ter essa chave em algum lugar.

— Shara, isso é imprudente, até mesmo para você — disse Hadiza, então encarou Ephyra. — Me deixe ver o diário.

Ephyra hesitou.

— Se vamos trabalhar juntas, você precisa confiar na gente — declarou Hadiza.

— Não confio em vocês — retrucou Ephyra. Não confiava em ninguém. — Mas preciso de ajuda.

Com relutância, entregou o diário. Hadiza folheou o volume, passando os olhos em cada página.

— Parece que Badis teve o bom senso de recusar esse trabalho — disse ela, por fim.

— Badis não está mais no comando — retrucou Shara. — Mas não vou obrigar ninguém a fazer isso. A escolha é de vocês. Todas as três. Não vai ser fácil nem seguro. Se a notícia de que estamos procurando o Cálice se espalhar, vamos começar a ter problemas.

— Você se refere ao fato *ligeiramente* inconveniente de que a gente talvez possa ser assassinada só por procurar o Cálice? — disse Hadiza. — Já que foi isso que aconteceu com todos os outros ladrões de tesouro que tentaram? Alguém não quer que o Cálice seja encontrado.

Ephyra retesou o maxilar. Era Beru quem sempre sabia como conseguir ajuda dos outros, como convencer um capitão a deixar duas garotas sem um tostão furado viajarem em seu navio, ou um vigia fingir que não as viu morando em uma casa abandonada. Ela até conseguira persuadir Anton a ajudá-las a encontrar o Cálice — embora aquilo não tivesse terminado bem.

As habilidades de Ephyra se resumiam a matar e proteger Beru. E já fracassara em uma delas. Só conseguia pensar em um modo para fazer aquelas mulheres ficarem do seu lado: contar a verdade. Mas só de pensar nisso sentia um arrepio na nuca.

— Não espero que concordem com isso — disse Ephyra. — Sei dos riscos, assim como vocês. Mas, para mim, essa busca não tem a ver só com o tesouro ou com poder. Preciso do Cálice porque... — Ela engoliu em seco, lutando contra o impulso de manter aquele segredo a qualquer custo. — Preciso dele para minha irmã. Ela está doente há muito tempo, e os curandeiros não podem ajudá-la. Acho que o Cálice pode salvá-la.

Ela viu a expressão de Parthenia se suavizar. Numir pareceu pensativa.

— Isso é triste, e tudo o mais — declarou Hadiza. — Mas só explica por que *você* está disposta a fazer isso. Shara, e quanto a você?

— Porque ninguém nunca encontrou o Cálice — respondeu ela. — Se *nós* o encontrarmos, vamos nos tornar lendas. As melhores ladras do mundo. Os outros vão se curvar diante da nossa glória, e vamos sempre pegar os melhores trabalhos, receber os melhores pagamentos, e ninguém jamais vai se atrever a mexer com a gente. Nunca mais vão roubar nosso trabalho ou tentar passar a perna na gente.

Além disso, vocês não têm *nem um pouco* de curiosidade sobre esse poderoso artefato que muitos morreram tentando encontrar?

— Não — rebateu Hadiza.

— Eu tenho — respondeu Parthenia.

— Vocês duas parecem que querem morrer — retrucou Hadiza. — Realmente não entendem o que é o Cálice, não é? Não é um tesouro. É uma arma.

Shara abriu a boca para retrucar, mas Ephyra falou primeiro:

— E se fosse Hayu precisando dele?

Hadiza olhou para o bar, onde Hayu estava arrumando copos.

— E se você tivesse que assistir ao seu irmão sofrendo de uma doença? E se descobrisse uma forma de curá-lo? Não faria tudo que estivesse ao seu alcance? Ou ficaria parada, dizendo que é perigoso demais, e preferiria deixar seu irmão morrer?

Hadiza engoliu em seco.

— Claro que eu tentaria.

— Então você entende por que preciso fazer isso — continuou Ephyra. — Você sabe por que preciso de *você*. De todas vocês. Juro que não quero machucar ninguém. Só quero salvar a minha irmã.

Ephyra ficou incomodada com todos os olhares focados nela, mas se concentrou em não deixar transparecer.

— Onde está sua irmã agora? — perguntou Numir.

Ephyra se virou para ela. Aquela verdade não precisava ser contada.

— Estava doente demais para vir comigo. Eu a deixei em casa. Se eu não voltar com o Cálice, ela vai morrer.

Aquela parte, pelo menos, era verdade. O tempo de Beru estava se esgotando. Ephyra perdera uma semana rastreando Shara. Precisava encontrar logo o Cálice e, quando isso acontecesse, poderia contratar um cristalomante para achar Beru antes que fosse tarde demais.

Depois de um momento, Shara perguntou:

— Então, estamos dentro?

— Eu estou — disse Numir, sem hesitar.

— Eu também — concordou Parthenia.

Shara olhou para Hadiza.

— Tá bom — cedeu a garota. — Estou dentro também.

— Combinado, então. Arrumem suas coisas e façam tudo que precisam fazer. — Shara abriu um sorriso rápido. — Da próxima vez que colocarmos os pés em Tel Amot, seremos lendas.

De acordo com Shara, a primeira parada era o esconderijo original do Rei Ladrão. A maior parte das posses dele ainda estava lá e, se o pai de Ephyra estivesse certo, era onde estaria a chave. Não ficava muito longe, logo além dos limites da cidade, e Shara prometeu que chegariam lá antes de escurecer.

A manhã ainda estava fria quando partiram. Numir cantarolava uma música de suas terras, enquanto Parthenia a encorajava.

— Depois dessa, cante "Minha mulher é uma águia"!

Numir a fulminou com o olhar.

— Você sabe muito bem que essa música não existe.

Ephyra avançou um pouco para se afastar da discussão, colocando-se ao lado de Hadiza.

— Seu irmão disse que você sabe tudo sobre artefatos lendários.

— Meu irmão gosta de exagerar um pouco, principalmente em relação a mim — respondeu Hadiza.

— Mas você sabe alguma coisa sobre o Cálice, não sabe?

Hadiza assentiu, sem olhar para ela.

— Quem foi que o fez?

A garota ficou em silêncio por um longo tempo.

— O Cálice não foi feito — respondeu, por fim. — Pelo menos não por um artífice. Dizem que ele era a fonte original da própria Graça do Sangue. De onde você acha que as Graças vieram?

Ephyra deu de ombros.

— Para ser bem sincera, nunca nem pensei nisso.

— Bom, a lenda diz que existem quatro fontes de Graça — explicou Hadiza. — Os Profetas foram os primeiros a obter seu poder, a Graça da Visão. E então concederam as outras fontes de Graça para aqueles que acreditavam ser merecedores.

— E para quem deram o Cálice?

— O Cálice foi dado a uma boticária. Ela conseguiu usar esse dom para curar doentes. Na época, uma praga assolava a cidade. As pessoas foram até a Profetiza Behezda para perguntar se havia como extinguir a doença. A profecia de Behezda disse que a praga acabaria se o sangue de uma rainha inocente fosse derramado no Portão Rubro. A boticária disse ao povo da cidade que ela se tornaria rainha e se sacrificaria por eles. Eles a coroaram na manhã seguinte. Ao anoitecer, ela estava morta.

Ephyra estremeceu, apesar do calor do sol. Conhecia apenas vagamente a história da Rainha Sacrificada. Agora, o relato parecia adquirir outro significado, lembrando-a de Beru e da escolha que fizera de abandonar Ephyra para deixar sua vida se esvair.

— No início, a cidade achou que a rainha tinha se sacrificado em vão — continuou Hadiza. — A praga continuou forte como antes. Durante *anos* perguntaram a Behezda o que a profecia realmente significava. Mas, como descobriram depois, quando a rainha morreu, seu *esha* foi liberado na terra e se refez. Crianças começaram a nascer com a Graça do Sangue, como a rainha. Sua morte ajudou a criar novos curandeiros, e ela se tornou conhecida como a Rainha Sacrificada.

Era estranho pensar que a Graça da própria Ephyra estava ligada àquela rainha, a primeira pessoa com a Graça do Sangue.

— E quanto ao Rei Necromante? Como ele conseguiu o Cálice?

— Anos depois da morte da rainha, a Profetiza Behezda teve outra visão. Viu uma terrível guerra: um rei morto se levantando contra os vivos, um exército de ressurgidos que poderia varrer o deserto. E o Cálice estaria no centro desse caos.

— As Guerras Necromantes — disse Ephyra.

Hadiza assentiu.

— Isso. Quando a Profetiza Behezda contou essa profecia às novas curandeiras, aquelas que nasceram com o *esha* da Rainha Sacrificada, elas pegaram o Cálice e o esconderam em seu templo fora dos limites da cidade. Elas se chamavam de Filhas da Misericórdia. Sempre que uma criança mostrava sinais da Graça do Sangue, as Filhas da Misericórdia a levavam para o templo secreto para treiná-la.

"E assim foi por alguns séculos. Mas, apesar de todos os esforços das Filhas da Misericórdia para localizar quem nascia com o dom, a Graça do Sangue se espalhou para além do deserto. Mesmo assim, as Filhas da Misericórdia mantiveram o Cálice em segurança, e parecia que as Guerras Necromantes talvez nunca acontecessem."

— Mas aconteceram — disse Ephyra. — Onde foi que elas erraram?

— Quatrocentos anos depois da profecia de Behezda, um garoto com a Graça do Sangue chegou às Filhas da Misericórdia para ser treinado. Era uma criança curiosa, com habilidades que ficavam mais fortes a cada dia. As Filhas da Misericórdia ficaram preocupadas com aquela criança e o baniram de lá, mandando-o para o deserto para morrer.

— Mas ele não tinha feito nada. Elas o expulsaram só porque ele era poderoso?

A raiva de Ephyra foi súbita e intensa. Não conhecia aquela parte da história. Tudo que sabia sobre ele era o que acontecera depois de o homem se coroar o Rei Necromante, quando já era poderoso e aterrorizante.

Hadiza lançou um olhar curioso para Ephyra.

— Ele tinha demonstrado um poder maior do que as Filhas da Misericórdia podiam controlar. Elas tiveram medo dele, e o medo fez com que o exilassem.

Ephyra observou a terra que as cercava. De certa forma, conseguia imaginar como devia ter sido para o Rei Necromante. Sozinho com tanto poder. Os pais da própria Ephyra tinham medo dela, assim como as Filhas da Misericórdia tinham temido o Rei Necromante. Mas Ephyra sempre tivera Beru, pelo menos. Nunca ficara sozinha de verdade, até agora.

— O garoto ficou no deserto por anos, vivendo da terra — continuou Hadiza. — Comendo animais e plantas para sobreviver. E, aos poucos, começou a testar os limites do seu poder, os limites da natureza. Aprendeu como ressuscitar os mortos. Não humanos, a princípio. Durante suas viagens, ele se enchia com o *esha* de pessoas e criaturas que encontrava no caminho, tomando a vida delas para si. Quando estava forte o suficiente, voltou ao esconderijo das Filhas da Misericórdia e exigiu que lhe dessem o Cálice. Tinha sentido como o poder era doce, e queria mais. Usou a força que roubara dos outros para obter o Cálice. As Filhas da Misericórdia tinham medo demais de usar o Cálice por si mesmas, e não foram capazes de derrotá-lo.

Ephyra cerrou os punhos ao lado do corpo. Conseguia imaginar o tipo de poder que o garoto possuía. Conseguia imaginá-lo brandindo-o contra aquelas que tentaram impedi-lo. Quase o compreendia.

— O resto você já deve saber — disse Hadiza. — Ele se declarou rei de Behezda e, com o poder do Cálice, ergueu um exército de ressurgidos para invadir as cidades vizinhas. Os que resistiram foram assassinados e ressurgidos para se tornarem parte do terrível exército. Por fim, ele marchou para o reino de Herat. Seu exército tinha outro efeito também: sugava a vida da terra para manter os ressurgidos vivos, e acabou criando este deserto desolado.

— Como foi que ele acabou derrotado?

— Ele não foi derrotado — respondeu Hadiza. — No fim, ele foi detido porque o poder do Cálice se voltou contra ele. Cada ressurgido que fazia tirava um pouco mais do seu poder, até que ele ficou fraco o suficiente para as Filhas da Misericórdia recuperarem o Cálice. Sem o artefato, o exército de ressurgidos ruiu. Os Profetas, que normalmente se recusavam a mediar assuntos mortais, tomaram para si a responsabilidade de puni-lo pelos crimes que cometera.

— Por que as Filhas da Misericórdia só não destruíram o Cálice? — perguntou Ephyra. — Por que escondê-lo?

— Ninguém sabe ao certo o que elas fizeram — disse Hadiza. — Já ouvi muitas histórias, uma diferente da outra. Nenhuma com provas. Algumas pessoas acreditam que elas tenham destruído, *sim*, o Cálice. Mas eu acho que não podiam fazer isso, porque destruiria o poder delas. Então, em vez disso, elas o esconderam em algum lugar que ninguém conseguiria encontrar.

— Ninguém — repetiu Ephyra. — Exceto nós.

— Agora é a minha vez de fazer uma pergunta — disse Hadiza, estreitando os olhos. — Sei que você está escondendo alguma coisa de nós.

— Tudo que contei é verdade — declarou Ephyra. — Minha irmã...

— Nessa parte eu acredito. Mas tem alguma outra coisa que você não nos contou. E se esse segredo significar problemas para Shara e para nós... bom, é melhor você rezar para não ser o caso.

Ela encarou Ephyra por um longo tempo, e a garota sustentou o olhar.

— Mexer com esse tipo de poder... pode acabar te matando — declarou Hadiza, por fim. — Então é melhor ter certeza de que vale a pena.

Ephyra engoliu em seco.

— Eu tenho certeza.

O esconderijo do primeiro Rei Ladrão ficava nas ruínas do que outrora fora uma gigantesca estátua. Tudo que restava agora eram o pé do tamanho de uma casa e alguns entulhos. Ficavam no meio do nada. Só havia alguns arbustos e o deserto cercando-as por quilômetros e quilômetros.

— Que lugar é este? — perguntou Ephyra.

— Era um monumento dos primeiríssimos governantes desta terra — explicou Hadiza.

— Você quer dizer de antes dos Profetas? Por que está aqui?

— Ninguém sabe de verdade — admitiu Hadiza. — A lenda neemiana diz que o Deus Criador ficou zangado porque o povo da cidade do deserto construiu um monumento tão grandioso para alguém que não era divino. As histórias dizem que ele atingiu a estátua com toda sua fúria e espalhou seus pedaços pelo deserto. Mas o mais provável é que tenha sido destruída por uma tempestade de areia ou algo do tipo.

— Uma tempestade de areia e tanto — comentou Parthenia.

Ephyra se virou para Shara.

— Seu antecessor construiu um esconderijo aqui?

— Não exatamente — respondeu Shara. Ela estava pressionando o ouvido contra uma das unhas do enorme pé de pedra, batendo nela com cuidado. — Este esconderijo já existia antes de Badis o encontrar. Ele foi apenas o ocupante mais recente. Aha!

Ela se afastou da unha do pé quando um rangido baixo soou e uma abertura começou a surgir, revelando uma escada que levava à escuridão. Shara acendeu uma luz incandescente e a pendurou no pulso, indicando o caminho enquanto desciam.

Depois de um tempo, os degraus deram em uma grande câmara de pedra. A escuridão foi substituída por uma penumbra enquanto Shara andava pelo cômodo acendendo as luzes.

Com a iluminação, viram o que parecia ser uma oficina, com uma grande mesa ao centro, cercada por estantes altas de livros. As estantes estavam desorganizadas, havia livros espalhados pelo chão e páginas soltas no tapete, como se o vento do norte tivesse passado por ali. Havia três baús de madeira abertos, e o conteúdo estava espalhado em volta deles.

— Quem mais conhece este lugar além de você? — perguntou Numir.

— Ninguém — respondeu Shara.

— Bom, alguém com certeza estava procurando alguma coisa — disse Parthenia, agachando-se ao lado de um dos baús para levantá-lo.

— A questão é: será que encontraram? — disse Ephyra, o coração disparado.

— Talvez um dos membros do antigo bando de Badis tenha voltado para o esconderijo? — perguntou Numir. Parthenia a chutou de forma nada sutil. — Ai. *O que foi?*

— Todos eles morreram também — disse Shara, deixando o telescópio cair com um baque.

Ephyra sentiu um frio na barriga.

— E se... — Hadiza engoliu em seco. — E se quem invadiu nosso esconderijo sabia que Badis tinha a chave para encontrar o Cálice?

Antes que Shara pudesse responder, ouviram um barulho nos fundos da câmara. Depois uma batida, mais forte. Estava vindo da parede dos fundos.

Shara arregalou os olhos e atravessou rapidamente o aposento. Ephyra deu um passo para trás e levou a mão até a adaga no cinto.

Shara segurou uma alavanca na parede de pedra.

— O que você está fazendo? — sibilou Ephyra. — Quem está aqui pode ser perigoso!

Shara revirou os olhos.

— Relaxe. — Ela puxou a alavanca e a parede começou a se mexer. — Existe um motivo para Badis ter escolhido este lugar como esconderijo. Essa sala secreta era onde ele escondia as coisas *mais* valiosas. Não é tão difícil assim encontrar uma sala secreta se souber onde procurar, entende? E ele se certificou de colocar outras precauções. Depois que se entra nessa sala, ela não te deixa sair a não ser que saiba a senha.

A parede se abriu e revelou uma jaula de aço.

— Bem que eu pensei ter ouvido vozes — disse o homem atrás das grades. — Suponho que não tenham vindo aqui para me libertar, não é?

Ephyra levou um momento para perceber que já tinha ouvido aquela voz antes. A pessoa saiu das sombras e ela viu o homem que um dia tentara matar.

Illya Aliyev.

7

JUDE

Jude caminhou rapidamente pela passarela coberta, mantendo o olhar neutro enquanto passava pelos campos de treinamento dos Paladinos e seguia para o depósito no fim dos alojamentos.

Certificando-se de que não havia ninguém observando, Jude se esgueirou por trás das fileiras de alojamentos até o prédio do posto avançado. Não queria ter de explicar para ninguém por que estava visitando os refugiados heratianos.

A pedido do príncipe Hassan, mais de cem refugiados heratianos de Pallas Athos voltaram para Cerameico junto com a Ordem da Última Luz. E embora o príncipe não fosse o Profeta — mas sim, no fim das contas, o Enganador, o primeiro dos arautos citados na última profecia —, a Ordem havia honrado o desejo dele de manter os refugiados em segurança. Uma decisão pela qual Jude era grato — por vários motivos.

Sentiu os olhares dos refugiados nele assim que entrou. Uma jovem se aproximou.

— Guardião da Palavra — cumprimentou ela. — O que o traz aqui?

Jude sentiu um aperto na boca do estômago. Ainda era o Guardião, por ora. No interrogatório do dia anterior, o Tribunal provara que talvez isso mudasse em pouco tempo.

— Preciso falar com sua curandeira — respondeu ele.

Ela o encarou e Jude resistiu ao impulso de tocar a capa enrolada em seu pescoço.

— Claro. Por aqui.

Ela o levou por uma faixa estreita de grama que os refugiados transformaram em jardim. Duas mulheres, ambas provavelmente com o dobro da idade de Jude, estavam ajoelhadas no chão.

— Sekhet! — chamou a mulher ao lado de Jude.

Uma das outras duas levantou a cabeça e olhou para eles.

— O Guardião da Palavra deseja falar com você.

A curandeira caminhou até ele, o rosto enrugado demonstrando surpresa.

— Em que posso ajudá-lo?

— Há um assunto que desejo discutir com você — respondeu Jude. — Um... Um assunto delicado.

Ela pareceu compreender na mesma hora. Fez um sinal para sua companheira de jardinagem, dizendo que voltaria depois, e levou Jude para uma casa na beira do pátio. Assim que a porta se fechou atrás dele, Jude soltou a capa, deixando-a cair do seu pescoço e ombros.

A curandeira arregalou os olhos ao ver as marcas, mas nada disse.

— Você já viu isto antes — disse Jude, tocando nas cicatrizes brancas que desciam pelo seu pescoço em direção ao coração. — Ou algo parecido.

— Já — confirmou a curandeira. — Uma vez, depois que as Testemunhas tomaram Nazirah.

— Fogo Divino — disse Jude.

A curandeira se aproximou.

— Posso?

Jude curvou a cabeça, dando permissão. As mãos da curandeira eram frias e clínicas ao empurrarem o tecido da túnica de Jude para ver a dimensão das cicatrizes. Ela o virou para um lado e para o outro enquanto o examinava.

— As queimaduras de Fogo Divino que vi antes eram... bem piores — disse ela. — Mas o padrão é o mesmo.

— Fui queimado em Nazirah.

— Sinto muito — respondeu ela, afastando as mãos. E suas palavras pareciam mesmo sinceras. — Já vi o que o Fogo Divino é capaz de fazer. Já testemunhei a dor. Ajudei meus pacientes a passarem pela pior parte.

— Essa é a questão — disse Jude. — Não sinto dor. Logo que acordei, eu sentia, mas agora... não sinto nada.

A curandeira olhou para ele sem entender.

— Ausência de dor costuma ser um bom sinal.

Jude engoliu em seco e contraiu os lábios.

— Quando a dor atenuou, achei que isso significava que eu recuperaria minha Graça.

Em um dos últimos dias a bordo do navio, antes de voltarem a Cerameico, Jude acordou e a primeira coisa que sentiu foi fome. Não náusea por causa da dor, nem a ardência das queimaduras e nem as ondas de calor e frio. Apenas ficara deitado na cama, sentindo o estômago roncar, rindo de alívio. Lembrava-se de ter fechado os olhos e buscado sua Graça.

E de não sentir nada.

— Não a senti. Nem uma única vez desde Nazirah. — Ele olhou diretamente nos olhos da curandeira. — Ela se foi, não é?

A curandeira ficou em silêncio por um longo tempo.

— Pelo que notei no soldado que sofreu queimaduras de Fogo Divino, a dor de perder a própria graça era... imensa. No fim, ele não conseguia nem falar. Ficou totalmente catatônico.

— No fim — repetiu Jude, devagar.

— Ele morreu — revelou a curandeira com suavidade. — Pareceu que, sem sua Graça, o corpo dele foi perdendo totalmente as funções. Parou de funcionar.

Jude sentiu um calafrio enquanto tocava a cicatriz de novo. Será que aquilo aconteceria com ele? Será que já estava acontecendo, sem que percebesse?

— Mas há esperança — disse a curandeira. — Não somos especialistas em Fogo Divino e seus efeitos. Até alguns meses atrás, nem sabíamos que isso existia. E, com base no que você me disse, pode haver uma chance de que sua Graça tenha sido apenas ferida e que talvez exista um modo de repará-la.

— Como?

— Isso eu não sei.

Jude fechou os olhos. Uma chance. Precisava de mais do que isso. Sem a Graça, não teria como cumprir suas funções como Guardião da Palavra. E, nesse caso, nem importaria se o Tribunal o condenasse como traidor do juramento. Se não pudesse proteger o Profeta, se não fosse capaz de cumprir a promessa que fizera a Anton a bordo do navio, Jude não tinha mais lugar na Ordem.

— Gostaria de poder ajudar mais — disse a curandeira. — Quem sabe os estudiosos da Ordem não conhecem alguma forma de ajudar?

— Não — respondeu Jude, rápido demais. — Quer dizer... Eles têm coisas mais importantes em que pensar.

Os olhos da curandeira ficaram sombrios quando ela compreendeu.

— Ah. E por quanto tempo você pretende guardar segredo?

Jude engoliu em seco.

— Até eu saber se posso resolver isso ou não.

Ela assentiu.

— Não vou contar a ninguém. E vou procurar respostas para você. Vou perguntar aos outros refugiados também. Alguns deles conheceram pessoas em Nazirah marcadas pelo Fogo Divino.

Daquela vez, porém, Jude não perguntou se algum deles ainda estava vivo.

Jude entrou no templo silencioso e se benzeu com o óleo de crisma no altar. Da última vez que pisara naquele local sagrado, seu pai lhe dissera que o Profeta havia sido encontrado, e a vida de Jude mudara para sempre.

Agora, estava prestes a mudar de novo. Sua Graça se fora. A Espada do Pináculo estava perdida. E, dali a um dia, quando o Tribunal entregasse o veredito, ele talvez perdesse todo o resto também. Sua posição como Guardião da Palavra. A Guarda. Seu lugar em Cerameico. Seu destino.

Perguntou-se qual foi o momento exato em que quebrou seu juramento. Foi quando deixou a *villa* em Pallas Athos, afastando-se da pessoa que ele acreditava ser o Profeta? Ou foi quando escolheu Hector para sua Guarda?

Ou mesmo antes, na noite em que Jude se virou para ver o corpo de Hector banhado pelo luar e percebeu pela primeira vez que queria tocá-lo? Ou talvez muito depois, naquele antro de jogatina, entregando seu cordão de ouro como uma moeda de aposta? Juntando seu destino com o de marinheiros e patifes. Confiando sua sina a um ladrão apostador que mal conhecia.

Mas então aquele ladrão apostador acabou se revelando o verdadeiro Profeta.

E talvez não tivesse sido em nenhum daqueles momentos. Talvez Jude não tivesse quebrado nenhum juramento. Talvez todas aquelas dúvidas e temores e, sim, talvez até seu desejo esvaziado de fé, talvez tudo aquilo o tivesse levado a Anton. Ao Profeta.

Mas se o Tribunal tomasse a decisão que Jude temia, Anton não seria mais sua responsabilidade.

Alguém se aproximou dele.

— Procurei você por toda parte — disse Penrose.

Jude abriu os olhos.

— Você não devia falar comigo. O Tribunal pode considerar uma...

— Jude — interrompeu Penrose. — Por favor, eu vim me explicar.

— Você não tem que explicar nada, Penrose — respondeu Jude com voz cansada.

— Você merecia ouvir aquilo de mim — disse Penrose. — A sós. Não na frente de todo mundo. Sinto muito que tenha acontecido dessa forma.

— Você não me deve explicação nenhuma. Tudo que disse ontem era verdade, não era? Abandonei o meu dever. Mais do que isso, eu... — Ele se interrompeu. — Eu errei ao escolher a Guarda. Escolhi Hector porque... bom, você sabe o porquê. E fui atrás dele em vez de cumprir o meu dever. Vocês todos quase morreram naquele farol em Nazirah por minha culpa.

— Você encontrou o Profeta — disse Penrose em voz baixa e calma. — Você o salvou. E o trouxe para nós.

Jude virou de costas, afastando-se de Penrose e seguindo em direção ao limiar do templo.

— Ele precisa de você, Jude — declarou Penrose atrás dele. — Não confia em nenhum de nós, mas confia em você. Ele pergunta de você. Só converse com ele. Por favor.

Jude se virou para ela bruscamente.

— Você contou para ele?

— Que você não quer vê-lo? — perguntou ela. — Não. Ele acha que o Tribunal é que não está permitindo.

— Que bom — disse ele, levando a mão ao pescoço, à teia de cicatrizes ali. — Não tenho como ajudá-lo. Não tenho como ajudar ninguém.

— Então vai simplesmente desistir?

Jude respirou fundo, fingindo estar fazendo um *koah*. Só que não podia mais fazer nenhum *koah*, porque não tinha mais Graça.

— Depois do seu testemunho, o Tribunal não terá escolha a não ser tirar o meu título e, no mínimo, me exilar — disse Jude, em tom neutro, enquanto se virava para olhar Penrose.

— Você não tem como saber. Você não...

— Eu sei — respondeu Jude. — E você também sabe. O cargo deveria ter sido seu desde o início. Se você tivesse nascido na linhagem Weatherbourne, nada disso estaria acontecendo.

Penrose recuou como se tivesse levado um golpe.

— Você não acredita nisso. Isso é... Isso é uma blasfêmia contra os Profetas. *Eles* escolheram você.

— Então eles cometeram um erro.

Jude desviou o olhar. Não queria contar a ela que tinha perdido a própria Graça. Era vergonhoso demais, terrível demais, e temia ver seu próprio medo ecoando nos olhos de Penrose.

— Como se *atreve*? — perguntou Penrose, a voz furiosa. — Como se atreve a questionar os Sete Profetas? Como se atreve a pensar que sabe mais do que eles? Você lutou tanto por Hector, e agora já desistiu de si mesmo.

O nome de Hector foi como uma faca enfiada em uma ferida aberta. Jude estivera disposto a jogar tudo para o alto — seu dever, seus juramentos, a Ordem — só para manter Hector ao seu lado.

E não tinha sido suficiente.

Ele deu as costas a Penrose novamente.

— Proteja o Profeta.

Saiu do templo antes que ela tivesse a chance de responder. Não sabia por que tinha ido até lá. Os Profetas não estavam mais ali. Não tinham resposta para ele.

O sol estava se pondo quando Jude seguiu até a ponte e em direção à fortaleza. Ignorou a trilha que levaria ao seu alojamento. Não queria dormir. Normalmente, quando ficava daquele jeito, Jude ia para seu lugar favorito em Cerameico — a beira da cachoeira mais alta, onde costumava executar seus *koahs* matinais.

Aquele lugar o lembrava de Hector, de como treinavam os *koahs* juntos, o único lugar em todo o forte onde podiam ser eles mesmos. Foi naquele lugar que Jude percebeu o que sentia por Hector. E imediatamente soube que jamais seria a pessoa que deveria ser.

Não queria se lembrar daquela pessoa. Queria esquecê-la por completo. Queria se esquecer de que Jude Weatherbourne já tinha existido.

8

HASSAN

Hassan e Khepri passaram a primeira manhã na Grande Biblioteca, explorando a base rebelde.

Tinham conhecido a maioria dos outros rebeldes na noite anterior, no observatório, tomando taças de vinho de palma e comendo pratos de cozido condimentado, embora Arash não tivesse aparecido. Eles se reencontraram com alguns de seus soldados — Faran tinha encontrado o caminho para a Asa do Escaravelho, junto com doze outros soldados. Com a barriga cheia e o coração aquecido, Hassan e Khepri voltaram para seus aposentos e caíram em um sono exausto.

No dia seguinte, depois de comerem, Hassan deixou Khepri conversando com os irmãos e saiu sozinho para explorar os aposentos familiares da Biblioteca, vendo como os rebeldes a tinham transformado em uma base funcional. Chegava a ser engraçado — quando era criança, morria de inveja dos aprendizes que podiam trabalhar em tempo integral na Biblioteca. Nada o convencia de que morar no palácio era melhor. E ali estava ele agora.

— Vossa Alteza! — exclamou um dos rebeldes que Hassan conhecera na noite anterior, parado diante da porta da saleta de leitura no qual Hassan se sentara, folheando um conhecido volume das Histórias de Sufyan. O rapaz era jovem, talvez mais novo que Hassan, e claramente não esperava ver o príncipe ali.

— Não precisa disso — disse Hassan, dispensando a formalidade com um gesto. — Por acaso você viu Khepri?

Eles tinham combinado de se encontrar antes do jantar.

O garoto assentiu.

— Ela estava na ala das oficinas. Arash e os outros líderes estão em reunião e pediram que ela se juntasse a eles.

Hassan sentiu uma pontada de irritação. Por que convidaram Khepri, mas não estenderam o convite a ele? Não teria sido difícil mandar alguém chamá-lo.

Sua expressão revelou seus pensamentos, pois o garoto se apressou a dizer:

— Tenho certeza de que você ia ser convidado também.

Hassan assentiu e fechou o livro com mais força do que o necessário.

— Claro que sim. Onde é essa reunião?

O garoto hesitou. Parecia, afinal, que não tinha tanta certeza assim de que Hassan teria sido convidado.

— Na oficina de alquimia — respondeu por fim.

Hassan agradeceu e saiu em passo apressado. Quando se aproximou, ouviu vozes dentro da oficina.

Preparou-se, caminhou até a porta e a abriu.

Todos pararam de falar quando ele entrou. Mais de uma dezena de rebeldes, incluindo Khepri, estavam sentados a uma mesa no meio da oficina.

— Vossa Alteza!

Metade das pessoas sentadas ali se levantaram, em respeito a Hassan. Arash, percebeu ele, permaneceu sentado.

— Ouvi que havia uma reunião importante acontecendo — comentou Hassan em tom leve, mantendo o olhar fixo em Arash e não se permitindo olhar para Khepri.

— Apenas nossa reunião de estratégia habitual — respondeu Arash, no mesmo tom leve de Hassan. — Você é bem-vindo para se juntar a nós.

— Como príncipe de Herat e único herdeiro do trono, acho que eu deveria estar aqui, não acha?

Arash o encarou friamente.

— Tirzet, por favor, traga uma almofada para o príncipe.

Uma mulher esbelta saiu e trouxe uma pesada almofada para a mesa, colocando-a em frente a Arash.

Hassan manteve o olhar em Arash enquanto se sentava.

— Estávamos apenas discutindo o próximo passo — disse ele. — Adoraríamos contar com sua ajuda.

— O que estão planejando? — perguntou Hassan.

— Como você talvez saiba, a coroação da nova rainha de Herat será esta semana.

Hassan sentiu o sangue borbulhar. A traição de Lethia ainda era uma ferida aberta.

— Pensamos em fazer uma demonstração para a cidade — continuou Arash. — Durante a procissão.

— Como assim?

Arash olhou para Zareen, a garota que Hassan conhecera na noite anterior.

— Queremos criar confusão — explicou Zareen. — Estou trabalhando com os outros alquimistas na produção de bombas de fumaça.

— Bombas de fumaça? A coroação vai acontecer diante de muitos civis. Se explodirmos bombas de fumaça, causaremos pânico. Além disso, a coroação de Lethia é apenas uma distração. Deveríamos descobrir mais sobre os planos das Testemunhas.

Arash lançou um olhar indulgente para o príncipe.

— Não estamos trabalhando de forma defensiva. Se esperarmos para descobrir o que as Testemunhas estão planejando para então agirmos, ficaremos constantemente à mercê delas. Queremos que *elas* fiquem na defensiva.

— Se traçarmos planos sem ter a menor ideia do que as Testemunhas planejam, corremos o risco de causar mais caos — protestou Hassan.

— Nós somos rebeldes — disse Arash em tom de desdém. — Nosso objetivo não é manter a paz em Nazirah. É derrubar o regime pelos meios necessários.

— Pessoas inocentes vão ser feridas.

— Não acho que elas sejam inocentes.

— O que você quer dizer com isso? — perguntou Hassan.

— Com certeza você sabe do que estou falando — respondeu Arash. — Praticamente não existem mais Agraciados na cidade. Conseguimos resgatar alguns e trazê-los para cá, outros fugiram. Mas as Testemunhas capturaram mais do que achávamos ser possível. Tudo graças aos vizinhos não Agraciados. Ouvimos várias e várias histórias de pessoas denunciando amigos Agraciados, até mesmo membros da própria família, em troca de segurança.

— Você não pode generalizar e dizer que todos os não Agraciados estão fazendo isso com base nas ações de alguns poucos covardes.

— Talvez sejam poucos agora, mas, se o regime continuar, haverá cada vez mais Não Agraciados mudando de lado. É assim que as coisas são. Tenho certeza de que *você* entende. Essas pessoas não têm nada a perder, até mesmo as mais nobres vão acabar pensando em se proteger, em vez de proteger a vida dos Agraciados.

Hassan foi tomado por uma raiva incandescente. Sabia muito bem que o comentário fazia referência a ele.

— Como ousa? — perguntou Hassan, com voz trêmula, levando as duas mãos à mesa.

Arash arqueou uma das sobrancelhas, como se estivesse surpreso com sua raiva.

— Você acha que não tenho nada a perder? — perguntou Hassan.

— Hassan — disse Khepri com voz calma. — Tenho certeza de que não foi isso que ele quis dizer.

— Foi exatamente o que ele quis dizer — retrucou Hassan, mantendo os olhos em Arash, que continuou impassível. — Não é porque não sou Agraciado como vocês que não sou digno de confiança.

Arash não respondeu, o que serviu como uma confirmação.

— As Testemunhas me tiraram tudo — continuou Hassan. — Fui expulso do meu reino. Meu pai foi executado. E minha mãe... Ainda não sei onde ela está. Se ao menos está viva. Fiz tudo ao meu alcance para impedir que o Dia do Acerto de Contas acontecesse. Então não se atreva a dizer que não arrisco nada aqui.

Com isso, Hassan se levantou e saiu da sala.

Ele já tinha atravessado um terço do corredor quando ouviu passos atrás de si. Ele parou, suspirando.

— Khepri...

— Não é a Khepri. — Era Zareen.

— O que você quer? — perguntou Hassan, cauteloso.

— Só lhe dar um conselho de amiga.

— Deixe-me adivinhar — disse Hassan. — Não devo levar as coisas para o lado pessoal. Arash não estava tentando sugerir que eu entregaria os Agraciados.

— Na verdade, você está certo — respondeu Zareen. — Foi exatamente isso que ele sugeriu.

Hassan ficou tão surpreso que não soube o que dizer.

— Olhe, Arash é um bom líder — disse Zareen. — Eu o amo como a um irmão. Mas ele cresceu em uma família na qual quem não é Agraciado é um zé-ninguém. Ele nunca enxergou além desse paradigma. Além disso, os pais dele foram levados pelas Testemunhas porque os criados os traíram.

— Quem eram os pais dele?

— Lorde e lady Katari — respondeu Zareen.

— Lembro deles — percebeu Hassan. — Eles pararam de frequentar a corte quando meu pai me nomeou herdeiro. Disseram que ter um rei não Agraciado seria a desgraça de toda Herat.

A mãe tentara protegê-lo daquelas palavras, mas o pai lhe contara quando Hassan pediu a verdade.

— Quando se é rei, há pessoas para discordar de todas as suas decisões — dissera o pai. — E algumas vão se desagradar apenas por ser quem você é. Não há como se esconder delas. O que dá para fazer é continuar firme.

Hassan olhou para Zareen, que sustentou o olhar sem demonstrar vergonha ou arrependimento.

— E é nisso que Arash acredita também? — perguntou Hassan. — Se as Testemunhas caírem e ele destituir Lethia, ele não me quer no trono, não é?

Zareen deu um sorriso sem graça.

— Ele ficou feliz quando o farol ruiu. Disse que você não tinha mais direito ao trono.

— E deduzo que ele queira clamá-lo para si — disse Hassan com voz sombria.

Zareen deu de ombros.

— Por que você está me contando tudo isso?

— Achei melhor você saber com quem está lidando.

— Hassan.

Hassan e Zareen se viraram em direção à porta da oficina. Khepri estava parada ali, os braços ao redor do próprio corpo, parecendo arrependida.

Zareen lançou um olhar indecifrável para Hassan e voltou para a reunião.

— As coisas esquentaram lá dentro — disse Khepri.

— Me descontrolei — disse Hassan. — Mas as coisas que ele disse... Eu precisava fazer alguma coisa.

— Precisamos trabalhar com eles.

— Eles que deveriam estar trabalhando com *a gente* — retrucou Hassan, sentindo a frustração crescer no peito. — Eu sou o príncipe de Herat. — Ele parou e percebeu que o que tinha acabado de dizer era errado. — Eu sou o *rei* de Herat, goste ele ou não.

Khepri suspirou, pegou o braço dele e o puxou pelo corredor até uma pequena alcova.

— Estávamos fugindo amedrontados desde a queda do farol. Esta é a nossa chance de *fazer* alguma coisa de verdade.

— Sim, atrapalhar uma procissão — disse Hassan, sem se preocupar em esconder o escárnio. Então parou e olhou para Khepri. — Você concorda comigo, não é?

Khepri fechou os olhos.

— Concordo. Quer dizer... Não sei. A situação aqui é pior do que imaginávamos. E eu não necessariamente preciso gostar de tudo que Arash está planejando. Mas ele tem razão. Não temos muito o que fazer.

— Você está falando sério?

Khepri abriu os braços.

— E o que você quer que eu diga?

— Que vai me apoiar.

— Você realmente achou que simplesmente íamos chegar aqui e assumir a liderança da Asa do Escaravelho?

— *Achei* — respondeu Hassan.

— Que ingenuidade.

Hassan fez uma careta. Aquilo doeu.

— Herat é o meu reino.

— E eu sei que sua preocupação vai para além da coroa — retrucou Khepri. — Mas nós *acabamos* de chegar aqui, Hassan. Tudo que estou pedindo é que tente cooperar com as únicas pessoas que realmente estão do nosso lado.

Hassan meneou a cabeça.

— Não me importo de trabalhar com Arash. Só que ele prefere não trabalhar comigo.

Khepri fez um som de impaciência.

— Vocês não precisam ser amigos. Mas eu sei que você estava louco da vida por não poder fazer nada desde que voltamos para Nazirah. *Esta* é uma chance de fazer alguma coisa. Informar a sua tia que você ainda está aqui. Que não vai desistir.

Ela estava certa, obviamente. Ele realmente estava louco da vida por não ter nada que pudesse fazer.

— Vá esfriar a cabeça — disse ela. — Faça o que precisa fazer. Depois, hoje à noite, com a cabeça no lugar, converse com Arash.

— Está bem — concordou Hassan.

Khepri pareceu aliviada.

— Ótimo. É melhor eu voltar para a reunião.

Ela deu meia-volta e voltou para a oficina, deixando Hassan sozinho no corredor.

Hassan voltou para as salas de leitura da Biblioteca e fez o que sempre fazia quando estava atordoado — voltou-se para os livros. Mais tarde naquela noite, alguém se juntou a ele.

— Príncipe Hassan — disse Arash, pigarreando.

— Arash — respondeu Hassan com cautela.

— Vim me desculpar. — Para o crédito de Arash, ele realmente parecia arrependido. — Acho que começamos com o pé esquerdo. Durante a reunião eu me comportei de forma... rude.

Hassan aguardou.

Arash suspirou.

— Você estava coberto de razão por ficar com raiva. Temo que eu tenha ficado mais desconfiado depois do golpe. Mas eu não deveria ter duvidado de você.

Hassan tentou controlar a raiva crescente que sentia. *Tente cooperar*, ouviu a voz de Khepri na sua mente.

— Acho que consigo compreender — disse Hassan, por fim. — Como você deve saber, confiei em alguém que não devia. E ser traído... bom, talvez isso tenha me afetado mais do que imaginei.

— Eu gostaria de pedir a você que participasse desta missão — disse Arash.

— Se quiser, claro.

— Não tenho certeza — respondeu Hassan. — Eu realmente acredito no que falei. É perigoso, e acho que há formas melhores de usar nosso tempo e nossos recursos. Antes de tentarmos atacar, precisamos descobrir mais sobre os planos das Testemunhas e da minha tia.

Arash pressionou os lábios.

— Entendo sua hesitação. Espero que talvez você possa ir à reunião estratégica de amanhã e se posicionar novamente. Vou ouvi-lo.

— Você vai me ouvir? — perguntou Hassan devagar.

— Estou sempre disposto a ouvir as preocupações daqueles que lidero — respondeu Arash em um tom moderado.

Hassan foi tomado por fúria. Arash realmente achava que ele ia ceder, que sua liderança era mais legítima do que a de Hassan. Ele olhou nos olhos de Arash e se levantou.

— Sabe, Arash, acho que não vai ser necessário. Veja bem, já li muitos e muitos livros destas prateleiras e sabe o que aprendi? Que o rei de Herat não precisa ceder nada para os filhos de nobres menores.

E, com isso, Hassan se retirou.

9

EPHYRA

— Quem é você e o que está fazendo no esconderijo de Badis? — perguntou Shara, aproximando-se das grades da jaula e brandindo uma adaga.

O olhar de Illya passou dela para Ephyra, no canto do aposento.

— Você quer contar para elas, meu bem?

Shara se virou para Ephyra.

— *Meu bem*?

Ephyra apertou o cabo da adaga com mais força enquanto via as sombras passearem pelos belos traços do rosto de Illya.

— Vocês estão juntos? — perguntou Shara. — Você estava tentando obter informações da gente, enquanto seu namorado roubava o esconderijo de Badis?

— Ele não é meu namorado e nós *não* estamos trabalhando juntos — disse Ephyra. — Não faço ideia do que ele está fazendo aqui.

— Mas vocês se conhecem — declarou Shara.

— Perdoem-me — disse Illya. — Não pude deixar de ouvir a conversa de vocês, já que estou literalmente preso aqui. Vocês estão procurando pelo Cálice de Eleazar, não é?

Hadiza foi até a jaula.

— O que você sabe sobre o Cálice?

Illya deu de ombros.

— Olha, depende — disse ele, com a voz baixa e macia que fazia os pelos de Ephyra se eriçarem.

— Depende de quê? — perguntou Shara, desconfiada.

— Se vocês vão me tirar daqui ou não.

Shara deu uma gargalhada.

— Você é audacioso. Mas preciso de um pouco mais para fazer isso. E você vai me dizer o que está fazendo aqui.

— O mesmo que vocês — respondeu Illya. — Também estou procurando o Cálice.

— Então é melhor deixarmos você mofando aqui, não é? Costumo gostar de um pouco de competição, mas, nesse caso, acho que não faço questão. — Shara fez um gesto para a alavanca na parede que revelava a saleta.

— Achei que você fosse inteligente, Rei Ladrão — disse Illya.

Shara parou.

Ephyra desejava que Illya calasse a boca. Sabia exatamente o quanto ele conseguia ser manipulador — afinal de contas, a enganara e conquistara sua confiança não fazia muito tempo. Na época, era Ephyra que estava atrás das grades, e Illya que tinha todo o poder. Agora os papéis estavam invertidos, mas ela não conseguia deixar de sentir que, mesmo preso, Illya ainda estava no controle da situação.

— Estamos os dois aqui procurando pistas para encontrar o Cálice, então talvez você queira saber o que descobri.

— Ele está mentindo — disse Ephyra, com os olhos atentos no homem. — Ele não descobriu nada.

— Talvez você reconheça isto? — disse Illya, erguendo um espelho mais ou menos do tamanho da cabeça dele, com uma moldura ornamentada.

Shara ficou imóvel.

— O que é isto? — perguntou Hadiza.

— É de Badis. Devolva.

Para a surpresa de Ephyra, Illya entregou-o por entre as grades para Shara sem protestar. Shara pegou o objeto e o examinou.

— Um dos últimos tesouros que Badis encontrou.

— O que aconteceu com ele? — perguntou Ephyra.

— Ele estava em uma caçada com seu bando, procurando por algumas joias perdidas nas Cavernas Assassinas — respondeu Shara. — Achavam que depois dessa missão iam poder se aposentar, mas acabaram presos em uma das cavernas. Um pastor encontrou o corpo deles algumas semanas depois.

Ela contou tudo de forma casual, como se ninguém tivesse sofrido com aquilo.

— Quando foi que isso aconteceu? — perguntou Ephyra.

— Há seis anos.

Ephyra ficou em silêncio. Seis anos atrás. Exatamente quando a praga tinha chegado à sua aldeia. E, considerando o conteúdo do caderno do pai, um pouco depois de ele ter pedido a ajuda de Badis para encontrar o Cálice.

Podia ser coincidência.

Shara segurou o espelho.

— Ele comprou isto de um caçador, um pouco antes de morrer. Nunca quis vendê-lo, mas eu também nunca soube o motivo.

— Acho que eu sei — disse Illya. — Tem uma pista aí. Acredito que vai nos ajudar a encontrar o Cálice.

— Badis não sabia onde o Cálice estava — retrucou Shara.

— Talvez ele não soubesse a localização, mas sabia o suficiente... O suficiente para acabar sendo morto.

— Do que você está falando? — perguntou Shara, segurando o espelho com mais força. — O que você sabe sobre Badis?

— Sei que a morte dele não foi acidental — respondeu Illya. — Olhe atrás do espelho.

Shara o virou.

— "Se estiveres em busca da Relíquia Sagrada, aquela que dá o domínio sobre a vida e a morte... não procureis mais, pois hei de mostrar a chave que buscais, se tiverdes o poder de empunhá-la." — Shara leu devagar, depois baixou o espelho. — Você acha que Badis procurou por este espelho para encontrar o Cálice?

— Não posso garantir se ele sabia ou não que o espelho era uma pista, mas outra pessoa com certeza sabia — continuou Illya. — Caso contrário, Badis estaria aqui agora.

— Bom, se isso é *mesmo* uma pista, você acabou de nos dar e agora não tem nenhuma vantagem — disse Shara, rindo.

— Essa foi de graça — respondeu Illya, com um sorriso. — Um gesto para demonstrar minha boa-vontade em cooperar com vocês. Mas descobri uma outra coisa que acho que vão precisar para localizar o Cálice. Um código. E eu o destruí. Então acho que vão precisar de mim, se quiserem usar essa informação.

— Ele só está tentando ganhar tempo — avisou Ephyra. — É provável que tenha dezenas de homens lá fora esperando para nos pegar. Ele trabalha com as Testemunhas. Não sei o que elas querem com o Cálice, mas não deve ser coisa boa.

— É verdade? — perguntou Parthenia com uma voz cortante.

Ela estudara na Grande Biblioteca de Nazirah — fazia sentido que fosse sensível aos rumores das Testemunhas.

— Eu *trabalhei* para as Testemunhas — admitiu Illya. — Por um tempo. Até que andar com elas não me servia mais.

— Quanta baboseira — disse Ephyra. Ela se virou para Shara. — Não acredite em nada que ele disser e, pelo amor de Keric, não o tire dessa jaula.

Shara olhou de Ephyra para Illya antes de dizer:

— Eu achava que todas as Testemunhas fossem seguidores fanáticos. O que aconteceu com você? Bateu a cabeça e viu que aquilo tudo não passava de besteira?

— Algo do tipo — respondeu Illya, os olhos baixos. — Tenho que admitir que as Testemunhas me convenceram por um tempo. O Hierofante tem um jeito de... entender completamente o que motiva as pessoas. E usar essa informação em benefício próprio.

Ephyra deu uma risada de escárnio.

— Parece alguém que eu conheço.

Illya a ignorou.

— Por um tempo, aceitei tudo que o Hierofante dizia. Que os Agraciados não pertenciam a este mundo, que precisavam ser purificados.

Ao lado de Ephyra, Numir ficou tensa.

— Isso é um sacrilégio. Os Agraciados são seres divinos.

Illya se virou para ela.

— Você é do norte, não é?

— Sou da tribo de Talin — disse Numir.

— Os novogardianos também viam os Agraciados como divindades — disse Illya. — Era exatamente por esse motivo que eu estava tão disposto a acreditar que eles não eram nada disso.

— A gente entendeu... Seus pais não te amavam — disse Ephyra, revirando os olhos. — Nada disso é desculpa para ficar ao lado das Testemunhas. E nem explica por que você abandonou a causa, como alega.

— Tem razão — disse Illya. — Suponho que nada sirva como desculpa. Foi uma tolice de juventude e uma necessidade desesperada de me sentir parte de alguma coisa maior.

Eram palavras muito parecidas com as que Illya lhe dissera quando tentara convencê-la a confiar nele. *Eu encontrei um propósito. Um lugar para onde direcionar todo o sofrimento pela negligência que sofri. Um lugar que fez com que eu me sentisse útil pela primeira vez.*

— Mas então o Hierofante pediu algo que me fez gelar por dentro — disse Illya, engolindo em seco. — Ele pediu que eu torturasse o meu... meu próprio irmão. — Ele fechou os olhos. — E eu... *obedeci*. Obedeci porque ele disse que era o que eu precisava fazer. Que era a única forma de corrigir o mundo. Mas quando meu irmão tentou fugir, eu o deixei partir. Fiquei com nojo de mim mesmo. Percebi que nenhuma causa poderia ser nobre se exigia que eu fizesse algo tão monstruoso.

Ephyra estreitou os olhos. Illya sempre lhe parecera um eterno pragmático, que agia movido pelo interesse próprio, e não por crenças profundas. Se alguém conseguiria fingir ser um seguidor fanático para ganhar alguma coisa com isso, seria ele.

Mas mesmo que estivesse dizendo a verdade, mesmo que a devoção às Testemunhas fosse por interesse próprio, aquilo não era motivo para confiar nele.

— E por que você está atrás do Cálice? — perguntou Shara.

— Porque as Testemunhas o querem. E elas não estão nada felizes com a minha partida. Não sei o que planejam fazer com o Cálice, mas imagino que, se eu o achar primeiro, posso atrair o Hierofante para matá-lo, antes que ele me mate.

— Que história conveniente — desdenhou Ephyra. — Então, quando você encontrar o Cálice, vai entregá-lo diretamente para o Hierofante e cair nas graças dele novamente.

— Mas tem uma falha no seu plano — disse Shara. — É bem mais provável que você morra tentando encontrar o Cálice do que pelas mãos das Testemunhas. Alguém está fazendo de tudo para que ninguém encontre o artefato.

— É um risco que estou disposto a correr — disse Illya. — Além do mais, as Testemunhas são mais vis do que qualquer um que esteja protegendo o Cálice. Podem acreditar.

— Confiar em você? É sério? — zombou Ephyra, e olhou para as outras. — Da última vez que o vi, ele me enganou para ajudá-lo a encontrar o irmão e depois tentou *me sequestrar*.

— Sim, e você tentou me matar — retrucou Illya. — O que acho que todas vão concordar que é pior do que sequestrar.

— Não tentei ganhar sua confiança primeiro!

Mas, pela expressão no rosto de Shara e no das outras, Ephyra percebeu que o estrago já tinha sido feito.

— Tá legal — disse Ephyra, dando um passo para trás. — Acabou. Não vou ficar ouvindo isso. Vocês podem fazer o que quiserem, mas não vou trabalhar com esse cara.

Ela levantou as mãos e subiu a escada do esconderijo a passos duros.

O calor do deserto tinha cedido ao frescor do início da noite. Ephyra se sentou ao lado de dois esquifes amarrados nos dedos da estátua.

Sabia exatamente o que estava acontecendo lá embaixo. Já tinha visto como Illya cravara suas garras venenosas em Shara e nas outras.

Shara, que se via como invencível, acreditaria que ia conseguir o que desejava sem colocar as outras em perigo, mesmo se Illya estivesse mentindo para elas.

Só Ephyra sabia o quanto ela estava enganada.

Alguns minutos depois, Shara surgiu de dentro da estátua. Estava sozinha.

— Você vai soltá-lo — declarou Ephyra. Não era uma pergunta.

— Vamos mantê-lo em uma coleira — respondeu ela, passando por Ephyra em direção ao esquife amarrado ao lado.

— Você está cometendo um erro enorme — disse Ephyra, levantando-se. — Ele pode parecer charmoso e simpático agora, mas, quando se der conta, ele terá seis espadachins mercenários ao redor e uma faca no seu pescoço.

— Que pervertido — comentou Shara, erguendo as sobrancelhas.

Ephyra pegou a adaga no cinto e apontou para o pescoço de Shara.

— Não me ignore. Já lidei com esse cara antes. Se você não se livrar dele agora, todas vamos pagar as consequências.

Sem piscar, Shara estendeu a mão, tirou a adaga de Ephyra e a usou para cortar as cordas que prendiam os esquifes.

— Sua preocupação foi registrada — disse ela. — Mas permita que eu te lembre quem é que manda aqui, pois parece que você já esqueceu. Também quero lembrá-la de que não me tornei a ladra de tesouros mais jovem e bem-sucedida de Pélagos por tomar decisões idiotas. Ou você confia que sei o que estou fazendo ou tente encontrar outra pessoa para procurar o Cálice de Eleazar para você.

Ephyra a encarou. Shara nem piscava.

— E então, o que você escolhe?

Ephyra sentiu a frustração crescer e pressionou os lábios.

— Ótimo — disse Shara, animada. — Agora me ajude a montar o acampamento.

Deixaram Illya na cela enquanto acampavam no primeiro aposento do esconderijo. Quando Ephyra teve certeza de que as outras estavam dormindo, acendeu uma lanterna, passou por cima dos corpos adormecidos e abriu a parede que levava à sala oculta.

Illya estava sentado atrás das grades, com os cotovelos apoiados nos joelhos. Ergueu o olhar quando ela se aproximou.

— Um passarinho me contou que você viria aqui, mais cedo ou mais tarde.

— Você não tem a menor vergonha na cara, sabia? — perguntou Ephyra, aproximando-se. — Já conheci muitos mentirosos nessa vida, mas você está em outro nível.

Ele sorriu com metade do rosto nas sombras devido à posição da lanterna de Ephyra.

— Tudo que contei é verdade. Até certo ponto. Mas se você quer que eu seja honesto com seu grupinho, talvez eu possa começar contando que você é a lendária assassina conhecida como Mão Pálida.

Ephyra hesitou, sentindo o pânico subindo pela garganta. Ela engoliu em seco.

— Você não tem como provar.

Ele deu de ombros.

Em um instante Ephyra estava contra as grades.

— Se disser alguma coisa, eu te mato. Nós dois sabemos que não preciso de uma adaga para fazer isso.

Illya sorriu ainda mais.

— Sabe, *você* nunca disse por que está procurando o Cálice.

— Não é da sua conta.

— Tem alguma coisa a ver com a sua irmã?

Ela o encarou, surpresa.

— Estou apenas supondo. Você estava tão desesperada para encontrá-la da última vez que nos vimos... e ela não está aqui agora, não é?

Ephyra se arrependeu de ter contado a ele qualquer coisa sobre Beru.

— Por que *você* não me conta uma coisa? Lá em Pallas Athos, você tentou me capturar junto com Anton. O que as Testemunhas querem comigo?

— Você á Agraciada — respondeu Illya. — E poderosa.

— É só isso mesmo? — perguntou Ephyra. As palavras de aviso da irmã voltaram à sua mente: *A Era de Escuridão está chegando e... somos nós que a provocamos.*

— E por que mais seria? — perguntou Illya.

Ephyra estreitou os olhos. Será que ele também conhecia a profecia? Como sempre, com Illya nunca era possível distinguir a verdade entre as mentiras. Era mais fácil deduzir que ele sempre mentia. Mas isso significava que a conversa não chegaria a lugar algum.

— Shara pode até ter acreditado, mas você nunca, nunca, vai conseguir me convencer. Então faça um favor para nós dois e fique bem longe de mim.

Illya deu um sorriso irônico.

— Foi você que veio me procurar.

Ephyra virou as costas.

— Um erro que pretendo nunca mais cometer — disse ela por sobre o ombro, enquanto deixava o aposento.

— Veremos. — A voz baixa de Illya chegou aos ouvidos de Ephyra e ficou ecoando em sua mente até ela finalmente cair no sono.

10

ANTON

Com a luz das tochas refletindo na máscara dourada que cobria seu rosto, o Hierofante atravessou o corredor. Duas pessoas de túnica o acompanhavam.

Ele parou na frente de uma sala circular, onde outra pessoa de túnica guardava a porta.

— Leve-me ao prisioneiro — disse o Hierofante.

— Sim, *Imaculado* — foi a resposta, e uma porta pesada foi aberta.

O aposento estava na penumbra e cheirava a carne queimada. Não havia móveis, a não ser por uma mesa no centro. Um homem estava deitado ali, em carne viva, com queimaduras sobrepostas. Uma túnica em frangalhos lhe cobria o corpo magro acorrentado à mesa pelos tornozelos e pulsos. No canto, outro homem segurava uma tocha com chamas brancas.

O Hierofante se aproximou do prisioneiro.

— Chega — gemeu o prisioneiro com voz trêmula. — Chega, por favor.

— Não vou te machucar — disse o Hierofante, com uma voz quase gentil. — Estou aqui para ouvir.

— O-ouvir?

— Exatamente. Você vai me dizer onde está o pacto.

— Eu não sei — choramingou o homem preso à mesa.

— Sinto dizer que não acredito em você.

A Testemunha segurando a tocha de Fogo Divino baixou as chamas até que tocasse o peito do prisioneiro. Berros desesperados e quase animalescos ecoaram pelo aposento. Então a Testemunha afastou a chama e os gritos cessaram.

— Vejo que não vai facilitar as coisas para nenhum de nós dois — declarou o Hierofante, parecendo cansado. — Você não é o primeiro seguidor da Rosa Perdida que localizei. Alguns contaram seus segredos bem rapidamente, mas outros precisaram de um pouco mais de... incentivo.

O Hierofante levou a mão esguia e comprida ao ombro do prisioneiro e o tocou de leve. A Testemunha baixou a tocha novamente e as chamas dançaram sobre a pele do prisioneiro, que chorou enquanto seu corpo se retorcia contra as correntes.

— Não sei onde o pacto está — disse o prisioneiro, ofegante. — Nem sei o que é isso. Os segredos da Rosa Perdida são mantidos até para os membros.

— Que conversa fiada — disse o Hierofante. — Você realmente espera que eu acredite que você nunca ouviu falar sobre o *único* registro da Rosa Perdida? Das Relíquias que protegem? E do que podem fazer?

O prisioneiro olhou para a chama do Fogo Divino que se aproximava da sua pele.

— Eu... Eu nunca vi.

— Ah, então você *sabe* o que é — disse o Hierofante, satisfeito. — Foi o que pensei. E acho que você sabe exatamente onde está. Acho que você acredita que vai proteger o segredo de mim até o último suspiro, porque teme o que vai acontecer se eu encontrar. Mas posso assegurar que, você morrendo ou não nessa mesa, meus planos já estão em andamento. O poder antigo que tentou proteger vai ser liberado para nos levar para uma nova e gloriosa era.

Com o rosto retorcido de angústia, o prisioneiro não respondeu.

— Porém, se você morrer aqui sem dar a informação que quero — continuou o Hierofante com uma voz tranquila —, sua filha será a próxima. Vamos arrancar esse segredo dela e você terá morrido em vão.

— Não — disse o prisioneiro. — Não, por favor. Eu digo. Digo tudo que você quer saber.

Ele se encolheu quando o homem mascarado acariciou sua testa com a ponta de um dos dedos finos.

— Sou todo ouvidos.

Anton acordou assustado, com uma luz explodindo atrás dos olhos.

— O que foi, garoto? — perguntou a avó, assomando sobre ele. O rosto enrugado e sábio estava com a boca contraída de forma cruel, e os olhos pareciam duas bolas de gude pretas.

— Um sonho, Babiya — disse ele, piscando no escuro.

— Anton — sussurrou ela. — Meu menino. Volte para casa. Você deve ficar conosco. Este é o seu destino, exatamente como o de Vasili. Você vai terminar o que ele começou.

— Não — Anton tentou dizer, mas nenhum som saiu da sua boca. — Não, não. Eu, não. Não vou ser como ele.

Estava afundando. Mãos o agarraram. Anton se debateu para se livrar do aperto, mas não conseguia se soltar. Rompeu a superfície da água e viu que estava flutuando em uma fonte destruída. Ele se levantou e saiu cambaleante da fonte, deixando-se cair em um pátio preenchido por luz âmbar e vozes altas.

Conhecia aquele lugar.

— Aí está você.

Conhecia aquela voz também. Virou-se. Cercada pelas silhuetas indistintas do resto da multidão estava a Mulher Sem Nome. Estava exatamente igual à última vez que Anton a vira. Os lábios pintados formavam um sorriso discreto.

— Andei procurando por você — continuou a mulher.

De repente, ela estava bem na frente dele, e lhe estendeu a mão, onde segurava quatro cartas de baralho, cada uma de um naipe: cálice, coroas, pedra e espadas. Anton as pegou.

— Como me encontrou? — perguntou ele.

— Acha que meus poderes só funcionam quando estamos acordados? — perguntou ela, parecendo achar graça. Com um movimento, uma taça de vinho escuro de repente apareceu em sua mão.

Ele meneou a cabeça.

— Você nunca tinha feito isso.

— Você ainda não estava pronto — respondeu ela.

— E ainda não estou. — Anton engoliu em seco. Sentiu um frio na garganta. — Vou acabar exatamente como ele. Vão me obrigar. Já está acontecendo. Tem uma luz na minha visão e a luz... ela quer... — Ele se interrompeu. A *luz* quer? Não era isso que ele queria dizer. — A luz o enlouqueceu. Está fazendo a mesma coisa comigo.

As cartas na sua mão desapareceram. Agora ele segurava uma espada. Era pesada, mas Anton sabia que não podia deixá-la cair.

— Endarrion — disse a Mulher Sem Nome. — Você a encontrará lá.

— O quê?

Alguma coisa passou pelo rosto da Mulher Sem Nome, como uma sombra.

— Anton — disse ela. A taça em sua mão se quebrou e o vinho escorreu como sangue. — Acorde.

Ofegante, Anton se sentou na escuridão. Os lençóis haviam sido empurrados para o chão, e seu pescoço e testa estavam encharcados de suor frio. Levantou uma das mãos trêmulas para enxugar uma única lágrima.

As imagens do seu sonho pairavam por trás das pálpebras. A Mulher Sem Nome, sua avó... e o Hierofante. Parecera tão *real*, como se realmente estivesse naquele cômodo, observando as Testemunhas torturarem aquele prisioneiro, enquanto os gritos ecoavam ao redor.

Nunca tinha visto o Hierofante antes, mas sabia que o mascarado era ele. Já sonhara com ele mais vezes, mas nunca com detalhes tão viscerais.

Seria real? Ou será que o pesadelo havia sido conjurado pelo próprio medo de Anton?

Mas era impossível. Era só um sonho, nada mais. Apenas sua mente exagerando seus piores temores.

Olhou pela janela para o céu obscuro; sentia um frio na barriga ao pensar no que o aguardava naquela manhã. Mais pesadelos. Mais do mesmo. A ideia de enfrentar tudo de novo o tomou de um cansaço repentino e intenso, o tipo de exaustão que o sono não aliviava.

O que estava fazendo em Cerameico? Sujeitando-se a algum tipo de teste desenvolvido por pessoas que não se importavam com ele, apenas com as visões na sua mente, do mesmo modo que a avó, do mesmo modo que o irmão, do mesmo modo que o Hierofante. Eles não se importavam com o que Anton queria, e nunca se importariam. E se as pesquisas e perguntas o enlouquecessem, não se importariam também.

O pensamento chegou de forma repentina e inevitável — ele podia ir embora. Isso significaria uma caminhada de pelo menos uma semana para qualquer um dos lados — Anton não sabia bem em que local das Montanhas de Gallian estavam, mas sabia que, se seguisse o rio por tempo suficiente, acabaria chegando à costa. De lá, daria um jeito. Era o que sempre fazia. Estaria sozinho, mas passara a vida toda sozinho. Por que seria diferente agora?

Não era para ser assim, sussurrou uma voz na sua mente. *Dessa vez, deveria haver alguém para te proteger.*

Afastou o pensamento com veemência e se levantou da cama. Colocou algumas mudas de roupas em um dos lençóis e o amarrou em uma trouxa. Saiu do quarto, fechou a porta atrás de si da forma mais silenciosa possível e esgueirou-se pelo pátio escuro em direção à despensa dos alojamentos. Na ausência dos sons usuais do dia a dia na fortaleza, o som do rio soava duas vezes mais alto.

A despensa estava destrancada e a porta, entreaberta. Anton imaginou que, por estarem tão isolados de tudo, não precisavam se preocupar com ladrõezinhos.

Entrou e tateou no escuro até acender a luz incandescente que iluminava a despensa cavernosa. Começando pelas primeiras prateleiras, passou a juntar suas provisões. Correndo os dedos pelas superfícies, foi pegando tudo que parecesse adequado — legumes, um cantil de água, um saco de grãos. Virou-se para a prateleira seguinte e observou uma fileira de potes sem rótulo. Escolheu um, abriu a tampa e cheirou com cautela.

Uma voz quebrou o silêncio:

— Queria entender por que sempre que não consigo dormir *você* aparece.

Anton se sobressaltou, atrapalhou-se todo e derrubou uma pilha de caixas de uma prateleira próxima. O pote caiu e se estilhaçou aos seus pés, espalhando grãos salgados por todo o chão.

Anton não se moveu para pegar. Em vez disso, ergueu os olhos, esperando que se ajustassem à penumbra até conseguir ver Jude encostado na prateleira dos fundos. Ele estava com uma postura curvada e contraída, como se estivesse ferido.

— Anda sonhando comigo, Jude? — perguntou Anton. Percebeu que aquela era a primeira vez que estavam cara a cara desde a chegada a Cerameico. Desde quando o Tribunal proibiu que se vissem.

Jude inclinou a cabeça e fixou o olhar em Anton.

— Primeiro na Primavera Oculta — continuou ele, como se não tivesse ouvido. — Depois no navio. Agora aqui.

Uma amargura estranha marcava as palavras de Jude, e havia mais alguma coisa na voz dele que parecia *errada*. Quando Jude levou um jarro aos lábios, a imagem completa se formou. Os ombros caídos. O olhar sem foco. As palavras enroladas.

Jude não estava ferido. Estava bêbado.

A impossibilidade daquele fato deixou Anton sem palavras por um momento. Ele se lembrava do desdém com que Jude recusara uma simples taça de vinho oferecida pela tripulação do *Cormorão Negro*, em Pallas Athos. Antes de chegar a Cerameico, Anton achava que todos os Paladinos fossem abstêmios — mas era apenas coisa de Jude. Até agora, pelo menos.

No longo silêncio que se seguiu, Jude levantou o jarro de vinho e tomou um grande gole.

— Está bem — disse Anton, ajoelhando-se ao lado dele e tirando o jarro de suas mãos. — Acho que já bebeu o suficiente.

Lidar com patronos indulgentes era algo que Anton tinha aprendido quando trabalhara como garçom no Jardim de Tálassa. Aquilo não era nem um pouco diferente, na verdade.

Com olhos embaçados e sem foco, Jude deixou que Anton tirasse o jarro de suas mãos e o apoiasse atrás dele.

— Que tal nos levantarmos?

Jude limpou o canto da boca com a mão.

— Estou exatamente onde mereço estar.

Anton engoliu em seco e se pôs de pé. Ficou parado, analisando Jude por um momento.

— O que você está fazendo aqui? — perguntou Jude, como se aquilo tivesse acabado de passar por sua cabeça.

— Nada, Jude — respondeu Anton, amarrando a trouxa nas costas. — Volte para o seu quarto e durma um pouco. Você está péssimo.

Jude olhou para a trouxa de suprimentos roubados e se levantou abruptamente. Parou diante de Anton com o rosto corado do vinho e os olhos brilhando na luz fraca.

— Você está partindo! Você... Você não pode fazer isso. Você é o Profeta.

Anton contraiu a mandíbula.

— E daí?

— Aqui é seu lugar — afirmou Jude com veemência. Não estava mais embolando as palavras.

— Quem disse? — retrucou Anton, virando-se para partir.

Jude se virou e deu um passo vacilante em direção a ele. Suas sobrancelhas estavam franzidas em uma linha.

— *Eu* disse... Não vou permitir que faça isso.

Anton foi tomado por uma raiva repentina, uma centelha de ressentimento que o estava atormentando desde que chegaram a Cerameico.

— Sério mesmo? O espadachim bêbado que mal consegue ficar em pé vai me impedir?

Jude pareceu encolher, e então se recompôs.

— Você é o Profeta — disse ele, levantando a voz. — Está destinado a completar a profecia final e impedir a Era da Escuridão. Passei a vida rezando por você, esperando pelo dia em que o mundo encontraria seu salvador. Ainda assim, você se mostrou um grande covarde.

— Pelo menos não estou me escondendo aqui embaixo afogando meus problemas em uma garrafa de vinho — retrucou Anton com voz fria. — É você que é obcecado com o dever, Jude. Você sabe muito bem que eu não ligo para isso, então por que deveria fingir?

Jude contraiu os lábios.

— Se os Profetas ainda estivessem aqui, ririam de nós por depositarmos esperança em você.

A raiva no peito de Anton ficou incandescente enquanto olhava nos olhos brilhantes de Jude.

— Então encontrem outra pessoa. Me deixem em paz e encontrem outra pessoa para ser o salvador, ou seja lá o que vocês acham que eu sou, porque nunca quis nada disso.

— Não existe mais ninguém! — exclamou Jude, fazendo Anton recuar contra uma prateleira. O cheiro de vinho atingiu suas narinas enquanto Jude se agigantava diante dele. — É você quem deve fazer isso! Do momento em que nasceu, do momento em que o céu se iluminou por você. Sempre teve que ser você. Será que não *entende*?

Jude agarrou a túnica de Anton e o prendeu no lugar. O silêncio se alongou entre eles.

— É difícil, não é? — disse Anton, esforçando-se para não deixar a voz tremer, obrigando-se a não olhar para outro lugar que não os olhos tempestuosos de Jude.

Jude engoliu em seco.

— O que é difícil?

— Acreditar tanto em uma coisa só para se decepcionar depois.

Jude fez um barulho baixo, como se tivesse sido golpeado. Ele soltou Anton e deu um passo atrás, abatido.

Anton sentiu uma onda de culpa, mas se obrigou a ignorá-la e se virou para a porta.

A voz de Jude soou atrás dele, baixa e fraca:

— Vão me exilar.

Anton congelou. De repente, sentiu frio, como se um vento gelado tivesse entrado na despensa. *Exilar*?

No navio em que Illya os aprisionara, Jude se sentira totalmente vencido e sem esperanças. Era exatamente como estava agora. Derrotado. À época, tinha sido porque ele achava que tinha fracassado com o Profeta. Fracassado com *Anton*.

— Como podem fazer isso? — perguntou ele. — Depois de tudo que você fez? Depois de tudo que sacrificou?

Sem querer, olhou para as cicatrizes pálidas do Fogo Divino no pescoço de Jude.

— O juramento dos Paladinos é sagrado. E eu o maculei.

— Mas você encontrou o Profeta — argumentou Anton. — Eles não podem simplesmente negar...

Ele se interrompeu. *Podiam* negar, sim. Porque Anton não tinha provado quem era. E, sem a prova, o sacrifício de Jude não significava nada. Sem aquela prova, ele teria fracassado aos olhos do Tribunal.

— Eles vão deliberar amanhã, mas meu coração já sabe qual será o resultado — disse Jude, baixando a cabeça. — Aceitarei o castigo pelos meus erros.

Erros. Aqueles erros tinham colocado Jude no caminho de Anton. Aqueles erros os levaram para Nazirah. Para o alto da torre, para o fundo do mar. Para Anton finalmente enfrentar a visão que o perseguira quase a vida toda.

E agora aqueles erros fariam Jude perder a coisa mais importante para ele.

— Venha comigo — disse Anton, subitamente. As palavras saíram antes que pudesse parar para pensar. Ele deu um passo em direção a Jude, dominado, de repente, por aquela possibilidade tola e inconsequente. — Jude... venha comigo. Vamos embora antes que o expulsem.

Mas, quando Jude levantou o olhar, Anton viu a resignação vazia ali.

Guardião ou não, Jude ficaria. Aceitaria o que a Ordem decidisse, porque nada era mais importante para ele do que seu dever.

Nem mesmo o Último Profeta.

11

BERU

Uma névoa sulfurosa tomou o nariz de Beru enquanto ela pressionava o corpo contra o muro de pedra com as fontes de água. A cacofonia do acampamento estava começando a se aquietar à medida que os lutadores se arrumavam para dormir, alheios à garota em vigília entre eles.

No dia anterior, Beru ficara cara a cara com Hector e vira, horrorizada, a marca preta de uma mão que o apontava como uma criatura não totalmente viva, mas também não mais morta.

— Hector — dissera ela, com voz fraca. — Você é um ressurgido.

Temia olhar nos olhos dele, mas se obrigou a encarar o sofrimento que via ali.

— Não. Não, é impossível. Não posso ser... uma abominação.

Quando estendera a mão para tocá-lo, Hector agarrara o pulso dela e, novamente, Beru havia sentido uma onda de terror e tristeza. O terror e a tristeza *dele*. Os olhos dele se arregalaram, confusos, e então Hector soltara seu pulso como se tivesse sido queimado. Antes que ela tivesse a chance de falar, ele fugira para o meio da multidão.

Beru o observara partir, revirando a mão várias vezes em busca de algum sinal do que era aquela estranha conexão. Mas sua mão ainda era apenas uma mão.

Ephyra usara o *esha* de Hector para salvar Beru da morte. Mas agora Hector estava vivo novamente. Aquilo devia ter criado algum tipo de conexão entre o *esha* deles; a energia dada a Beru ainda estava ligada, de alguma forma, a Hector.

Aquilo explicava por que tinha sentido as dores do rapaz durante a luta no fosso. E a reação dele quando ela o tocara a fez desconfiar de que não era a única a sentir — que independentemente de qual fosse a conexão entre o *esha* deles, tratava-se de uma via de mão dupla.

E se... e se o *esha* que Beru recebera fosse devolvido a Hector? Se a energia fosse restaurada a Hector, então talvez... talvez ele pudesse ficar inteiro de novo.

Talvez Hector não precisasse viver uma vida amaldiçoada como ressurgido. Uma vida pela metade, que Beru vivia havia seis anos.

Hector poderia ter sua vida de volta.

Era *assim* que Beru finalmente compensaria as vidas que tirara como ressurgida. Um fio de *esha* a ligava a Hector, e ela seguiria aquele fio. Ephyra tirara a vida dele. Como seu último ato, Beru a devolveria.

Mas, primeiro, teria de libertá-lo.

Era por isso que estava ali, esperando no escuro, usando uma capa e uma máscara de tecido que cobria a parte inferior do rosto. O som baixo de alguém assoviando chegou aos seus ouvidos e foi ficando mais alto. Ela espiou pela beira do muro para confirmar que era o dono das arenas de luta, e então se encolheu novamente, ouvindo os passos dele e o rangido de uma porta de madeira se abrindo. Alguns instantes depois, ouviu um barulho de água e se afastou do muro de novo.

Era um muro baixo, com poucos centímetros a mais que ela, e a alvenaria de má qualidade facilitava a escalada. Ela parou no topo e examinou a área de banho. O vapor subia da piscina, ocultando parcialmente o homem lá dentro. O vapor a ajudaria a entrar sem que fosse notada.

Com cuidado, desceu pelo outro lado do muro. As pedras estavam escorregadias por causa do vapor, e Beru teve de descer bem devagar para não cair. Quando estava em segurança no chão, aproximou-se por trás dele.

Agarrou-o pelo cabelo, puxou a cabeça do homem com uma das mãos e segurou uma faca contra seu pescoço com a outra.

— Se gritar, corto sua garganta.

O homem soltou um grunhido.

— Você sabe quem eu sou? — perguntou ela, com uma voz mais grave do que o normal. — Pode responder.

— N-não — gaguejou ele.

— Pois deveria — disse ela. — Sou conhecida como Mão Pálida.

O homem choramingou novamente.

— Ah, então você me conhece — disse ela.

Não tinha certeza se ele reconheceria o nome, já que a Mão Pálida nunca tinha sido vista por aquelas bandas de Pélagos, mas, ao que tudo indicava, os rumores tinham ido longe.

— Estou aqui por causa desses tais fossos de luta. O que você faz com essas pessoas é errado.

— Eles são prisioneiros — defendeu-se o homem. — Eles têm sorte de sequer ter a chance...

Beru tentou imaginar o que Ephyra diria. Pressionou mais a faca roubada da cozinha contra a pele dele.

— *Você* tem sorte. Estou deixando você falar, em vez de matá-lo de uma vez.

— Por favor — pediu ele. — Por favor, eu...

— Vou te dar uma chance. Não costumo fazer isso, mas sinto que você tem uma consciência em algum lugar aí dentro.

— Faço qualquer coisa — disse ele na mesma hora.

Beru sorriu por detrás da máscara.

— Isso é bom. Quero que você termine o banho, junte suas tralhas e saia daqui. Sozinho. Sem contar para ninguém. Se eu voltar aqui amanhã e vir que você não partiu... bom, não costumo dar segundas chances. Diga que entendeu.

— Entendi — disse ele, com voz chorosa.

Beru soltou o cabelo do homem.

— Vou embora agora — disse ela. — Se tentar mandar alguém me seguir ou me procurar, eu te mato. Se você se virar, eu te mato. Entendeu?

— Entendi — disse ele de novo.

Ela tirou a mão e se afastou da banheira. O homem não se virou. Ela escalou o muro e correu de volta para a hospedaria com o coração saindo pela boca. Fingir ser a Mão Pálida a encheu de admiração e pavor pelo que Ephyra tinha feito com todas aquelas pessoas. Beru nunca tinha ameaçado a vida de ninguém, e Ephyra fazia pior — ela matava de verdade. Aquilo fez Beru se sentir nauseada de tanta culpa e, de uma forma estranha, fez com que a saudade que sentia da irmã apertasse ainda mais.

Mas teve mais certeza do que nunca de que, ao partir, havia feito a escolha certa.

No dia seguinte, Beru acordou antes do nascer do sol. Depois de se vestir rapidamente e se esgueirar pela escada que dava vista para as cabanas e para o pátio, ela observou a caravana que tinha chegado na noite anterior e já se preparava para partir.

Uma voz lá de baixo chegou aos seus ouvidos:

— Vai por mim, precisamos contratar alguma proteção. Depois do que quase aconteceu em Tazlib...

— Não temos como pagar — retrucou a outra voz, um pouco mais alta. — Você sabe muito bem.

— Bom, também não temos como permitir que bandidos roubem nossa carga.

— Você precisa entender uma coisa — disse a voz mais alta. — Se conseguirmos aguentar pelo resto do verão, talvez possamos fazer alguma coisa na colheita.

— O resto do verão? Talvez a gente nem consiga chegar a Behezda!

Beru sabia dos bandidos que assolavam o deserto de Seti. Seu pai fora um mercador e, cada vez que partia em uma viagem, ela chorava até dormir, preocupada que ele fosse atacado por bandidos. Ephyra sempre a acalmava, lendo livros e contando todos os tipos de histórias ridículas só para distraí-la.

Sentiu um aperto no peito com a lembrança e a afastou enquanto ia para a cozinha pegar um pedaço de pão para depois seguir para a cidade enquanto o sol nascia.

Quando chegou ao acampamento dos lutadores, a penumbra da madrugada tinha dado lugar à luz matinal. Os lutadores já estavam acordados e pareciam engajados em algum tipo de discussão acerca do café da manhã. Beru ficou afastada, observando.

Um homem baixinho estava encolhido atrás de uma mesa virada.

— Se Sal caiu fora, significa que não somos mais escravos! — gritou um dos lutadores.

— O que você está fazendo aqui?

Beru se sobressaltou e se virou, vendo Hector a alguns passos de distância, fulminando-a com o olhar sob o sol matinal.

— Você está livre, não está? — disse ela.

Ele a observou por um instante; a descrença e a compreensão chegaram juntas.

— Foi *você*, não foi?

Beru mordeu o lábio e sentiu um aperto de terror na barriga que subiu como uma onda de náusea.

— O que foi que você fez com ele?

Ela olhou para Hector, chocada.

— Eu não o *matei*! Não sou... — Ela se interrompeu.

— Não é a sua irmã? — perguntou Hector.

Beru retesou a mandíbula.

— Eu *talvez* o tenha assustado. Mas só um pouco.

Hector estreitou os olhos, e Beru sentiu uma tempestade de emoções que não conseguiu entender, mas que fez seu coração disparar. Cerrou os punhos. Era quase como se estivesse com raiva.

Mas não era a raiva *dela*, percebeu enquanto Hector se virava abruptamente, se afastando.

— Ei! — chamou Beru, correndo atrás dele. — Hector, espere... Só *espere*.

Ela segurou o braço dele enquanto cruzavam o acampamento.

— Eu vi a marca da mão. Alguém te trouxe de volta à vida.

— *Quem*? — perguntou ele. — A sua irmã? Onde ela está?

Beru meneou a cabeça. Ephyra era a única pessoa que conhecia capaz de trazer alguém de volta dos mortos. E ela fora deixada com o corpo de Hector.

Mas não conseguia acreditar que Ephyra fizera aquilo. A última vez que trouxera alguém de volta dos mortos, matara uma vila inteira no processo. Ela não correria aquele risco novamente. Não por Hector.

— Acho que foi outra pessoa.

— É impossível. Isso quer dizer que existe...

— Outro necromante — concluiu Beru. Eles trocaram um olhar enquanto a enormidade do que ela dizia pairava no ar. — Outro necromante que quer você vivo.

Um grito cortou o ar e assustou os dois. Mais gritos. Quando Beru olhou para trás, percebeu que a briga que tinha encontrado ao chegar ao acampamento havia ficado mais acalorada e se transformado em uma luta.

Hector a puxou pelo braço para afastá-la dali, passando pelos fossos de luta. Beru ficou ofegante ao tentar acompanhar o ritmo dele.

— O que exatamente você quer de mim?

Ela o encarou.

— Quero ajudar você.

Hector soltou um riso amargo.

— *Ajudar*?

— É — respondeu ela, defensiva. — Há uma... ligação entre nós. Entre o nosso *esha*.

— E daí? — disse ele, cuspindo as palavras.

Novamente aquela *raiva* tomou seu peito e vibrou sob sua pele. Aquilo quase fez com que desse meia-volta e deixasse tudo para trás. Mas a presença de Hector ali, naquela cidade no meio do nada, era o sinal que vinha procurando. Não permitiria que ele escapasse.

— Nós dois somos ressurgidos — disse ela, fazendo-o se retrair. — O que está acontecendo comigo agora também vai acontecer com você. Você vai começar a se esvair. Mas... O que aconteceria se o *esha* em mim retornasse para você? Você poderia ter sua vida de volta.

Beru sabia que não havia nada que Hector odiasse mais do que o que tinha se tornado. O que ela era. Ele a chamara de fraude, de abominação. E a levara para o outro lado do mundo para matá-la porque não conseguia suportar a existência de uma criatura tão contrária às leis da natureza. Beru, e o que se tornara, tinha provocado a morte da família dele.

— Não é possível — disse Hector. — Eu *morri*.

Ela meneou a cabeça.

— Não como eu morri. Você morreu porque seu *esha* foi tirado de você. Se pudéssemos devolvê-lo...

— Eu nem deveria estar vivo! — As palavras saíram como um rosnado violento e ele parou abruptamente. — Que história é essa? Por que você faria uma coisa dessas?

Beru desviou o olhar.

— Deixei Ephyra para trás em Medea. Não vou sobreviver por muito mais tempo sem ela. Mas... se eu conseguir fazer algo de bom neste mundo antes de partir, terá valido a pena.

Houve uma centelha de surpresa, e algo parecido com espanto. Ele não disse nada por um tempo e, mesmo com tudo o que Beru aparentemente conseguia sentir das emoções de Hector, não fazia ideia do que se passava na cabeça dele.

— Você quer consertar seu erro — disse ele, por fim.

Beru o encarou.

— Quero. Sei que nunca vou conseguir compensar as coisas que fiz. Sua família... todas as pessoas que perderam a vida por minha causa. Mas quero partir deste mundo sabendo que causei mais do que só sofrimento.

Ele contraiu a mandíbula. Beru sentiu a raiva crescer de novo, mas agora misturada com amargura.

— Você acha que é egoísmo — disse ela, tentando adivinhar.

Ele fez que não.

— Você ao menos tem ideia de como fazer isso?

— Não tenho — respondeu Beru. — Mas conheço um lugar por onde podemos começar. As Filhas da Misericórdia, em Behezda. Dizem que elas conhecem a Graça do Sangue melhor do que ninguém. Se existir alguém capaz de entender essa conexão entre nós, vai estar lá. E talvez elas saibam como consertar as coisas.

Ela e Ephyra costumavam discutir sobre as Filhas da Misericórdia. Beru quisera ir até elas, ver se sua longa história e seu conhecimento sobre a Graça do Sangue poderiam ajudá-las. Ephyra sempre se recusara, temendo o que as Filhas da Misericórdia fariam com uma necromante e uma ressurgida.

— Você quer ir para Behezda — disse ele devagar. — E simplesmente... entrar no Templo da Misericórdia?

— O que você quer fazer? — rebateu ela. — Ficar aqui?

Beru fez um gesto apontando para os fossos sujos e vazios àquela hora da manhã, mas cheios de lixo e encharcados de sangue, suor e mijo.

Ele estreitou os olhos.

— E como pretende chegar lá?

— Há uma caravana partindo para Behezda — disse Beru. — Se nos apressarmos, conseguimos alcançá-los. E eles estavam precisando de proteção. Acho que você é muito bom nisso, não é?

Ela abriu um sorriso hesitante.

— Isso é bobagem — retrucou Hector. — Você não pode mudar o que aconteceu. Não pode me salvar.

— Por favor — pediu ela, demonstrando o desespero que sentia. — Me deixe tentar.

Ele negou com a cabeça e se virou.

Beru suspirou quando ele começou a se afastar. Sentiu uma tristeza que penetrava os ossos. Ia fracassar. Ia morrer sem ter feito nada, *nada* para consertar as coisas, e tudo porque Hector não queria ser salvo por uma ressurgida.

E então ele parou.

— Você... — disse ele baixinho, com a voz cheia de tristeza. — Eu consigo sentir. Esse... sofrimento.

O sofrimento *dela*.

— Você uma vez me fez uma promessa — disse ela com voz trêmula. — Lembra?

Sua tristeza era imensa e pesada, mas conseguia sentir um eco da dor de Hector misturada com a própria.

— Lembro.

Ela deu um passo em direção a ele, brandindo sua tristeza como uma faca.

— Então, você vem comigo?

Hector se virou para ela, e alguma coisa tinha mudado; aquelas antigas palavras assombravam os dois como uma aparição. Sentiu a decisão dele se solidificando no peito enquanto ele falou:

— Até o fim.

12

JUDE

Jude só tomara um porre uma vez antes na vida, uma experiência que acabara com ele acordando no cocho dos cavalos. Hector havia pegado no seu pé por *meses* a fio.

Dessa vez, pelo menos conseguira voltar para o alojamento, mas tudo antes daquilo era um borrão. Sentia o gosto de algo morto na boca, enquanto a cabeça latejava em um protesto veemente contra sequer pensar em se sentar na cama.

O Tribunal deliberaria naquele dia. Deviam estar decidindo o destino dele naquela hora. Talvez, se não saísse do quarto, nunca tivesse de descobrir a decisão e tudo ficasse exatamente igual ao dia anterior.

Jude se sentou rapidamente e sentiu a cabeça girar em protesto. Foi tomado por uma sensação repentina de que precisava fazer algo *muito* importante. Lembranças da noite anterior voltaram em flashes à sua mente. Olhos escuros o encarando. Lábios franzidos de raiva.

Anton. Ele fora até a despensa. O que estava fazendo lá? Jude não conseguia lembrar, mas não se esquecia da raiva dele. Por que estava tão zangado?

A lembrança voltou de uma só vez. Anton estava na despensa para pegar suprimentos. Estava tentando *partir*.

Jude cambaleou para fora da cama, sentindo o pânico sobrepujar todo o resto. Penrose. Precisava encontrar Penrose.

Estava com as mesmas roupas da noite anterior. Até as botas ainda estavam nos pés. Abriu a porta do alojamento e gemeu quando a luz forte do sol o atingiu.

— Capitão Weatherbourne!

Jude piscou contra a luz enquanto um dos mensageiros se aproximava com uma expressão alarmada. Talvez a Guarda já soubesse, então. Talvez já tivessem partido atrás de Anton.

— Aguardam por você no Tribunal agora mesmo — disse o mensageiro.

— Onde está Penrose? — perguntou Jude, apressado.

— A Guarda está no Tribunal — respondeu o mensageiro, paciente. — Estão prestes a anunciar o veredito.

Jude parou. O mensageiro não estava falando sobre Anton. Parecia que a Guarda não fazia ideia de que ele tinha desaparecido.

Passou pelo mensageiro e correu pelo pátio em direção ao Tribunal. Talvez não tivesse mais muito tempo como Guardião da Palavra, mas não permitiria que a fuga do Profeta fosse seu último ato. Chegou ao Tribunal e passou pelas portas de pedra, ofegante.

Seu olhar pousou diretamente na Guarda, que estava reunida no centro do púlpito. Todos se viraram à sua entrada, e Jude ficou vermelho. Não tinha falado com nenhum deles, exceto Penrose, em mais de seis dias, mas sabia no que deviam estar pensando — que Jude havia falhado com eles.

— Capitão Weatherbourne! — declarou uma voz lacônica. O magistrado saiu de trás da Guarda. — Queira se sentar, por favor. O Tribunal chegou a um...

— Preciso falar com a Paladina Penrose — disse Jude rapidamente. — Só vai levar um instante. Eu...

— Depois que o Tribunal declarar sua decisão, você estará livre para...

Ele olhou para Penrose com uma expressão suplicante. Penrose pigarreou.

— Eu... hum... estava mesmo precisando falar com o capitão Weatherbourne sobre... assuntos urgentes da Guarda. Vai levar só um minuto. Queira nos desculpar, magistrado.

Jude quase conseguiu ouvir o magistrado rangendo os dentes, enquanto Penrose o pegava pelo braço e o levava em direção à porta. Devia estar com uma péssima aparência, para fazê-la quebrar o protocolo daquela forma.

— O que está acontecendo? — perguntou ela em voz baixa enquanto passavam pelas portas e seguiam para a lateral do Tribunal.

— Você sabe onde está o Profeta? — perguntou ele.

Ela o olhou com uma expressão estranha.

— Como assim?

— Na noite passada, Anton me disse que ia deixar o Forte de Cerameico.

— Você falou com o Profeta ontem à noite? — perguntou ela, séria.

— É com *isso* que você está preocupada? Ele pode estar em qualquer lugar. Precisamos encontrá-lo.

— Sim, claro — disse Penrose, apertando os lábios. — Vou mandar Annuka e Yarik ao quarto dele, e Osei ao templo. Tenho algumas outras ideias de onde ele pode estar. Mas, Jude... Você precisa voltar lá para dentro e fingir que não há nada de errado.

— O quê? Preciso é encontrar o Profeta.

— Não — respondeu Penrose com firmeza. — Se ele realmente partiu, *nós* vamos encontrá-lo. Mas o Tribunal não pode saber que você está envolvido nisso.

— Não estou envolvido, eu só...

As portas se abriram e o magistrado saiu, parecendo nervoso. Parou no portal aberto e exigiu:

— O que faz vocês pensarem que é aceitável conversar sem aprovação enquanto o Tribunal está tentando declarar sua decisão?

— Perdão — disse Penrose, se colocando na frente de Jude. — A Guarda não poderá ficar para ouvir a decisão. Precisamos resolver questões importantes relacionadas ao Profeta.

O magistrado assentiu, ainda a encarando friamente.

— Bom, nesse caso, vão resolvê-las.

Penrose fez um gesto para o resto da Guarda, que saiu sem fazer perguntas. Jude foi tomado por uma estranha sensação de perda enquanto se virava e voltava para o Tribunal. Sabia qual tinha sido a decisão. E, apesar de tudo que dissera na última conversa, Penrose parecia saber também.

Jude não era mais o capitão da Guarda Paladina.

— Sente-se, por favor, capitão Weatherbourne — disse o magistrado quando chegaram ao centro do púlpito.

Jude se sentou em um dos bancos de pedra no centro do aposento, sentindo como se estivesse prestes a abandonar o próprio corpo. O desespero crescia dentro dele enquanto os sete membros de rosto coberto por um véu entravam e se posicionavam nos fundos do salão.

— A octogésima primeira sessão do Tribunal de Cerameico volta à ordem — declarou o magistrado. — O Tribunal chegou a uma decisão em relação à quebra do juramento de Hector Navarro e Jude Weatherbourne.

O magistrado começou a falar sobre as especificidades da deliberação, a precedência da tomada de decisão e todo tipo de regras esotéricas nas quais Jude não conseguia prestar atenção. Ele se remexeu no assento, tentando não se levantar e sair pelo forte em busca de Anton. Ele não podia ter partido. *Não podia.* A Guarda o encontraria.

— Nunca antes um Guardião da Palavra foi acusado de quebrar um juramento — continuou o magistrado, seguindo uma linha de raciocínio que Jude já tinha perdido. — Desse modo, a decisão deste Tribunal é que o Guardião deve deixar o posto, que será reassumido por seu antecessor.

Não suportava pensar na expressão no rosto do pai caso Jude fosse obrigado a lhe devolver o manto de Guardião. Ele já tinha perdido a Espada do Pináculo. No entanto, lutou contra a vergonha, mantendo-se firme por saber que seu pai protegeria Anton, e Jude ia... ia...

Acabar sozinho. Mais sozinho do que estivera no Ano de Reflexão. Mais sozinho do que quando Hector lhe dera as costas. Mais sozinho do que estivera diante do Hierofante, esperando que sua Graça lhe fosse arrancada. Ele não tinha uma Guarda, não tinha deveres, não tinha Profeta. Era um nome que seria apagado dos registros. Uma sombra.

As portas de marfim se abriram e Annuka entrou, seguida de perto por um Yarik sem fôlego; os passos ecoavam no assoalho.

— Qual é o problema com vocês? — reclamou o magistrado, virando-se para eles. — Primeiro o atraso e agora uma interrupção.

— Precisam parar o julgamento — declarou Annuka. — O Profeta desapareceu.

Penrose apareceu à porta e, quando Jude encontrou os olhos da Paladina, ela meneou a cabeça de forma imperceptível.

— Eles dizem a verdade. E, se o Profeta realmente desapareceu, Jude pode nos ajudar a encontrá-lo.

Jude já estava de pé.

— De maneira alguma — declarou o magistrado. — Jude Weatherbourne fica aqui. Os outros podem procurar o Profeta.

— Jude é quem o conhece melhor — interveio Penrose. — Se existe alguém que pode encontrá-lo...

— *Eu disse não!* — exclamou o magistrado. — Se vocês não respeitam minha autoridade como o magistrado do Tribunal de Cerameico, então talvez eu deva fazer uma nova sessão para analisar os seus erros, Paladina Penrose.

Penrose parecia indignada, mas ficou em silêncio.

— Agora, se não houver mais nenhuma objeção, podemos...

As portas se abriram de novo, e o magistrado se virou, furioso.

— Não vou tolerar mais interrupções!

— Espero não ter chegado tarde demais.

Jude congelou. Assim como todos à sua volta.

À porta, envolto por uma aura de luz clara do dia, estava Anton. Jude ficou apenas observando enquanto ele atravessava o corredor do Tribunal, com uma postura tão casual como se tivesse se atrasado para o desjejum.

Penrose foi a primeira a se dirigir rapidamente a ele.

— Onde é que *você* estava?

— Vindo para cá — disse Anton em tom leve. — Achei que talvez o Tribunal fosse gostar de ouvir o que tenho a dizer.

Penrose ficou olhando, sem palavras, de Anton para Jude. O Profeta nem olhou na direção do Guardião. Seu olhar estava fixo no magistrado e nos membros com rosto coberto por um véu atrás dele.

Uma lembrança repentina da noite anterior surgiu na mente de Jude. Era pouco mais que uma sensação — primeiro a fúria gélida no rosto de Anton e a palavra que Jude tinha lhe dito: *covarde*. O rosto dele agora estava quase neutro, impassível, mas Jude conseguia ver as nuances na sua expressão: a mesma raiva fria subjacente.

— Eu... Nós não o convocamos para depor, existe um *procedimento* para... — começou o magistrado.

Anton abriu um sorriso alegre, embora a raiva ainda estivesse presente.

— Pois eu mesmo me convoco.

O que Anton estava *fazendo*? Com a respiração ofegante, Jude tentava desesperadamente entender. Não conseguia decifrar nada além da raiva de Anton.

— Você não tem nenhuma autoridade neste Tribunal. Estamos decidindo se Jude Weatherbourne quebrou os juramentos da Guarda Paladina. Isso não tem nada a ver com você.

— E por que a Guarda Paladina faz juramentos? — perguntou Anton.

— Por quê? — debochou o magistrado. — Porque devem deixar de lado os desejos mundanos para se devotarem completamente ao...

— Ao Profeta — concluiu Anton. — A mim. Então, acho que minha opinião aqui é relevante, você não concorda?

O magistrado ficou boquiaberto, praticamente espumando de raiva.

Anton pareceu interpretar aquilo como um convite para continuar falando.

— O Guardião da Palavra deve proteger o Profeta e, desde o instante em que conheci Jude, isso foi exatamente o que ele fez. Ele me encontrou. Ele me salvou.

Os olhos de Anton finalmente encontraram os dele, do outro lado do salão, e Jude sentiu o sangue subir pelo rosto e ali ficar.

— Ele foi a única pessoa que já me protegeu.

Jude engoliu em seco. Quis afastar o olhar, mas falhou. Passara dezenove anos aperfeiçoando seus *koahs* e aprendendo a história dos Sete Profetas, preparando-se para encontrar e proteger o Último Profeta. Mas nada daquilo o preparara para Anton.

Raiva, gratidão e uma esperança sem fôlego fizeram seu coração disparar no peito. Sentia como se estivesse de volta na taverna Primavera Oculta, assistindo à partida de Tesouro e Rio, esperando Anton virar a última carta.

— Se quiserem punir Jude por ter me encontrado, façam como bem entenderem — disse Anton, finalmente afastando o olhar para encarar o magistrado. — Mas só porque ele não fez exatamente do jeito que vocês queriam que ele fizesse não significa que ele estava *errado*.

— Essa não é uma decisão sua — declarou o magistrado.

— É uma decisão minha, *sim* — contradisse Anton, os olhos escurecendo. — Sou a única pessoa que terá de viver com as consequências. Eu sou o Profeta. E vocês querem tirar o meu Guardião de mim, bem quando mais preciso dele. Vi algo ontem à noite. Não uma visão. Acho que um acontecimento do presente. O Hierofante está procurando alguma coisa. Algo que pode dar início à Era da Escuridão.

Penrose olhou para ele com seriedade.

— Você viu o Hierofante?

— Mesmo que seja verdade — disse o magistrado com impaciência —, você ainda não provou ser o Profeta.

— Tudo bem — disse Anton. — Então é o que vou fazer. Agora mesmo.

O magistrado pareceu surpreso e Penrose ainda mais.

— Vamos para o Círculo de Pedras — disse Anton. — Se eu provar que sou o Profeta, Jude continua sendo o Guardião da Palavra. Se eu não for, eu e ele vamos embora.

Jude conseguia ouvir as batidas do próprio coração martelando nos ouvidos. Havia uma parte da discussão da noite anterior de que não se lembrara até aquele momento. Anton lhe pedira para ir com ele, quando deixasse Cerameico. Jude nem respondera. Não precisara.

Mesmo assim, Anton fora embora.

Um dos membros do Tribunal levantou a mão e se dirigiu ao magistrado.

— Um momento — disse ele para o resto do salão, e então se aproximou do resto do Tribunal para consultá-los.

Jude olhou para Anton, sentindo um frio na barriga. O sol matinal que entrava pelas janelas amplas iluminava o cabelo do rapaz, formando um halo de luz. Ele parecia perfeitamente calmo, parado ali no meio da estrela de sete pontas. Jude desejou ardentemente que sua versão bêbada não tivesse chamado Anton de covarde. Raiva, gratidão e vergonha batalhavam no seu peito enquanto se aproximava. Não sabia nem o que dizer.

Mas o soar repentino dos sinos quebrou o silêncio antes que tivesse a chance de tentar falar. Jude se sobressaltou e empurrou Anton para trás de si antes de registrar o que estava acontecendo. Aqueles não eram os sinos que indicavam a hora nem os que chamavam os Paladinos para meditação.

Aqueles eram outros sinos, sinos que Jude nunca tinha ouvido nos seus dezenove anos de vida morando naquele forte, sinos que esperara nunca ouvir na vida.

Cerameico estava sob ataque.

13

EPHYRA

Quando Shara disse que iam manter Illya em uma coleira, Ephyra não pensara que seria *literalmente*.

Ela olhou as algemas nas mãos de Shara. Eram de um prateado claro e escovado, com uma pedra verde no meio de cada uma, brilhando como dois olhos. Shara as roubara em um trabalho anterior, do cofre de um general aposentado do exército de Behezda. Tinham sido contratadas para roubar um capacete, mas Shara tinha pegado as algemas também, por achá-las bonitas. Foi só depois que descobriu o objetivo verdadeiro da peça.

Ephyra olhou com reprovação enquanto Illya erguia o pulso esquerdo para Shara, que fechou uma das algemas ali, apertou-a e, quando o objeto se encaixou perfeitamente nele, começou a colocar a outra em si mesma. Ephyra segurou seu braço.

— Coloque em mim — disse ela. — Sou a única que confio que ele não vai enganar.

Shara não discutiu. Apenas colocou a algema no pulso de Ephyra, que não afastou os olhos de Illya. Ele flexionou a mão e levantou o pulso, como se estivesse admirando a pulseira. As algemas eram obra dos artífices, ligadas por um fio invisível.

— Não é um enfeite — irritou-se Ephyra. — Você é um prisioneiro. *Meu* prisioneiro. Não vai poder dar mais de trinta passos para longe de mim. Saia da linha uma vez e vou derrubá-lo antes que tenha a chance de piscar. Entendeu?

— Senti tanta saudade do seu jeito caloroso e doce — retrucou Illya, cobrindo a algema com a manga da camisa. — Mal posso esperar por todo o tempo que vamos passar juntinhos.

— *Uma* vez.

Shara olhou para eles, sorriu, e passou os braços pelos ombros dos dois.

— Vamos lá, vocês dois. Somos uma equipe! Que tal um pouco de camaradagem?

— Illya não conhece esse conceito muito bem — resmungou Ephyra, afastando-se do abraço de Shara.

— Ela só está um pouco irritadinha — cochichou Shara para Illya de um jeito conspiratório. — Em geral, ela é muito mais divertida.

Ephyra revirou os olhos e começou a se afastar para um dos esquifes de areia.

— Não é nada — ouviu Illya murmurar atrás de si.

Ephyra parou, olhou para a algema no pulso, então lançou o braço com força para a frente e ouviu o som suave de um corpo se estatelando na areia, seguido por um xingamento abafado. Tentou não sorrir e seguiu para onde Numir estava trocando as cordas da vela do esquife com a ajuda de Hadiza, enquanto Parthenia lia um dos livros de Badis à sombra.

— Vocês três concordam com isso? — perguntou Ephyra.

— A gente nunca consegue proibir Shara de trabalhar com figuras suspeitas — disse Hadiza, lançando um olhar significativo para Ephyra.

— Illya é diferente. Ele é manipulador.

— Shara sabe se cuidar — disse Hadiza. — Todas nós sabemos. Além disso, somos cinco contra um.

Ephyra rangeu os dentes. Não ia conseguir nada com nenhuma delas. Pareciam totalmente despreocupadas com a cobra no ninho.

Ephyra precisaria ficar muito atenta por todas elas.

— Muito bem — disse Shara, aproximando-se e segurando o espelho roubado de Badis. — Quem quer admirar o rostinho lindo no espelho? Parthenia?

Numir deu uma risada e disfarçou com uma tossida.

— Só eu que estou meio assustada com tudo isso? — perguntou Parthenia. — Digo, quem exatamente deixaria uma pista para encontrar o Cálice? Para quem poderia ser?

— As Filhas da Misericórdia? — sugeriu Hadiza. — Talvez elas precisassem de pistas para reencontrar o Cálice, para o caso de um dia precisarem dele de novo.

— Devem ter sido as Filhas da Misericórdia mesmo — disse Illya atrás dela. — Porque só alguém com a Graça do Sangue pode usar essa pista.

Shara se virou para ele.

— E como é que você sabe disso?

— "Pois hei de mostrar a chave que buscais, *se* tiverdes o poder de empunhá-la" — recitou Illya. — Só alguém com a Graça do Sangue pode empunhar o Cálice de Eleazar. Desse modo, só alguém com a Graça do Sangue pode *encontrá-lo*.

Ele olhou para Ephyra.

Ela fez uma careta. Se o espelho realmente funcionava como ele acabara de dizer, ela era a única que poderia usá-lo. O problema era que ainda não tinha contado para Shara nem para as outras sobre sua Graça.

— Conheço algumas curandeiras em Tel Amot — disse Shara, pensativa. — Mas não tenho certeza se...

— Não precisamos ir a Tel Amot — interrompeu Illya.

Parecia que Illya ia forçá-la a confessar. Ephyra o fulminou com o olhar e se virou para Shara.

— Deixa eu ver isso.

Shara a encarou, surpresa.

— O quê? Você tem a Graça do Sangue? Mas você não tem... — Ela olhou para o braço de Ephyra.

Ephyra resistiu ao impulso de esconder o braço atrás das costas. Estavam nus e a pele marrom não contava com as tatuagens usuais que marcavam os curandeiros e os ajudavam nos negócios. Ela não ousou olhar para Illya, mas sabia que ele estava muito contente pelo desenrolar da situação. Quanto menos Ephyra e Shara confiassem uma na outra, mais fácil seria para ele manipular as coisas e conseguir o que queria.

— Shara, não — disse Hadiza com firmeza, segurando o braço que oferecia o espelho para Ephyra. — Você não pode entregar para ela.

— Não temos muita escolha — argumentou Shara.

— Você não entende — disse Hadiza, lançando um olhar desconfiado para Ephyra. — Ela é perigosa. É uma Injurada.

Ephyra já tinha ouvido o termo antes. Era usado para designar pessoas com a Graça do Sangue que não tiveram treinamento para usá-la e não fizeram o juramento de que só usariam o poder para curar, nunca para ferir. O estigma contra pessoas como ela existia em todo lugar, mas era mais forte em determinadas regiões. Como Tel Amot, que sofrera com a destruição nas Guerras Necromantes.

— Não podemos confiar nela — disse Hadiza, se virando para Ephyra. — Eu *sabia* que você estava escondendo alguma coisa.

Ephyra fincou as unhas na palma das mãos.

— Não vou machucar ninguém.

— Mesmo que a gente acredite, isso não significa que não seja perigosa. Os Injurados... As pessoas sem o conhecimento de ligação e liberação do *esha* tendem a usar os poderes de forma errada. As leis são severas por um motivo. Sem treinamento, a Graça é imprevisível. Mesmo que não queiram machucar as pessoas, acabam machucando.

Ephyra sustentou o olhar de Hadiza, sentindo a raiva crescer. Hadiza não a conhecia e não fazia ideia do que ela tinha conseguido aprender sobre sua própria Graça. Mas parte do que disse era verdade, e aquilo deixava Ephyra com raiva também.

— Eu não menti — disse Ephyra com voz trêmula. — Quero salvar a minha irmã. Esse é o único motivo de eu estar aqui.

— Ela está dizendo a verdade.

Todas se viraram para Illya.

— Você está... falando que ela é confiável? — perguntou Shara, depois de uma longa pausa.

— Estou — respondeu ele, sem hesitar.

— Você sabe que também não temos o menor motivo para confiar em *você* — declarou Hadiza.

Illya deu de ombros.

— Vocês precisam de mim porque sou o único que sabe o código que estava nesse espelho. Vocês precisam que ela use o espelho. Parece que vão ter que colocar sua noção de confiança de lado, se realmente querem encontrar o Cálice.

— Foi *ela* que disse que não podemos confiar *nele* — disse Parthenia, pensativa. — E, se não podemos confiar nela, talvez *ele* seja confiável. Mas, se *ele* é confiável e diz que podemos confiar *nela*, então...

— Isso tudo está me dando dor de cabeça — declarou Shara, e entregou o espelho a Ephyra. — Tome.

— Shara! — protestou Hadiza.

— Não faça com que eu me arrependa — avisou a garota quando Ephyra pegou o espelho.

Ela respirou fundo e o ergueu. Primeiro, tudo que viu foi o próprio rosto olhando de volta — cabelo preto grosso emoldurando um rosto bem comum, com uma cicatriz fina que ia da testa até o queixo. A marca que Hector Navarro deixara quando ela o matara.

Então, a imagem se ondulou como água e, no seu lugar, apareceu uma estrutura diferente de qualquer outra que Ephyra já tivesse visto. Parecia uma montanha, triangular, com degraus levando até o cume.

Ephyra baixou o espelho, levantou-o de novo para o rosto e viu a mesma coisa.

— Não sei bem o que é.

Ela se agachou na areia para desenhar o que tinha visto.

— Não parece nada que eu já tenha visto — disse Shara. — Hadiza?

Hadiza ainda estava encarando Ephyra.

— Eu falei que era uma péssima ideia desde o início.

— E daí? Vai pular fora? — perguntou Shara. — Vamos lá, Hadiza. Se você não consegue confiar nela, confie em mim.

Hadiza soltou um suspiro irritado.

— Tudo bem. Por você, Shara. Só estou fazendo isso por você. Para garantir que não vai acabar morta.

Ela se agachou na areia ao lado do desenho de Ephyra.

— Parece um dos quatro templos principais que foram construídos pelos neemianos para adorar o antigo deus. Como era o cume da construção?

Ephyra olhou novamente para o espelho e, dessa vez, concentrou-se no alto do templo.

— Tem um tipo de... escultura. Ou estátua.

Ephyra desenhou na areia. Um círculo com uma linha cortando o lado direito e linhas curvas em cima.

— O Templo do Oeste — disse Hadiza, assentindo. — Fica em uma cidade chamada Susa.

— Susa? — repetiu Ephyra, franzindo a testa. — Nunca ouvi falar.

— É porque ela não existe mais. Foi uma das cidades destruídas pelas Guerras Necromantes.

Ephyra sentiu uma pontada incômoda.

— E você sabe chegar lá? — perguntou Shara.

Hadiza fez que sim.

— É uma viagem de mais de uma semana.

— Tudo bem, então. Vamos levantar acampamento.

As outras começaram a se mexer em volta de Ephyra para finalizar os preparativos e subir nos esquifes. Seu olhar encontrou o de Illya quando ele se aproximou com um grande sorriso bonito e caloroso.

Ephyra o odiou.

— Bom, acho que estamos no mesmo barco — disse ele, fazendo um gesto para o esquife.

— Você tem muita sorte por eu não o arrastar atrás de nós pela areia — retrucou ela, passando por ele.

Illya a segurou pelo pulso, fazendo-a parar. Ainda sorrindo, disse:

— Aposto que se elas soubessem quem você *realmente* é e o que já fez, não seria só Hadiza a querer cair fora. Não esqueça que conheço seus segredos.

Ephyra sentiu o coração disparar sob o toque dele.

— Sim. E eu conheço os seus.

14

JUDE

Enquanto os sinos de Cerameico soavam, o coração de Jude disparou com o próprio alerta.

Um mensageiro entrou no Tribunal.

— O que está acontecendo? — perguntou Jude.

— Navios se aproximam pelo rio — declarou o mensageiro. — Eles... Eles têm Fogo Divino.

— As Testemunhas — disse Jude, compreendendo tudo de uma vez. Ele se virou para Anton: — Precisamos dar o fora daqui.

— Annuka, leve o resto da Guarda para os portões — ordenou Penrose. Ela se virou para Jude, que não teve tempo de se chatear com a facilidade que ela tinha em comandar a Guarda. — Devemos partir para a passagem nas montanhas. Se as Testemunhas conseguirem invadir o forte...

— Como foi que o encontraram? — perguntou Jude.

Penrose meneou a cabeça.

— Vamos tentar descobrir isso depois, mas agora precisamos agir.

Jude se virou para Anton, que estava com os olhos arregalados e amedrontados.

— Vamos.

Eles seguiram para a saída.

— Onde estão indo? — exigiu o magistrado.

Eles não pararam.

— Estamos sendo atacados — respondeu Jude. — Vamos tirar o Profeta daqui. Sugiro que o resto do Tribunal vá para a fortaleza.

Uma onda de pânico trovejava pelo sangue de Jude enquanto atravessavam o forte, passando por outros Paladinos que seguiam na direção oposta.

— Por aqui! — Penrose os levou pelo arsenal, onde pegou uma espada e a atirou para Jude, que sentiu a arma pesar na mão e mordeu o lábio. Queria contar para Penrose sobre sua Graça, que seria quase inútil em batalha, mas aquele não era o momento. Assim que tivessem levado Anton para um lugar seguro, contaria tudo a ela.

Passaram por mais Paladinos correndo para as fortificações externas. A cadência dos sinos tinha mudado, ficando mais urgente.

— O que está acontecendo? — perguntou Penrose, parando um dos Paladinos. — As Testemunhas conseguiram invadir a fortaleza?

O Paladino assentiu, parecendo pálido e muito jovem.

— Eles passaram pelos muros externos. Fomos obrigados a fechar as pontes.

Isso diminuiria o avanço das Testemunhas no forte, mas não as impediria por completo.

— E quanto aos refugiados heratianos? — perguntou Jude, segurando o cabo da espada com mais força.

— Estão na fortaleza — respondeu o jovem Paladino. — Um grupo de mais de vinte soldados está protegendo eles.

Jude respirou fundo. Não sabia se aquilo seria o suficiente para proteger os refugiados, mas não tinha como ajudá-los a fugir agora. Manter Anton em segurança era a prioridade.

— Se as Testemunhas conseguirem passar pelos muros internos, recuem para a fortaleza. Proteger os refugiados agora é missão de vocês.

O Paladino assentiu e saiu apressado.

Jude, Anton e Penrose seguiram para o afloramento rochoso que levava para uma subida em volta da montanha. Jude parou por um momento quando a trilha ficou mais estreita e olhou para o rio. Dali, conseguia ver os navios que cercavam o forte e as figuras com túnicas que saíam deles, brandindo tochas de Fogo Divino e arcos com flechas flamejantes. Devia haver umas duzentas.

Penrose pegou Anton pelo braço.

— Você viu mesmo alguma coisa ontem à noite?

Anton hesitou e então assentiu.

— Tive um sonho, ou... não sei, partes dele pareciam bem reais. Senti que eram reais. Eu vi o Hierofante.

— Você nunca o viu em Nazirah, não é? — perguntou Penrose. — Como pode saber se é ele mesmo?

Anton meneou a cabeça.

— Eu apenas... soube. Ele estava usando uma túnica branca e uma máscara dourada, então não vi o rosto dele, mas...

— É ele — confirmou Jude, com o coração trovejando nos ouvidos.

— Ele estava torturando alguém com Fogo Divino — disse Anton, olhando para Jude. — Queria uma informação sobre algo que despertaria algum tipo de... não sei. Um poder antigo. Algo antigo e poderoso o suficiente para refazer o mundo.

— Nunca ouvi falar de uma coisa assim — disse Penrose.

Jude meneou a cabeça. Um poder antigo? O único poder antigo eram as Graças, concedidas aos Profetas séculos antes.

— Vamos tentar descobrir assim que sairmos daqui, Anton.

Com Jude seguindo atrás de Anton, Penrose os guiou por entre as árvores enquanto a floresta ia ficando mais densa. Eles subiram pela montanha de vegetação fechada em direção a uma clareira.

— Jude — disse Penrose com voz tensa.

Ela chegara primeiro à clareira e seus olhos treinados examinaram as árvores à frente.

Jude se virou quando três Testemunhas vestindo túnicas saíram de trás dos troncos, empunhando arco, flechas e tochas com Fogo Divino. Elas já tinham conseguido invadir o forte.

Jude assumiu automaticamente a postura de defesa, colocando-se entre Anton e os atacantes. Ao seu lado, Penrose fez o mesmo.

Uma das Testemunhas deu um passo à frente. Estava vestida de preto dos pés à cabeça e tinha a parte inferior do rosto escondida por uma máscara, então tudo que Jude conseguia ver eram olhos cinzentos e brilhantes. Sua mão estava no cabo da espada na cintura.

— Entregue o Profeta — disse a Testemunha com uma voz calma — e deixaremos intacto isso que vocês chamam de forte.

Jude ouviu o som metálico de Penrose desembainhando a espada e também levou a mão à espada que ela o havia entregado.

— Pegue o Profeta e vá — disse Penrose, antes que ele tivesse a chance de desembainhar a própria espada. — Vou segurá-los aqui.

O comando foi tão firme que Jude se virou para encará-la.

— Não. Não posso... — Ele se interrompeu; não podia deixar que as Testemunhas soubessem que tinha perdido a Graça e estava vulnerável. — Você fica com o Profeta.

— O Profeta virá conosco — repetiu a Testemunha mascarada, colocando a mão na espada.

— Jude, *vá* — disse Penrose.

Ela gritou e correu em direção às Testemunhas, com a espada brilhando sob o sol. O som agudo de flechas sendo disparadas encheu o ar, e Jude reagiu por instinto, puxando Anton contra si e o protegendo com o próprio corpo.

Flechas voavam por todos os lados e Jude aumentou a pressão no braço de Anton, girando em busca de Penrose no meio do caos. Outra flecha voou em direção a eles e, então, em um pulo, ela apareceu com a espada prateada cortando o ar. A flecha caiu e Penrose pousou ao lado de Jude.

— *Vá*, Jude — insistiu ela. — Proteja ele.

Outro protesto morreu nos seus lábios. Ele sabia que seria inútil. Deveria ter contado a Penrose que tinha perdido a Graça, mas já era tarde demais. Faria o possível para manter Anton fora de perigo, enquanto rezava para que a Guarda os encontrasse.

— Por aqui — disse Jude, puxando Anton em direção às árvores.

Lançou um olhar para Penrose, que estava lutando contra duas Testemunhas que partiam para cima deles. Ela ficaria bem. Tinha de ficar.

Correram pelo bosque em direção a uma queda-d'água de uns quinze metros de altura que dava no rio abaixo. Teriam que atravessar o riacho que desaguava na cachoeira e depois descer seis metros de escalada perigosa e escorregadia para chegar à passagem que ficava atrás da cachoeira. Isso os levaria até o vale do rio e para as montanhas, onde poderiam se esconder.

Jude entrou na água na altura dos tornozelos e estendeu as mãos para ajudar Anton a passar pelas pedras escorregadias. Avançou mais, ainda segurando Anton para ajudá-lo a se equilibrar. Quando estavam na metade do caminho, ele olhou para trás, para Anton, e viu outra figura aparecer na beirada do córrego. A Testemunha mascarada.

Jude sentiu uma onda de pânico quando pensou em Penrose. Se a Testemunha tinha passado por ela... ele nem conseguia pensar no assunto. Não deveria tê-la deixado. Se ela tivesse se ferido, a culpa seria dele.

Os olhos de Jude encontraram os de Anton.

— Continue seguindo. Desça pela trilha. A passagem é pelo meio da cachoeira. Vou estar logo atrás de você.

Anton abriu a boca como se fosse protestar, mas, antes que pudesse dizer qualquer coisa, Jude se virou. A Testemunha entrou na água e seguia em direção a ele.

— Jude Weatherbourne. O Hierofante me contou muito a seu respeito.

— Então você já deve saber que suas correntes de Fogo Divino não vão funcionar comigo — blefou Jude.

A Testemunha mascarada desembainhou a espada.

Por um instante, Jude ficou cego. A espada refletia a luz do sol. E foi então que se deu conta de que não era isso: a lâmina em si estava envolvida pela chama pálida de fogo.

Fogo Divino.

Jude se encolheu por instinto. As cicatrizes no pescoço arderam com o calor, como se estivessem se lembrando das queimaduras provocadas por aquelas chamas.

— Você o teme — disse a Testemunha mascarada. A espada brilhou entre eles. — Não deveria. Isso não é sua destruição, Paladino, mas sim sua salvação.

Você é cego demais para enxergar a verdade, mas com o tempo vai entender. Agora, deixe-me passar.

Jude fechou os olhos e respirou fundo, entrando na postura do *koah* da velocidade, desejando que sua Graça respondesse.

Nada.

A Testemunha mascarada partiu para cima, a espada cortando o ar em direção ao seu peito.

O Guardião desembainhou a própria espada e impediu o golpe. A Testemunha mascarada atacou novamente e Jude se desviou da espada flamejante enquanto a água espirrava à sua volta. A espada de Fogo Divino avançou mais um pouco e Jude conseguiu desviar, percebendo, tarde demais, que a Testemunha estava lentamente fazendo com que os dois atravessassem o riacho até onde Anton estava parado, apesar das ordens dele.

— Vá! — berrou Jude, mantendo parte de sua atenção na Testemunha para se defender do próximo golpe.

Os ataques não cessavam. Havia algo de familiar no jeito que a Testemunha mascarada se movia, algo que remetia aos fundamentos do treinamento de Jude. O Guardião mal conseguia se manter à frente dos ataques, acostumado demais com sua velocidade aprimorada pela Graça. A Testemunha logo levaria Jude para a beirada da queda-d'água, e ele nada podia fazer para impedir.

A espada de Fogo Divino brilhou em direção a Jude, que só teve um milésimo de segundo para tomar uma decisão. Assim, soltou a própria espada e mergulhou para evitar o golpe. Caiu de quatro, e se virou para observar a Testemunha, que, levada pelo próprio impulso, rumou para a beirada da cachoeira.

A Testemunha conseguiu se refrear e se afastar do precipício, caindo de joelhos. Jude se levantou, mas a Testemunha fora mais rápida, e estava correndo para a outra margem do riacho.

Jude a seguiu. Anton tinha finalmente obedecido às ordens e estava descendo cuidadosamente pelas pedras na encosta ao lado da cachoeira. Ele olhou para cima, viu a Testemunha seguindo em sua direção, e Jude notou, horrorizado, como Anton arregalou os olhos ao escorregar em uma pedra solta. De repente, ele estava rolando pelas pedras, mãos e pernas buscando apoio enquanto escorregava.

— *Não!* — Com uma explosão de velocidade, Jude se atirou pela descida em direção a Anton.

A Testemunha o alcançou primeiro, agarrando-o pela camisa e o puxando-o para cima de novo.

Jude congelou.

— Então, você é o Profeta — disse a Testemunha, satisfeita, ainda segurando a camisa de Anton.

— E quem é você? — perguntou Anton. O tremor na voz atrapalhou o sarcasmo.

A Testemunha puxou Anton para mais perto.

— Sou o servo mais fiel do Hierofante. E sou eu quem vai entregar você para ele.

Anton jogou a cabeça para trás e cuspiu no meio da cara da Testemunha. O mascarado recuou, afrouxando as mãos, e deixou Anton cair pela beira do precipício. Jude deu um salto para frente e conseguiu, por pouco, segurar Anton pelo braço e puxá-lo para a segurança.

A Testemunha cambaleou para trás e ergueu a espada de Fogo Divino.

— Saia do meu caminho, Paladino.

— Você não vai ficar com ele — disse Jude, protegendo Anton com o próprio corpo.

A Testemunha avançou para mais um golpe. Jude se jogou no chão e usou os pés para dar uma rasteira. O mascarado rolou de lado, mas logo se levantou contra o paredão de rocha. Jude atacou. A Testemunha brandiu a lâmina e deixou a espada flamejante de Fogo Divino a centímetros do rosto de Jude. Inclinando-se para trás, Jude usou a superfície rochosa como apoio e deu um chute. Acertou em cheio o peito da Testemunha, que cambaleou para trás, os braços balançando ao lado do corpo enquanto tentava recuperar o equilíbrio, mas não havia nada em que se segurar.

Ele caiu pela beirada da encosta, mergulhou de costas na queda-d'água e desapareceu no rio abaixo.

Jude se virou para Anton, que assistia a tudo de olhos arregalados.

— Cuidado! — disse Jude, notando um movimento acima deles, onde várias Testemunhas armadas com arco e flecha disparavam do alto da cachoeira. Ele pulou em direção a Anton, prendendo-o contra a pedra e protegendo-o da chuva de flechas.

A respiração de Anton estava ofegante e difícil. Jude se lembrou com nitidez da noite anterior, quando o encurralara contra a prateleira e a respiração deles se misturara na penumbra da despensa.

— No três — disse Jude, com os olhos presos nos de Anton. — Um, dois...

Jude gritou quando uma flecha o atingiu na lateral do corpo. Uma onda de dor o invadiu e ele se recostou na parede rochosa antes de escorregar para o chão.

— Jude!

Anton se desembaraçou dele, pegou o braço de Jude e o colocou de pé.

— Vá — disse Jude, arfando de agonia, enquanto arrancava a flecha da própria carne com um grito.

— Não. Não vou abandonar você.

Antes que pudesse discutir, Anton passou o braço de Jude pelo próprio ombro e o arrastou pela beirada do penhasco, onde a queda-d'água rugia em um fluxo forte.

Anton olhou para Jude com uma expressão hesitante, e o Guardião teve uma visão repentina de Anton meio afogado na cisterna de Nazirah. Respirou fundo e juntos atravessaram a queda-d'água. Seguiram-se alguns segundos de silêncio e submersão, e então saíram do outro lado. A água corria em volta deles, encobrindo a passagem e os protegendo lá dentro.

Jude se virou para Anton, que estava sorrindo.

— O que foi?

— Exatamente como nos velhos tempos — disse Anton. — Fugindo das Testemunhas. Andando por cavernas escuras.

Jude desviou o olhar e não disse nada. Naquela época, podia contar com sua Graça. Naquela época, tinha capacidade para proteger Anton.

— Precisamos ser rápidos. As Testemunhas não devem estar muito atrás, mas podemos... podemos despistá-los nas montanhas. — Jude ofegou e a dor na lateral do corpo embaçou seus pensamentos. — Há um posto lá. A alguns quilômetros de distância. Eles devem ter suprimentos.

— E quanto aos outros? — perguntou Anton.

Jude meneou a cabeça e sentiu a culpa apertar o peito. Parecia que estava abandonando a própria Guarda novamente.

— Eles vão ficar bem.

Anton não insistiu e deixou que Jude os liderasse lentamente enquanto atravessavam a passagem escura. O ferimento latejava no ritmo das batidas do seu coração, e a cada passo ele ia ficando mais fraco, até que mal conseguia manter a consciência, mas sem nunca parar de colocar um pé na frente do outro. Depois de alguns minutos de silêncio, Jude viu a luz à frente.

— A saída — disse ele, em um suspiro.

Chegaram ao fim da passagem. Ali do outro lado, mato e árvores altas os cercavam. Jude cambaleou, estendendo a mão para amparar a queda, e se vendo de quatro, a cabeça girando e o peito ofegando.

— Jude! — exclamou Anton, parecendo muito, muito distante. — Jude, fique comigo.

Jude não conseguia mais manter os olhos abertos. Deitou a cabeça na terra e deixou a escuridão engoli-lo.

PARTE II
SANGUE E MISERICÓRDIA

15

HASSAN

Hassan chegou preparado à reunião seguinte da Asa do Escaravelho. Foi cedo à oficina de alquimia e tomou o lugar na ponta da mesa — o lugar que Arash costumava ocupar. Adotando uma aparência de boas-vindas plácidas, esperou a chegada dos outros.

Khepri sorriu e se sentou ao lado dele, enquanto Zareen lhe lançou um olhar de leve surpresa ao se acomodar em uma das almofadas. Arash foi o último a chegar e parou na porta por um breve instante antes de se acomodar ao lado de Zareen. Nem olhou para Hassan, que controlou a expressão de satisfação. Tinha conseguido desestabilizá-lo.

Enquanto os outros tomavam seus lugares, Arash pigarreou.

— Príncipe Hassan — disse ele em um tom agradável e alegre. — Fico feliz que tenha colocado nossas diferenças de lado e decidido se juntar a nós. Sei que é contra o que estamos tentando fazer, e sei que muitos de nós estão interessados em debater suas ideias.

Hassan sorriu.

— Na verdade, Arash, mudei de ideia. Acho que devemos seguir com os seus planos para a coroação.

Observou enquanto Arash estreitava ligeiramente os olhos.

— Ah, muito bem. São notícias maravilhosas. Estamos felizes com seu apoio.

— Que bom — concordou Hassan. — E como agora estamos trabalhando juntos, eu gostaria de dividir com vocês algumas ideias de como podemos tirar o melhor proveito da situação.

— Teremos tempo para isso...

— Causar um tumulto no desfile é uma ótima maneira de chamar a atenção, não apenas da rainha e das forças sombrias que a levaram ao poder, mas também do público heratiano — continuou Hassan, como se não tivesse ouvido Arash. — Temos uma oportunidade de recorrer àqueles que se sentem impotentes diante do golpe, para mostrar a eles que existe algo pelo que lutar. — Ele fez uma pausa e olhou à sua volta para se assegurar de que tinha a atenção de todos. — Acho que seria um ótimo momento para dizer ao povo de Nazirah que o rei deles voltou.

Hassan notou o brilho de pânico no rosto de Arash.

— Não acho que seja uma boa ideia. — Arash pigarreou. — É um erro mostrar todas as cartas que temos na manga agora. Se revelarmos ao público que você ainda está vivo, as pessoas leais à Usurpadora vão se esforçar ainda mais para destruir a Asa do Escaravelho.

Hassan se virou para ele.

— Eu conheço o povo de Herat. Se contarmos a eles o que Lethia realmente fez, eles vão se voltar contra ela e se juntar a nós.

Ele olhou para Khepri. A ideia viera dela. *Sua tia precisa saber que você ainda está aqui*, dissera. Em vez de criar uma confusão perigosa, como um grupo de radicais extremistas faria, Hassan lançaria um desafio direto à reivindicação de Lethia ao trono.

— O príncipe Hassan é o legítimo herdeiro do trono — disse Sefu. — O povo sabe disso. Se souberem que ele está vivo, acho que existe uma grande chance de o apoiarem.

— Adoro esta ideia — opinou Zareen. — Estou morrendo de empolgação só de pensar na cara da Usurpadora quando ela vir você. Como ela vai argumentar contra o seu direito de reinar? Ficará presa na nossa armadilha.

O resto dos participantes começou a conversar. O plano de Hassan parecia estar se alastrando como fogo, e ele observou com satisfação quando a expressão de Arash ficou retraída e sombria. Mas ele não tentou contra-argumentar.

Hassan pretendia supervisionar os planos para se certificar de minimizar o risco de ferir inocentes. E, ao final da reunião, todos saberiam quem era o líder da rebelião. Todo mundo saberia quem era o rei.

No decorrer dos dias seguintes, um número cada vez maior de soldados refugiados de Khepri e Hassan encontrou o caminho para a biblioteca, liderados por um grupo de busca que saía todas as noites. Hassan e Khepri estabeleceram uma rotina na base da Asa do Escaravelho. As manhãs eram dedicadas a sessões de estratégia. Nas tardes, Khepri treinava com os outros soldados. Às vezes, Hassan se juntava a eles, e às vezes desaparecia nas coleções infindáveis de livros da biblioteca ou supervisionava as oficinas nas quais alquimistas e artífices desenvolviam armas para usarem contra as Testemunhas e novas proteções para a Biblioteca.

E era lá que Hassan estava naquele dia: no canto da oficina reservado a Zareen, ajudando-a. O lugar estava entulhado com provetas de todos os tamanhos e vários instrumentos de metal espalhados. De algum modo, Zareen parecia saber instintivamente onde tudo estava quando precisava, apesar da total falta de organização.

— Você mediu a concentração disso aí? — perguntou ela, apontando para a proveta que Hassan segurava.

— Medi — respondeu ele, colocando a proveta na mesa. — Para que serve?

— É pó paralisante — respondeu ela. — Não é muito útil em combate. É necessário ingerir para funcionar e demora um *tempão* para ser produzido.

— E esses daqui? — perguntou Hassan, apontando para uma coleção de cilindros de vidro preenchidos com diversas soluções.

— Ah, são modificadores de humor — respondeu ela, distraída, enquanto semicerrava os olhos ao acrescentar um pouco da mistura de Hassan na dela. — Eles acalmam as pessoas, ou agitam, fazem com que se sintam felizes, coisas desse tipo.

— Então, se eu beber isso, de repente vou me sentir superfeliz? — perguntou Hassan, olhando para o vidro âmbar.

— Se tomar, você provavelmente vai morrer ou, no mínimo, vomitar — respondeu ela. — O funcionamento é por exposição. Eles vêm no formato líquido e, quando colocados em altas temperaturas, liberam um gás.

— Ah, príncipe Hassan. Justamente o homem que eu precisava ver — declarou uma voz animada da porta da oficina de alquimia.

Hassan olhou para o líder da Asa do Escaravelho. Mal tinham dirigido a palavra um ao outro desde a manhã em que Hassan assumira a reunião estratégica e, quando interagiam, geralmente tinham Khepri para aliviar a tensão.

— Estamos muito ocupados, Arash, o que você quer? — perguntou Zareen, parecendo irritada.

— Só dar uma palavrinha com o príncipe. Não vai demorar.

Zareen lançou um olhar questionador para Hassan.

— Tudo bem — assegurou Hassan, satisfeito por ela ter olhado para ele em busca de permissão, e não para Arash. — Só... talvez tente um catalisador diferente para o pó paralisante. Pode ajudar a acelerar o processo.

Ele seguiu Arash pelo corredor.

— Quem diria que o príncipe de Herat sabia tanto sobre alquimia? — perguntou Arash.

— Graças ao meu pai — retrucou Hassan.

— Pensei que ele fosse treinado como artífice, não? Meus mestres na Biblioteca falavam muito sobre seu pai. Diziam que era um dos maiores artífices da linhagem de Seif. Achávamos que o herdeiro fosse ser seu sucessor nisso, assim como sucessor da coroa.

Hassan sentiu uma pontada de irritação. Arash nunca perdia uma oportunidade de lembrá-lo que ele era Agraciado e Hassan, não.

— Ele era um grande artífice — concordou Hassan, ignorando o resto. — Mas também se interessava por alquimia e sempre achou a arte muito intrigante.

— Você é uma caixinha de surpresas — disse Arash, conseguindo usar um tom que soava ao mesmo tempo impressionado e condescendente.

— O que posso fazer por você, Arash? — perguntou Hassan, sem conseguir esconder o tom de cansaço na voz.

Arash deu um sorriso forçado.

— Gostaria da sua ajuda com uma coisa.

— É para isso que estamos aqui, não é? Para ajudar as forças rebeldes. Então me diga do que se trata.

— Será mais fácil se eu mostrar.

Arash o levou até as galerias nos porões da Biblioteca. Era lá que armazenavam os textos mais antigos, aqueles que sofreriam danos sem um controle cuidadoso da temperatura e da umidade do ar. Hassan estivera ali apenas algumas poucas vezes na vida, mas cada visita o deixara com uma sensação de claustrofobia e frio. Ainda assim, não podia negar que havia algo de inspirador e maravilhoso em ver textos originais tão antigos.

O mosaico original representando a fundação de Nazirah decorava a parede dos fundos da galeria. Algumas partes tinham ruído com o tempo antes que a peça tivesse sido preservada de forma adequada e levada para as galerias, mas os principais elementos da história ainda eram bem claros, mesmo que estivessem desbotados. Hassan reconheceu a primeira visão do rei de Nazirah, assim como a própria Profeta Nazirah, que colocava uma coisa na cabeça dele — a Coroa de Herat.

— Dizem as histórias que a Coroa que Nazirah deu ao primeiro rei lhe imbuiu de Graça — disse Arash. — Dizem que permitiu que ele criasse máquinas incríveis, de um tipo que jamais voltamos a ver desde então. Mas a Coroa desapareceu há alguns séculos. Quero saber o que aconteceu com ela.

— Por quê? — perguntou Hassan.

— Temos algumas das mentes mais brilhantes aqui nesta Biblioteca — disse Arash, com os dedos pairando na frente do mosaico. — E se pudéssemos torná-las ainda mais fortes? Poderíamos construir armas tão poderosas que derrotariam as Testemunhas em um piscar de olhos. Nós poderíamos salvar muitas vidas.

— Nós? — perguntou Hassan. — Ou você?

— Todos nós — respondeu Arash, relaxando o braço e se virando para Hassan. — Todos nós com a Graça da Mente, no caso. Mas você está certo. Estou trabalhando em uma coisa que acho que pode nos ajudar a retomar a cidade.

Só que a minha Graça... não é suficiente para o que quero fazer. Mas se você me disser onde a Coroa está...

— Você presume que eu sei — retrucou Hassan. — Mas não sei.

Arash apertou os lábios.

— Você é o herdeiro do trono. Achei que sua família a estivesse guardando em segurança por todos esses anos. Você realmente não faz ideia de onde esteja?

— Não.

Arash endureceu a expressão.

— Isso realmente poderia ajudar, Hassan. — Aquele foi o tom mais sincero que Hassan já o ouvira usar. — Precisamos de *alguma coisa*.

Eles tinham uma coisa. Um rei.

Hassan hesitou.

— Arash, você conhece as histórias sobre a Coroa, não conhece?

Não houve resposta.

— Dizem que a Coroa se virou contra a última pessoa que a usou — disse Hassan. — O neto do primeiro rei. Que ele a usou para construir um artefato que no fim acabou por matá-lo.

— Isso é só uma história, contada para impedir que as pessoas saiam em busca da Coroa.

Hassan suspirou. Não tinha tanta certeza.

— Mesmo que isso seja verdade, ainda não sei onde a Coroa está. Ninguém sabe.

Arash o observou com atenção por um longo tempo.

— Bom, então acho que devo levar você de volta para Zareen agora. Ela não ficará nada feliz por eu ter tirado seu ajudante.

Naquela noite, Hassan estava recostado na cama com Khepri aninhada ao seu lado, relatando o sucesso da sua sessão de treinamento.

— Aquela armadura que começaram a testar é realmente *muito* impressionante — disse Khepri. — Os artífices daqui devem ser gênios ou algo do tipo.

— É — respondeu ele, distraído.

Khepri se virou nos braços de Hassan para olhá-lo diretamente nos olhos.

— Você ouviu alguma coisa do que eu disse?

— Desculpe — disse ele, meneando a cabeça. — É só que... tive uma conversa estranha com Arash hoje.

Khepri suspirou, e Hassan sentiu que ela já estava farta do assunto. Ela mesma já tinha ouvido algumas grosserias de Hassan.

— Não é o que você está pensando — disse ele, antes de relatar resumidamente o que havia acontecido. — E, então, o que acha?

Khepri demorou um pouco para responder, passando o polegar pelo músculo do antebraço dele.

— Acho que devemos tentar tudo que pudermos para lutar contra as Testemunhas.

— Achei mesmo que você ia dizer isso.

— E você não concorda?

— É claro. — Ele fez uma pausa. — Mas você não se pergunta se...

— Se o quê?

— Se colocar esse tipo de poder nas mãos de alguém não é perigoso?

— Não se isso ajudar a salvar vidas — respondeu Khepri. — Uma ferramenta só é boa ou ruim dependendo de como e por quem é usada. Você acha que eu sou perigosa?

Hassan se aproximou dela, sorrindo.

— Muito — respondeu ele, os lábios quase tocando os dela.

Ela riu e o empurrou.

— Você sabe o que quero dizer. Será que o que Arash quer é tão errado assim?

— Não sei — disse Hassan, ficando sério novamente. — É que... existem histórias sobre pessoas que usaram a Coroa e não terminaram bem. Temo que, se Arash a usar...

— Arash quer salvar a cidade tanto quanto nós.

— Eu sei, mas e se o poder da Coroa for grande demais e ele acidentalmente machucar alguém ou destruir a cidade? Não estou dizendo que ele faria isso de propósito. Mas a Coroa... Existe um motivo para minha família não ter procurado por ela.

— Precisamos nos preocupar com o que *podemos* fazer — disse Khepri. — Que é mais do que podíamos na semana passada.

— Você se preocupa... — Hassan se interrompeu por um momento. Até para Khepri era difícil admitir sua incerteza. Seu medo. — Você se preocupa com o que vai acontecer depois disso tudo? Se derrotarmos Lethia e expulsarmos as Testemunhas da cidade?

Ela contraiu os lábios e puxou uma linha da manga da camisa de Hassan.

— Você se preocupa?

Ele assentiu.

— Só espero que vencer não signifique perder de vista o que somos e no que acreditamos. Espero que não termine em uma escolha como a que fizemos no farol. Deixá-lo cair nas mãos de Lethia ou deixá-lo cair e ponto final.

O rosto de Khepri ficou triste.

— Ah, Hassan. Você não se arrepende da escolha que fizemos, não é? Mesmo que o farol não esteja mais lá...

— Eu sei — disse ele. — Fizemos o que precisava ser feito.

Khepri pegou a mão dele e beijou seus dedos.

— Aconteça o que acontecer a partir de agora, vamos reconstruir. Você, eu e todo mundo que ama esta cidade, este reino.

Ele fechou os olhos e Khepri se aconchegou mais perto, beijando seu ombro.

— Mas, primeiro, temos que retomar a cidade — disse ela. — Neste momento, isso significa usarmos todas as táticas que temos. E conseguirmos todos os aliados que pudermos.

Ele sabia que ela estava certa. Mas não conseguia afastar o medo de que Arash e seus rebeldes acabassem provando ser verdade tudo o que as Testemunhas falavam a respeito das Graças.

16

ANTON

Anton conseguiu chegar ao posto avançado em menos de uma hora, sentindo o tempo todo o coração disparado no peito. Não conseguia parar de imaginar as Testemunhas tropeçando no corpo inconsciente de Jude.

Quando terminou de embalar tudo de útil que conseguiu encontrar — comida, curativos, acendedor de fogo, lona impermeável e qualquer outra coisa de que pudessem precisar —, começou a descer a montanha. Tudo que queria era correr de volta para Jude, mas precisou se obrigar a caminhar de forma silenciosa e prestar atenção em sinais que indicassem a presença das Testemunhas.

Apenas o som do vento e do fluxo do rio chegavam aos seus ouvidos enquanto se aproximava da clareira. Parou entre duas árvores, concentrado no outro lado da clareira, onde Jude estava deitado escondido em um arbusto macio.

Ouviu o estalo alto de um galho sendo quebrado.

Anton congelou e mal respirou por quase um minuto. Talvez fosse só um bicho ou um galho que se partira sozinho.

Então uma voz sibilou pela clareira:

— Continuem procurando!

Ouviu o farfalhar de folhas e o estalar de galhos e se escondeu atrás de uma árvore. Então, sem fazer barulho, colocou a trouxa que tinha arrumado no chão. Os passos se aproximaram. Ele se encolheu mais.

— Eles não podem ter ido muito longe — disse outra voz, mais alta e mais próxima. Próxima demais.

Anton se esforçou para manter a respiração silenciosa. Olhou para cima, para os galhos da árvore, calculando quanto tempo demoraria para subir neles e se perguntando se as Testemunhas o veriam.

— Espere — disse a primeira voz.

Os passos pararam.

— Lá. Procure naquela direção.

Os passos pareciam estar se afastando de Anton de novo. Ele soltou um suspiro aliviado.

— Podem estar se escondendo nos arbustos.

Jude. Seu coração quase saiu pela boca. Ele espiou pela lateral da árvore e o que viu gelou o sangue nas suas veias. Quatro Testemunhas caminhavam pela clareira e seguiam direito para o esconderijo de Jude.

Anton prendeu a respiração enquanto eles cercavam e cutucavam o arbusto. Um deles estava a poucos metros de distância da cabeça de Jude e enfiou as mãos na folhagem. Anton ficou tenso e se preparou para agir, embora não soubesse exatamente o que faria — correria para as Testemunhas, gritaria para distraí-las, faria *qualquer coisa*. As Testemunhas estavam bem em cima de onde Jude descansava. Anton saiu de trás da árvore.

Mas então as Testemunhas se viraram.

— Não tem nada aqui. Vamos andando.

Anton sentiu um frio na barriga. Era impossível que não tivessem visto Jude, o que significava que o Guardião havia *sumido*.

Ele estava tão nervoso que nem se escondeu de volta nas sombras enquanto as Testemunhas cruzavam a clareira e desapareciam por entre as árvores. Com o coração disparado, Anton ficou completamente imóvel e respirou fundo por mais alguns longos minutos, até se certificar de que os perseguidores não iam voltar.

Depois, pegou a trouxa no chão e atravessou a clareira correndo para se ajoelhar ao lado do arbusto e procurar, desesperado, por Jude. Mas as Testemunhas estavam certas. Ele não estava lá. Será que havia sido pego por uma patrulha anterior? Será que havia saído para morrer de hemorragia sozinho na floresta?

Anton se levantou e quis gritar por Jude, mas estava aterrorizado com a possibilidade de as Testemunhas o ouvirem.

Então ouviu um gemido baixo.

— Jude? — chamou Anton em um tom mais baixo que de costume.

Ouviu outro gemido e correu em direção ao som. Um instante depois, viu Jude encolhido e recostado em uma árvore. Sentiu uma onda de alívio. Jude gemeu de novo, sentindo dor, e Anton se ajoelhou ao lado dele.

— Ei — disse com gentileza, sentindo um aperto de preocupação no peito. — Está tudo bem.

Jude fechou os olhos.

— Achei que você tivesse ido embora — disse Jude com respiração ofegante. — Achei...

— Estou aqui. Você desmaiou, então fui pegar suprimentos no posto avançado. As Testemunhas...

— Eu vi. Eu me escondi.

— Que bom — disse Anton com firmeza. — Mas acho que não temos como voltar para o posto avançado. Não é seguro.

— Também não é seguro voltar para Cerameico — disse Jude, se contorcendo de dor quando Anton o ajudou a se endireitar.

Sentindo uma onda de culpa, Anton absorveu aquela informação.

— Eles vão ficar bem? A Guarda e o resto da Ordem?

A expressão de Jude se anuviou.

— Vão — disse ele, e soou mais como um desejo do que como uma afirmação. — São os guerreiros mais fortes do mundo.

Anton mordeu o lábio.

— As Testemunhas sabem que você e eu fugimos. Talvez eles não se importem com o forte, talvez só queiram nos encontrar. Mas a gente conseguiu escapar.

Jude assentiu.

— Precisamos de um plano. Um lugar para ir. Algum lugar seguro, de onde eu possa contatar a Ordem e... — Ele contraiu o rosto e puxou o ar antes de dobrar o corpo.

Anton se aproximou para ajudá-lo.

— Primeiro precisamos cuidar disso.

Jude afastou a mão da lateral do corpo e Anton viu que a camisa estava ensopada de sangue.

— Vou ficar bem.

— Você só pode estar maluco — disse Anton, pegando a trouxa e revirando o conteúdo. — Tire a camisa.

Jude desviou o olhar e encarou fixamente a árvore ao lado enquanto despia a túnica. Primeiro, Anton achou que Jude estivesse com vergonha por pudor, mas um segundo depois percebeu a verdadeira origem do desconforto.

Cerca de uma semana antes, Anton se sentara ao lado de um Jude inconsciente no fundo de um navio de volta para Cerameico, aterrorizado ao ver a extensão dos ferimentos que Jude sofrera com o Fogo Divino. Agora, os olhos de Anton traçaram o caminho das cicatrizes brancas que cobriam o pescoço e o peitoral de Jude. Aquela mesma sensação lhe subiu pela garganta como bile. No navio, ele tinha fugido, incapaz de enfrentar o que seu próprio medo custara a Jude. Agora, entretanto, se aproximou dele.

— Aqui — disse em voz baixa, se aproximando de Jude como se fosse abraçá-lo.

Jude observou, com a mandíbula contraída, enquanto Anton enfaixava seu dorso, passando a bandagem pelas costelas para cobrir a ferida, dando a volta nas costas. Ele pegou a camisa que Jude tinha tirado.

— Você precisa colocar pressão no ferimento — disse ele, embolando a camisa e pressionando-a na lateral do corpo de Jude.

Isso o fez gemer de dor e tomar a camisa da mão de Anton.

Anton entregou a peça, mas algo o impediu de se afastar. Seu olhar voltou para as cicatrizes no peito de Jude e, sem pensar, ele estendeu a mão e as tocou com a ponta dos dedos.

Jude se contraiu sob o toque e Anton ficou imóvel.

— Por que você não fugiu? — perguntou Jude depois de um tempo, olhando para as mãos de Anton. — Ontem à noite, na despensa.

— Mudei de ideia.

— Por quê?

A pergunta parecia totalmente sincera. Ficou claro que Jude não tinha conseguido descobrir sozinho. Anton baixou a mão.

— Você disse que iam te mandar para o exílio. E eu não podia permitir uma coisa dessas.

Jude contraiu os lábios.

— Você não devia ter se envolvido.

— E por que isso ainda importa? — perguntou Anton. — Você mesmo disse que não vamos mais voltar para lá.

Jude franziu a testa, confuso.

— Você... está zangado comigo — disse ele por fim. — Você acabou de me defender diante do Tribunal, você foi contra toda a Ordem da Última Luz, e ainda assim... está zangado.

Anton se sentou no chão. Era horrível admitir, mas *estava* zangado, mesmo que Jude tivesse acabado de arriscar a própria vida para salvá-lo.

— Me desculpe por qualquer coisa que eu tenha dito ontem à noite — disse Jude em um tom solene. — Eu não estava pensando direito.

Anton se levantou.

— Não estou nem aí para ontem à noite. — Ele pegou a trouxa e começou a andar pela relva. — É melhor irmos logo, antes que as Testemunhas nos encontrem.

Jude o seguiu.

— Se não é por causa de ontem à noite, então o que foi que aconteceu?

— Nada — disse Anton. — Não estou com raiva.

— Não acredito em você. E, neste momento, precisamos um do outro para chegar a algum lugar seguro. Diga por que está zangado para que a gente possa...

— Porque sim! — Anton explodiu, virando-se para encará-lo. — Porque você quebrou sua promessa!

— Promessa? — repetiu Jude. — Qual...

A confusão se transformou em compreensão.

Anton olhou para ele com o maxilar contraído para segurar as palavras que não queria dizer em voz alta.

Em vez disso, Jude as disse:

— Aconteça o que acontecer, eu vou te proteger.

Anton estremeceu. Odiava o quanto tinha acreditado naquelas palavras quando Jude as dissera. Odiava o quanto queria que fossem verdadeiras. Tinha aprendido muito tempo antes a não depender de ninguém — a não acreditar em uma ajuda oferecida sem nada em troca.

Mas então havia conhecido Jude e, por algum motivo, acreditado que ele o protegeria. Que tinha *nascido* para protegê-lo. Talvez tenha sido por causa de como o *esha* de Jude o atraía desde antes de se conhecerem. Ou pelo modo como Jude tinha apostado em Anton em um jogo de cartas em Pallas Athos.

Ou pela forma como Jude fora salvá-lo quando Anton estava preso no poço escuro dos próprios pesadelos e o arrancara de lá.

— Tudo que faço na minha vida é fugir — disse Anton, afastando o olhar da expressão franca e vulnerável de Jude. — E você me disse para parar e, naquela noite no navio, depois de Nazirah, eu achei... Bom, achei que talvez eu conseguisse. Porque você ia estar ao meu lado, como em Nazirah.

— Anton — disse Jude suavemente.

— Só que você não ficou do meu lado — continuou ele, cerrando os punhos. — Em Cerameico, fui obrigado a reviver aquela visão horrível várias e várias vezes. Sozinho.

A confissão foi seguida por um silêncio preenchido apenas pelo som da respiração suave de Jude.

— Não havia nada que eu pudesse fazer — disse Jude por fim, soando derrotado. — Eu não posso... não tenho mais como ser o Guardião da Palavra. Não tenho como te proteger. — Ele afastou o olhar. — A minha Graça... não consigo mais usá-la. Não desde...

— Nazirah — completou Anton. Desconfiava disso, mas ouvir Jude confirmar o fez ser tomado pela culpa. — Foi por isso que você conseguiu tocar nas correntes de Fogo Divino.

Jude baixou a cabeça.

— Mas eu consigo senti-la — disse Anton.

Ele a sentia naquele exato momento, palpitando hesitante, uma fraca vibração no ar. Não era mais a tempestade de antes, mas não tinha desaparecido completamente.

— É fraca, mas consigo senti-la, Jude.

O Guardião fez uma expressão angustiada.

— Mas eu não consigo — disse ele, esforçando-se para colocar as palavras para fora. — Quando tento invocá-la, eu... ela não vem. Acho que não foi apenas o Fogo Divino. Acho que sou *eu*. Alguma coisa aconteceu naquele farol e agora...

Anton se retraiu. Algo realmente tinha acontecido naquele farol. *Anton* tinha acontecido. Se não tivesse ficado com tanto medo, Jude jamais teria chegado tão perto da chama do Fogo Divino. Era culpa dele que Jude estivesse... arrasado.

— Vamos encontrar uma forma de resolver isso — disse Anton. — Talvez uma curandeira...

Jude negou com a cabeça.

— Eu fui a uma curandeira. Não havia nada que ela pudesse fazer. E não importa mais, de qualquer forma, agora perdi a Espada do Pináculo...

— A Espada do Pináculo — interrompeu Anton.

O sonho da noite anterior voltou à sua mente, o peso da espada nas suas mãos.

— Jude, é isso.

O espadachim o encarou, sem entender.

— É disso que você precisa para... você sabe... para entrar em contato com a sua Graça de novo.

Lembrou-se do poder absoluto que Jude conseguira canalizar ao desembainhar a espada. Um poder como aquele... talvez pudesse reconstruir a Graça de Jude.

— Eu não... — A voz de Jude morreu. — Nós temos problemas maiores para lidar do que a minha Graça.

— Não. Você precisa escutar o que estou dizendo — disse Anton, decidido a interromper o que sabia que seria outra rodada de protestos. — Vi a sua espada no meu sonho. O mesmo sonho em que vi o Hierofante. Por que eu teria visto isso, se não fosse importante?

— É exatamente disso que estou falando quando digo que temos problemas maiores em que nos concentrarmos — retrucou Jude. — O Hierofante. A Era da Escuridão. É *nisso* que temos que nos concentrar agora.

— Jude... por favor — pediu Anton. — Tudo que tenho é a minha visão, e agora este sonho, para guiar o meu caminho. Não consigo entender tudo direito, mas estou *tentando*.

Jude negou com a cabeça.

— Nem sabemos onde a Espada do Pináculo está. Um dos mercenários do seu irmão a roubou quando fomos capturados.

O sonho de Anton ressurgiu em sua mente. A voz de alguém o chamando... da Mulher Sem Nome, talvez?

— Eu sei onde ela está — disse Anton. — Você vai ter que confiar em mim, Jude. Precisamos fazer isso.

Jude abriu a boca, e parecia estar lutando para encontrar as palavras.

— Eu... Onde?

— Endarrion — respondeu Anton. — Está em Endarrion.

* * *

Anton tinha pegado, no posto avançado, carne seca e nozes suficientes para durar cinco dias. Oito, se racionassem bem. Pelos cálculos de Jude, a jornada de Cerameico a Endarrion levaria dez dias, mas a caminhada estava mais lenta por causa dos ferimentos dele, e por conta da própria região que tinham de atravessar. Mantiveram-se perto do rio, mas não perto demais, onde as Testemunhas poderiam encontrá-los facilmente, e trocaram as roupas por mudas que Anton tinha pegado para se disfarçarem.

Dormiam lado a lado toda noite, protegidos pela lona que Anton conseguira no posto avançado. Ele não dormia ao lado de ninguém desde que era muito novo... antes de seu irmão se virar contra ele, eles dormiam embolados no tapete da sala, perto da lareira, para se manterem aquecidos no inverno. Ele nunca mais se permitira ficar tão vulnerável na companhia de alguém.

Mas agora não era sua vulnerabilidade que o preocupava, era a de Jude. Os dois tinham sono leve, e Anton às vezes acordava no escuro e ficava olhando para o perfil dele iluminado pelo luar, e para o movimento suave de sua respiração. Ele parecia tão jovem quando dormia, e Anton não sabia bem como se sentia em relação àquilo, só que às vezes precisava se levantar e andar de um lado para o outro no acampamento para soltar um pouco do peso que sentia no peito.

Na sexta noite, acamparam em um bosque de árvores e, quando Anton acordou de manhã, estava chuviscando de leve. O som suave da chuva era tão relaxante que quase o fez se esquecer de todos os perigos que teriam de enfrentar. Quase.

Jude não estava mais ali, e Anton se levantou com cuidado, saindo de debaixo da lona e protegendo os olhos da claridade do céu cinzento.

Encontrou o espadachim perto do rio, fazendo movimentos suaves e familiares que Anton identificou como *koahs*. Recostou-se em uma árvore para observar, e sentiu uma inquietação quando percebeu como seria fácil se aproximar sem ser notado, agora que Jude não podia mais usar a Graça. Mesmo sem ela, contudo, seus movimentos eram elegantes, quase hipnotizantes.

Jude levou vários minutos para notar Anton e rapidamente saiu da postura, como se tivesse sido flagrado fazendo algo vergonhoso. Ficaram ali parados por um instante, enquanto a chuva caía.

— É um hábito meu — disse Jude.

Anton inclinou a cabeça.

— Você acha que pode invocá-la.

Jude meneou a cabeça, mas a pergunta que fez em seguida o traiu.

— Você consegue senti-la agora?

Anton fechou os olhos e buscou o sussurro familiar da Graça de Jude. Sentiu-a, tão leve quanto a chuva que caía. Abriu os olhos e encarou Jude.

— Sempre consigo senti-la. — Ele tocou o tronco da árvore. — Mesmo antes de nos conhecermos, eu a sentia.

— Como assim?

Anton mordeu o lábio.

— No instante em que você chegou a Pallas Athos, eu senti a sua Graça. Consigo sentir o *esha* de todo mundo, mas o seu era... diferente.

Era um jeito suave de descrever o que havia acontecido. Quando Anton sentira a Graça de Jude pela primeira vez, no porto de Pallas Athos, quase tinha sido derrubado pela força e pelo modo como ela o envolvera feito uma tempestade.

— Fiquei assustado.

Jude franziu as sobrancelhas, preocupado.

— Por quê?

Ele não sabia bem como explicar o que tinha sentido. Ainda nem entendia direito.

— Foi demais para mim. Me fez querer te procurar, mas fiquei morrendo de medo do que aconteceria se eu o encontrasse. Parecia que, se eu te olhasse, você saberia tudo sobre mim, até as coisas que nem mesmo eu entendia.

Jude entreabriu os lábios, surpreso. Seus olhos brilharam com algo que pareceu reconhecimento, e então ele soltou um suspiro que pareceu mais uma risada.

— O que foi? — perguntou Anton.

Jude negou com a cabeça, quase sorrindo.

— Nada, não.

Anton fincou a unha do dedão no tronco da árvore e se sentiu um pouco tolo, como se não tivesse entendido a piada. Ele se afastou da árvore e pigarreou.

— Precisamos encontrar alguma coisa para comer.

Tinha pegado um pedaço de linha de pesca no posto avançado, que Jude cortou com uma pedra e amarrou em um galho de árvore enquanto Anton revirava a terra procurando minhocas. Quando voltou, estava tão enlameado que Jude riu ao vê-lo. Anton retaliou atirando uma bola de lama nele, que se desviou. Então Anton o atacou, esfregando lama em Jude e deixando o barro escorrer pelas costas de sua camisa enquanto espalhava um pouco pelo pescoço, para garantir a vingança.

— Piedade, piedade! — exclamou Jude, rindo e empurrando Anton.

Anton sorriu, triunfante, e foi pego desprevenido quando Jude atirou uma bola de lama bem na sua cabeça. Ele se virou com raiva e correu atrás de Jude. Quarenta e cinco minutos depois, os dois estavam ofegantes e rindo, limpando-se perto do rio o melhor que podiam. Àquela altura, o sol tinha aparecido por entre as nuvens e eles deixaram as roupas nas pedras para secar, vestindo as roupas antigas.

Era quase meio-dia quando conseguiram um peixe.

Naquela noite, vários quilômetros rio abaixo, assaram o peixe no fogo, que acenderam tirando as camadas mais externas de umidade da madeira.

Anton passara os últimos seis anos morando em cidades, então era estranho estar em um lugar ermo, em meio à natureza, onde os únicos sons eram os do rio e o farfalhar das folhas. Observou o fogo iluminar o rosto de Jude. Ele parecia mais em paz ali do que em qualquer outro lugar em que Anton já o tivesse visto. Achou também que era a maior paz que ele mesmo já tinha sentido — apesar das Testemunhas, apesar dos pesadelos, apesar do que enfrentariam no futuro.

— Como está o ferimento? — perguntou Anton naquela noite, quando se deitaram para dormir, enquanto os restos da fogueira aqueciam seus pés.

— Melhorando — respondeu Jude.

— Talvez seja melhor deixá-lo respirar um pouco quando chegarmos a Endarrion. Acho que vai ajudar no processo de cura.

Ou talvez conseguissem achar um curandeiro para tratar do corte adequadamente.

Jude se virou para o lado que não estava machucado.

— Como você aprendeu a fazer isso?

— Fazer o quê?

Jude olhou para o curativo nas costelas.

— Passei um tempo sozinho quando era criança. Quase nunca tinha um curandeiro por perto quando eu me machucava.

— Quando você se machucou? — perguntou Jude devagar. — Como se machucou?

Anton encolheu os ombros.

— Essas coisas acontecem. O mundo é um lugar perigoso.

— E não tinha ninguém para te proteger — disse Jude em voz baixa, como que para si mesmo.

O olhar de Anton encontrou o dele. Na maior parte do tempo, tentava não pensar muito nos anos que levara para deixar Novogardia e ir para Pallas Athos. Nas noites nas ruas, procurando abrigo em qualquer lugar que pudesse encontrar, noites em que precisava se decidir entre o ruim e o péssimo. Não tivera ninguém com ele na época, mas tinha sido... não tinha sido bom, mas era a única realidade que conhecia. Vira crianças da mesma idade que ele em estado pior. Conseguira sobreviver.

Mas agora, vendo os olhos alarmados de Jude, pela primeira vez Anton considerou o próprio passado através de uma lente diferente. Jude crescera na segurança do Forte de Cerameico. Nunca havia precisado se preocupar com a próxima refeição e nem sobre o que faria quando um estranho mais velho e mais forte exigisse, de novo, algo que não queria dar.

— Jude — disse Anton. — Está tudo bem. Sério. Eu estou bem.

— Não está nada bem — respondeu Jude com veemência. — É que... eles deveriam ter te encontrado antes. *Eu* deveria ter te encontrado. E, como não encontrei, você... você teve que...

Anton olhou para ele, sem saber o que dizer.

— As coisas são como são, Jude. Tudo o que aconteceu no passado... Tudo o que *eu* fiz, tudo isso me trouxe até aqui. Talvez tivesse sido melhor se a Ordem tivesse me encontrado antes. Mas talvez não.

Jude não respondeu por um tempo. Então, olhando para o céu, disse:

— Tem tanta coisa... tanta coisa sobre a sua vida que eu não sei. Às vezes olho para você e é como se eu visse duas pessoas. O Profeta e o garoto que apostou a minha espada em um jogo de cartas.

— Não sou duas pessoas, Jude — disse Anton.

— Eu sei que não — respondeu Jude.

Ele fechou os olhos e se virou de novo, e o silêncio se estendeu por tempo suficiente para Anton começar a cochilar. Mas então ouviu a voz de Jude, mais baixa do que antes:

— Às vezes acho que seria mais fácil se fosse.

Anton abriu os olhos e o encarou.

— O que seria mais fácil?

Mas a única resposta foi a respiração suave de Jude.

17

BERU

Convencer a caravana a levá-los até Behezda tinha sido mais fácil do que o imaginado. O líder da caravana, Orit, não hesitou ao aceitar a proteção de Hector contra os bandidos que assolavam a rota.

Ele se manteve longe de Beru durante o primeiro dia de viagem, e ela se ocupou conversando com os mercadores da caravana, fazendo perguntas sobre as mercadorias e aprendendo a guiar os camelos.

A poeira pesava no ar enquanto atravessavam o deserto. O sol já estava quente no meio da manhã e Beru desistiu de tentar enxugar o suor do rosto. A filha de Orit, Ayla, lhe emprestara um lenço para enrolar na cabeça e se proteger.

Quando pararam ao meio-dia para descansar e dar água aos camelos, Beru percebeu que, apesar do calor, não conseguia ficar parada. Quando um dos outros mercadores perguntou a ela se poderia levar algumas varas de vime para secar no alto da carroça, ela prontamente concordou.

— A gente costumava usar isso para fazer cestos, na minha vila — contou Beru, observando a gata Vira unhando a palha como se fosse uma presa particularmente lenta.

— Nós usamos como piso — respondeu o mercador. — É surpreendentemente firme, e mantém tudo seco.

Quando Beru estava descendo da carroça, notou Hector ao lado do veículo, olhando para ela.

— Ah. — Ela ofegou e pousou no chão ao lado dele.

— Você sempre foi assim — disse Hector. — Mesmo quando era criança.

— Assim como?

— Curiosa — disse Hector, depois de um momento. — Queria saber como tudo funcionava. Não importava se era uma vara de pesca ou a carpintaria da minha mãe, você estava sempre perguntando sobre tudo.

Beru abriu a boca para responder, mas parou. Era a primeira vez que Hector falava do passado em comum, antes da morte de sua família. Era a primeira indicação de que se lembrava da garota que ela tinha sido, na época.

— Acho que eu só gosto de ser útil — disse Beru.

— Acho que você provavelmente os ajudava muito mais do que eu — disse Hector.

Ele estava quase sorrindo, mas então sua expressão se anuviou e Beru sentiu o peso da tristeza. Talvez estivesse se lembrando de que ela era o motivo de ele não ter mais os pais.

O sol de repente ficou quente demais em suas costas. Ela sentiu a cabeça girar e cambaleou.

— Cuidado!

Hector a envolveu com os braços e a segurou.

Beru se deixou ficar por um momento, com o rosto apoiado no ombro dele, sentindo as batidas do coração de Hector contra o peito dela. Foi só quando percebeu o que estava fazendo — que estava sendo *reconfortada* por ele — que se afastou.

— Desculpe — disse ela, ainda tonta.

Ele ainda segurava seu braço.

— Quanto tempo mais...?

Ela entendeu a pergunta incompleta. Quanto tempo levaria até perder as forças de novo?

— Não sei bem. O suficiente.

Era o que esperava.

Quando pararam para descansar naquela noite, Beru estava morta de cansaço. Hector talvez estivesse certo ao lhe dizer para descansar.

— Você vai se acostumar — disse Orit, indicando uma tenda para ela.

Estava tão exausta que levou algum tempo para perceber que não era a única pessoa lá dentro. Hector estava deitado em um colchonete com o rosto virado para o outro lado.

— Desculpe — disse Beru às pressas. — Acho que eles pensaram que nós somos... — Ela se interrompeu. Não importava o que as pessoas da caravana achavam. — Eu saio.

Ela começou a enrolar o colchonete.

— Tudo bem — disse Hector depois de um momento. — Não precisa sair.

Ela hesitou.

— Acho que eu devia, sim. Você não me quer aqui. Posso achar outro lugar para dormir.

— Não é isso.

Ele se sentou e o lençol fino escorregou até a cintura, mostrando o peito nu. Ele passou a mão pelo rosto e Beru sentiu o aperto de algo como culpa no estômago.

— Sério. Você deve ficar. Quer dizer, a não ser que não queira.

Beru desviou o olhar para um canto da tenda.

— Você não precisa ser legal comigo. Não depois de tudo que fiz.

— Só deite e durma — disse ele em um tom decidido. — Já está tarde.

Hector estava certo. Além disso, Beru estava cansada demais para incomodar Orit pedindo que encontrasse outro lugar para ela dormir. Desenrolou o colchão, colocou-o o mais longe que conseguiu do de Hector e se encolheu para dormir. Mesmo com os olhos fechados, estava ciente da presença dele e de cada som que fazia enquanto se virava no escuro. Era como se tivesse doze anos de novo, vendo o movimento constante da respiração de Hector do outro lado do quarto, enquanto ouvia o ronco suave de Ephyra ao seu lado. Ficou com vergonha ao se lembrar da paixonite que sentia por ele na época. As fantasias incontáveis de se casar e se tornar membro de verdade da família.

Agora, a quilômetros e quilômetros de distância daquela casa no litoral, ouvindo Hector adormecer, ela também caiu em um sono inquieto.

Rostos dançavam diante de seus olhos. O rosto de Marinos, com olhos ainda fechados e aquela cicatriz pequena no supercílio direito. Ao lado, ela viu os pais dele. Estavam descansando com a barriga para cima, no chão de uma casa que lhe era ao mesmo tempo familiar e desconhecida. A marca pálida de uma mão apareceu no ombro de Marinos, espalhando-se como uma ferida. A marca apareceu na mãe e no pai dele também, e então eles começaram a sangrar. O sangue pingava do nariz e das orelhas e escorria da boca.

Ajude a gente. Ajude a gente.

Os olhos deles se abriram.

Ajude a gente, Hector.

Um gemido sufocado e baixo a acordou. Com o sangue correndo a mil pelas veias, Beru se sentou. Os ecos do pesadelo ecoavam nos confins de sua mente.

A tenda estava escura; Hector era apenas uma forma indistinta do outro lado. Mas estava se debatendo como um pássaro preso em uma armadilha.

Beru esfregou o rosto e foi acordá-lo. Era uma tarefa arriscada. A força da Graça de Hector poderia esmagá-la antes mesmo de ele despertar.

Ela se ajoelhou ao lado dele.

— Hector. — Ela o sacudiu com gentileza e, depois, com um pouco mais de vigor. — *Hector.*

Ele despertou em um sobressalto, com o peito ofegante e a respiração pesada.

— Está tudo bem? — perguntou Beru depois de um momento.

— Foi um sonho — disse Hector.

Os lençóis estavam embolados em sua mão. Ele olhava para a frente, não para Beru, como se ainda estivesse preso nas garras do próprio pesadelo.

— Está tudo bem — disse ela com uma voz calma, sem saber direito o que fazer. — Está tudo bem agora.

— Vi a minha família. Eles estavam me chamando.

O sonho de Beru voltou à sua mente.

— Ah — disse ela com voz fraca.

Não sabia se deveria dizer o que estava na ponta da sua língua. Não conseguia ver direito a expressão dele no escuro. Isso facilitava as coisas.

— Acho... que vi o seu sonho também.

Ele a encarou.

— Como assim? Você viu o meu sonho?

— A conexão entre a gente... É mais forte... ou pelo menos *maior* do que achávamos.

Hector ficou em silêncio por um longo tempo. Então se virou de costas.

— Fique longe dos meus sonhos.

Ela foi tomada por uma onda de irritação enquanto voltava para o próprio colchonete.

— Eu não estava *tentando* ver o seu sonho.

Não houve resposta do outro lado da tenda.

Beru achara que estava fazendo progresso com Hector, mas, na manhã seguinte, descobriu que os eventos da noite tinham eclipsado toda a boa vontade que ele pudesse ter sentido por ela. Permitiu que ele a evitasse a maior parte do dia, ocupando-se jogando pedacinhos de carne seca para Vira e tentando ajudar todo mundo.

À noite, quando pararam para montar o acampamento, ela o encontrou ao lado de uma das carroças, acariciando distraidamente o pelo de Vira enquanto olhava para uma silhueta escura ao longe.

— É um shamal — disse Beru depois de um tempo. — Uma tempestade de areia. Mas não vai nos atingir. Está seguindo para o sul.

Ele a olhou sem se surpreender com sua presença repentina.

Beru se sentou ao lado dele e estendeu a mão para que Vira esfregasse a cabeça.

— Meu pai dizia que, muito antes dos Profetas, as pessoas achavam que o shamal era um sinal.

— E o que você acha que esse significa? — perguntou ele.

— Que estamos no caminho certo? — sugeriu ela. — Pelo menos é o que espero que signifique.

Ele não respondeu, mas não fez nenhum gesto para se afastar também. Beru acariciou o queixo de Vira.

— É estranho — disse Hector, olhando para a gata. — Achei que ela fosse saber instintivamente o que a gente é.

— Talvez ela saiba. E apenas não discrimine ninguém disposto a oferecer um carinho no queixo.

Vira ronronou em concordância.

Eles compartilharam a tenda novamente à noite e, daquela vez, foi Beru quem sonhou. Sabia que era seu próprio sonho porque viu o corpo sem vida de Hector sob as árvores de acácia no quintal da casa onde passara a infância. Havia uma marca pálida de mão no pescoço dele e Ephyra assomava sobre o rapaz, com sangue escorrendo das mãos.

Acordou diante do rosto de Hector, vivo, pairando sobre ela. Por sua expressão, soube que ele também tinha visto o sonho.

Beru se sentou. Queria dizer alguma coisa, mas não sabia o quê.

Ele falou primeiro:

— Você quer ser perdoada. E acha que posso te oferecer isso.

Ela fechou os olhos.

— Eu quero... quero saber que minha vida serviu para alguma coisa. Que eu não trouxe apenas sofrimento para o mundo.

— E por que você acha que me salvar vai mudar isso? Eu... não sou exatamente uma pessoa boa.

Ela o encarou.

— Como assim?

— Abandonei meu dever — disse ele, baixando o olhar. — Abandonei meu único amigo. Eu... eu joguei fora a única coisa que já ganhei na vida.

— Você está falando da Ordem da Última Luz.

Algo pareceu esmorecer na expressão dele.

— Eles me acolheram quando eu não tinha nada — disse Hector, por fim. — E me ofereceram uma vida. O amigo que abandonei... ele era como um irmão para mim. Ninguém poderia substituir o que eu perdi, mas... ele era bom. Eu queria ser como ele. Acho que teria continuado tentando até o dia da minha morte, se eu não tivesse...

— Me encontrado — concluiu Beru com voz suave.

Hector cerrou os punhos, e Beru sentiu uma onda de raiva que rapidamente se dissipou — era a raiva dele, percebeu ela. Hector tinha perdido a família duas vezes. E nas duas tinha sido Beru a causa do sofrimento.

— O que aconteceria, se você voltasse?

Hector meneou a cabeça.

— Quando parti, quebrei um juramento. A punição seria... bom, acho que já sofri a punição.

— Isso é tão...

Beru não sabia como concluir a linha de raciocínio. Sentia-se furiosa e triste.

— Tão injusto.

— Injusto? — perguntou ele, com desdém.

Beru engoliu em seco. Injusto era Ephyra tê-lo assassinado para mantê-la viva. Mas era isso que ela estava tentando consertar.

— Hector, me desculpa. Eu nunca quis...

— O que está feito não pode ser desfeito — disse Hector. — Nem por você, nem pelas Filhas da Misericórdia... por ninguém. Sou um ressurgido agora. E isso significa que a profecia pode se referir a qualquer um de nós. *Quem jaz no pó se reerguerá.* Achei que fosse você, mas agora... pode ser qualquer um de nós dois, e eu sei o que tenho que fazer.

— Do que você está falando? — perguntou Beru. — Vamos para Behezda e vamos resolver isso.

Hector negou com a cabeça.

— Não concordei em ir para Behezda para que você pudesse me salvar. Vou para lá para pôr um fim à minha vida para todo o sempre.

18

EPHYRA

A jornada para Susa as fez mergulhar cada vez mais a fundo no deserto. Ephyra nunca tinha avançado tanto por Seti, e o vazio absoluto era ao mesmo tempo de tirar o fôlego e assustador. O deserto em volta da sua aldeia, Medea, transbordava vida — arbustos e mato, lagartos e até algumas árvores. Esse deserto não se parecia em nada com aquele. Era areia e mais areia até onde os olhos alcançavam, e dunas construídas ao sabor do vento.

Protegidos pelas tendas e pelas velas dos esquifes, eles dormiam durante as horas mais quentes do dia. Numir e Hadiza os guiavam pelas estrelas e pelo sol da manhã, mas Ephyra não conseguia afastar a sensação de que estavam andando em círculos.

Passava a maior parte do tempo pensando em Beru e vigiando Illya, que rapidamente se tornou útil a bordo do esquife, ajudando a alinhar as velas a favor do vento. Ephyra ficou profundamente desconfiada da ajuda e se irritava sempre que ele pedia a Hadiza que contasse histórias sobre o deserto, demonstrava simpatia a Numir por causa do calor ou estimulava Parthenia a falar sobre seus idiomas favoritos e sobre como a gramática refletia preceitos culturais.

Também não ajudava o fato de haver areia em cada parte do corpo de Ephyra, nos cachos do cabelo, encrustada atrás da orelha e entre os dedos do pé. Depois de dois dias, já nem tentava mais tirá-la.

No décimo dia, Ephyra estava quase cochilando no esquife enquanto o sol subia por sobre as dunas douradas. A paisagem escura do deserto se iluminou e, pela primeira vez, ela percebeu que a região não era exatamente a mesma em que estavam no dia anterior. A terra ali era mais dura, como chão batido, e parecia que estavam em um vale entre duas colinas. Canais largos, longos e ondulados como estuários se abriam pelo vale.

— O que é isso? — perguntou Ephyra.

Hadiza se virou para ela.

— Era um rio. Havia todo um sistema de aldeias e rotas de viagem que ligavam esta região a Tel Amot e a Behezda.

— E o que aconteceu? — perguntou Ephyra, enquanto observava a paisagem, tentando imaginar como era quando o rio ainda corria pelas vilas cheias de vida.

— O Rei Necromante — respondeu Hadiza. — Toda essa vida se perdeu. Toda uma civilização. — Ela fez um gesto amplo para a terra desolada que as cercava. — Esse foi o custo da ganância dele.

Ephyra sentiu um calafrio, apesar do calor.

Hadiza ainda não tinha terminado.

— É isso que o Cálice pode fazer. Esse é o poder que você busca. Sabendo disso, ainda deseja encontrá-lo?

Ephyra fechou os olhos. Outra pessoa já tinha lhe feito essa mesma pergunta. *E agora, sabendo disso, sabendo de todas as consequências, você ainda quer salvá-la?* Na época, respondera com muita certeza.

Com toda aquela desolação do deserto à sua volta, já não estava tão segura assim.

Chegaram a Susa no dia seguinte. Cúpulas rachadas e torres caídas apareceram repentinamente no meio da areia, brilhando sob o sol do meio-dia como uma miragem.

Amarraram os esquifes nos portões da cidade e entraram a pé. Numir foi na frente, guiando-os com cuidado pelo caminho entre as ruínas. Os olhos de Ephyra analisaram as construções que se erguiam dos dois lados da rua. A arquitetura não se parecia em nada com a das Seis Cidades Proféticas. O alto dos muros e dos portões da cidade era recortado por ameias irregulares e decoradas com figuras tridimensionais — pessoas e criaturas aladas que Ephyra nunca tinha visto antes. As construções estavam todas caindo aos pedaços e corroídas. Algumas brilhavam ao sol, laminadas com os restos de algum tipo de chapa de cobre.

— Este lugar foi construído antes dos Profetas, não foi? — perguntou Illya.

Hadiza se surpreendeu com a pergunta.

— Foi. Esta cidade é antiga... Uma das mais antigas que se conhece.

Ephyra sentiu um frio na espinha. O silêncio e a desolação a lembravam de outro lugar — Medea, a aldeia onde ela e Beru nasceram. A aldeia que Ephyra destruíra. Ela quase conseguia ver os corpos espalhados pelas rachaduras no chão.

— O templo deve ser no centro da cidade — disse Hadiza.

— Fiquem alertas — avisou Shara. — Não sabemos quem, nem o quê, podemos encontrar por aqui.

Ephyra foi tomada por uma agitação enquanto continuavam o caminho para o coração da cidade. Sentia que estava sendo observada, como se olhos seguissem cada um dos seus movimentos. Mas, quando se virava para olhar, não havia nada.

O templo apareceu no seu campo de visão, exatamente como tinha visto no espelho. Uma base triangular que se estreitava até chegar ao topo. Degraus largos desciam por uma das laterais. Quando se aproximaram, ela conseguiu ver a escultura no alto.

Pararam diante da colossal porta de pedra entalhada de forma complexa com serpentes aladas, pássaros com cabeça de leão e alguns símbolos geométricos.

Parthenia fez uma careta.

— E se tiver... gente morta aí dentro?

— E se tiver gente *viva* aí dentro? — perguntou Numir. — Do tipo que quer matar a gente?

— Eu vou na frente — declarou Shara.

Eles seguiram em direção à entrada. Shara passou as mãos pelas beiradas do lado direito da porta, enquanto Hadiza tateava pelo outro lado.

— Talvez a gente devesse invadir? — sugeriu Numir.

— Esta porta é feita de um a dois metros de pedra sólida — retrucou Hadiza, meneando a cabeça.

Parthenia revirou os olhos para Numir.

— É *claro* que você tinha que sugerir uma besteira dessas.

— E qual é a *sua* sugestão?

Ephyra se virou para a porta enquanto as duas continuavam a discutir. Havia uma borda de pedra destacada na parte inferior, com algum tipo de padrão. Ela se ajoelhou para visualizar melhor. O padrão não era consistente, embora houvesse algum tipo óbvio de repetição. Quase como... letras.

— Esperem — disse Ephyra.

Ela olhou para cima e percebeu que ninguém estava prestando atenção nela, a não ser Illya.

— Parthenia — chamou mais alto. — Acho que tem algum tipo de inscrição aqui no pé da porta. Mas não é em nenhuma língua que eu conheça.

Parthenia parou de falar no meio de uma frase, trotou até ficar ao lado de Ephyra e semicerrou os olhos para a inscrição.

— Parece muito com neemiano... mas, como estamos em um templo, acredito que seja neemiano erudito, que só era usado pelos sacerdotes em cerimônias religiosas.

— E você consegue ler? — perguntou Ephyra, impaciente.

Parthenia lhe lançou um olhar condescendente.

— Consigo. Só vai levar um segundo.

Ela pegou na bolsa uma tábua e um pedacinho de giz, assim como um livro. Ficou alternando o olhar entre o livro e a inscrição na porta, para então escrever algo na tábua.

O sol queimava acima deles enquanto Parthenia trabalhava na tradução. O suor escorria pelo rosto de Ephyra.

— Certo — disse Parthenia por fim, olhando para a tábua. — Aqui está escrito que, para entrar, precisamos fazer um sacrifício.

— Tipo um sacrifício *humano*? — perguntou Shara, assustada.

Ephyra olhou para Illya. Talvez ele servisse para alguma coisa, no final das contas.

— Talvez — disse Hadiza. — Eles sacrificavam pessoas para o deus antigo.

Um silêncio pesado envolveu o grupo.

Parthenia voltou a falar:

— Ah, espere um pouco — disse ela com uma risada sem graça. — Acho que traduzi errado aqui. Não é sacrifício... é *segredo*.

— Como uma senha secreta? — perguntou Shara.

Parthenia negou com a cabeça.

— Não, um segredo *seu*. As palavras *sacrifício* e *segredo* têm uma relação em neemiano. Oferecer um segredo é um tipo de sacrifício. — Ela foi até a porta e pigarreou. — Meus olhos não são azuis de verdade. Só convenci um alquimista na Grande Biblioteca a mudar a cor para mim.

Numir deu risada. A porta não se moveu.

— O que houve? — perguntou Shara. — Você errou a tradução de novo? Talvez seja *sacrifício* mesmo.

Parthenia comprimiu os lábios e negou com a cabeça.

— Existem umas doze palavras diferentes para *segredo*, em neemiano erudito, cada qual associada a uma parte diferente do corpo. Há *fumaya*, cuja tradução literal pode ser "segredo da boca", e *zamaya* que é "segredo dos ossos". Eles usaram *coraya* aqui, que acho que pode ser "segredo do coração"...

— E qual é a diferença? — perguntou Shara, impaciente. — Segredos são segredos.

— Não para os neemianos — argumentou Hadiza. — Eles acreditavam que os segredos tinham poder, que segredos guardados podiam se apresentar como uma doença ou dor. É como se os segredos tomassem um espaço físico no nosso corpo... na boca e nos ossos...

— E no coração — concluiu Ephyra. — E o que é um segredo do coração?

— Algo que tenha a ver com a sua essência — explicou Parthenia. — Um segredo que define quem você é de verdade.

— Então não vale um segredo sobre a cor dos olhos — disse Shara.

Parthenia a olhou com ironia, deu um passo em direção à porta e respirou fundo:

— Não vejo meus pais há cinco anos porque acho que, se me virem agora, vão sentir muita vergonha do que me tornei.

A porta começou a ranger e então subiu, expondo a escuridão do templo. Parthenia não hesitou; passou pela porta e entrou na escuridão. A porta se fechou assim que ela passou.

Ephyra viu o olhar horrorizado de Numir enquanto se aproximava da entrada. Ela disse para a porta que, durante a tradicional Primeira Caça pela qual as mulheres de sua tribo tinham que passar, ela localizara o ninho de um falcão, mas que, quando viu os filhotinhos lá, os deixara escapar. Shara foi em seguida.

— Então... acho que todos nós vamos ter que compartilhar segredos — disse ela. — Que ótimo. Hum. Nunca disse para o Badis o quanto ele era importante para mim, e me arrependo disso todos os dias. — Ela fez uma pausa e a porta não se abriu. — Tudo que queria na vida era que ele se orgulhasse de mim.

A porta se abriu de novo e Ephyra observou Shara desaparecer pela abertura. Ela olhou para Hadiza.

— Depois de você — disse Hadiza.

Ephyra a encarou. Não queria que ninguém soubesse seu *segredo do coração*, mas Hadiza não ia deixá-la escapar tão fácil. O que não significava que Illya precisasse ouvir também.

— Você vai primeiro — disse ela.

Ele engoliu em seco.

— Está bem.

Illya se aproximou da porta e a tocou de leve com uma das mãos.

— Meu irmão me odeia.

A porta não se moveu. Ele baixou a cabeça e continuou, com a voz ainda mais baixa:

— E acho que ele está certo.

Ephyra arregalou os olhos e sentiu o pulso acelerar quando a porta se abriu. Em algum lugar no fundo do coração, Illya *realmente* se arrependia das coisas que tinha feito com Anton. Ele a encarou por um momento antes de desaparecer pela porta.

Devagar, Ephyra se aproximou da entrada e estendeu os dedos para tocar a superfície. Um segredo de verdade. Algo que nunca tivesse contado antes. Ela respirou fundo e disse:

— Tenho medo de fracassar.

A porta não se mexeu.

Ephyra ficou tensa e continuou, mais baixinho:

— Tenho medo do que vai acontecer comigo, se eu fracassar.

A porta se abriu com um estrondo e Ephyra entrou. O aposento estava iluminado pelas luzes incandescentes que Shara e Numir seguravam. Os outros pareciam estar evitando trocar olhares. Um momento depois, a porta se abriu e Hadiza entrou.

— Tudo bem. Todos nós entramos — disse Shara.

Havia uma porta bem em frente a eles. Passaram por ela e emergiram em outra câmara envolta em breu — completamente escura, a não ser por um único raio de luz que vinha do teto e iluminava o centro do santuário. A julgar pela altura, estavam na área principal do templo, que tomava toda a construção.

Espalharam-se pelo interior do templo, fazendo um reconhecimento do cômodo com a ajuda das luzes incandescentes, que pareciam fracas na penumbra daquela imensidão.

Ephyra se viu caminhando direto para a coluna de luz que brilhava no teto, e parou para olhar o perfeito círculo do céu azul acima.

— Tem alguma coisa aqui pendurada na parede — avisou Parthenia.

— Também encontrei uma coisa aqui — disse Hadiza. — Parece o mesmo espelho que encontramos no esconderijo de Badis.

— Tem um aqui também! — exclamou Shara. — Mas não sei do que adianta um espelho no escuro.

Ephyra levou a mão à bolsa na qual o primeiro espelho estava guardado. Virou-o de forma que o lado espelhado ficasse para cima e, então, o vidro começou a brilhar tanto que precisou proteger os olhos. Ela inclinou o espelho, afastando-o dos olhos. De repente, uma luz oval foi projetada na parede oposta.

Continuou o experimento e moveu o espelho de um lado para o outro, observando a luz dançar nas paredes inclinadas até finalmente mirar no espelho que Hadiza encontrara. A luz refletiu ali e iluminou Illya, que estava a alguns metros de distância.

— Saia da frente — ordenou Ephyra.

Ele obedeceu, revelando outro espelho atrás de si, e a luz ziguezagueou por todo o santuário, refletindo em cada um dos espelhos e seguindo para o próximo. Ephyra seguiu os raios de luz até o final, um círculo em uma parede de pedra, que começou a se mover e revelou uma câmara secreta do outro lado.

Ela guardou o espelho de volta na bolsa. A luz desapareceu, mas a porta continuou aberta. Ela se aproximou e os outros a seguiram de perto. Pegando uma das luzes incandescentes da mão de Shara, Ephyra adentrou a câmara secreta. Era bem menor do que o colossal santuário principal e estava repleta de frascos de cerâmica.

— O que estamos procurando, exatamente? — perguntou Parthenia.

— Espero que a gente saiba quando encontrarmos — respondeu Shara.

— É esse o seu plano? — perguntou Ephyra. — Esperar que as pistas caiam no seu colo?

Shara deu de ombros e Ephyra controlou um suspiro frustrado. Apesar das bravatas de Shara, estava começando a achar que ela não era uma ladra de tesouros muito boa. Parecia capaz apenas de gritar ordens e tomar decisões apressadas. O que ela acrescentava ao grupo, como os idiomas de Parthenia e o conhecimento histórico de Hadiza? Claro, Shara os levara até ali, mas nada daquilo importaria se não encontrassem o Cálice.

— Aqui — disse Illya, de um canto da câmara. Shara e Parthenia, que estavam mais perto dele, foram até lá. — Olhem isso. Tem o mesmo símbolo que o código que encontrei atrás do espelho.

Ephyra se aproximou.

— Você quer dizer o código que você destruiu de propósito para que fôssemos obrigadas a te trazer com a gente?

Illya se voltou para ela. Ele segurava um dos frascos de cerâmica nas mãos, e Ephyra conseguia ver claramente o entalhe de um círculo cruzado por duas linhas. Parecia uma rosa dos ventos.

Shara pegou a urna das mãos de Illya, sentindo o peso. Então a atirou contra a parede.

— O que você está fazendo? — questionou Ephyra quando a cerâmica se espatifou.

Shara apenas riu e procurou entre os cacos. Quando se levantou, estava segurando uma comprida faixa de couro.

— O que é isto? — perguntou Ephyra, chegando mais perto. Parecia haver alguma inscrição no couro. — O que diz?

Shara olhou para a faixa.

— É só um amontoado de letras.

Ephyra se virou para Illya.

— Qual é o código? O que você encontrou no espelho.

— Se eu contar, vocês não vão mais precisar de mim.

— Se não contar, ninguém vai chegar ao Cálice — disse Shara.

Um som retumbante cortou o ar.

— O que foi isso? — perguntou Shara, assustada.

Outro retumbar, dessa vez mais alto. A câmara tremeu, o que fez pequenos pedaços de rocha se soltarem e começarem a cair sobre eles.

— A gente tem que sair daqui — disse Numir. — Agora.

Ela foi até a entrada da câmara. Ephyra se moveu para segui-la... e foi quando o chão começou a tremer. Suavemente no início, e depois mais forte, até que parecia um terremoto irrompendo sob seus pés. Ephyra teve a nítida sensação de que estava caindo.

— O templo está afundando! — exclamou Parthenia, encostando-se em uma das paredes.

Aquilo pareceu ser o suficiente para colocar todos em ação. Correram para a porta e voltaram para o santuário principal, enquanto pedras caíam do teto inclinado. Ephyra correu para a entrada, enquanto Illya a seguia de perto.

Um grande pedaço de pedra caiu bem na frente deles, quase esmagando Parthenia. Numir saltou em direção a ela, empurrando-a para o chão e protegendo-a da chuva de pedras. Os outros contornaram a pedra caída enquanto Numir ajudava Parthenia a se levantar e as duas corriam para a porta.

Elas chegaram primeiro e desapareceram ao sair. Hadiza as seguiu. Quando Shara se aproximou da porta, mais pedras desabaram, bloqueando o caminho. Shara deu um pulo para trás e, de repente, não havia mais porta. Ephyra e Illya olharam horrorizados.

Estavam presos.

19

JUDE

Jude exigiu que parassem no templo de Endarra antes de tentarem encontrar a Espada do Pináculo. Eles chegaram no fim da manhã, cansados e com fome, mas o mais importante: com vida. Se qualquer membro da Ordem tivesse conseguido sair de Cerameico em segurança, entrariam em contato com os acólitos de lá.

O templo ficava perto da fronteira de Endarrion, cercado pelo rio de todos os lados. A entrada só era acessível por barco ou por meio de uma ponte estreita e sinuosa que acabava na escada que levava ao templo.

Jude segurou o braço de Anton para impedi-lo de avançar quando se aproximaram da ponte.

— Não sabemos quem está aí. Podem ser amigos.

— Ou podem ser Testemunhas — disse Anton, concluindo o pensamento.

Jude assentiu.

— Fique perto de mim.

O sol apareceu por entre as nuvens, lançando uma luz forte sobre o rio enquanto seguiam em direção à entrada do templo. Pararam à porta para se untarem com o óleo de crisma. Jude flagrou Anton olhando-o de esguelha, como se estivesse copiando seus movimentos, e ficou surpreso ao pensar que aquela talvez fosse a primeira vez que Anton pisava em um templo dos seus antepassados. Pensou em perguntar, mas bem na hora um acólito apareceu diante deles.

— Guardião da Palavra — disse ele, ofegando. — Estávamos esperando por você.

Jude se aproximou de Anton, protegendo-o, mas não havia malícia na voz do acólito.

— Buscamos o acolhimento de Endarra, a Honesta.

O acólito curvou a cabeça.

— E Endarra o acolhe com prazer.

O acólito não estava vestido como os que Jude conhecera em Pallas Athos. Os dali usavam túnicas de seda em tom de lilás, com bordados dourados entremeados com algumas flores brancas. Delicadas pulseiras douradas adornavam os pulsos e finos ornamentos coroavam cabelos trançados.

Um acólito ruivo se aproximou deles assim que entraram.

— Este é o nosso acólito superior — disse o primeiro acólito. — Que vai providenciar para que sejam bem-cuidados.

O acólito ruivo olhou para Jude e Anton com expressão de indisfarçável surpresa.

— Você. Você deve ser ele. O Profeta.

Anton arregalou os olhos.

— O quê? Jude, você nunca me contou!

O acólito empalideceu.

— Ele está brincando — explicou Jude.

O acólito pareceu nervoso.

Jude também estava. Não por causa da piada de Anton, mas por como os acólitos olhavam para o rapaz, como se ele fosse o sol nascente no oriente. Lembrou-se do que tinha dito para Anton depois que fugiram de Cerameico — que ele parecia duas pessoas diferentes. Nos últimos dez dias de viagem, sozinhos e dependendo um do outro, foi fácil perder de vista o que Anton significava para o resto do mundo.

Ele não podia se dar ao luxo de se esquecer daquilo. Principalmente na situação em que estavam.

— Cerameico está sob ataque — informou Jude ao acólito ruivo. — As Testemunhas atacaram o forte há quase duas semanas, em busca do Profeta. Não sabemos como nos encontraram.

— Tivemos notícias da sua Guarda — disse o acólito.

Jude se sentiu aliviado pela primeira vez desde que tinham escapado de Cerameico.

— Eles estão bem? Sobreviveram ao ataque?

— Um pequeno número de Paladinos conseguiu fugir seguindo rio abaixo. A Guarda entrou em contato conosco há um dia, dizendo que haviam chegado a Delos. Também disseram que você e o Profeta escaparam sozinhos e aconselharam que ficassem aqui, sob a nossa proteção, até eles virem buscar vocês.

— A cidade é segura? — perguntou Jude. — Há Testemunhas aqui?

O acólito fez uma expressão sombria.

— Houve relatos de um grupo de Testemunhas que chegou há alguns dias, mas nenhuma delas tentou se aproximar do templo.

Jude sentiu um aperto no estômago.

— Estavam esperando por nós. Se nos viram chegar, acabamos de colocar vocês em perigo.

— As Testemunhas não têm muita presença nesta cidade. Não creio que se arriscariam a atacar o Templo de Endarra em plena luz do dia. E temos algumas precauções preparadas para deter visitantes indesejados.

Anton olhou para Jude novamente, com a preocupação estampada no rosto.

— Vocês têm algum lugar em que possamos descansar um pouco? — disse ele ao acólito. — Algo para comermos? Foi uma viagem longa.

— Claro — respondeu o rapaz, pressionando a mão no peito. — Eu deveria ter oferecido no momento em que chegaram. Queiram me acompanhar.

— Vocês têm algum curandeiro? — perguntou Anton. — Jude foi ferido no ataque.

— É claro — respondeu o acólito, passando pelo santuário principal.

Passaram por uma porta que dava em um luxuriante jardim protegido por dosséis e com vista para o rio.

Jude não tinha percebido o quanto estava cansado até que o acólito o fez se sentar em uma almofada redonda e desapareceu para lhe trazer uma bandeja de comida muito mais suntuosa do que qualquer coisa oferecida em Cerameico. Ele e Anton comeram frutas e carne fatiada e, depois, o acólito retornou com a curandeira do templo.

A curandeira se sentou ao lado de Jude e começou a trabalhar.

— Espere — chamou Anton conforme o acólito estava se virando para sair. — Tenho uma pergunta e espero que possa responder. Acreditamos que a espada de Jude, a Espada do Pináculo, esteja aqui em Endarrion. Você sabe alguma coisa a respeito?

O olhar do acólito pousou em Jude, que quis se encolher diante de sua expressão horrorizada.

— É verdade, então? — perguntou o acólito. — A Espada do Pináculo foi perdida?

Jude desviou o olhar e não respondeu.

— O que você sabe? — perguntou Anton.

— Só rumores. Há uma famosa colecionadora aqui em Endarrion que comercializa itens raros. Dizem por aí que ela comprou uma espada nova para sua coleção. Dizem que é tão antiga quanto os próprios Profetas. Não queríamos acreditar que realmente se tratava da Espada do Pináculo, mas...

Jude percebeu que estava trêmulo de raiva. A Espada do Pináculo tinha sido forjada para o primeiro Guardião da Palavra, feita para servir o Profeta. Não era um troféu bonito para ser exibido por uma *colecionadora*.

— Uma colecionadora — repetiu Anton. — E o que você sabe sobre ela?

O acólito meneou a cabeça.

— Sinto muito.

Então saiu do aposento e a curandeira terminou o trabalho no ferimento de Jude.

— Vai ficar novinho em folha — disse ela com gentileza, tocando de leve a lateral onde a ferida se curara. A dor tinha sumido por completo e, quando Jude se mexia, não sentia nenhuma pontada ou dificuldade de movimento.

— Obrigado.

Anton se levantou assim que ela saiu pela porta.

— Aonde você vai? — perguntou ele, franzindo a testa.

— Precisamos ir para a cidade — disse Anton. — Precisamos encontrar essa tal colecionadora e recuperar a espada.

— É perigoso demais. Você ouviu o que o acólito disse. As Testemunhas estão procurando por nós aqui. Se uma delas nos encontrar...

— É sério? — perguntou Anton. — Viemos para Endarrion justamente para isso!

— Devemos esperar pela Guarda.

— E quem sabe onde sua espada estará quando eles chegarem? — perguntou Anton. — Sabemos onde ela está agora. Sabemos mais ou menos com quem está.

Jude hesitou. Sabia que deveria manter Anton ali, no templo, onde estavam em segurança. Mas não conseguia resistir à possibilidade de voltar para a Ordem levando o Profeta e a Espada do Pináculo de volta.

Isso poderia significar uma absolvição.

Mais do que isso: poderia significar que sua Graça seria restaurada. Ele não conseguia parar de pensar nessa possibilidade desde que Anton a mencionara. Se havia algo capaz de restaurar sua Graça, era a Espada do Pináculo. Talvez tivesse sido por isso que Anton a vira em seu sonho. Se a Graça de Jude fosse restaurada, ele poderia novamente servir ao Profeta e ajudá-lo a impedir a Era da Escuridão.

Ele voltou a olhar para Anton, que o observava atentamente.

— Mesmo se quisermos recuperar a Espada do Pináculo — disse Jude devagar —, como vamos fazer isso? Não podemos aparecer do nada na casa dessa colecionadora.

Anton sorriu.

— Ah, eu *já* sei como! Tudo que precisamos é descobrir alguém que a conheça, e depois conseguir um convite para ver a coleção. Os ricos amam exibir sua riqueza. E por acaso eu conheço a pessoa certa para isso.

— Achei que você nunca tivesse vindo a Endarrion.

— E nunca vim — confirmou Anton. — Mas trabalhei como garçom em uma taverna em Pallas Athos, e havia um mercador que costumava se hospedar lá com o filho. Nós tínhamos uma relação... *amigável*.

Amigável. Jude ficou imaginando que detalhes exatamente a palavra englobava. Foi tomado novamente pela sensação desconfortável de que havia muita coisa do passado de Anton que desconhecia... e talvez nunca fosse capaz de compreender.

— Enfim, o pai dele é especializado em vender peças valiosas. Então, se há alguém aqui que pode conhecer uma colecionadora, é ele.

— E você acha que o filho desse comerciante vai nos ajudar?

— Eu posso ser muito persuasivo — retrucou Anton, e Jude franziu ainda mais a testa. — Vamos até lá dar um oi. O pior que pode acontecer é ele dizer não.

Muitas coisas piores podiam acontecer, principalmente com Testemunhas na cidade. Seria egoísta colocar Anton em risco pela Espada do Pináculo — egoísta como fora em Pallas Athos, correndo atrás do que queria e renegando o juramento que fizera. *Servir os Profetas acima de tudo. Acima da nossa própria vida. Acima do nosso coração.*

Mas foram as escolhas egoístas que o levaram até Anton. E agora eles estavam juntos em uma cidade, escondidos dos inimigos, sem ter como se defender. Se havia uma chance de Jude conseguir recuperar a capacidade de protegê-lo, o risco valeria a pena.

— Está bem — concordou Jude. — Vamos, então.

Anton o encarou, radiante, durante todo o caminho para a cidade.

Jude os guiou pelo rio em um dos pequenos barcos a remo dos acólitos. Com as mangas arregaçadas, o sol aquecia seus braços. Sem sua Graça, remar exigia mais esforço, mas ele não se importava em usar os músculos. Na verdade, o exercício era quase reconfortante.

Olhou para Anton, à sua frente, tocando a água preguiçosamente com uma das mãos. Tinha pegado um pouco de sol demais durante a viagem e a pele rosada do pescoço estava começando a descascar.

— Você podia ajudar, sabe? — sugeriu Jude, jogando o corpo para trás enquanto impulsionava os remos pela água em um movimento suave.

Anton apoiou o queixo em uma das mãos.

— Prefiro observar.

Jude sentiu o rosto corar sob o olhar avaliador dele. O remo raspou pela superfície da água quando perdeu o ritmo da remada.

— Ah! — disse Anton, virando-se para olhar para a lateral do canal. — Lá está. A casa com árvores cor-de-rosa na frente.

Jude levou o barco até o ancoradouro que saía da margem do canal. Aquela parecia ser a área onde os mais ricos de Endarrion moravam, um pouco além dos

Jardins Flutuantes no centro da cidade. A única forma de entrar naquela região ocupada por mercadores era pelo rio, e só visitantes autorizados podiam ancorar um barco na frente de uma casa.

Anton e Jude não eram visitantes autorizados, um fato que o guarda que fazia a segurança do lugar pareceu ávido em informar.

— Sei que não estão nos aguardando — repetiu Anton. — Mas juro que se lorde Cassian soubesse que estamos aqui, ele ia querer receber nossa visita.

— Lorde Cassian está viajando a negócios — respondeu o guarda, irritado.

— Ah, estou falando do filho dele — explicou Anton. — Evander Cassian. Olhe, por que você não vai até lá e pergunta?

O guarda pareceu afrontado.

— Não vou incomodar o filho do lorde por causa de alguns vagabundos no quintal dele.

— Senhor... Qual é o seu nome? — perguntou Anton com doçura.

— Favian — respondeu o guarda, olhando-o desconfiado.

— Favian — repetiu Anton, pronunciando cada sílaba de forma lacônica. — Você parece ser um homem muito inteligente.

Jude riu e rapidamente disfarçou com uma tossida. O guarda o fulminou com o olhar.

— E, só de olhar, sei que você é muito bom no seu trabalho — continuou Anton. — Eu conheço Evander muito bem, somos amigos, e ele e o pai só contratariam os melhores guardas...

— Se quer visitá-lo — interrompeu o guarda —, pode deixar um cartão, como todo mundo. Se você é tão amigo dele como diz, tenho certeza de que ele vai responder.

Anton olhou para Jude, que sabia no que ele estava pensando — se fossem embora e esperassem Evander entrar em contato, talvez fosse tarde demais. Isso se o guarda entregasse o cartão. Mas não pareciam ter outra escolha.

— Vamos, Anton — disse Jude, mergulhando o remo na água. — Vamos fazer como ele diz.

Anton parecia pronto para desistir quando o guarda voltou para a estação. Então ele parou, seu olhar brilhando ao ver algo atrás do segurança. Foi até a mesa do guarda, pegou uma jarra com o que pareciam ser contas prateadas e deu uma sacudida.

— Você joga Cambarra? — perguntou Anton.

O guarda pegou a jarra e a devolveu à mesa.

— Só ganhei cinco vezes o torneio de Cambarra de Endarrion.

A expressão de Anton se iluminou.

— Tudo bem. Que tal jogarmos uma rodada? Se eu ganhar, você conta para Evander que estou aqui. Se você ganhar, nós o deixaremos em paz sem mais discussão. O que me diz?

O guarda apenas o encarou, e Jude resistiu à vontade de esconder o rosto nas mãos.

— Uma rodada — repetiu Anton. — Se joga tão bem quanto diz, vai ser moleza, não?

Vinte minutos depois, Jude e Anton estavam esperando no ancoradouro enquanto o guarda chamava um criado para informar Evander sobre a presença deles.

— Não acredito que isso funcionou — disse Jude, meneando a cabeça. — *De novo.*

— Apostar sempre compensa, Jude — respondeu Anton em um tom sábio.

— Eu já estou muito feliz por você não ter apostado nada meu dessa vez.

Anton sorriu.

— É um progresso.

O guarda se aproximou deles, parecendo constrangido. Um criado o seguia de perto.

— E então? — perguntou Anton, claramente radiante.

— Lorde Evander solicita que entrem imediatamente — disse o criado. — Queiram me acompanhar.

Anton lançou um olhar triunfante para Jude ao passar, praticamente saltitante, pelo guarda. Controlando-se para não rir, Jude o seguiu.

O criado os guiou pelo terreno da propriedade e chegou a um caminho ladrilhado que levava à grandiosa entrada da casa principal. Um candelabro de cristal brilhante com luzes incandescentes refletia vários arco-íris nas paredes e no chão. Duas escadarias de marfim levavam ao andar seguinte. Jude ficou admirando, maravilhado com a beleza e com a opulência. Anton parecia igualmente impressionado.

— Por aqui — disse o criado, levando-os para outro jardim banhado de sol.

No início, Jude ficou distraído demais com a beleza exuberante do jardim para registrar a presença do garoto de cabelo escuro, não muito mais velho que ele, deitado em um divã estofado sob uma árvore da qual caíam botões claros de flores. Um jarro frio de líquido cor de mel estava sobre a mesa entalhada ao lado dele e, em uma das mãos, o garoto segurava com delicadeza uma taça de cristal.

— Anton! — exclamou ele, levantando-se e atirando-se nos braços de Anton, derramando algumas gotas do líquido cor de mel.

Jude se retraiu diante de uma demonstração tão efusiva de afeto — não era uma coisa que os Paladinos costumavam fazer, mesmo entre os amigos mais próximos.

— Que bom ver você, Evander — disse Anton enquanto o garoto o puxava para o divã, deixando Jude sozinho.

— Que surpresa maravilhosa — continuou Evander. — Venha, temos que colocar o papo em dia.

— Primeiro eu gostaria de te apresentar o meu amigo, Jude.

Evander olhou para Jude e levou a mão à boca.

— Minha nossa, que grosseria a minha! Achei que fosse seu criado ou algo assim.

Tecnicamente, aquilo era verdade — uma vez que os membros da Ordem da Última Luz eram servos sagrados dos Profetas. Mas sentiu que não era a isso que Evander se referia.

— Não exatamente — respondeu Anton.

— Quando te conheci em Tálassa, você não tinha dinheiro para ter um criado. — Evander deu uma risada. — Mas achei que talvez tivesse conseguido alguém rico e se casado. Você sabe, meu pai e eu fomos a Pallas Athos há umas duas semanas... Aliás, você ouviu falar dos ataques do mês passado? Parece que o Templo de Pallas quase foi queimado.

Jude ergueu os olhos, alarmado, mas Evander apenas continuou:

— É claro que estávamos totalmente seguros em Tálassa, onde sempre ficamos, só que o dono nos contou que você tinha desaparecido! Fiquei sem chão, e na esperança de que você um dia me escrevesse. Estou chocado de te ver aqui! Você *tem* que me contar tudo que aconteceu desde a última vez que nos encontramos, meu querido. Quero saber os mínimos detalhes.

Jude nunca tinha visto uma pessoa dizer tantas palavras em um espaço tão curto de tempo.

— É uma longa história — respondeu Anton.

Evander sorriu de um jeito íntimo e carinhoso.

— Você não está se metendo em *muitas* confusões, não é?

— Só o suficiente — respondeu Anton com um sorriso.

O tom dele pegou Jude de surpresa. Não o tinha ouvido falar daquele jeito desde que se encontraram pela primeira vez na Primavera Oculta. Ficou incomodado ao ouvir aquele tom de novo. E ainda mais sendo direcionado para aquele tal de... Evander.

O garoto bateu as mãos e, de repente, um criado apareceu ao seu lado.

— Traga duas taças e mais uma jarra.

Ele se virou para Anton.

— Mas você tem que me contar *tudinho*, e o que está fazendo em Endarrion.

Anton olhou para Jude. Não tinham combinado o que iam falar para Evander, embora fosse óbvio para o Guardião que não seria a verdade.

— Bom, depois de ouvir tanto sobre esse lugar, não consegui resistir à vontade de ver com os meus próprios olhos — disse Anton.

Evander pareceu muito satisfeito com a resposta.

— Esse lugar não é simplesmente fantástico? A cidade mais linda do mundo inteiro. Endarra ficaria felicíssima com essa homenagem ao seu nome.

— Endarra não acreditava na beleza dos artifícios e das coisas materiais — disse Jude. — Ela acreditava que as coisas eram inerentemente belas, desde a mais simples abelha-operária até a montanha mais majestosa.

No instante em que as palavras saíram de sua boca, desejou que tivesse ficado calado. Anton e Evander olharam para ele, então o garoto uniu as mãos diante do peito com ar de felicidade.

— Olha, mas que descrição adorável. A mais simples abelha-operária. Completamente brilhante! Adorei.

O criado chegou com a bebida e serviu o líquido cor de mel em taças altas de cristal.

— Vinho de magnólia — informou Evander. — Uma iguaria aqui.

Anton tomou um gole. Sabendo que seria descortês recusar, Jude também bebericou. O vinho derreteu em sua boca como orvalho na pétala de uma flor.

— Divino, não é? — perguntou Evander. — Juro que minha mãe me desmamou com isso. Pena que ela não está aqui para te ver, Anton. Ela sempre gostou tanto de você. Mas é bom que meu pai não esteja. — Evander lançou um olhar conspiratório para Jude. — Ele sempre achou que eu estava me rebaixando por me relacionar com os criados, mas eu não consegui resistir... você conseguiria?

Jude não fazia a mínima ideia de como responder àquilo e sentiu um tremor na pálpebra esquerda.

Evander apoiou o queixo no ombro de Anton.

— Fiquei arrasado quando soube que você tinha saído de Tálassa. Achei que nunca mais fôssemos nos ver. No entanto, aqui está você, na porta da minha casa. Como um bolo do Festival da Lua. Você *tem* que ficar aqui comigo. Insisto. A casa fica terrivelmente vazia quando minha mãe e meu pai viajam.

Anton arqueou as sobrancelhas para Jude e Evander seguiu o olhar, pousando os imensos olhos azuis nele. Qualquer tentativa de protestar parecia fútil. E não tinha como negar que ficar com Evander era provavelmente mais seguro do que no templo. Era improvável que as Testemunhas os procurassem ali. E, se procurassem, Evander parecia ter muitos guardas para protegê-los.

— Podemos ficar — disse Jude, tirando um botão roxo de flor do ombro.

Evander se levantou com um salto e se atirou nos braços de Jude. Seu corpo reagiu com pânico e ele precisou se controlar para não empurrar Evander e derrubá-lo no chão.

Por sobre o ombro do rapaz, viu Anton controlar uma risadinha.

— Vamos levá-los para o quarto, então, e vou pedir ao cozinheiro para preparar o jantar — disse Evander, se afastando.

Ele foi falando sem parar enquanto os guiava pela casa, por corredores opulentos com piso de mármore e teto esculpido.

— Vai ser moleza — disse Anton no ouvido de Jude. — Nós jantamos, cozinhamos o Evander em banho-maria e conseguimos mais informações sobre essa tal colecionadora.

Jude se afastou.

— Só não se distraia.

Anton estreitou os olhos.

— Você concordou em vir, lembra?

— Sim, para pegar a Espada do Pináculo — sibilou Jude. — Não para...

— Anton? — chamou Evander aos pés da grandiosa escadaria. Claramente havia percebido que nenhum dos dois estava prestando atenção nele.

— Estou indo.

Anton fulminou Jude com o olhar e foi andando na frente com um sorriso radiante para Evander.

Jude os observou subindo as escadas, sem saber se estava com raiva de si mesmo ou de Anton. Tinham se dado muito bem durante a viagem de Cerameico a Endarrion, mas ali Jude se lembrou de como eram diferentes e de como Anton sabia exatamente como irritá-lo sem nem ao menos se esforçar.

O jantar em uma casa como a de Evander era um evento complexo, com cozinheiros trazendo um prato luxuoso seguido de outro — frango assado com mel e romã, abóbora caramelizada, sopa fria de pepino com um toque de hortelã. Evander cuidou da maior parte da conversa, o que não surpreendeu Jude em nada, mas dificultou um pouco encontrar oportunidades para perguntar sobre a colecionadora.

Mas entre o jantar e a sobremesa, surgiu uma chance.

— Que vaso bonito — elogiou Anton, como quem não queria nada, fazendo um gesto para um vaso de vidro no canto da sala.

— Ah, foi um presente — respondeu Evander, tomando um gole de vinho de magnólia. — Uma das clientes do meu pai nos deu. Lady Bellrose.

— Uma cliente? — perguntou Anton. — E o que ela faz?

Evander pareceu pensativo.

— Não sei ao certo. Ela coleciona um monte de coisas.

Jude se empertigou e Anton transformou o sorriso triunfante em um de leve curiosidade.

— Nunca a vi — continuou Evander. — Ela é bem evasiva. Mas sempre dá as festas mais extravagantes. São o assunto da cidade por *semanas* a fio. Soube que ela chegou na cidade alguns dias atrás depois de conseguir um item novo para sua coleção.

Era isso. A Espada do Pináculo. Jude pigarreou.

— Que tipo de item?

— Acho que uma espada... — Evander hesitou. — Para ser sincero, não consigo me lembrar. Mas as festas dela são muito divertidas.

Jude abriu a boca para falar de novo, mas uma pontada de dor no pé o fez calar a boca. Anton havia pisado no seu pé e nem tinha como ter sido por acidente. Ele controlou um gemido de dor, fulminou Anton com o olhar e apertou o joelho dele por baixo da mesa em uma tentativa inútil de saber o que estava tramando.

Anton não demonstrou nada e afastou gentilmente a mão de Jude, enquanto sorria para Evander.

— Sinto tanta saudade das festas que tínhamos em Tálassa — disse ele. — Nós nos conhecemos no Baile Invernal, lembra?

Evander suspirou, com ar sonhador, e deu início a uma descrição detalhada da primeira vez em que vira Anton. A conversa seguiu durante toda a sobremesa, uma nuvem de ovos batidos com açúcar mergulhado em uma tigela de um creme espesso com a delicada cobertura de uma cúpula de açúcar caramelizado.

— E, sabe, claro que eu já tinha pegado vários outros rapazes, e moças também, me olhando do outro lado do salão. Mas tinha alguma coisa *nele*! — disse Evander para Jude. — Mesmo servindo bebidas naquele uniforme medonho, ele era a pessoa mais radiante do salão.

Jude estava controlando a vontade de despejar a tigela de sobremesa na cabeça de Evander só para que calasse a boca.

— Já faz tanto tempo desde a última vez que fui a uma festa como aquela — disse Anton depois que Evander acabou de contar detalhadamente como a luz cintilava em seu cabelo naquela noite. — Na última festa em Tálassa, você não estava, e eu tive que aturar a companhia dos outros convidados.

Evander uniu as mãos na frente do peito.

— Tive uma ótima ideia. Lady Bellrose vai dar uma de suas festas amanhã à noite. Por que vocês não vêm comigo, como meus convidados?

Jude bateu na cúpula de açúcar com a colherzinha chique de sobremesa e se esforçou para não olhar para Anton, certo de que ele estaria exibindo um de seus sorrisos convencidos, o que acabaria com o que restava do seu autocontrole.

— Ah, não sei — respondeu Anton. — As festas em Tálassa são uma coisa, mas acho que não vou me encaixar bem em uma festa tão elegante.

— Que bobagem! — exclamou Evander. — Você será bem recebido em qualquer lugar em que eu for bem recebido. Vocês dois têm de vir comigo. Não vou aceitar um não como resposta!

— Acho que podemos ir, então — disse Anton com um suspiro. — Já que insiste.

Quando Jude olhou para a sobremesa, viu que sua colherzinha estava dobrada ao meio.

20

EPHYRA

O templo continuava afundando, e Ephyra temia que fossem ser completamente engolidos pela terra.

— O que vamos fazer? — gritou Illya para Shara, segurando-se em uma das paredes.

Shara parecia aterrorizada.

Ephyra quase caiu na risada. Confiara nela para ajudá-la, sem perceber que a famosa ladra não passava de uma garotinha que tinha dado um passo maior do que as pernas. Uma identidade roubada, cuja fama não fora capaz de honrar. Ela não era ninguém na verdade, e não ia salvá-los.

O templo cambaleou, atirando Ephyra ao chão enquanto as paredes começavam a desmoronar.

Eles iam morrer. Ephyra ia morrer, e isso significava que o mesmo ia acontecer com Beru. E aquele seria o fim. Ninguém mais se lembraria dela.

— Levante — ordenou Illya. O rosto dele apareceu acima dela. — Levante *agora*.

Ele parecia irritado. Ela não se levantou.

— Se você ficar aqui, vou ter que ficar também, e eu me *recuso* a morrer assim.

— Pois morra da maneira que preferir — retrucou Ephyra, mas cambaleou para ficar de pé e tropeçou na direção dele.

— Shara! — gritou a voz de Hadiza lá em cima.

Todos os três olharam naquela direção. Havia uma corda caindo do telhado do templo, onde o teto se abria para o céu. Shara foi a primeira a perceber o que estava acontecendo e correu em direção à corda. Ela a pegou e as outras lá em cima a puxaram.

— Vamos ter que ir juntos — disse Illya, quando chegaram à corda.

Ele estava certo. As algemas fariam com que ele fosse arrastado junto, e seu peso a puxaria para baixo.

Eles seguraram a corda, um olhando para o outro.

— Pode puxar! — gritou Ephyra enquanto choviam pedras em cima deles e o chão começava a ruir sob seus pés.

Soltou um grito quando o chão desapareceu sob eles, e então ficaram pendurados. Sentiu as mãos escorregarem alguns centímetros na corda.

Ela sibilou e segurou com mais força.

— Prenda as pernas ao redor da minha cintura — instruiu Illya.

Ele estava com o braço enrolado na corda e a passara por baixo do cotovelo para se sustentar melhor enquanto eram içados. Ephyra lhe lançou um olhar indignado. Ele revirou os olhos.

— Você quer cair? Eu aguento o seu peso também.

Sentindo que estava prestes a fazer uma coisa muito idiota, Ephyra envolveu a cintura dele com as pernas, fulminando-o com o olhar enquanto eram içados. Tão perto assim, conseguia ver os cílios escuros contra a pele clara e sentir o cheiro almiscarado sob as camadas de poeira e areia.

O teto do templo rangeu e mais escombros caíram em cima deles. A corda balançou e Ephyra fechou os olhos com força.

— Está tudo bem — murmurou Illya com suavidade, o que foi tão inesperado que a fez segurar um riso meio histérico que queria explodir do peito.

— Não tente me reconfortar.

— Posso te ameaçar, se preferir — retrucou Illya, e ela não conseguiu mais segurar o riso.

Abriu os olhos e viu um sorriso genuíno no rosto dele.

Ficaram pendurados juntos, balançando, ofegantes com o riso aterrorizado por mais alguns momentos, até Numir e Hadiza os puxarem até o topo. Elas pegaram Ephyra primeiro e a levantaram. Ela caiu ao lado das outras, ofegante, enquanto puxavam Illya para cima. Parthenia ajudou Ephyra a ficar de pé.

— Temos que sair daqui!

Os seis saíram correndo pelo telhado do templo, que ruía rapidamente. Quando chegaram à beirada, o chão se ergueu para encontrá-los.

Numir desceu primeiro, escorregando de pé pela parede do templo até estar perto o suficiente para saltar para o chão. Hadiza e Parthenia foram logo atrás, descendo sentadas, com as pernas encolhidas. Então Shara seguiu, usando as mãos para controlar a descida.

— Venha! — gritou Illya, pegando a mão de Ephyra e saltando pela parede.

Ephyra deslizou atrás dele, usando-o como contrapeso para se equilibrar. Quando chegaram à base, Illya plantou os pés no chão e se virou para aparar a queda dela.

As outras já estavam se afastando a toda velocidade do templo que afundava enquanto o chão se ondulava embaixo deles. Por fim, chegaram a um lugar de terra firme e pararam para recuperar o fôlego.

— Acho que alguém *realmente* não queria que recuperássemos aquele objeto — disse Shara, se voltando para Ephyra. — Você *pegou*, não pegou?

Ephyra enfiou a mão na bolsa e tirou a fita de couro com a inscrição inelegível.

— Vamos ver se vai servir para alguma coisa.

Eles voltaram para os esquifes sob o sol que se punha. Os pés de Ephyra se arrastavam de exaustão e derrota.

Shara se esforçava para incentivar todo mundo.

— Sei que estamos todos cansados depois de quase termos sido enterrados vivos, então por que não dormimos um pouco e pensamos no que fazer amanhã?

— Precisamos pelo menos sair dessa área — disse Hadiza. — Não podemos ficar aqui. Alguém pode ter ouvido o desabamento e vir dar uma olhada.

Shara esfregou a testa.

— Está bem. Vamos viajar por duas horas em qualquer direção e *depois* a gente dorme. Entrem.

Todos entraram nos esquifes e Numir e Shara assumiram o comando de cada um deles. Ephyra virou a fita de couro nas mãos, analisando-a. Pelo canto dos olhos, viu que Illya fazia o mesmo.

Ela enfiou a fita na bolsa e levantou o olhar para o horizonte.

Mais tarde naquela noite, Ephyra estava sentada enquanto os outros dormiam, olhando para a fita de couro que haviam encontrado no templo. Precisava de alguma coisa, *qualquer* tipo de dica que lhe dissesse o que aquilo significava. Mas não importava o quanto olhasse, tudo que via era a mesma sequência de letras, aleatória demais para formar palavras em qualquer idioma.

Talvez fosse só um truque idiota. Talvez a pessoa que deixou aquelas pistas estivesse guiando-os para lugar nenhum. Não sentia que estava mais próxima de encontrar o Cálice. E a cada dia que passava, Beru se afastava ainda mais. E se não conseguisse alcançá-la a tempo?

E se ela já tivesse morrido?

Um farfalhar a despertou dos pensamentos. Alguém se levantou e caminhou em sua direção. Illya. Óbvio.

Ephyra embolou a fita de couro na mão e observou, desconfiada, enquanto ele se aproximava.

— O que você quer?

Ele ergueu as mãos para acalmá-la. Era um gesto que vira o irmão dele fazer várias vezes. Com base no que Anton lhe dissera, ele o aprendera para acalmar Illya. Ficou imaginando quem Illya precisara acalmar.

— Só quero agradecer — disse ele.

De qualquer outra pessoa, ela teria considerado aquilo uma gentileza. Vindo de Illya, Ephyra desconfiava.

— Pelo quê?

— Por ter me ajudado a sair do templo. Principalmente quando não precisava ter ajudado.

Ela ergueu o punho.

— Você esqueceu que estamos ligados por isso aqui?

— Você podia ter tirado a sua. Me largado lá.

Ephyra apenas o encarou. Aquilo nem tinha passado pela sua cabeça.

— Você diz ter informações que eu preciso.

Sentiu a pele formigar sob o olhar dele. O rosto de Illya parecia brilhar ao luar. Aquilo a fez desejar tê-lo largado para trás para ser esmagado pelo templo. Quem sabe assim o rosto dele deixasse de ser tão irritantemente lindo.

— Tá legal — disse ele, sentando-se ao lado dela. — Vou mostrar para você o que descobri.

Ephyra observou enquanto ele baixava a cabeça e desenhava na areia de forma rápida e precisa. Ele desenhou um círculo com uma linha horizontal no meio. Ao lado do círculo escreveu o número sete, depois se sentou e olhou para o desenho.

— Só isso? — perguntou Ephyra.

Ele assentiu.

— Eu não fazia ideia do que significava, no início.

Ephyra pressionou os lábios. Não queria admitir que também não fazia ideia do que significava.

— Mas agora que temos a pista do templo, eu entendo. — Ele a olhou e pareceu perceber que Ephyra não estava compreendendo o que dizia. — São medidas. Este é o diâmetro de um círculo. É uma instrução para construir um cilindro.

— E por que...

Ephyra parou no meio da pergunta. Olhou para a fita de couro na mão e para a linha de letras aparentemente aleatórias. Lentamente, enrolou a fita três vezes no pulso. A primeira letra da fita agora estava alinhada com a quarta e a oitava. Ainda eram aleatórias, mas de repente ela compreendeu que, se fossem enroladas no tamanho certo, se alinhariam para formar palavras.

— Vocês dois estão acordados? — perguntou uma voz sonolenta.

Ephyra se virou para Shara, que estava esfregando os olhos e se levantando.

— Shara, veja isso.

Ela se aproximou deles e olhou os desenhos na areia. Illya explicou novamente o que tinha descoberto e ela parou por um instante antes de dizer:

— Precisamos de Parthenia.

— O sol ainda nem raiou — reclamou Parthenia quando Shara a cutucou com o pé.

Numir bocejou, acordando também.

— E daí? Você precisa do seu sono da beleza?

Parthenia fez uma pequena pausa.

— Ah, então você me acha bonita.

— Não, não foi isso que... eu quis dizer que você *precisa* do seu sono da beleza porque você *não*...

— Concentrem-se, por favor — interveio Shara.

Depois que Parthenia analisou as medidas e a fita de couro, disse:

— Na verdade, não precisamos construir nada. Se sabemos o diâmetro do círculo, podemos calcular sua circunferência e depois medir os espaços entre as letras. Assim vamos descobrir como as letras se encaixam e poder alinhá-las de acordo.

Ephyra a olhou sem entender.

— Achei que você estudava línguas.

Parthenia jogou o cabelo para trás.

— Nós estudamos o básico em todos os campos de conhecimento. Isso é matemática bem básica.

Ephyra se recostou enquanto Parthenia fazia os cálculos. As letras eram separadas a cada três centímetros e, de acordo com os cálculos, a circunferência tinha vinte e quatro centímetros. Ela escreveu:

$24/3 = 8$

— Marquem a cada oito letras — instruiu ela.

Illya anotou as letras na areia enquanto Parthenia as ditava. Ephyra olhou por sobre o ombro dele.

Quando terminou, havia seis linhas de onze letras.

TÚMULODARAI

NHAESCONDEO

CÁLICEOFERE

CERSACRIFÍC

IONÃODESANG

UEMASDEVIDA

Ephyra leu em voz alta:

— "Túmulo da rainha esconde o cálice. Oferecer sacrifício, não de sangue, mas de vida."

Ela ergueu os olhos para Illya e viu sua própria felicidade e incredulidade refletida nos dele. Rapidamente afastou o olhar, sentindo um rubor de raiva subir pelo rosto para lembrá-la de que não queria compartilhar nada com Illya, muito menos aquilo.

— A Rainha Sacrificada — disse Shara. — Só pode ser.

Ephyra se levantou.

— É melhor partirmos agora para avançarmos o máximo que pudermos até o sol estar a pino.

Shara hesitou por um instante, mas, para alívio de Ephyra, assentiu. Acordaram Hadiza e se prepararam para partir, todos com tanta experiência quanto Ephyra em ir embora às pressas.

Illya fez um gesto para subir em um dos esquifes. Ephyra o puxou pelo cotovelo.

— Você não vai com a gente.

Ele a analisou com um olhar cuidadoso.

— É só por minha causa que vocês sabem para onde ir.

— Verdade. E isso significa que não precisamos mais de você.

Ele fez uma careta. Todo mundo parou o que estava fazendo, alerta com a discussão que ficava acalorada. Ephyra sufocou a parte de si preocupada que as garotas estivessem começando a gostar mais de Illya do que dela e que ficassem do lado dele.

— Você não pode simplesmente me largar aqui — argumentou ele.

— Você sabia que esse momento ia chegar quando nos convenceu a trazê-lo conosco — respondeu Ephyra. — A não ser que tenha achado que conseguiria nos manipular a confiar em você. Acho que você não tem tanto talento quanto imaginava.

Ela abriu um sorriso compreensivo e condescendente.

Illya correspondeu com um sorriso também.

— Tudo bem. Você me pegou. Eu achei que fosse cair nas suas graças. Mas, veja só, talvez você não *tenha* graça nenhuma.

Ephyra ficou irritada.

— Porém — continuou Illya —, para me deixar aqui, você deve estar confiando que não vou contar para as Filhas da Misericórdia que estão planejando roubar o Cálice. Ou que não vou mandar meus próprios homens primeiro.

— Seus homens? — debochou Ephyra. — Achei que você tivesse dito que havia abandonado eles.

— Eu disse isso? Achei que você não acreditava em nada que digo.

Shara pigarreou atrás deles.

— Ele tem razão, Ephyra.

Ephyra se virou para ela.

— Não me diga que você *acredita* nele.

— Não acredito — disse Shara, olhando para Illya. — Mas ele pode nos prejudicar mais se estiver longe do que se estiver perto.

— Merda! — praguejou Ephyra.

— Ele é um risco de um jeito ou de outro — continuou Shara com uma voz firme. — Então é melhor ficarmos de olho nele.

Ephyra se virou para Illya, fervilhando de raiva. Ele a tinha *enganado* de novo, tinha planejado aquilo tudo, cada detalhe e cada movimento que ela ia fazer e como poderia se defender. Depois de tudo, ele *ainda* ganhava. Ela não conseguia suportar.

— Então a gente mata ele.

Silêncio total seguiu a sugestão. Ela viu quando Illya contraiu o maxilar. Talvez aquela tivesse sido a única possibilidade que ele não havia levado em consideração.

Shara começou a rir. Quando ninguém se juntou, ela parou.

— Você está brincando, não é? Ela está... brincando... — Ela pareceu ter menos certeza a cada sílaba.

— Você mesma disse — argumentou Ephyra. — Ele é um risco. E a melhor forma de lidar com um risco é acabando com ele.

— Pelo amor de Behezda — murmurou Shara. — Você está falando *sério*.

— É claro que estou falando sério.

Ephyra estava começando a ficar incomodada com aquilo, com a forma como Shara achava a ideia tão ridícula. Olhou para as outras e viu suas expressões incrédulas.

— Hum... Não é assim que lidamos com os nossos problemas — disse Shara, devagar.

— Você quer dizer resolvendo eles?

— Não, quero dizer que não *matamos* pessoas.

— Ele não é uma pessoa boa — disse Ephyra. — Pode confiar.

— Não me importo com o tipo de pessoa que ele é — retrucou Shara. — Desde que continue vivo.

— Mas...

— Eu sou a líder do grupo — declarou Shara. — A decisão é minha.

— Ah, *você* é a líder? — perguntou Ephyra, virando-se para ela. — E por que exatamente você é a líder? Foi Hadiza quem achou Susa. Numir que nos levou até lá. Parthenia foi quem nos ajudou a entrar no templo. Encare a realidade, Shara, você não é a mestra dos ladrões. É só uma garota que se acha melhor do que realmente é.

Shara ficou rígida por um milésimo de segundo. Depois, relaxou.

— Acabou?

Ephyra cerrou os dentes. Sentiu que, em vez de insultar Shara, tinha acabado de dividir seus segredos mais sombrios com todos. Porque tudo que disse era verdade em relação a ela mesma também, não era? Ephyra era conhecida como uma assassina cruel, como um espectro de vingança, a Mão Pálida. Mas era só uma garota com uma missão impossível pela frente. E, em momentos como aquele, não importava que achasse que tinha controle das coisas, percebia que nunca tivera controle de absolutamente nada.

21

HASSAN

A manhã da coroação de Lethia chegou com um clima quente e claro. Hassan e Khepri acordaram cedo e se vestiram na penumbra da aurora. Quando terminaram de se arrumar, ele pegou a mão dela e entrelaçou os dedos.

— Aconteça o que acontecer hoje, só quero que saiba que eu não teria conseguido nada disso sem você.

Em vez de responder, ela beijou os nós de seus dedos.

Quando o sol nasceu, todos estavam reunidos na oficina de alquimia para repassar o plano uma última vez com os seis líderes de equipe, e cada um deles passaria a informação para o seu pelotão. Todos estavam usando roupas de civis, escondendo os lenços verdes que usariam para tapar o rosto durante o bloqueio.

— Achamos que deve haver uns quatrocentos guardas ao longo da Estrada de Ozmandith — disse Sefu. Ele liderara a maior parte do serviço de inteligência para organizar a missão. — Khepri, Chike e Arash vão liderar o bloqueio aqui, quando estiverem mais ou menos no meio do caminho da rota do desfile. Nesse meio tempo, Zareen e os alquimistas criarão pontos de distração próximos à estátua da rainha Berenice, na Praça Dourada. Eles vão explodir as primeiras bombas de fumaça assim que os dançarinos passarem pelo ponto de bloqueio. Hassan será o último a chegar, e escolhemos um lugar perto da arcada, onde ele vai fazer seu discurso. Teremos outras seis pessoas junto para dar cobertura a ele.

— O príncipe vai ficar aqui até o bloqueio estar concluído — disse Arash, apontando para uma rua lateral.

Hassan se voltou para ele.

— Não foi isso que decidimos.

Arash o olhou calmamente.

— Mudança de planos. Não queremos que você se arrisque antes de nossa posição estar segura.

— Eu sei me defender — retrucou Hassan, obrigando-se a manter a calma.

Devia ter desconfiado que Arash tentaria algum truque para tirá-lo de cena. Arash fez um gesto amplo com a mão.

— Mesmo assim, não queremos que ninguém atrapalhe enquanto...

— *Atrapalhe?*

— Arash, Hassan é tão capaz quanto qualquer um de nós — disse Khepri. — Se não fosse por ele, todos nós teríamos morrido no farol.

— Não duvido da capacidade do príncipe, mas a missão toda perderá o sentido se ele se machucar ou não conseguir confrontar a Usurpadora. Acho que todos nós concordamos nisso.

— Está bem — assentiu Hassan. — Vou ficar fora do caminho, aguardando na arcada.

— Agora que isso foi resolvido, acho que chegou a hora — declarou Arash.

Deixaram a Biblioteca e se espalharam pelas ruas divididos em equipes. Uma multidão já estava começando a se formar na Estrada de Ozmandith. A coroação começaria quando o sol estivesse a pino, o que lhes dava menos de trinta minutos. O pelotão de Khepri mantinha sua posição no meio do caminho da procissão. Quando as bombas explodissem, eles bloqueariam o caminho do desfile. E, então, Khepri soltaria uma bomba de fumaça preta que seria o sinal para que Hassan assumisse sua posição em cima da arcada que seguia paralelamente à Estrada de Ozmandith, onde sua guarda estaria esperando por ele.

Escondido em um telhado alinhado à tal arcada, Hassan repassou mentalmente o discurso que preparara. Tentou se imaginar confrontando Lethia. A última vez que a vira havia sido no átrio do farol em chamas. Ela lhe dera às costas. Deixou-o sufocando com fumaça venenosa. Não sabia como se sentiria ao ficar cara a cara com ela de novo.

Logo ouviu o rufar dos tambores anunciando o início da procissão. Hassan arriscou uma olhada pela beirada da arcada e viu a equipe de Khepri misturada na multidão. Khepri e Arash estavam juntos, concentrados olhando para as ruas.

Na distância, soldados heratianos vestidos de dourado e verde marchavam. Havia pelo menos doze grupos diferentes no desfile — soldados, dançarinos, músicos, malabaristas e até elefantes —, que precederiam a entrada de Lethia em uma liteira.

Hassan observou enquanto os malabaristas de fogo passavam, seguidos pelos soldados. Os Legionários deveriam ser os próximos. Se fosse a coroação de Hassan, teria sido assim. Mas, por tradição, os Legionários eram sempre Agraciados. E todos eles haviam fugido ou sido capturados.

Em vez disso, uma fileira de Testemunhas marchou pela procissão. Hassan sentiu a raiva explodir no peito quando as viu — membros bem-vindos na corte da Rainha Usurpadora. Que *atrevimento!*

Atrás, dava para ver a liteira de Lethia, decorada de dourado e coberta por uma rica seda verde-esmeralda. Ver aquilo fez com que ficasse com mais raiva ainda.

Um estalo, audível mesmo por sobre o som da multidão, cortou o ar. A primeira bomba de fumaça.

A multidão pareceu achar que a fumaça era parte do desfile, e aplaudiu à medida que as outras explodiam, envolvendo-os em uma nuvem vermelha. A rua toda foi encoberta, então Hassan não conseguiu mais ver onde Khepri e os outros estavam. Ele simplesmente teria de acreditar que tinham feito o bloqueio.

Outra bomba cruzou o ar e Hassan viu uma pluma de fumaça preta — o sinal de Khepri — elevando-se do meio da rua. A multidão tinha começado a entrar em pânico ao perceber que as bombas não faziam parte do desfile. Hassan se levantou e subiu até o alto da arcada onde seus seis guardas lhe esperavam.

Lá embaixo, a multidão se agitava. Levou um momento até Hassan perceber que não era pânico — as pessoas pareciam estar se atacando. Ele congelou, olhando para a confusão. Os civis estavam se socando, rasgando as roupas, os rostos contorcidos de raiva e agressividade. Viu uma velha arreganhando os dentes enquanto enforcava um homem. Uma garotinha fincando os dentes no braço do irmão até arrancar sangue.

Hassan continuou olhando enquanto o pânico crescia em seu peito, tentando entender o que estava acontecendo. Outra bomba de fumaça explodiu e, de repente, a cena horrenda entrou em foco. O horror daquilo fez seu sangue gelar por dentro.

Zareen. Fechou os olhos, sem querer acreditar, mas as palavras dela lhe voltaram à mente. Ela lhe dissera *o que* estava fazendo. Inventando modificadores de humor que poderiam se espalhar de forma rápida e indiscriminada. Um gás químico que poderia acalmar as pessoas, agitá-las... ou torná-las agressivas.

Mais berros e gritos cortaram o ar. Aquele não era o plano. A fumaça deveria ser inofensiva, uma forma de chamar a atenção das pessoas, não... não aquilo. Elas não deveriam machucar ninguém.

Ele se virou para os guardas.

— Vocês sabiam disso? — Quando ninguém respondeu, ele avançou. — Há mais bombas como essas?

Seus rostos estavam ocultados pelos lenços verdes, o que Hassan rapidamente percebeu que não era para esconder suas faces, mas sim para impedir que os membros da Asa do Escaravelho inalassem a fumaça. Apenas a multidão indefesa seria afetada.

Ele cobriu o rosto com o lenço e olhou para a multidão lutando lá embaixo. Uma mulher gritava enquanto espancava sem parar um homem que já estava desacordado. Dois outros homens se engalfinhavam no chão, enquanto sangue escorria conforme arrancavam a pele um do outro.

Ele precisava encontrar Zareen e Arash. Precisava pôr um fim naquilo.

Enfiou a mão no bolso para pegar o aparelho desenvolvido pelos artífices para que pudesse fazer o seu discurso, uma esfera com cabos de bronze e ouro. Quando Hassan falava junto dele, sua voz era amplificada.

— Ei! — gritou ele, sua voz trovejando sobre o povo.

Ninguém lhe deu a mínima atenção. Estavam perdidos demais na própria violência, no tumulto sem sentido que acontecia lá embaixo.

— Povo de Nazirah! — tentou novamente, sem sucesso.

O povo estava totalmente fora de alcance.

Sua cidade se transformara em uma zona de guerra.

22

ANTON

Anton alisou as lapelas do paletó e se olhou uma última vez no espelho de moldura dourada do suntuoso quarto de hóspedes de Evander.

Não havia nada que Evander amasse mais do que roupas, e a moda em Endarrion estava sempre mudando. Era bem provável que ele preferisse sufocar em vinho de magnólia do que aparecer na festa mais importante da temporada acompanhado por dois convidados malvestidos. O rapaz providenciara uma calça escura e justa para Anton, que ficava para dentro de um par de botas macias, um paletó elegante cor de creme sobre uma blusa floral azul-clara, e finalizara tudo com um toque que era a cara de Evander: um lenço de seda com estampa de flores rosa em volta do pescoço.

Ele saiu no corredor e viu Jude espiando do topo da escada. Ele se virou quando Anton se aproximou, parecendo estupefato e ligeiramente confuso.

— Me diga que não está pensando em se jogar daqui de cima — disse Anton. — Está tudo bem? Sua Graça...?

— Estou bem — respondeu Jude depressa. Ele baixou o olhar e pigarreou, enquanto as bochechas ficavam vermelhas. — Você está... diferente.

— Evander adora roupas — respondeu Anton com um suspiro. — Sempre que ia a Tálassa, tentava me dar um paletó ou um lenço. Vejo que você não escapou das garras dele.

Anton fez um gesto para a roupa de Jude, que era bem parecida com a dele, mas em um tom de marrom-acinzentado na parte de baixo e um paletó verde-garrafa que destacava a cor de seus olhos. Um dos cadarços do paletó estava desfeito, balançando pela manga.

— Por que mesmo concordamos com isso? — perguntou ele.

— Porque estamos prestes a encontrar a Espada do Pináculo — respondeu Anton, pegando a manga de Jude e amarrando os cadarços do paletó. — Além disso, essa será a sua primeira festa, Jude. Vai ser um dia e tanto.

— Já participei de celebrações antes — respondeu Jude. — A Ordem organizava banquetes para comemorar os Dias dos Profetas.

Anton mordeu o lábio para controlar a risada.

— Agora que eu conheço Cerameico pessoalmente, posso dizer com toda certeza do mundo que aquele lugar nunca teve nada remotamente parecido com uma festa. Estou imaginando que esses banquetes eram apenas um monte de espadachins abstinentes comendo verduras cozidas com expressões sérias no rosto, exatamente como a que você está fazendo agora.

— Às vezes a gente botava sal nas verduras — disse Jude, e Anton percebeu que ele estava tentando segurar um sorriso.

Ele riu e Jude abriu o sorriso, parecendo surpreso e feliz. Foi como vislumbrar o sol por entre as copas das árvores.

Anton percebeu que ainda estava segurando a manga de Jude, mas, de repente, não queria soltá-la. Queria puxá-lo para mais perto, dizer alguma coisa baixinho para provocá-lo e deixá-lo vermelho. O desejo o surpreendeu. Já tinha flertado com Jude antes, um tempão atrás, na Primavera Oculta, mas tinha sido uma coisa totalmente diferente, uma forma de manter o espadachim afastado. Agora, tudo que queria era ver Jude sorrir de novo. Ele segurou o pulso do Guardião.

Evander apareceu no fim do corredor em uma explosão de tons de rosa e lavanda, com um paletó com botões dourados e ombreiras ornamentadas com pedras preciosas. Brincos de cristal pendiam nas orelhas, e Anton percebeu que ele e Jude tinham sido poupados das tendências mais peculiares de Evander.

— Ora, ora, vocês dois estão muito bonitos. Vejam só o que um pouco de arrumação pode fazer. — Evander franziu as sobrancelhas. — Jude, o que está fazendo com *esses* sapatos? Não gostou dos que mandei para você?

— Bom...

— Isso é inaceitável — disse Evander. — Vá agora mesmo trocar essas botas imundas.

Jude lançou um olhar suplicante para Anton.

— Vamos logo com isso, já estamos ficando atrasados — continuou Evander, passando o braço pelo de Anton enquanto seguiam para a escada. — Encontramos você no ancoradouro.

Evander meneou a cabeça para as costas de Jude, que se afastava, e seguiu com Anton pela escada, saindo juntos para o pátio. Como o sol já tinha se posto, o jardim estava banhado por uma luz amarelada que se estendia até o pequeno ancoradouro e as águas do rio, que brilhavam, prateadas, ao luar.

— Vai ser tão divertido — disse Evander. — Os meus convidados vão ser os mais interessantes dessa festa. *Todo mundo* vai querer saber onde eu te encontrei.

— Na verdade, eu preferiria passar... despercebido.

Os olhos de Evander se iluminaram.

— Aaaaah, você quer manter o *mistério*. Gostei!

— Claro.

— Você sempre foi tão misterioso — disse Evander, em um suspiro. — Eu senti muito a sua falta na última viagem, e não posso deixar de perguntar se você também sentiu saudades de mim.

Naquela época, Anton colecionava amigos como Evander colecionava roupas. Era fácil fazer amigos como ele, e era igualmente fácil esquecê-los. Evander o adorara do mesmo jeito que uma criança adorava seu brinquedo favorito e, quando ele quis algo mais do que apenas amizade, Anton não fez nenhuma objeção.

Mas a verdade era que, por mais que gostasse da atenção e da companhia de Evander, não sentira a menor falta do garoto. Na verdade, mal pensara nele.

Agora Evander o olhava com olhos arregalados com um ligeiro rubor no rosto, esperando que Anton lhe respondesse com palavras bonitas para combinar com seu rosto bonito.

— Adorei o tempo que passamos juntos em Tálassa — disse Anton, o que era bem próximo da verdade. Por mais egoísta e egocêntrico que Evander fosse, também era *bondoso*, e isso era uma coisa com a qual Anton nunca se acostumava. — E estou feliz por termos esse tempo juntos agora.

— Eu também — disse Evander, satisfeito. Ele ajeitou o lenço no pescoço de Anton. — Sabe de uma coisa? Fiquei preocupado quando você apareceu aqui com outro cara. Achei que você talvez tivesse se esquecido completamente de mim.

Ele fechou os olhos e o beijou na boca; Anton se deixou ser beijado, respondendo à calidez e à suavidade que lhe eram familiares.

Então, de repente, Evander se afastou.

— Ah, Jude! — exclamou ele. — Viu só como esses sapatos são muito melhores? Agora você está parecendo um perfeito cavalheiro de Endarrion.

Anton olhou para o rosto pétreo de Jude diante deles. Já tinha visto o Guardião zangado antes — na verdade, ele *mesmo* irritara Jude algumas vezes. Em todas elas, o espadachim ficara com a mesma postura rígida e o cenho franzido. Mas Anton não sabia bem o que Jude estava sentindo naquele momento. Havia algo de vulnerável na sua expressão, uma vulnerabilidade que Anton vira pela última vez na despensa em Cerameico.

— Ah, vejam, nosso barco chegou — disse Evander, dando os braços para Anton e Jude e levando-os até o barco.

Os minutos seguintes constituíram provavelmente a meia hora mais constrangedora da vida de Anton.

Ele e Jude se sentaram um de cada lado de Evander, que ficou tagarelando sem parar, sem perceber nada de estranho, enquanto o barqueiro remava pelos canais. Jude permaneceu em silêncio, olhando para as margens que passavam. Anton pensou no sorriso tímido de Jude no início da noite e odiou a si mesmo por querer vê-lo de novo.

Então o barco fez uma curva e, diante do que viu, todos os pensamentos desapareceram da mente de Anton. Luzinhas brilhantes banhavam os Jardins Flutuantes de dourado. Plataformas carregadas de árvores floridas e plantas verdejantes cercavam um pavilhão circular com colunas delgadas envoltas em videiras e botões de flores de cores vibrantes.

O barqueiro os levou em direção a uma barcaça iluminada por dentro e repleta de flores coloridas. Os sons de música e vozes os alcançaram, e Anton percebeu que a barcaça era o destino.

Pararam em uma plataforma flutuante com uma fonte e um homem vestido de branco que os cumprimentou, entregando uma taça de vinho de magnólia para cada um. Evander subiu pela rampa que os levaria a bordo e, quando dois guardas o interpelaram, apenas disse seu nome e eles abriram caminho para os três passarem.

Entraram em um salão imenso e iluminado. Havia caixas de vidro por todos os lados, exibindo a coleção aos convidados. Anton sentiu o coração disparar ao olhar para Jude. A Espada do Pináculo devia estar em uma delas.

Jude retribuiu o olhar, parecendo mais nervoso do que a situação exigia. Anton abriu a boca para dizer alguma coisa, mas Jude lhe deu as costas.

— Vou dar uma olhada por aí.

Anton observou enquanto ele se afastava, desejando poder apagar a última hora. Mas tinham uma missão, e não importava o quão irritado Jude estivesse, Anton não podia perder o foco.

Evander ficou ao seu lado, conduzindo-o por entre a multidão.

— Ah, Anton, deixe que eu o apresente para a condessa e sua filha.

Aproximaram-se de duas mulheres elegantes, vestidas com trajes finos, que estavam conversando com outra mulher e seu marido. Anton entrou na conversa com facilidade, rindo nos momentos certos e soltando exclamações com uma pequena dose de admiração mal disfarçada que logo cativou todo o grupo.

— Evander, mas onde você o encontrou? — perguntou a condessa, já um pouco ébria por causa do vinho de magnólia.

— Como vocês bem sabem, um colecionador nunca conta seus segredos — disse Evander com uma piscadinha.

Os outros riram e, de repente, Anton teve a abertura perfeita.

— Ouvi falar muito sobre essa misteriosa colecionadora. Vocês sabem da coleção particular dela? Parece que ela mantém as melhores peças escondidas.

Era um blefe presumir que existia uma coleção particular. Os outros hesitaram por um momento e Anton se preocupou de ter exagerado e revelado seu jogo, mas a filha da condessa se aproximou e sussurrou:

— Ela guarda o mais interessante lá em cima, mas só alguns poucos sortudos são convidados para ver.

— Você mesmo tenta há anos ser convidado, não é, lorde Hallian? — comentou a condessa, dando uma cotovelada leve no homem ao seu lado. — Tentando se aproximar das pessoas certas.

Conversaram mais um pouco antes de Anton pedir licença para ir atrás de algo para comer, sabendo que já tinha obtido toda a informação que conseguiria. Ele abordou um dos garçons e começou uma conversa, flertando de forma cada vez mais descarada até que o garçom o convidou para um encontro mais tarde em um dos corredores de serviço que levavam ao deque superior.

Anton abriu um sorriso sedutor.

— Mal posso esperar.

Assim que o garçom se afastou, ele se envolveu em uma nova conversa com outros convidados, rindo e falando com facilidade enquanto passava os olhos pelo salão à procura de Jude, que não via desde que haviam chegado. O grupo de Anton começou a rir quando o filho do arquiduque terminou de contar uma história sobre os cisnes da mansão do irmão. Anton riu também e levantou o olhar, se deparando com Jude caminhando na sua direção.

A mulher ao lado de Anton tocou seu ombro, tentando chamar sua atenção, mas ele não desviou o olhar de Jude. O paletó verde-garrafa que Evander escolhera fazia com que seus olhos parecessem mais escuros e brilhantes.

Jude o alcançou e pareceu perceber, ao mesmo tempo que Anton, que todos os olhos estavam nele.

— Anton — disse ele com a voz um pouco tensa. — Eu preciso... falar com você.

— Você é um rapaz muito requisitado, não é? — perguntou o filho do arquiduque, com um brilho nos olhos.

Dando um sorriso de desculpas para os novos amigos, Anton colocou a taça vazia na bandeja de um garçom que passava.

— Está se divertindo? — perguntou Jude assim que chegaram a um dos cantos do salão.

— O quê?

— Você esqueceu por que viemos aqui? Temos que encontrar a Espada do Pináculo, não é para você ficar... flertando e...

Anton estreitou os olhos.

— Você resolveu ficar zangado comigo de novo? É por causa do que aconteceu com Evander no ancoradouro?

— Não — respondeu Jude. — É porque você está perdendo tempo conversando com algum lorde de Endarrion enquanto ainda não sabemos onde está a Espada do Pináculo, nem como...

— Ela está no deque superior — disse Anton.

— O quê?

— A Espada do Pináculo. Está no deque superior. E sei como podemos chegar lá. Olha, enquanto eu estava *perdendo tempo* e *flertando,* conversei com um dos garçons. Ele me disse que tem um corredor de serviço que dá no andar de cima.

Jude o encarou por um momento.

— Hum. Tudo bem. Talvez dê certo.

Anton passou os dedos pelo cadarço da manga do paletó de Jude e o puxou em direção à porta. Quando teve certeza de que ninguém estava olhando, escapuliram e seguiram para o corredor de serviço. O local não estava vazio, mas a forma como estavam vestidos e o caminhar confiante e rápido dos dois garantiram que não fossem incomodados, e eles saíram na parte externa que contornava o deque superior da embarcação. Dali, conseguiam ver as luzes cintilantes da festa, mas estavam afastados demais para ouvir os barulhos da comemoração. Parecia um local íntimo e isolado, com os lendários Jardins Flutuantes ao redor.

Aquilo fez Anton se lembrar do outro barco, quando estavam seguindo para Cerameico, e de como Jude lhe dera a mão.

Jude olhou em volta.

— Como nós a encontramos?

— O quê? Você nunca entrou escondido em um navio para roubar um artefato valioso? — perguntou Anton, seguindo na frente. — Quem diria.

— Nem todo mundo pode ser ladrão profissional — respondeu Jude com voz séria, mas com um sorriso nos lábios.

Anton sentiu um calor se espalhar pelo corpo, apesar do ar frio da noite, e uma onda de orgulho.

— Vamos procurar em todos os cômodos que conseguirmos — disse ele, voltando ao foco. — Se alguém perguntar o que estamos fazendo aqui, a gente diz que foi convidado para subir e se perdeu.

— E se houver guardas protegendo a Espada do Pináculo?

— Você luta com eles — sugeriu Anton.

— Podíamos dizer para a colecionadora que a espada é minha — respondeu Jude. — O que é verdade. Não gosto da ideia de pegá-la como um ladrão qualquer. Eu não devia ter que roubá-la, quando na verdade ela foi roubada de mim.

— Às vezes, Jude, nem tudo é como deveria ser — respondeu Anton, abrindo uma porta que levava a outro corredor.

Era um cômodo mal iluminado e recheado de molduras douradas e arandelas nas paredes. Esgueiraram-se por ali e Anton tentou a primeira porta, que se abriu, revelando uma cama grande elevada em uma plataforma e uma sacada que se abria para os jardins.

— Acho que não está aqui — disse Jude. — Vamos tentar outro quarto.

O cômodo seguinte era um escritório com prateleiras de livros e um astrolábio de bronze em cima da mesa. Procuraram em silêncio, parando de vez em quando para ver se ouviam passos ou vozes. Não havia nenhuma espada ali, nem no cômodo seguinte.

Quando Jude e Anton saíram de novo para o corredor, ouviram o som de vozes no deque externo.

— Esta é uma oportunidade de ouro — dizia uma voz masculina. — Poucas pessoas são convidadas para ver a coleção particular de lady Bellrose.

Anton e Jude trocaram um olhar apavorado. Fosse lá quem estivesse vindo, seria guiado diretamente para a Espada do Pináculo, mas eles precisavam lidar com problemas mais urgentes, como o que aconteceria caso fossem pegos ali bisbilhotando.

Quando as vozes se aproximaram, Anton tomou uma decisão rápida e abriu a porta do outro lado do corredor, puxando Jude pela frente da camisa. A porta se fechou com um clique suave que Anton esperava que passasse despercebido pelo grupo que se aproximava.

Mas, quando se virou, percebeu seu erro. Estavam cercados por três paredes de vidro que exibiam vasos brilhantes, tigelas e armas cerimoniais. Outros objetos, como pentes e joias, estavam expostos em pedestais de vários tamanhos. Os poucos móveis no aposento eram mais elegantes do que qualquer coisa que Anton tinha visto na casa de Evander.

Ao que tudo indicava, finalmente tinham encontrado a coleção particular. O que significava que as pessoas lá foram estavam prestes a entrar e descobrir a presença deles.

Anton olhou para o rosto assustado de Jude. Pensando rápido, empurrou Jude contra a parede e começou a descabelá-lo e a puxar os cadarços de seu paletó.

— O que você tá fazendo? — sibilou Jude em um tom quase histérico.

— Quieto! — Anton cobriu a boca dele com a mão. — Não diga nada.

Ele continuou bagunçando as roupas estilosas de Jude.

Os olhos verdes do rapaz, engolidos pela pupila dilatada e preta, encontraram os de Anton.

Sem desviar o olhar, Anton afastou as mãos e as levou até a nuca de Jude, deixando o polegar pousar bem abaixo do maxilar, onde o pulso dele estava disparado. Ouviu quando Jude ofegou e sentiu o hálito quente em seu rosto quando a porta foi aberta.

— Ah... Ah, minha nossa — disse uma voz.

Anton se virou com um sorriso tímido.

— Ai, que vergonha — disse ele com uma risadinha. — Nós só queríamos um pouco de privacidade! Achamos que era um quarto de hóspedes.

O homem na porta olhou de Anton para Jude. Anton seguiu o olhar.

Jude estava totalmente desarrumado, exatamente como planejara. O rubor em seu rosto ajudava ainda mais a história.

— Este não é um quarto de hóspedes — disse o homem. — Como vocês chegaram aqui?

— Já estamos saindo — disse Anton, pegando o pulso de Jude e puxando-o para fora do aposento.

O homem colocou o braço na porta, impedindo-os de passar.

— Não. Vocês serão levados lá para baixo.

Com a outra mão, ele fez um sinal para dois guardas logo atrás. Anton e Jude seguiram sem dizer nada, acompanhados pelos seguranças.

Então um dos guardas parou abruptamente e olhou para Jude.

— Você talvez queira... — Ele se interrompeu, olhando para as roupas desalinhadas de Jude, que ajeitou rapidamente os cadarços do paletó com mãos trêmulas, sem olhar para Anton.

Enquanto os guardas os acompanhavam de volta para o salão de festas, Anton deu uma olhada na direção de Jude, tentando ver se seria correspondido, mas Jude estava com o olhar fixo à frente. Eles desceram as escadas e chegaram ao salão, onde os guardas os deixaram.

— Não vi a Espada do Pináculo lá dentro. Você viu? — perguntou Anton.

— Não — respondeu Jude, monossilábico e sem encará-lo.

Na verdade, ele estava olhando para o chão, o rosto ainda vermelho e a respiração ofegante.

— Olhe, me desculpe pelo que aconteceu lá em cima — disse Anton, coçando a nuca. — Sei que não é uma coisa que você... Sei que você não...

— Tudo bem — respondeu Jude de forma brusca. — Foi... inteligente.

— É só que... — disse Anton, dando um passo em direção a ele. — Você parece zangado.

— Anton. — Finalmente Jude o encarou, e ele quase se encolheu diante da intensidade do olhar. — Por favor, não vamos mais falar sobre isso.

Anton percebeu o quanto aquele pedido fora difícil de fazer, mas ainda assim ficou parado, compreendendo de uma vez o que Jude não conseguia dizer. O modo como o tratara depois de vê-lo beijando Evander, o jeito como havia reagido ao estratagema, e agora aquela tensão e constrangimento levavam Anton a apenas uma conclusão.

Jude o desejava.

Não era um pensamento totalmente inédito. Ele já tinha sentido isso antes, talvez desde a Primavera Oculta, lá em Pallas Athos, reprimido sob diversas camadas de controle e negação. Mas agora o desejo de Jude pairava sobre eles de um jeito diferente, e Anton conseguiu ver como aquilo deixava o espadachim tenso. Foi tomado de repente por uma vontade imensa de ajudar Jude a *relaxar*, de passar as mãos pelos ombros fortes dele e sentir toda a tensão se esvair.

Deu um passo em direção a ele, sem saber ao certo o que ia fazer em seguida.

Então uma voz familiar abortou o movimento.

— E *onde* foi que vocês dois andaram a noite toda? — perguntou Evander, surgindo por entre a multidão e se aproximando deles. Dois criados uniformizados o acompanhavam.

— Nós...

— Houve...

Os dois se calaram e ficaram em um silêncio constrangido. Evander olhou de um para o outro, mas nenhum voltou a falar.

— Bom, tenho certeza de que podem resolver qualquer coisa mais tarde — disse Evander. — Temos uma coisa mais importante para fazer agora.

— O quê? — perguntou Anton.

— A colecionadora nos convocou para visitar o escritório particular dela — disse Evander. — Ela quer falar com vocês.

23

BERU

Behezda. A cidade da misericórdia.

Aninhada em um desfiladeiro cortado por um antigo rio e repleta de passagens estreitas e gargantas ocultas, Behezda era exatamente como Beru tinha imaginado. A maioria das construções era entalhada na própria rocha vermelha, amontoada ao longo do rio e subindo pela encosta do desfiladeiro. A leste, o grande Portão Rubro da Piedade estava de sentinela com as ruínas do que já fora a antiga Behezda se abrindo diante dos seus pés.

Beru e Hector seguiram caminho até o desfiladeiro, separando-se da caravana nos portões da cidade.

— Vocês vão encontrar o templo das Filhas da Misericórdia lá em cima — disse Orit, apontando para além dos limites da cidade. — Que Behezda tenha misericórdia de vocês.

A caravana se afastou, e Beru observou Hector, cujo olhar estava fixo na encosta do desfiladeiro, onde o Templo da Misericórdia se erguia acima da cidade.

— Você não precisa fazer isso — disse ela em voz baixa.

Era a primeira vez que mencionava o plano de Hector de acabar com a própria vida desde que ele o revelara. Tentara tirar a ideia da cabeça dele naquela noite mesmo, quando discutiram até o amanhecer.

— Existe outro caminho — continuou ela.

— Nenhum de nós dois deveria estar vivo — disse ele, meneando a cabeça.

— Mas nós *estamos*.

— Você estava pronta para morrer em Medea. O que mudou?

— Você nunca quis consertar as coisas? Não há nada que queira corrigir? — perguntou ela. — Você me contou sobre a Ordem da Última Luz, sobre o amigo que deixou para trás. Não quer ao menos lhe pedir perdão?

Hector contraiu os lábios em uma linha fina, e Beru sentiu uma pontada de culpa vindo dele.

— Eu estou corrigindo as coisas.

— Não está, não. Você está desistindo. Está fugindo.

Ele se virou e começou a se afastar dela.

— Você não me conhece.

Mas a raiva que surgiu dentro dela — sem dúvida a raiva que Hector sentia — lhe disse que havia acertado em cheio. Beru correu atrás dele.

— Você traiu a única pessoa que te amou, e agora tem medo de enfrentar o mundo sozinho — disse ela. Outra fisgada de raiva, quente e intensa. — Não quer enfrentar as pessoas que magoou. Pode acreditar quando digo que entendo como se sente. Mas essa não é a solução.

Hector parou.

— Você acha que pode resolver tudo ao me salvar. O mundo não funciona assim. Às vezes as coisas se quebram e não há nada a ser feito.

— Eu não acredito nisso — disse Beru.

Ela estendeu a mão e seus dedos roçaram o ombro dele, que se afastou do toque.

— Não.

Uma pontada de medo. Ficou imaginando o que ele sentia emanando dela — frustração, tristeza, hesitação.

— Você não veio até aqui só para acabar com a sua vida. Alguma parte de você sabe que estou certa. Temos que pelo menos tentar, Hector. Nós dois. Não vou conseguir sem você.

Ele estremeceu, mas daquela vez não se afastou quando ela pousou a mão no seu ombro. Tocar Hector sempre parecia aumentar a conexão que tinham. Sentiu tudo que ele emanava — uma mistura potente de medo, tristeza e pavor. E, por sua vez, emanou tudo que sentia também, para que ele a entendesse.

Ele se afastou, ofegante.

— E se as Filhas da Misericórdia não puderem nos ajudar? — perguntou ele. — E se não quiserem nos ajudar?

— Procuramos outra forma.

Ele se virou, escondendo a expressão no rosto.

— Sabe, quando te contei o que eu estava planejando, achei mesmo que você fosse encontrar uma forma de me convencer a desistir.

— E aí? — perguntou ela.

Ele meneou a cabeça.

— E aí que eu estava certo. Venha, vamos logo.

Beru sentiu um frio nervoso na barriga à medida que subiam o estreito caminho do desfiladeiro que os levaria até o Templo da Misericórdia. Sentiu a cabeça leve e teve a sensação de que talvez fosse desmaiar. Então parou e se encostou um pouco à encosta do desfiladeiro.

Hector parou diante dela, o rosto sombrio.

— Está chegando perto do fim, não é?

Beru fechou os olhos, ofegante.

— Sim, mas vou conseguir chegar.

Um instante depois, ela o sentiu ao seu lado, apoiando-a. Abriu os olhos, surpresa, e permitiu que Hector a ajudasse até chegarem à entrada da caverna. Entalhada nas rochas vermelhas estava a fachada do templo. Diante deles, havia duas grandes portas gravadas com linhas curvas e complexas e símbolos antigos.

— Queremos falar com as Filhas da Misericórdia — disse Beru em voz alta e clara.

Nada aconteceu.

Beru pigarreou e escolheu as palavras seguintes com cuidado.

— Sou Beru de Medea. Por favor.

Com um som de terra sendo triturada, a pedra começou a se mexer. Uma lufada de vento frio soprou pela areia em direção a eles. Beru e Hector ergueram as mãos para se protegerem do vento.

Por fim, o vento parou. Parecia que o nome dela, ou o da sua aldeia, lhe garantira acesso. Aquilo, por si só, já a deixou apreensiva.

As Filhas da Misericórdia já sabiam quem ela era. Mas sabiam *o que* ela era?

Engolindo o próprio medo, Beru entrou no templo. Havia diversos patamares esculpidos nos paredões de pedra. Parecia um estádio capaz de abrigar mais de mil pessoas, mas havia apenas doze observando Beru e Hector quando entraram.

As Filhas da Misericórdia. Estavam vestidas de branco e usavam lenços na cabeça. Cada uma tinha tatuagens muito mais complexas e detalhadas do que Beru jamais vira nos curandeiros de Cárites e Tel Amot — linhas firmes e curvas parecidas com os símbolos que tinham visto na porta.

Os olhos delas seguiram Beru e Hector porta adentro e no caminho até a plataforma no fim do desfiladeiro, sobre a qual havia três Filhas da Misericórdia.

— Filhas da Misericórdia — disse Beru, ajoelhando-se diante da plataforma. — Solicitamos humildemente uma audiência.

— *Medea* — disse a mais próxima de Beru. Ela parecia ligeiramente mais jovem que as outras. — Já ouvi falar desse lugar.

Beru engoliu em seco.

— As Filhas da Misericórdia viram o que aconteceu lá. A corrupção que vimos foi... asquerosa. Procuramos sua origem por muitos anos.

— Então não precisam mais procurar — declarou Hector. — Vim contar a vocês o que aconteceu em Medea.

O olhar da Filha pousou em Hector.

— E quem é você?

— Sou Hector Navarro. De Cárites. Eu sou... fui um Paladino da Ordem da Última Luz.

— A Ordem da Última Luz — disse a Filha, com desdém. — Aqueles servos devotos que se escondem do resto do mundo. Se você é parte dessa Ordem, o que o traz até aqui?

— Eu saí.

— Perjuro — sibilaram várias Filhas.

— Não olhamos com bondade para aqueles que quebram seus votos — avisou a Filha mais jovem.

Hector as ignorou e continuou:

— Eu vim aqui dizer a vocês que o mundo está em perigo. Existem necromantes à solta. Não apenas um, mas dois...

— É impossível — disse a Filha.

— Ele está dizendo a verdade — respondeu Beru com a voz trêmula. — E posso provar.

Beru desenrolou o lenço, sentindo-se estranhamente exposta ao levantar o braço e mostrar a marca da mão.

Um burburinho tomou o templo.

— Eu morri em Medea, mas fui trazida de volta. Só que... só que isso não foi permanente. — Beru sentiu dificuldade de contar tudo. — Então essa necromante tirou mais vidas para me manter viva. Incluindo... a dele.

Hector olhou para Beru, e ela assentiu. Ele tirou o lenço do pescoço e puxou a camisa, revelando a marca preta da mão nas costas.

A Filha estendeu as mãos e seus dedos ossudos roçaram a marca.

— Precisamos de ajuda — disse Beru. — O *esha* dele está conectado ao meu de alguma forma, porque foi usado para me curar. Mas, se eu puder devolver a ele, então... talvez isso possa salvá-lo, não é? Vocês podem restaurar o *esha* dele. Podem consertar isso.

— As Filhas da Misericórdia se alegram por vocês terem encontrado o caminho até aqui — disse a Filha mais jovem.

— Então vocês podem nos ajudar?

— Podemos ajudá-los a chegar ao lugar em que deveriam estar.

Hector e Beru trocaram um olhar.

— O que... o que isso significa?

— Os poderes da Graça do Sangue nos foram concedidos por meio de um sacrifício — respondeu ela. — Sacrifício e misericórdia. Esse é o nosso legado. E, por sua vez, esse é o *nosso* presente para o mundo. Misericórdia.

Beru foi tomada por uma onda de alívio. Finalmente poderia expiar seus erros. A Filha inclinou a cabeça.

— Venham conosco.

Elas os guiaram pelo desfiladeiro até entrarem em uma estreita fenda que se ramificava do abismo principal. Arcadas entalhadas na rocha e cobertas com tecido transparente se alinhavam pela passagem. A Filha que seguia na frente parou em um dos arcos e puxou a cortina.

— Por favor — disse ela. — Pedimos que partilhem da nossa hospitalidade.

Hector e Beru entraram, hesitantes. O aposento era quente, iluminado por uma luz suave que entrava por uma pequena abertura na rocha acima. Almofadas violeta e creme estavam colocadas em volta de uma mesa baixa.

Hector e Beru ficaram parados ali, olhando em volta, até outra Filha chegar carregando uma bandeja cheia de figos, azeitonas e compotas. Mais uma apareceu com uma segunda bandeja de iguarias e uma terceira com uma jarra e copos.

Todos se acomodaram nas almofadas e, ao dar a primeira mordida no figo, Beru percebeu que estava faminta. Uma das Filhas lhe serviu a bebida na jarra e ela bebeu com vontade.

Esta talvez seja a minha última refeição, pensou, e de repente os figos doces viraram cinzas na sua boca. Ela soubera por muito tempo que a morte viria buscá-la, mas, de alguma forma, o fim nunca havia lhe parecido tão próximo quanto agora. Parte dela desejava se lembrar de como tinha sido a primeira vez. Ela se sentia metade sombra, esperando a escuridão devorá-la.

Ergueu o olhar e viu que Hector a encarava. Ele colocou o copo na mesa e estendeu a mão para ela, tocando seu ombro.

— Podemos ir embora — disse ele com suavidade, mas com olhar intenso. — Você não precisa fazer isso.

Foi o que ela dissera a ele na entrada da cidade. Por que ele estava hesitando agora?

Beru baixou o olhar. Mesmo depois de todo aquele tempo, ainda queria continuar viva.

A mão de Hector ainda estava pousada em seu ombro, e Beru sentiu um frio na barriga sob o olhar caloroso dele. Por um instante, quis dizer sim. Que iria embora com ele. Que encontrariam outra forma — outra forma de viver, outra forma de expiar os próprios erros.

Mas não havia outra forma.

A Filha que os levara até o aposento apareceu novamente pela cortina.

— Vocês precisam de mais tempo?

— Não — respondeu Beru, levantando-se para evitar o olhar de Hector. — Estamos prontos.

A Filha assentiu, satisfeita, e os levou de volta à câmara principal do templo. Havia centenas de outras Filhas ali agora, enchendo as plataformas ao longo da parede do desfiladeiro. Beru sentiu uma pontada de medo quando a Filha os levou ao centro de um púlpito. Não sabia o que aconteceria com ela ou com Hector — ou talvez com os dois.

— Esperamos que tenham aproveitado a nossa hospitalidade — disse a Filha nos fundos do aposento. — E que vocês dois tenham aproveitado seus últimos momentos.

Hector ficou tenso ao lado de Beru. As Filhas da Misericórdia mais próximas pareceram chegar ainda mais perto, avançando.

— O que você quer dizer com "últimos momentos"? — perguntou Hector, ao mesmo tempo em que Beru estava pensando: *O que querem dizer com "vocês dois"?*

A Filha continuou:

— Vocês são ressurgidos, são coisas mortas que nunca deveriam ter voltado para a terra dos vivos.

Elas formaram um círculo fechado em torno de Beru e Hector, prendendo-os no meio como se esperassem que eles fossem fugir.

— O que estão fazendo? — perguntou Beru, olhando para as expressões vazias das Filhas da Misericórdia. — Vocês disseram que iam nos ajudar.

— Eu disse que ia ajudá-los a voltar para o lugar em que deveriam estar. E vocês não pertencem a este lugar. Vocês pertencem ao deserto.

24

JUDE

Jude sentiu um aperto no estômago. A colecionadora queria falar com eles. Pessoalmente. Só conseguia pensar em um motivo para isso: de alguma forma ela havia descoberto que queriam roubar a Espada do Pináculo.

Olhou direto para Evander.

— Você. O que foi que você contou para ela?

— Nada! — Evander franziu a testa. — *Tem* alguma coisa para contar?

Claro. Evander não sabia quem eles eram de verdade, nem por que estavam ali. Mas não havia outra explicação.

— Jude, vamos ver o que ela quer — sugeriu Anton.

Jude evitou olhar para ele. Não tinham muita escolha, a não ser que quisessem ir embora e perder qualquer esperança de recuperar a Espada.

Evander chamou um dos criados.

— Leve-nos até lady Bellrose.

O criado assentiu e os guiou até a porta do outro lado do salão, abrindo-a e fazendo um gesto para entrarem.

Evander passou o braço pelo de Jude e o segurou.

— Com licença um momento — disse ele, deixando a porta se fechar com Anton do outro lado. — Não sei o que acabou de acontecer entre vocês dois — disse Evander, olhando nos olhos de Jude. — Mas posso dar um conselho?

Jude não sabia que tipo de conselho um fidalgote mimado e egocêntrico poderia ter para um membro da Guarda Paladina, mas sabia que não ia gostar.

— Não tenha muitas esperanças com ele.

Jude se assustou, imaginando por um breve instante que Evander talvez soubesse quem Anton era, conhecesse a profecia e o papel deles naquela história.

Mas Evander continuou:

— Ele tem uma tendência a colecionar admiradores, e dar corda para todos. Anton vai fazer com que você sinta que é a pessoa de que ele mais gosta no mundo e, no instante seguinte, terá seguido adiante.

— Eu *não* sou um admirador — disse Jude, sentindo o rosto corar.

Mas a lembrança do corpo de Anton contra o dele, encaixando em cada ângulo e em cada curva, enfraqueceu seu argumento. Ainda sentia o peso da mão firme do garoto em sua nuca. E ainda estava meio tonto com a súbita percepção de que poderia ter facilmente se inclinado e pressionado os lábios de Anton nos dele, e de como havia desejado ardentemente fazer aquilo.

— Não é o que parece — retrucou Evander. — Sei que nos viu no ancoradouro mais cedo. Você não gostou quando beijei o Anton.

Porque Anton era o Profeta. Porque flertar com fidalgotes era indigno. Apesar de tudo, porém, a cena que Jude testemunhara lhe veio à cabeça. Evander puxando Anton para si, ao lado do rio iluminado pelo luar. O polegar acariciando o maxilar de Anton, descendo até a garganta, onde a veia pulsava.

Jude cerrou os punhos.

— Ele pode fazer o que quiser. Não faz diferença para mim.

Evander riu.

— Não se engane... Não é que eu esteja com ciúme. Só estou lhe dando um aviso amigável. — Ele empurrou a porta. — Venha. Lady Bellrose nos aguarda.

Jude o seguiu, desviando o olhar da expressão interrogativa no rosto de Anton enquanto seguiam o criado pelo corredor. Sentia-se um grande tolo, exatamente como Evander achava que ele era. Não, um tolo maior ainda. Porque mesmo reconhecendo muito bem a dor que sentia, mesmo admitindo para si mesmo, não havia nada que pudesse fazer.

Anton não era a primeira pessoa que Jude havia desejado daquela forma. Mas com Hector tinha sido diferente... Por mais que Jude o amasse e o desejasse, sempre soubera que esse desejo não daria em nada. Então, se contentava em conseguir o que pudesse — Hector ao seu lado, mas nada além disso.

Entretanto, Anton não seguia as mesmas regras. Anton tentava se aproximar, era descuidado com seu toque, suas provocações, de um jeito que parecia extremamente perigoso para Jude.

Ele tinha acusado Anton de se esquecer do que tinham ido fazer ali, mas era Jude quem estava distraído agora. Esforçou-se para se concentrar no criado que os levava pelas escadas até um corredor que terminava em uma única porta.

Aos pés da escada, Anton parou de repente e cambaleou, apoiando-se na parede.

— O que foi? — perguntou Jude.

Anton estava olhando para a porta com uma expressão irreconhecível no rosto. Não era bem medo, mas algo próximo disso, e por baixo havia um tipo de resignação cansada.

O criado abriu a porta e deu um sorriso plácido.

— Bem-vindos. Lady Bellrose os aguarda.

O aposento era surpreendentemente comum, uma sala de estar com decoração bem simples: um sofá de um lado, poltronas do outro, e uma mesa no meio, com doces e vinho.

A coisa mais elegante no aposento era a mulher acomodada em uma das poltronas. Estava com um vestido de um tom profundo de púrpura, bem no estilo de Endarrion, bordado com um padrão complexo de estrelas prateadas. As joias de pedras vermelhas que adornavam seu pescoço eram tão escuras que pareciam pretas, a não ser quando a luz as iluminava, como aconteceu quando se levantou para cumprimentá-los.

— Lady Bellrose — disse Evander, fazendo uma mesura assim que passou pela porta.

Jude não sabia bem se deveria fazer o mesmo, mas copiou o movimento de Evander. Anton, porém, não se mexeu.

— Estamos honrados por ter nos convidado aqui — declarou Evander.

Ela dispensou o criado com um balançar de dedos e ele saiu, fechando a porta atrás de si.

Evander se sentou no sofá mais próximo de lady Bellrose. Jude se sentou ao lado, deixando um espaço entre eles para Anton, que não se moveu e permaneceu perto da porta, olhando para lady Bellrose com uma expressão severa e calculista.

— Seu amigo é bem tímido — comentou ela, servindo quatro taças de um vinho tão escuro quanto suas joias.

Jude nunca vira ninguém descrever Anton como *tímido*, e aquela ideia era totalmente absurda.

— Ele nunca esteve diante de alguém tão importante quanto você, lady Bellrose. Venha se sentar, Anton — disse Evander, como se o rapaz fosse um bichinho de estimação que lhe devia obediência.

Jude se irritou, mas permaneceu em silêncio enquanto Anton se sentava entre eles, mantendo o olhar fixo na mulher.

— Bem melhor — disse ela. — Bom, acho que podem imaginar por que os chamei aqui.

O olhar penetrante passou de Anton a Jude, que se sentiu de volta ao seu julgamento, com todos os segredos expostos.

— Jude Weatherbourne — disse ela. — Eu estava esperando por você. Por vocês dois, na verdade.

Jude sentiu a pele formigar. Não havia contado seu nome completo para Evander. E, se ela o conhecia, era bem provável que também conhecesse a identidade de Anton.

— Quem é você? — perguntou ele.

Foi Anton quem respondeu:

— Ela é uma caçadora de recompensas.

Tanto Evander quanto Jude o encararam, chocados.

— Você a conhece? — perguntou Jude.

— Ela é uma colecionadora — disse Evander. — Anton, o que você...

— Eu sou muitas coisas — respondeu lady Bellrose, sorrindo. — Todas elas são verdade. Mas nenhuma é a verdade completa.

Jude estreitou os olhos. Se era uma caçadora de recompensas, podia estar trabalhando para qualquer um. Podia estar trabalhando para as Testemunhas.

— O que você quer? — perguntou Anton.

Ela abriu um breve sorriso, como se aquela fosse uma velha piada entre amigos.

— Acho que a melhor pergunta aqui é o que vocês querem.

Anton ficou em um silêncio nervoso.

— Queremos a Espada do Pináculo — declarou Jude.

Naquele ponto, parecia fazer mais sentido ser objetivo.

— Ah — disse ela com um ar sábio. — Eu bem que desconfiava.

— Ela pertence a mim.

— Aquela espada foi dada ao Guardião da Palavra pelo Profeta Pallas — respondeu ela.

— Guardião da... — Evander nem conseguiu completar a frase, de tanta indignação. — Do que ela está falando?

— Você sabia? — perguntou Anton abruptamente. — Quando veio me avisar sobre meu irmão em Pallas Athos, você sabia por que ele estava me procurando? Você sabia o que eu... quem eu sou?

— Sabia — respondeu ela, calmamente. — Isso te surpreende?

Jude lançou um olhar penetrante para Anton. Ela estava dizendo que sabia que ele era o Profeta?

— Você podia ter me contado.

— Você não estava pronto para ouvir.

— Eu não estava pronto para nada — retrucou Anton, antes de calar a boca, como se as próprias palavras o tivessem surpreendido.

— Talvez não.

— Onde está a Espada do Pináculo? — perguntou Jude, engolindo a preocupação. Quanto mais tempo passava ali com lady Bellrose, mais preocupado ficava.

— A sua Graça — disse ela. — Ela o abandonou, não foi?

Jude se recostou, surpreso. Como ela podia saber daquilo?

— A Espada do Pináculo não vai restaurá-la — disse a mulher. — O problema está dentro de você, Jude. Seu coração está confuso.

O olhar de Jude pousou em Anton antes que ele pudesse se impedir.

Lady Bellrose se levantou da poltrona e atravessou a sala com passos fluidos até um armário. Destrancou, abriu a porta e pegou algo lá dentro com as duas mãos.

Quando se virou, Jude se levantou com um salto.

Ela segurava a Espada do Pináculo. A bainha, de obsidiana cravejada de prata, brilhava sob a luz fraca.

Lady Bellrose traçou a estrela de sete pontas entalhada no cabo.

— Assim que a vi, eu soube exatamente o que estava diante de mim.

— Como? — perguntou Jude.

— Sei tudo sobre a Ordem da Última Luz. Mais do que qualquer um vivo.

— Não é possível.

— Você quer a sua arma de volta, Jude Weatherbourne?

Jude cerrou as mãos, lembrando-se do peso e do equilíbrio da espada e da potência que dava à sua Graça.

— O que você quer? — perguntou Anton, olhando para a mulher. — Seja lá o for, é seu. Em troca da Espada do Pináculo.

— Que mercenário — disse a mulher em tom de reprovação. — E se eu disser que a espada é um presente?

Anton e Jude trocaram um olhar cauteloso. Ao lado de Anton, Evander parecia totalmente perdido.

Lady Bellrose suspirou.

— Anton, quando foi que fiz qualquer coisa que não te ajudasse?

— Você contou para a Mão Pálida sobre mim. Isso não me ajudou muito.

— Não? — perguntou ela. — Como eu disse, a espada é um presente.

Ela a ofereceu para Jude, que estendeu a mão para pegá-la.

— Mas, é claro, tem uma coisa que você precisa fazer — disse ela, e Anton emitiu um som irritado. — A Espada do Pináculo é sua se você conseguir empunhá-la.

— Como assim? — perguntou Jude.

— A Espada vai saber se você é ou não o verdadeiro Guardião da Palavra.

O coração de Jude parecia prestes a saltar pela boca. Novamente, se sentiu de volta ao tribunal.

— Eu sou o herdeiro da linhagem Weatherbourne.

— Um direito de nascença não é o mesmo que um destino — disse ela. — Do que você precisa abrir mão para cumprir o seu destino?

Jude empunhou o cabo da espada e fechou os olhos, procurando forças para livrar o coração de desejos enganadores.

O silêncio na sala foi quebrado repentinamente por uma batida forte na porta.

— Lady Bellrose! Temos que sair do barco agora.

Jude, Anton e Evander se assustaram. No entanto, quando Jude olhou para lady Bellrose, ela não parecia nada surpresa.

— Ah, acho que seus amigos chegaram.

— Nossos amigos? — repetiu Jude.

— Os que os atacaram no forte — respondeu ela, como se fosse óbvio.

As Testemunhas.

Jude avançou para a mulher.

— Você disse a eles onde nos encontrar?

— Claro que não.

— Então... — Ele olhou para Evander.

O garoto arregalou os olhos e levantou as mãos.

— Eu não estou entendendo *nada* do que está acontecendo aqui.

— Precisamos ir. — Jude prendeu a Espada do Pináculo no cinto e foi até a porta. — Fique aqui. Vou ver se é seguro.

Então abriu a porta e saiu para o corredor. Conseguiu ouvir o caos lá embaixo, os convidados gritando e correndo pelo deque inferior. Ele fez um gesto para os outros o seguirem pelo corredor.

— Há botes salva-vidas a estibordo — disse lady Bellrose.

Jude assentiu.

— Então temos que correr para lá.

Ele seguiu pelo corredor e saiu para o deque onde havia uma fileira de barcos salva-vidas. Jude correu para o primeiro e se ajoelhou ao lado dele para desamarrá-lo. O som metálico de uma espada sendo desembainhada fez seu sangue gelar.

Ele se virou. Do outro lado do deque, a chama branca e brilhante de Fogo Divino iluminava a figura da Testemunha mascarada de Cerameico.

Ele deveria estar morto. Jude o vira cair.

— Entrem no barco — disse Jude para os outros, enquanto se levantava.

Anton agarrou a manga dele, puxando-o.

— Não vou te deixar.

Lady Bellrose terminara de desamarrar o bote e entrara nele com Evander. Os dois começaram a baixar o barco enquanto Jude olhava do bote para o rosto de Anton.

Sem parar para pensar, espalmou a mão no peito de Anton e o empurrou pela amurada do barco. Era uma queda pequena até o bote salva-vidas, onde Evander ajudou a aparar o tombo. Anton se levantou e olhou com raiva para o Guardião.

Jude se virou para enfrentar a Testemunha. Pegou o cabo da Espada do Pináculo e a puxou da bainha. Ela não se mexeu. Tentou de novo, agora nervoso, mas a espada continuou embainhada.

A Testemunha mascarada se aproximou mais.

— Saia da minha frente, Paladino.

— Você sabe que não vou fazer isso — respondeu Jude.

Ainda conseguia ouvir o som do bote descendo.

A Testemunha o atacou, golpeando seu ombro com a espada em chamas. Jude agarrou a bainha da Espada do Pináculo um pouco abaixo do cabo e bloqueou o ataque. Continuou aparando os golpes enquanto a Testemunha avançava.

Eles se afastaram e Jude deu um passo para trás. Arriscou um olhar para o bote salva-vidas e viu que já estava na água. A Testemunha disparou em direção à proa do navio e saltou sobre a longa viga de madeira perpendicular ao mastro. Jude correu atrás. A Testemunha se virou, brandindo a espada na direção da sua cabeça.

Jude se desviou e a Testemunha atacou de novo. Dessa vez, ele avançou, agarrou o cabo da espada de Fogo Divino com uma das mãos e acertou o outro cotovelo na garganta do atacante. A Testemunha caiu para trás, estendendo a mão para se segurar na rede de cordas, e sua máscara escorregou do rosto.

Sob a luz da chama da espada, Jude viu o rosto da Testemunha pela primeira vez. Cicatrizes brancas subiam pelo pescoço como videiras, avançando pelas bochechas e em volta dos olhos.

As cicatrizes se pareciam com as que Jude tinha no próprio corpo.

— Você foi queimado pelo Fogo Divino — disse ele, compreendendo de repente por que o estilo de luta daquele homem lhe era familiar. Ele deu um passo atrás, surpreso. — Você tem a Graça do Coração.

— Eu tinha — retrucou a Testemunha, levantando-se. — Eu arranquei aquela vil aflição do meu corpo com o fogo.

Jude foi tomado por choque e horror.

— Você queimou a sua Graça *por vontade própria*? — Ele olhou para a Testemunha e observou as cicatrizes. — Mas por quê?

— Para me purificar da corrupção — respondeu ele. — E para provar que sou o mais leal dos seguidores do Hierofante. Os outros podem ameaçar os Agraciados e incendiar os templos, mas eu fui o único que enfrentei a dor lancinante da chama do Fogo Divino. As chamas me destruíram e me refizeram. Ressurgi puro, novo e inteiro finalmente.

Jude controlou um tremor. Enquanto estava tentando desesperadamente encontrar uma forma de restaurar sua Graça, havia alguém que tinha buscado por livre e espontânea vontade a devastação pelo Fogo Divino. Não conseguia conceber uma coisa daquelas, e a mera ideia o enchia de tamanho nojo que sentia vontade de vomitar.

A Testemunha se recuperou e atacou Jude, forçando-o a retroceder até estar na beirada, olhando para as águas escuras lá embaixo. Cordas saíam do mastro e Jude agarrou uma delas enquanto a Testemunha avançava.

— Um dia, Paladino, espero que encontre a verdade — disse a Testemunha. — Que perceba que a Graça que tanto adora é uma aberração do mal, um símbolo de todos os seus pecados e dos pecados daqueles que você idolatra.

Ele ergueu a espada e Jude saltou da viga, ainda segurando a corda, que se incendiou enquanto ele se balançava sobre a água; o bote salva-vidas de lady Bellrose estava lá embaixo. A corda cedeu com o peso e se rompeu, fazendo-o cair no rio.

Jude foi envolvido pelas águas enquanto se debatia para emergir, desesperado. Sentiu a mão de alguém agarrá-lo pelo colarinho, depois mais alguém. Ele caiu em um canto do bote salva-vidas, ofegante. Acima, apareceu o rosto furioso de Anton.

— Ele podia ter te matado — disse ele.

Jude fechou os olhos.

— Você sabe o que eu sou. Sabe o que tenho que fazer.

Anton não respondeu.

No navio, tinham brincado de faz de conta. *Faz de conta que não somos o Profeta e o Guardião da Palavra; faz de conta que não nos importamos com o destino.* E tinha sido fácil — fácil demais — confundir a brincadeira com outra coisa.

Mas Jude percebeu que estava fazendo de conta havia muito mais tempo. Desde aquela primeira noite em Pallas Athos, com o rosto de Anton sombreado pela luz de velas naquele quartinho da taverna, fingindo que o garoto não tinha visto tudo que Jude tentava esconder. Desde a noite em Cerameico, antes do ataque, encurralando Anton contra as prateleiras e fingindo que ele era o motivo de sua fúria.

Mas Anton tinha provocado e provocado até que a fachada de Jude rachasse e ele não pudesse mais dizer a si mesmo que não sabia por que sua Graça não funcionava mais, por que a Espada do Pináculo não lhe permitia que a empunhasse. Seu coração estava confuso e Jude não podia mais fingir que aquilo não estava acontecendo.

25

EPHYRA

Ao nascer do sol, chegaram à parte do deserto que Numir chamava de salina. Os esquifes não deslizavam pelas salinas do mesmo modo que sobre a areia, então os deixaram para trás. Ephyra ficou quase grata por serem obrigados a continuar a pé — não queria ficar presa a Illya pelo resto do caminho até a tumba da Rainha Sacrificada. Preferia se enterrar na areia. Pelo menos, quando estavam caminhando, podia ficar a uns dez metros de distância dele.

Em vez do tom de dourado de areia com o qual Ephyra se acostumara, cristais brancos cobriam o chão até onde os olhos conseguiam ver. Brilhavam sob o sol, interrompidos apenas por bolsões de areia que quase os faziam parecer espuma das ondas do mar. Muito tempo atrás, toda aquela região era coberta por água. Aquilo era o que restara.

Ficava cada vez mais frustrada enquanto o sol se punha atrás deles. Estavam mais perto do Cálice de Eleazar — de uma cura para Beru — do que jamais estiveram. Ainda assim, nunca se sentiu tão distante. Os outros mantinham um fluxo constante de conversa. Um pouco à frente, Illya e Shara conversavam sobre algo evidentemente engraçado, considerando a forma como começaram a rir.

Ephyra cerrou os dentes e caminhou rapidamente até eles.

— E *aí* ele me disse que o verdadeiro tesouro eram os amigos...

Shara se interrompeu e olhou para Ephyra. Uma sombra de pânico passou pelo rosto dela e Ephyra congelou. Shara obviamente não tinha superado a discussão do dia anterior.

Illya levantou as sobrancelhas.

— Podemos ajudá-la?

— Preciso conversar com você — disse Ephyra para Shara.

Illya ficou para trás, permitindo que tivessem alguns metros de privacidade.

— Pode guardar o pedido de desculpas — começou Shara.

— Que pedido de desculpas?

Shara bufou de irritação, mas tinha algo mais no modo como não a olhava nos olhos, e Ephyra logo percebeu o que era: Shara estava com medo dela.

Em geral, aquilo não a preocupava. Na verdade, na maior parte das vezes, o medo era útil. Naquela situação, complicava as coisas. Shara permitiria que Ephyra ficasse com o Cálice, se temesse o que faria com ele?

Ephyra se preparou.

— Quando chegar o momento, quando chegarmos ao Cálice... Só quero saber se você não vai dar para trás.

— E por que eu faria isso? — perguntou Shara.

Ephyra sentiu um aperto de frustração no peito.

— Não sei. Talvez porque você ande dando muito ouvidos ao que aquela cobra tem para dizer.

— Illya não foi nada além de útil desde que o encontramos — argumentou Shara. — Não estou preocupada com ele.

— Mas está preocupada comigo.

A expressão de Shara confirmou as suspeitas.

— Ephyra, você estava completamente à vontade com a ideia de matar uma pessoa! Aquela... não era uma resposta normal para a situação.

— Você não entende. Esta é uma situação de *vida ou morte* para mim. Minha irmã está morrendo.

Shara estreitou os olhos.

— Só quero que saiba que... fui sincera com você desde o início. Nunca menti para você, mas você vive escondendo coisas de mim. Então me desculpe se não consigo confiar totalmente em você.

— Então por que está aqui? — perguntou Ephyra. — Já sei onde o Cálice está. Você não precisa mais me ajudar.

— Você acha que *encontrar* o Cálice é a parte difícil? — Shara riu. — Não precisa de mim, claro.

— Então me diga que, quando o encontrarmos, você vai deixá-lo comigo, como combinamos.

— E se eu não deixar? — perguntou Shara. — Você também vai resolver esse problema me matando?

Ela estava com o maxilar contraído de forma desafiadora, mas Ephyra viu a mesma sombra de medo. Não ia conseguir reconquistar a líder do bando.

Você não vai querer descobrir, pensou cruelmente.

O lago estava cheio de sangue.

Ephyra piscou e esfregou os olhos, cansada. Talvez o deserto estivesse começando a afetar sua cabeça. A paisagem do outro lado das salinas era diferente das dunas ondulantes que haviam cruzado para chegar até ali. Grandes pedras e formações rochosas bloqueavam o caminho. Havia até algumas plantas pontilhando o chão — coisinhas pequenas e robustas com galhos pontudos e folhas duras. Sob o luar, pareciam monstrinhos famintos.

Ainda estava olhando para o lago de sangue quando percebeu que todo mundo tinha diminuído o passo.

— O que é *aquilo*? — perguntou Shara, olhando para o lago à frente. — É uma miragem?

— Não, é real — respondeu Hadiza. — As pessoas de Behezda o chamam de Lago dos Mortos.

— Porque é literalmente cheio de gente morta?

— Não é sangue *de verdade* — disse Parthenia. — Creio que seja algum tipo de reação química, como água interagindo com o enxofre no leito do rio.

— É um bom sinal — continuou Hadiza. — Estamos perto do túmulo. Behezda fica a uns dez quilômetros naquela direção. — Ela apontou para o outro lado do lago, onde uma grande formação rochosa se erguia do chão. — O túmulo deve ser bem à frente.

Mesmo depois da explicação racional, a visão do lago era inquietante e, à medida que se aproximavam, Ephyra sentiu uma atração estranha por ele.

— Tem certeza de que não é amaldiçoado? — perguntou ela, nervosa.

Enquanto contornavam o lago, ela chegou mais perto, e, quando deu por si, estava com os dedos dos pés na beira da água, olhando para o próprio reflexo sob o luar. Estava mais suja e acabada do que imaginara. O cabelo estava emaranhado e coberto de areia. A fina cicatriz que Hector Navarro deixara em sua bochecha parecia partir seu rosto em dois.

— Estou vendo o túmulo — avisou Shara.

Ephyra se sobressaltou, deu as costas para o lago e a seguiu, semicerrando os olhos para um ponto distante. Conseguia ver uma forma escura à frente, erguendo-se da rocha. Uma base retangular de camadas de pedra apoiando uma colunata. Parecia uma mistura entre a arquitetura do templo em Susa e o estilo mais familiar das Seis Cidades Proféticas.

Ephyra sentiu novamente a atração e percebeu que não era o lago, mas sim o túmulo. O Cálice.

— Alguém deveria ficar aqui, com ele — disse Ephyra, apontando para Illya.

— Não podemos nos dar ao luxo de nos separar — respondeu Shara, tensa.

— Não sabemos o que nos aguarda no túmulo. Prefiro não arriscar. Então ou *você* fica aqui com ele, ou o deixamos aqui sozinho ou o levamos com a gente.

Ephyra respirou fundo. Logo teria o Cálice ao alcance das mãos. Ela se livraria de Illya. Acharia um cristalomante em Behezda que pudesse encontrar Beru para ela. E sua irmã finalmente ficaria curada.

— Está bem. Então vamos.

Cruzaram um pátio longo e pavimentado ladeado por colunas em ruínas e árvores retorcidas e sem folhas. Quanto mais se aproximavam do túmulo, maior ele parecia.

— Fiquem atentos — disse Shara quando chegaram aos degraus que levavam às portas de entrada. — Posso apostar que vamos encontrar algumas surpresas nada agradáveis. Fiquem juntos e alertas!

Eles subiram as escadas até a entrada do túmulo.

— Como a gente entra? — perguntou Numir, olhando para a porta sólida de pedra. — Tem alguma outra mensagem oculta em alguma língua antiga?

Parthenia analisou a porta.

— Não vejo nenhuma pista aqui.

— O que a mensagem dizia mesmo? — perguntou Illya, olhando para Ephyra.

— Oferecer sacrifício...

— ...não de sangue, mas de vida — disse Ephyra.

— O que isso significa? — perguntou Shara. — De *vida*?

— O espelho que nos levou até Susa foi feito de modo que apenas alguém com a Graça do Sangue pudesse usá-lo — disse Hadiza, devagar. — Então, faria sentido se aqui fosse a mesma coisa. E se por "vida" eles estiverem falando de *esha*?

Todos olharam para Ephyra, que ficou com a boca seca.

— Eu... não. Não consigo fazer isso.

Não queria ter de explicar que não sabia como pegar parte do *esha* de alguém sem tirar tudo. Que a única coisa que já fizera com sua Graça fora matar.

— Use o meu — disse Illya.

Shara o encarou como se ele tivesse perdido a razão, mas Illya a ignorou e enrolou a manga.

— Ela acabou de ameaçar matar você — disse Shara. — Não faz nem um dia.

Ephyra estreitou os olhos para Illya, desconfiada. Ele devia estar planejando alguma coisa, para se oferecer assim tão facilmente.

— Parece que ninguém mais está disposto a se oferecer — argumentou ele.

Tinha razão, claro. Illya era sua chance para entrar no túmulo e, mesmo que ele estivesse planejando algo horrível, Ephyra a aproveitaria.

As outras observaram enquanto Ephyra se aproximava e tocava o braço dele, um pouco acima do cotovelo. Sentiu o pulso disparado sob a pele.

Ephyra fechou os olhos. *Você consegue*, disse para si mesma. Parecia a voz de Beru na sua cabeça. Então levantou a outra mão e colocou a palma contra a porta do mausoléu. Respirou fundo e se concentrou no pulso de Illya, depois começou a procurar o fluxo do *esha* dele.

Como os curandeiros faziam aquilo? Quando pequena, ela puxava e impulsionava o *esha* puramente por instinto. Depois, quando trouxe Beru de volta à vida, estava tão tomada pela tristeza e pelo sofrimento que perdera o controle. E, como a Mão Pálida, ela só pegava o *esha* para matar, tomando-o por quaisquer meios necessários.

Ela era poderosa. Não era gentil.

Pensou em Beru, na vida dela acabando, caso fracassasse. Sentiu o pulso de Illya e tentou pegar o *esha* dele. Nada. Estava se concentrando demais, pensando demais para algo que já tinha feito dezenas de vezes sem pensar.

Um instante depois, sentiu a mão de Illya em seu pulso, guiando o toque dela ao próprio pescoço. Ephyra ofegou e abriu os olhos para encará-lo. Ele tinha uma expressão séria e retraída ao pressionar o polegar dela contra a artéria pulsante; a pele sob sua mão era quente. Ephyra sentiu um frio na espinha.

Respire, disse para si mesma, bloqueando tudo à sua volta até que a única coisa que conseguia ouvir era a respiração dele, o sangue correndo pelo corpo. Ela seguiu o som até chegar ao fio do *esha*. Atraiu-o com gentileza, como um pintinho subindo na sua mão. O rosto dele se retorceu de incômodo e ela soltou o *esha* às pressas. Mas ainda conseguia senti-lo, como água morna na ponta dos dedos. Ela respirou fundo e o tomou na mão, sem puxar, só o segurando ali, fazendo tudo por instinto, e então o guiou devagar até a outra mão que tocava a porta.

A passagem começou a se mover. Ephyra afastou rapidamente a mão de Illya e ficou boquiaberta diante da porta totalmente aberta.

— Eu...

Ela tinha conseguido. Não o matara. Nem o machucara. Illya a observava, a mão no pescoço, exatamente onde fora tocado.

— Vamos? — perguntou Shara, fazendo um gesto adiante.

Ephyra desviou o olhar de Illya e entrou primeiro. A porta se fechou assim que passaram. Não havia mais volta.

Shara bateu na sua luz incandescente até fazê-la brilhar, iluminando a antecâmara do túmulo. Os outros a imitaram e, com todas as luzes acesas, Ephyra viu que estavam em um enorme espaço cavernoso. Então deu um passo para a frente.

— Espere... — avisou Hadiza.

Uma cacofonia de cliques abafou o resto das palavras, e Ephyra se atirou ao chão antes de conseguir processar o que estava acontecendo.

Centenas de flechas dispararam da boca da câmara.

Ela ouviu um grito agudo de dor em algum lugar atrás e, um instante depois, as flechas cessaram. Ficou mais um tempo no chão, só para garantir.

— Sua *idiota!* — Era a voz de Numir, cheia de raiva, cortando o silêncio.

— De nada — disse Parthenia com dificuldade, sua voz demonstrando dor.

Ephyra se levantou e viu Shara ajudando Hadiza a se erguer. Atrás delas, Numir estava agachada ao lado de Parthenia, que havia caído no chão e segurava o braço contra o peito.

— Por que você fez isso? — perguntou Numir, com um toque de desespero na voz.

— Foi um reflexo — respondeu Parthenia.

Ephyra de repente entendeu a origem da raiva da garota. Parthenia a tirara do caminho das flechas e, como resultado, fora atingida.

— Não parece muito profundo — disse Numir, observado o ferimento no braço de Parthenia, que gemeu de dor. — Pare de frescura.

— Parece ruim o suficiente, talvez seja melhor você ficar aqui — disse Shara. — É perigoso demais.

— Eu fico com ela — disse Numir na mesma hora, ajudando Parthenia a se levantar.

— Não preciso de babá — retrucou Parthenia, irritada.

— Numir tem razão — disse Shara. — Fiquem em segurança.

Parthenia parecia prestes a protestar, mas um olhar firme de Numir foi o suficiente para calá-la.

— A gente vai seguir em frente — disse Ephyra, olhando para Illya, que encarava o túmulo com curiosidade. — Ele pode ir na frente para ver se tem mais alguma armadilha.

Illya fez uma careta.

— Na verdade... até que é um bom plano — disse Shara. Ela olhou para Illya e deu de ombros. — Sinto muito, mas tem que ser alguém. Eu sabia que no fim das contas você seria útil.

— Tudo bem — disse Illya. — Então me dê uma dessas.

Ele estendeu a mão e Hadiza lhe entregou a luz incandescente. Colocando-a diante de si, Illya começou a adentrar a câmara, mas depois parou, como se esperasse mais flechas. Nada aconteceu.

Ele foi guiando-as por uma passagem estreita que saía da primeira câmara e parou de novo ao fim dela.

— Sem saída? — perguntou Shara.

— Não. Tem uma escada para descermos — respondeu Illya.

Ele estava claramente apreensivo. Estar dentro de um túmulo já escuro era bem ruim, mas descer para o subterrâneo? Até Ephyra estremeceu.

Hesitante, ele pisou no primeiro degrau, depois em outro. Ephyra viu a luz de Illya desaparecendo lá embaixo.

— Parece não ter armadilha! — gritou ele.

Ephyra o seguiu, com as outras duas logo atrás. Os degraus eram tão estreitos que só permitiam uma pessoa por vez. Ela desceu bem atrás de Illya, pausando um pouco para ver se alguma coisa sairia das paredes para atacá-la, mas nada aconteceu. Shara e Hadiza a seguiram.

— Acho que é seguro — disse Shara, aliviada. — O que é um bom sinal, ou um sinal de que não há nada... — A frase morreu em um grito.

Ephyra cambaleou para trás e tateou com os pés em busca de apoio, mas a escada tinha se transformado — agora, era uma rampa lisa. Ela gritou ao cair de costas e escorregar em direção à escuridão.

Seguiu deslizando sem freio, até finalmente ser atirada em um chão de pedra. Ficou deitada ali por um tempo, enquanto a cabeça girava. Depois, se virou. Alguma coisa estalou sob seu corpo.

Um instante depois, ouviu um barulho oco e uma luz incandescente iluminou o aposento.

— Está todo mundo bem? — perguntou Hadiza.

Ephyra ouviu um gemido na voz de Shara.

— Acho que quebrei uma costela.

— Illya? — chamou Hadiza.

— Aqui. — Ele acendeu a luz dele também. Ephyra percebeu que a dela tinha se quebrado na queda.

— Se não encontrarmos uma saída, vamos morrer de fome aqui — disse Hadiza, de maneira direta. — Não dá para voltar por onde viemos.

Ephyra olhou para a passagem que tinha sido uma escada. Estavam pelo menos uns quinze metros abaixo do andar principal, sem nenhum meio para subir de volta.

— Vamos — disse Illya. Ele estava a alguns passos de distância, iluminando outra passagem com sua luz. — Acho que esse é o único caminho em frente.

Dessa vez, Ephyra deu bastante espaço para Illya antes de segui-lo. O máximo que as algemas permitiam. Ele parou uns trinta passos à frente. Quando Ephyra o alcançou, viu o motivo. A passagem acabava de forma abrupta, mergulhando em uma caverna profunda abaixo. Uma fina ponte de corda levava ao outro lado.

— Um de cada vez? — sugeriu Ephyra.

— Tenho certeza de que esta ponte tem mais de dez metros de comprimento — retrucou Illya. — A não ser que planeje me soltar, vamos ter que ir juntos.

A ponte balançava a cada passo de Illya. Ephyra esperou um pouco para segui-lo, segurando firme nas cordas.

— Acho que aguenta o nosso peso... — Ele parou de falar quando um pé afundou em uma das tábuas de madeira da ponte.

O coração de Ephyra disparou. Illya arregalou os olhos, em pânico, enquanto encarava o abismo sem fim lá em baixo.

Um segundo depois, ele pareceu se recompor e puxou o pé. Passou para a tábua seguinte.

— Tudo bem com vocês? — gritou Shara, pressionando a costela machucada.

— Tudo certo — respondeu Illya.

Ele esperou Ephyra chegar ao buraco na ponte.

— Aqui — disse ele, estendendo os braços para ela.

— Não preciso da sua ajuda.

Segurou-se nas cordas, deu um impulso para passar pelo buraco e pousou bem na frente dele. Estavam próximos demais para o gosto de Ephyra, mas ela não seria a primeira a recuar.

Ofegante e com os olhos fixos nela, Illya não se moveu por um momento também.

— Vamos logo — disse ela, e ele deu um passo para trás, meneou a cabeça e se virou para seguir caminho. Os olhos de Ephyra se cravaram nas costas dele enquanto terminavam de cruzar a ponte.

Shara os seguiu assim que chegaram em segurança do outro lado, prendendo a luz no cinto para se segurar nas cordas com as duas mãos. Ela avançou devagar, cerrando os dentes de dor.

Hadiza foi a última, seguindo hesitante pela ponte. Quando chegou ao pedaço quebrado, saltou. A ponte balançou quando ela caiu pesadamente na placa de madeira seguinte, e Ephyra sentiu o que ia acontecer antes mesmo que acontecesse.

A corda arrebentou.

A ponte despencou enquanto um grito agudo cortava o ar e Hadiza caía no profundo abismo.

— Hadiza! — gritou Shara, correndo para a beira do desfiladeiro, mas Ephyra a segurou pelo braço enquanto Hadiza desaparecia na escuridão. — Hadiza! — gritou ela de novo, usando a luz para tentar ver alguma coisa no abismo escuro.

Não houve resposta. Shara a chamou várias e várias vezes, com voz trêmula.

— Pare com isso — irritou-se Ephyra. — Ela se foi.

— Não pode ser — disse Shara, tentando controlar o choro. — Ela...

— Não podemos ficar aqui — disse Ephyra, se afastando do abismo.

Shara a encarou como se a estivesse vendo claramente pela primeira vez. Um silêncio frio se estendeu entre elas na ausência do eco dos gritos de Hadiza.

— Ah, então você quer simplesmente continuar? — sibilou Shara. — Você realmente não se importa com Hadiza nem com o que vai acontecer com as outras, não é?

— Todo mundo sabia no que estava se metendo — retrucou Ephyra. — Se você acha que não vale a pena, devia ter desistido há muito tempo.

— Você está certa, eu devia ter desistido mesmo. Essa foi uma péssima decisão, e só a tomei porque tenho o hábito de tomar péssimas decisões que, no fim das contas, sempre acabam dando certo. Ninguém morre. Mas, dessa vez, *você* está aqui.

— Não é culpa minha — disse Ephyra.

— Claro que *é*! Nada disso teria acontecido se você não estivesse procurando essa *porcaria* de Cálice. Hadiza ainda estaria aqui. E, se o seu pai não tivesse procurado também, Badis ainda estaria vivo. Você nos arrastou para isso e nos amaldiçoou.

Ephyra bufou.

— Se é isso que você acha, é melhor ficar aqui.

Na penumbra, Shara a fulminou com o olhar.

— Tudo bem. Pode seguir sem mim.

Elas ficaram se olhando por um longo tempo, piscando na escuridão, então Ephyra se virou e começou a andar. Logo depois, ouviu os passos de Illya a acompanhando.

Subiram por um caminho que contornava a caverna. Ephyra ouvia ruídos fracos lá embaixo, como passos de animais. Estremeceu, mantendo os olhos concentrados na luz na mão de Illya, um pouco mais à frente.

Um retumbar de rocha raspando em rocha ecoou, primeiro baixinho, mas então ficando cada vez mais alto. Ephyra olhou para cima por instinto e viu uma coluna desabando no caminho.

Deu um salto para a frente, rolando para se afastar do impacto quando a coluna se espatifou no chão, levantando uma nuvem de poeira.

Illya agarrou a mão dela para ajudá-la a se levantar.

— Precisamos ir, *agora*.

— O quê? — perguntou Ephyra, tentando soltar a mão. Ele a puxou com força pelo caminho. — *Solte* a minha...

Ouviu o retumbar de novo, e no mesmo instante parou de tentar se soltar de Illya. Em vez disso, ela o empurrou em frente e começou a correr atrás dele.

Outra coluna caiu atrás dos dois enquanto corriam o mais rápido que conseguiam. Adiante, a luz de Illya iluminou um cruzamento. Ephyra correu mais depressa; seus pés voavam, poucos passos atrás dele. Estavam quase no cruzamento quando Ephyra tropeçou em uma pedra e caiu com tudo no chão. O retumbar estava tão alto em seus ouvidos, que ela não conseguia pensar em mais nada a não ser *levante, levante, levante!*

Ela se ergueu e de repente foi envolvida por braços que a levantaram e a pressionaram contra a parede. Ephyra fechou os olhos ao ouvir o estrondo das colunas de pedra desabando. Depois de um momento, foram envolvidos pelo silêncio, pontuado pelo som de uma respiração ofegante.

A respiração, percebeu, não era a dela. E então Ephyra entendeu o que tinha acabado de acontecer. Illya a tinha salvado. O mesmo Illya que agora a pressionava contra a parede rochosa e seu corpo, com a cabeça apoiada no ombro dela.

Ele se afastou um pouco e, na escuridão, ela não conseguiu ver seu rosto. Ephyra não se mexeu, não o empurrou, apenas esperou. Ele se remexeu e baixou a cabeça; seu hálito tocou os lábios dela, que permaneceu imóvel.

Uma súbita percepção a acometeu: estava esperando que ele a beijasse. E, logo depois de se dar conta disso, percebeu outra coisa: apesar de tê-la salvado bem a tempo, ela ainda o odiava, tanto quanto o odiara em Pallas Athos.

— Acho que o caminho está seguro agora — disse ele, afastando-se.

Em um instante, Ephyra se recompôs. Estava ali por um só motivo: conseguir o Cálice. Ou Illya a ajudaria ou tentaria pegá-lo para si, e isso era tudo que ela precisava pensar em relação a ele.

— Então — disse Illya, indicando o cruzamento. — Para que lado vamos?

Ephyra parou diante da bifurcação que levava a duas rotas possíveis. O silêncio parecia cheio de sussurros, palavras que ela não conseguia discernir. Sentiu algo atraí-la. O Cálice.

— Esquerda — disse ela, seguindo na direção daquela atração. — Você primeiro.

Illya seguiu na frente, olhando para trás a cada um ou dois minutos. Aquilo a irritava e a deixava sobressaltada e ansiosa.

— Eu sei por que você me salvou — disse ela.

— Sabe, é? — Um sorriso brincava nos lábios dele.

— Você não me engana. Estava tentando conquistar Shara e as outras esse tempo todo, e talvez até tenha funcionado. — Ela o encarou, sua voz dura como aço: — Mas *nunca* vai funcionar comigo. Você me salvou para que eu pense "Ah, ele fez aquelas coisas horríveis, mas talvez no fundo seja uma pessoa legal. Afinal, ele me ajudou, não é?". E achou que eu talvez baixasse um pouco a guarda e ficasse menos cuidadosa. E quem sabe, com o tempo, você começasse a me conquistar. Continuaria sendo útil e charmoso, e eu passaria a acreditar que você realmente mudou, e talvez até a confiar em você.

Uma expressão inescrutável tomou o rosto dele. Será que estava chateado por ter sido descoberto? Será que estava planejando o próximo passo, agora que Ephyra desvendara aquele?

— Mas quero que você saiba que, não importa o que faça, não importa o quanto pareça ter mudado, nunca vou baixar a guarda. Nem um *milímetro*. Porque eu sei quem você é de verdade.

Ele engoliu em seco enquanto sombras e luzes dançavam em seu rosto.

— Tudo bem — disse ele com um sorriso de lado. — Você está certa. Você descobriu tudo. Achei que, se te salvasse, ia te conquistar, mas eu devia ter percebido que isso nunca funcionaria em alguém como você.

— Alguém como eu? — repetiu Ephyra, arrependendo-se imediatamente de perguntar. Ele estava tentando manipulá-la de novo.

— Você realmente não acredita em ninguém, não é?

Em uma pessoa. Ephyra só acreditava em uma pessoa, e tinha sido assim a vida toda.

— Você acredita? — perguntou ela.

Ele olhou para a escuridão.

— Eu acredito que as pessoas agem de maneira previsível. Acredito que elas fazem qualquer coisa para provar para si mesmas que são quem elas pensam que são.

— E quem você pensa que é? — perguntou Ephyra.

Ele sorriu. Um sorriso que pareceu letal no escuro.

— Ninguém que você queira conhecer.

Ephyra mordeu a parte interna da bochecha. Apesar de tudo, ela *queria* conhecer. Toda vez que conversavam, Illya a envolvia em mais um fio de uma teia emaranhada, e a desafiava a desembaraçá-la. E, por Tarseis, *estava funcionando*. Ela queria descobrir todas as mentiras dele, arrancar todas as camadas de falsidade e ver o que sobrava.

A luz de Illya de repente diminuiu e se apagou.

— O que houve? — perguntou Ephyra. — Por que você apagou a luz?

— Não apaguei — disse Illya.

Ela o ouviu batendo na luz, mas não enxergava nada.

Ephyra estendeu as mãos e passou os dedos contra a parede rochosa. Estava presa ali. Presa na escuridão, com apenas uma cobra como companhia.

26

BERU

Três Filhas da Misericórdia levaram Beru e Hector para o deserto. Eles caminharam de mãos amarradas sob a luz da lua crescente; o deserto desolado estendia-se em volta deles.

Uma onda de fúria enchia o coração de Beru.

— Vocês podem salvá-lo — implorou ela.

As Filhas a ignoraram e continuaram caminhando. A raiva de Beru foi crescendo e crescendo, e ela sabia que Hector também devia senti-la.

Ele estava em silêncio ao lado dela. Caminharam por horas, vendo o tempo passar apenas pela lua que subia lentamente no céu. O ar seco do deserto, tão quente à tarde, agora congelava seus ossos. Sentia o peso de cada uma das vidas que tomara, como se o espírito delas seguisse seus passos, esperando que a justiça que lhes fora negada fosse feita. Beru se sentia mais fraca a cada passo. A morte estendia as mãos para recebê-la.

Fechou os olhos.

— Ande — disse uma das Filhas, e Beru percebeu que tinha parado e estava cambaleando como se fosse desmaiar.

Eles continuaram. A paisagem do deserto mudou — os precipícios e os arbustos baixos que cercavam Behezda desapareceram. Ali havia apenas areia — o vazio e a desolação. Não existia nada vivo naquela terra.

A lua estava alta no céu quando finalmente pararam. Duas das Filhas os empurraram para a areia e prenderam seus tornozelos.

Quando terminaram, elas se levantaram e olharam para Beru e Hector.

— O deserto há de pegá-los — entoaram em uníssono. — E o deserto há de libertá-los.

Sem outra palavra, viraram-se e começaram a se afastar. Beru quase conseguia imaginar que o deserto se estendia até o infinito. Que ela e Hector eram as duas últimas pessoas no mundo.

O vento açoitava seus rostos, cobrindo-os de areia. Beru virou a cara para se proteger. Uma tempestade se aproximava. Conseguia ver as sombras iminentes no horizonte, como um grande monstro.

Quando olhou para Hector, ele estava se remexendo para se livrar das amarras.

— O que está fazendo? — perguntou ela, sentindo as palavras pesadas na boca.

Com os tornozelos livres, Hector foi soltá-la.

— Nós podemos dar o fora daqui.

Beru negou com a cabeça.

— Hector, eu não consigo. Estou fraca demais. Nem sei se consigo me levantar. Me deixe aqui. Você ainda pode conseguir encontrar uma forma de se curar.

O vento soprou em volta deles, tão alto que Beru não conseguiu ouvir o que Hector respondeu. Ele a olhou, ofegante. Antes que entendesse o que estava acontecendo, Hector se inclinou e a pegou nos braços.

— Eu te disse em Medea — falou ele suavemente, seu hálito quente no ouvido dela, e, como estavam tão próximos, Beru o ouviu claramente, apesar do vento. — Vou ficar com você. Até o fim.

Ela fechou os olhos. O vento soprava com força ao redor, como um vórtex, fustigando a pele deles sem misericórdia. O mundo inteiro estava em pedaços. Sentiu a respiração de Hector e as batidas do coração dele enquanto ia perdendo a consciência.

— Eu só queria te salvar — sussurrou ela. — Desculpe. Desculpe.

Ele a abraçou e não disse nada enquanto a tempestade os engolia.

27

ANTON

Jude não abrira a boca depois que se juntara a eles no bote salva-vidas. Alguma coisa o havia afetado profundamente durante a luta com a Testemunha mascarada, embora Anton soubesse que ele não havia se ferido.

Estavam a quilômetros de distância do centro da cidade quando o barco parou em um dos ancoradouros ao longo do canal.

— Pode sair — disse a Mulher Sem Nome.

Jude se levantou, mas ela meneou a cabeça e apontou para Evander.

— Só ele.

Evander se levantou, hesitante.

— Pegue aquele barco — disse a Mulher Sem Nome, apontando para uma embarcação vazia amarrada no ancoradouro. — Ele vai levar você de volta para casa.

— Não vou deixar Anton — declarou ele, com uma ferocidade que surpreendeu o Profeta.

— Você não tem nada a ver com isso — disse a Mulher Sem Nome. — É melhor ficar em segurança.

Sem aviso, Evander puxou Anton para um abraço apertado.

— Não quero que você se machuque.

Anton não soube o que dizer.

— Vou ficar bem — assegurou ele, dando tampinhas sem jeito nas costas de Evander.

Então, de repente, Evander se soltou de Anton e se atirou nos braços de Jude. Anton observou quando o espadachim arregalou os olhos, chocado com aquele abraço.

Quando se afastou, Evander disse:

— Cuide bem dele, está bem? Proteja-o. Custe o que custar.

Jude hesitou e depois assentiu discretamente. Evander saiu do barco.

— Anton — disse Jude, olhando para a Mulher Sem Nome. — Talvez seja melhor a gente sair também.

— Vocês podem sair — disse ela. — Mas aí não vão ouvir o que tenho a dizer.

Jude olhou para Anton, que entendeu que seu protetor estava lhe dando a escolha. Se confiasse na Mulher Sem Nome, então Jude também confiaria. Era uma fé surpreendente para se depositar nele, muito mais do que Anton estava disposto a depositar na Mulher Sem Nome.

Mas aquela era uma oferta rara da parte dela, a de oferecer respostas. Mesmo que fossem filtradas pela sua combinação usual de ambiguidade e enganação.

— Vamos ouvir — disse Anton, e Jude se sentou ao lado dele. — Mas você tem que nos contar *tudo*. Você sabe quem eu sou. Sabe quem Jude é. Se realmente quer nos ajudar, você precisa nos dizer quem você é.

— Tudo bem, então.

Eles se afastaram do ancoradouro e continuaram avançando pelo canal.

— Para onde está nos levando? — perguntou Jude.

— Para um lugar seguro.

Anton cruzou os braços.

— Comece a falar.

— Por que não jogamos uma partida por essa informação? — perguntou a Mulher Sem Nome. — Como na noite em que nos conhecemos.

Ela pegou um deque de cartas em um bolso de suas vestes. Era um baralho com detalhes dourados que brilhavam sob o luar.

— Estou falando sério — avisou Anton.

— E eu também.

A Mulher Sem Nome começou a dar as cartas.

Jude os observou cautelosamente.

— Você começa — disse ela.

Anton cerrou os dentes e pegou as cartas. Pela primeira vez, não queria jogar Cambarra. Comprou uma carta assim mesmo. Um cinco. Pegou outro cinco que já tinha na mão e colocou aquelas duas cartas no centro.

— Muito bom — comentou ela. — Agora você pode fazer a sua pergunta.

— Quem é você? De verdade.

— Você já ouviu falar dos Protetores da Rosa Perdida? — perguntou ela, comprando uma carta e colocando-a na mão.

— São um mito — disse Jude.

Mas Anton se deu conta que *tinha* ouvido falar deles. Na noite antes do ataque a Cerameico, quando sonhara com o Hierofante. Ele estava... torturando alguém. Alguém com ligações com a Rosa Perdida. Aquilo não fizera o menor sentido para Anton na hora, mas agora... não podia ser coincidência.

— A Rosa Perdida é muito real. E eu sou a líder — respondeu ela. — Anton, o que você sabe sobre a origem das Quatro Graças do Corpo?

Anton baixou um seis, um sete e um oito de cálices.

— Que os Profetas as deram para seguidores fiéis. Certo?

A Mulher Sem Nome sorriu.

— Certo. Mas como eles fizeram isso? Onde conseguiram esses grandes poderes?

— Eu... não sei — admitiu Anton.

A mulher olhou para Jude.

— As quatro fontes da Graça — disse Jude, cauteloso. — As Quatro Relíquias Sagradas.

— Isso. E a Rosa Perdida foi formada para manter as Relíquias em segurança. — Ela baixou quatro ases, recitando o naipe de cada um enquanto os jogava. — A coroa. A espada. O cálice. A pedra.

— O Cálice — repetiu Anton, com outro tremor de reconhecimento. — O Cálice de Eleazar?

— Sim — disse ela, botando os ases de lado. — Houve momentos em que o Protetorado não conseguiu fazer o que fomos destinados a fazer. Momentos em que uma das relíquias caiu nas mãos erradas. As Guerras Necromantes são o pior exemplo.

— Então onde elas estão agora?

A Mulher Sem Nome o encarou.

— Você está segurando uma nas mãos.

Anton e Jude olharam para a Espada do Pináculo. O motivo para terem ido até Endarrion. Jude segurou o cabo com força.

— Isso explica por que você queria a Espada do Pináculo — disse Anton. — Mas por que está nos contando isso?

Ela fez um gesto para as cartas. Anton bufou, irritado, pegou um oito de cálice e colocou na mão, descartando de forma aleatória um dez. Ela pegou o dez e descartou um seis.

— Você é o Último Profeta — disse ela. — Recebeu visões de destruição e ruínas. A queda das Cidades Proféticas.

— Eu achei que só a Ordem da Última Luz soubesse da profecia. De mim.

Talvez a Mulher Sem Nome já tivesse sido membro da Ordem... uma acólita que quebrara o juramento. Mas aquilo parecia improvável. Ela era muito egocêntrica para entrar na Ordem.

— A Ordem acredita que os Profetas confiaram seus segredos apenas a eles, mas não é bem verdade. Existem outros... alguns poucos a quem eles confiaram o segredo também. Uma questão de segurança.

— Para o caso de alguma coisa acontecer à Ordem? — perguntou Anton, fazendo uma jogada sem ela precisar pedir.

— Para o caso de a Ordem fracassar em encontrar você. Para o caso de interpretarem a profecia de forma equivocada.

Jude se irritou, mas nem ele poderia negar que *tinham*, sim, interpretado a profecia de forma errada... no início, pelo menos.

— Então, é você e quem mais? — perguntou Anton, jogando seus três oitos no centro.

Agora só tinha três cartas na mão. Ela ainda tinha seis. Mesmo assim, não se sentia ganhando.

— Eu e quem mais eu achar importante o suficiente para saber — respondeu ela.

— E as Relíquias... O que elas têm a ver com a profecia?

— Tudo. — Ela comprou mais uma carta e a descartou. — A Era da Escuridão existe por causa das Relíquias. Por causa do que os Profetas fizeram para criá-las.

Anton estava quase comprando uma carta quando congelou, olhando para ela.

— Você está me dizendo que os Profetas *provocaram* a Era da Escuridão?

— Algo do tipo.

— Não — interveio Jude. — Não é possível. Os Profetas eram *bons*. Eles foram agraciados com a Visão porque demonstraram sua mais pura virtude. Sabedoria, fé, justiça, beleza, caridade e misericórdia. O *esha* do mundo os agraciou com poder divino porque eles eram dignos.

— Você está certo, é claro — respondeu a Mulher Sem Nome. — Eles *foram* escolhidos pelo *esha* do mundo. Mas esse *esha* já teve um nome. Uma forma. Uma vontade. Outrora, ele foi um deus... Um deus que criou todos os outros seres. Mas ele não podia falar com suas criações. Sua voz era poderosa demais e suas palavras, potentes demais para os ouvidos mortais. Então ele escolheu os Sete para serem seus Profetas. Ele lhes deu a habilidade de ver o futuro para que pudessem comunicar seus desejos para o povo. Eles eram seus servos. A sua voz. E depois, seus traidores.

Anton ouviu Jude arfar e, quando olhou, o espadachim segurava as laterais do barco com força.

— Não havia nenhum deus — disse Jude em um tom severo. — Isso é só um mito no qual o povo na época dos Profetas acreditava, até que os Profetas mostraram a verdade.

A Mulher Sem Nome sorriu, olhando para as cartas.

— Os Profetas passaram dois milênios convencendo seus seguidores de que o deus de antigamente não passava de uma mentira. E fizeram um trabalho muito bem feito.

— O que aconteceu com o deus? — perguntou Anton, enquanto observava a expressão de Jude endurecer diante da traição. Ele terminou sua rodada, colocando um quatro na sua trinca de cálices.

— Eles o mataram — revelou ela, baixando seu jogo. — E não pararam por aí. Pegaram partes do Criador, dividiram o corpo divino e criaram as Quatro Relíquias Sagradas. O coração foi forjado na Espada do Pináculo, que concedia a Graça do Coração. O sangue se tornou o Cálice de Eleazar, concedendo a Graça do Sangue. O crânio foi transformado na Coroa de Herat, garantindo a Graça da Mente. E os olhos se tornaram a Pedra do Oráculo, transmitindo a Graça da Visão. Com essas Relíquias, eles proclamaram que governariam o mundo no lugar do deus, concedendo as Graças a quem considerassem merecedores.

— Nada disso é verdade — retrucou Jude, nervoso. — A Ordem da Última Luz...

— Você realmente acredita que os Profetas teriam contado toda a verdade para *a Ordem*? — perguntou a Mulher Sem Nome.

Anton viu a fúria e o conflito na expressão de Jude, a tensão nos ombros. Ele parecia prestes a agarrar Anton para saltarem do barco e se afastarem a nado.

— Você não pode ficar contando essas mentiras e esperar que acreditemos — disse Jude. — Pare o barco e nos deixe sair.

Anton olhou para a Mulher Sem Nome em busca de sinais de falsidade. Não confiava que ela contaria a verdade, mas, ao mesmo tempo, não conseguia ver motivos para que mentisse. Ele a conhecia o suficiente para saber que ela não trabalhava para as Testemunhas. E, diferente de Jude, Anton não tinha nenhuma aliança com a Ordem nem com a versão que contavam dos eventos.

Quando a Mulher Sem Nome não respondeu, Jude se levantou e foi até o outro lado do barco.

Anton voltou a atenção para ela.

— Você ainda não explicou o que as Relíquias têm a ver com a Era da Escuridão. Com a minha visão.

— Estou chegando lá — respondeu ela, comprando uma carta. — As Relíquias espalharam parte do *esha* do deus na forma das Graças. Espalhar um pouco do poder do deus era aceitável, mas deixá-lo correr livre no mundo era perigoso demais. Imprevisível demais. Então, secretamente, a Rosa Perdida escondeu o *esha* do deus, usando as únicas coisas poderosas o suficiente para fazer isso, as únicas coisas embebidas com o próprio poder do deus.

Ela baixou as cartas que ainda tinha na mão — um arauto de cada naipe —, e as colocou em volta do resto do deque.

— As Relíquias? — perguntou Anton.

— Sim — confirmou a Mulher Sem Nome. — Eles usaram as Relíquias e um pouco das próprias Graças, Coração, Mente, Sangue e Visão, para criar um selo que conseguisse conter o *esha* do deus. Mas, em algum momento, o Selo das Quatro Pétalas começou a se romper. Um pouco do *esha* do deus começou a vazar bem devagar, espalhando o medo, a doença e a corrupção. Se o selo se romper completamente...

— A Era da Escuridão chegará — concluiu Anton, sombrio, lembrando-se do pesadelo com o Hierofante. Sabia o que aquilo significava. — É isso que o Hierofante quer. É o que ele está tentando fazer. Ele quer quebrar o Selo das Quatro Pétalas de vez. — Ele olhou novamente para a Mulher Sem Nome. — Você sabia de tudo isso e esperou até *agora* para me contar?

— Você mesmo disse que não estava pronto — respondeu ela. As próprias palavras de Anton voltaram à sua mente. Não as que dissera no barco, mas as que dissera no seu sonho, em Cerameico. — Quando te conheci, você ainda estava fugindo de tudo que pudesse machucá-lo, dizendo para si mesmo que temia seu passado, não o seu destino. Tentei te ajudar e guiar, mas você não permitiu.

— Porque não confio em você — disse Anton. — Ainda não confio. Você pode estar mentindo, como Jude falou.

— Posso — concordou ela. — Mas você acha que estou dizendo a verdade, não acha?

Anton não conseguiu negar. O que ela dizia estava muito próximo do que ouvira e vira no sonho para ser mentira.

— O que devo fazer com essa informação? Como evitamos tudo isso?

— Você deve devolver as Quatro Relíquias para o lugar onde o deus foi morto, e usar a sua Graça para reparar o Selo das Quatro Pétalas. Só o Último Profeta pode fazer isso. *A peça final da nossa profecia revelada. Em visão de Graça e fogo. Para derrotar a Era da Escuridão.*

— *Ou destruir o mundo de todo* — concluiu Anton.

— Bom, precisamos nos esforçar para evitar essa possibilidade. Não vai ser fácil. E você não pediu por nada disso. — A voz soava quase triste. — Ainda assim, aqui está você.

— Eu sou o Profeta — respondeu Anton, lembrando-se das palavras que Jude lhe dissera. — Não tenho escolha.

28

HASSAN

Hassan entrou na Grande Biblioteca espumando de raiva.

— Onde está Arash? — exigiu saber.

Khepri o olhou do outro lado do aposento e se aproximou.

— Hassan...

— Onde ele está?

Khepri baixou os olhos.

— Ele está... no refeitório. Com os outros. Você está...

— Estou bem — respondeu ele de forma direta. — Mas aqueles civis não estão.

Ele atravessou o aposento a passos pesados, enquanto os outros rebeldes o observavam sem disfarçar, e saiu para o corredor. Conseguia ouvir as vozes vindas do refeitório e o som de uma risada suave. Seu sangue rugia de raiva ao apressar o passo.

Abriu a porta para o refeitório e olhou para os rebeldes reunidos ali. Arash estava a alguns passos dele, e o encarou friamente.

— Príncipe Hassan. Fico feliz que esteja bem.

Ele não parecia nem um pouco feliz.

— O que, em nome das Seis Cidades, aconteceu lá? — questionou Hassan, sem nem tentar manter o tom calmo. — Aquele não era o plano.

— Na verdade, era, sim — disse Arash em tom calmo. — Discursinhos são muito bons e tudo mais, mas a Asa do Escaravelho está mais interessada em ação do que em conversa fiada.

— Pessoas inocentes se feriram — disse Hassan, sentindo a raiva crescer. — Aquilo foi inaceitável.

— Aquelas pessoas não são inocentes — respondeu Arash. — Estavam celebrando a coroação da Usurpadora. Uma rainha falsa. Sua *tia*.

— Isso não significa que mereçam ser usadas dessa forma.

— Elas deveriam estar se revoltando — sibilou Arash. — Deveriam estar invadindo os portões do palácio, exigindo a morte da Usurpadora, mas não é isso que estão fazendo. E nunca farão. Sabe por quê? Porque não dão a mínima para nós. Elas não se importam com os Agraciados.

— E por que deveriam, depois disso? — perguntou Hassan. — Você acabou de mostrar a elas como são perigosos.

— Isso é ótimo — retrucou Arash. — Eu disse a você que não estamos lutando para sermos bons nem justos. Alguns de nós não podem se dar ao luxo de serem civilizados.

— Você vai virar toda a cidade contra nós. Está fazendo o trabalho das Testemunhas por eles.

— Você é ingênuo. Estou fazendo o que precisa ser feito. O que você se recusa a fazer.

— Não foi para isso que me juntei a vocês — retrucou Hassan.

— Então a porta da rua é serventia da casa. A saída fica por ali — disse Arash, erguendo o queixo de forma imperiosa.

Hassan fincou as unhas na palma das mãos.

— Não vou permitir que destruam esta cidade.

— As Testemunhas destruíram, não nós — respondeu Arash. — Se não consegue perceber isso, então começo a duvidar de que lado você realmente está.

Hassan sentiu como se tivesse levado um soco.

— As Testemunhas tiraram *tudo* de mim. Meu pai morreu por causa deles!

— E, se ele estivesse aqui agora, aposto que morreria de vergonha do filho covarde...

Hassan não pensou antes de erguer o punho e socá-lo. Arash cambaleou para trás e levou a mão ao rosto.

Hassan engoliu em seco e se arrependeu na mesma hora. Estendeu a mão para Arash, pronto para se desculpar. Foi quando o olhar de Arash ficou severo e ele partiu para o ataque. O soco no estômago derrubou o príncipe, que ficou encolhido no chão sem poder fazer nada para se defender do golpe que vinha em direção a seu rosto.

Antes que o soco pudesse atingi-lo, Khepri apareceu na sua frente e segurou o punho de Arash.

— Khepri — sussurrou Hassan, suspirando de alívio.

Ela se virou para encará-lo.

— Hassan. Acho... Acho que seria uma boa ideia você ir embora.

— Como é? — perguntou Hassan, sem entender.

— Você claramente não consegue trabalhar com Arash, e acho que continuar aqui...

— Você está ficando do lado *dele*? — perguntou Hassan, sem conseguir acreditar no que ela dizia, nem olhar para a expressão sofrida em seu rosto. — Depois de tudo que ele fez?

Ela desviou o olhar.

— Desculpe. Eu só...

Ele estreitou os olhos.

— Você *sabia*? Você sabia o que ele realmente planejava fazer?

Ela não olhou para ele.

— Você sabia, Khepri?

— Me desculpe — disse ela, em voz baixa.

Hassan não conseguiu falar. Tinha certeza de que Khepri sempre ficaria ao seu lado. Que sempre o escolheria.

Mas estava errado.

— Tudo bem — disse ele, empertigando-se. — Vou embora. Não quero fazer parte desta *rebelião*. Para mim, já *chega*.

Ele se virou e saiu mancando do salão. O silêncio de Khepri era ensurdecedor. Ela não o seguiu.

Quando Hassan chegou ao quarto, havia uma pessoa esperando por ele. Zareen.

— Aquilo foi resultado do seu trabalho — disse ele.

Ela se recostou na porta e cruzou os braços.

— Sim, foi.

— Você sabia o que eles iam fazer?

Ela o olhou como se dissesse que nenhum dos dois era idiota o suficiente para acreditar no contrário.

Hassan abriu a porta e entrou. Zareen o seguiu.

— Para você saber, o tumulto só deveria começar depois do seu discurso.

— Você acha que aquilo foi aceitável? — perguntou ele. — Acha certo o modo como Arash conduz as coisas?

— Mais do que certo — respondeu Zareen, os olhos brilhando de raiva. — Você não entende, não é? A questão não são só as Testemunhas. Esta cidade permitiu que as Testemunhas impusessem suas crenças sobre nós. Os seus supostos compatriotas não fizeram *nada*. A garota... — Ela respirou fundo. — A garota que eu amava foi capturada pelas Testemunhas logo depois do golpe. Eles a amarraram no meio da praça e a surraram. Disseram que era a punição pelo uso da Graça, que ela *merecia* aquilo por... simplesmente *curar* as pessoas. E os cidadãos na praça ficaram apenas olhando. As pessoas que ela arriscava a vida para curar, as pessoas que estariam *mortas* sem ela, só... *assistiram*.

— Sinto muito — disse Hassan, nauseado. — Eu não sabia.

Os olhos de Zareen estavam marejados. Ela os enxugou com raiva.

— Então, não. Não me importo nem um pouco com aquela gente no desfile. Não me importo se elas se feriram por minha causa. Eu *quero* que sofram. Quero queimar esta cidade inteira.

Hassan não soube o que dizer, então se concentrou em arrumar suas coisas. Quando terminou, seguiu para a porta, onde Zareen o observava, e parou.

— O que aconteceu com ela? — perguntou ele. — Com a garota que você amava?

Zareen desviou o olhar.

— Depois da surra, as Testemunhas a levaram. Fizeram experiências. Ela voltou para mim coberta de cicatrizes brancas, como se sua pele tivesse sido derretida e colada de novo. Não era mais a mesma. Sua Graça tinha desaparecido, assim como sua vontade de viver. Ela foi... definhando. Não havia nada que eu pudesse fazer. Um dia cheguei em casa e a encontrei na cama. Sem respirar. Os lábios manchados de prateado. Ela tinha ido à minha oficina e tomado uma garrafinha de mercúrio.

Hassan fechou os olhos, segurando a porta com tanta força que achou que poderia estilhaçá-la.

— Não consigo nem imaginar como foi passar por tudo isso. E entendo por que você não consegue perdoar as pessoas que não fizeram nada para impedir que isso acontecesse. Eu também não consigo. Mas feri-las não vai trazer sua garota de volta. Esta é a minha cidade, e cada um que mora aqui é minha responsabilidade. Incluindo essas pessoas. Incluindo você. Quero que a justiça seja feita, mas não dessa forma.

— Justiça? — perguntou Zareen. — E isso existe? Nunca vi.

— Não sei — respondeu Hassan. — Mas se não tentarmos, então do que adianta tudo que está fazendo? O que vem depois do ódio, Zareen?

Ela o olhou com os lábios retorcidos.

— Não sei. Acho que vou ter que te contar quando eu descobrir.

Ele assentiu e saiu do quarto, seguindo pelo corredor que levava para fora da Biblioteca. Parte dele queria encontrar Khepri ali, esperando por ele, pronta para voltar atrás no que disse e implorar que ficasse. Mas outra parte sabia que ela estava certa — ele não podia mais fazer parte daquilo.

Doía saber que Khepri ficaria ali com ou sem ele. Cortava seu coração que ela tivesse confiado em Arash e *mentido* para ele, e também que tivesse tomado parte em algo imperdoável. Mas, na verdade, ela nunca tinha se importado de mentir, de fazer algo inconcebível para atingir seus objetivos. Talvez Hassan fosse um tolo por ficar tão surpreso.

Chegou à passagem e se virou para dar uma última olhada em tudo — nas esferas armilares brilhando, nas pessoas exercendo suas funções sem saber de sua partida —, e então subiu sozinho pela passagem escura.

29

EPHYRA

Ephyra e Illya avançaram mais a fundo no túmulo. A escuridão era tão completa que Ephyra se sentia flutuando no vazio. Um sussurro soprou em seu ouvido e ela se virou para encontrar a origem, mas não havia nada. Apenas Illya ao seu lado.

Outro sussurro subiu como fumaça à sua volta. Ela estremeceu. Nenhum dos dois tinha falado pelo que pareciam ser horas — nem sabia por quanto tempo estavam naquele túmulo. Talvez já fosse manhã lá fora. Talvez fossem ficar presos lá embaixo por toda a eternidade.

Os sussurros ficaram mais altos, transformando-se em palavras.

— Mão Pálida. Ephyra. *Assassina*.

Ephyra contraiu o maxilar enquanto continuavam. Os sussurros a seguiam, chegando-lhe aos ouvidos, chamando por ela.

— Me desculpe — sussurrou alguém.

Mas não foi a mesma voz que vinha do túmulo. Foi *Illya*. Sobressaltada e um pouco perturbada, Ephyra esbarrou nele.

— Desculpe. Não sei por que sou assim. Tem alguma coisa... alguma coisa errada em mim. Sempre teve. Eu não consigo... Isso nunca passa... Me desculpa... — A voz dele, aguda e assustada, falhou.

Ephyra o segurou pelo braço e o virou de frente para si.

— Illya, não é real. Seja lá o que você está ouvindo, não é real.

— Por favor — disse ele. Estava tremendo. — Por favor, eu não quis machucar você. Não sei por que machuquei. Eu não...

— *Assassina* — disse alguém atrás dela. Ephyra se virou, levando a mão à adaga.

No manto da escuridão, conseguiu ver um rosto bem diante dela. Era familiar, uma pessoa que conhecera na infância.

— Você nos *matou* — disse outro sussurro.

Ephyra se virou e lá estava outro rosto, olhando-a com uma expressão acusadora.

Os sussurros ficaram cada vez mais altos, e então um grito trêmulo cortou a escuridão.

Ephyra conhecia aquele grito. Era Beru. Ela cambaleou na escuridão.

— Beru!

— Ephyra! — gritou a voz assustada da irmã.

— Beru, estou indo! — gritou Ephyra, dando um passo no abismo.

Ela tropeçou em alguma coisa e caiu de joelhos. Na escuridão, quase chegou a pensar que fosse continuar caindo e caindo, até suas mãos tocarem ao chão.

— Beru!

— É tudo culpa sua, Ephyra — disse a voz de Beru. — Culpa sua.

— Não, Beru...

— Por que você fez isso? — perguntou ela. — Por que matou todas aquelas pessoas? Você matou todo mundo, Ephyra. Você é um monstro.

— Beru, por favor. Me desculpe. Por favor.

— Você não está arrependida — disse Beru, enojada. — Você não sabe o que é se arrepender.

Ephyra abafou um soluço e baixou a cabeça. Beru estava certa. Não sentia o menor remorso. Era um monstro.

— Você me matou — disse outra voz. E Ephyra viu Hector assomando sobre ela. — Você matou toda minha família, depois me matou, e *ainda assim. Não. Se. Importa.*

Ephyra fechou os olhos e, atrapalhada, se levantou. Estendeu a mão para se segurar em alguma coisa. Seus dedos roçaram contra a rocha.

— Você é um monstro — disse Hector, e a voz de Beru se juntou à dele: — Quem poderia amar um monstro?

Ephyra ofegou e se jogou em cima de Hector, que desapareceu como fumaça, e de repente ela estava caindo, daquela vez sem ter onde se segurar. Um grito escapou da sua garganta enquanto ela desaparecia na escuridão.

Quando Ephyra acordou, não estava sozinha.

Olhava para um teto dourado. Uma luz bonita e âmbar iluminava o aposento e o cheiro de incenso a envolvia. Um rosto apareceu sobre ela, um rosto enrugado e murcho.

Ephyra se levantou, cambaleando para trás. Mãos seguraram seus ombros enquanto tentava se afastar. Havia diversas silhuetas à sua volta, como pessoas de luto em volta de uma pira. Mas pessoas de luto não carregavam foices.

— Quem são vocês? — perguntou Ephyra. Sua voz ecoou no cômodo.

— Somos as Filhas da Misericórdia — respondeu a mulher na sua frente. — E sabemos quem você é, Ephyra de Medea. Sabemos o que busca.

Ephyra arfou.

— Como assim?

— Seu pai veio até nós, muitos anos atrás. Ele também buscava o Cálice. Mas nós nos certificamos de que ele nunca o encontrasse.

Foram *elas*. Elas eram o motivo de ninguém sobreviver à busca pelo Cálice. Elas mataram Badis.

— Onde está o Cálice? — perguntou Ephyra.

— Está aqui — respondeu outra Filha. Ephyra se virou. Na mão da mulher havia um cálice de prata cravejado de joias. — Você nunca o terá. Não vamos permitir.

As outras se aproximaram, erguendo suas foices.

Ephyra se empertigou.

— Preciso salvar a minha irmã.

— A sua irmã — disse a Filha que segurava o Cálice. — Beru de Medea. Ela veio até nós.

— Beru? — perguntou Ephyra, sentindo um aperto no estômago.

— Ela pediu nossa ajuda.

Seu coração disparou no peito apertado.

— O que fizeram com ela?

— Fizemos o que você deveria ter feito. Nós a devolvemos para a terra.

O coração de Ephyra foi tomado de pavor. Aquilo não podia ser verdade. Era outro truque, como ouvir a voz da irmã no escuro.

— Você a transformou em algo vil. Algo profano. Ela veio até nós e corrigimos o mal que você colocou dentro dela. Permitimos que sua irmã completasse sua jornada neste mundo.

— Não.

— Nós a levamos para o deserto e a deixamos lá — disse a Filha. — O *esha* dela pertence às areias agora.

— *Não!*

Ephyra foi tomada por uma fúria cega e partiu para cima da Filha, tentando tomar o Cálice, mas outra veio em sua direção, brandindo a foice para acertar sua garganta. Ephyra se abaixou e escorregou para o chão. Alguém tentou agarrar seu braço e ela se viu cara a cara com a Filha enrugada, lutando com ela.

— Não queremos matar — disse a Filha. — Não é assim que fazemos as coisas, mas faremos o que for necessário para proteger os limites entre a vida e a morte, que você ultrapassou.

As outras Filhas avançaram com as foices brilhando na luz. Ephyra fechou os olhos e se concentrou no *esha* da sua captora. Ela respirou fundo e puxou. Um ofegar ecoou pelo ambiente e o braço que a segurava a soltou. A Filha se estatelou no chão.

Ephyra se levantou, os gritos de raiva e de angústia das Filhas abafados pelo sangue rugindo em seus ouvidos e o zumbido de poder do Cálice.

— Você perverteu o poder sagrado da Graça do Sangue, o poder que nos foi dado pela Rainha Sacrificada — sibilou uma das Filhas.

— Vocês a mataram — gritou Ephyra. — Vocês a tiraram de mim.

Ela se atirou sobre a Filha que segurava o Cálice. As outras a cercaram, puxando suas roupas e seu cabelo, mas Ephyra as ignorou como se fossem ruído branco e agarrou a Filha com as duas mãos. Puxou o *esha* dela como se descascasse uma laranja. A filha ficou inerte e o Cálice tombou no chão. Ephyra se atirou para pegá-lo, e as outras não foram rápidas o suficiente.

Suas mãos se fecharam na base do Cálice e os nós dos dedos arderam com a intensidade da pegada enquanto as Filhas tentavam afastá-la.

Ephyra fechou os olhos e se concentrou no Cálice. Elas haviam lhe tirado Beru. Haviam tirado toda sua esperança. E Ephyra queria que elas *pagassem*.

Ouviu o primeiro arfar atrás dela e abriu os olhos.

As Filhas da Misericórdia estavam de joelhos.

O Cálice estava quente em suas mãos. Então Ephyra percebeu o que estava acontecendo. O que ela estava fazendo.

Estava tomando o *esha* das Filhas da Misericórdia. O poder do Cálice permitia que fizesse aquilo sem precisar tocá-las, deixava que tirasse o *esha* de todas elas ao mesmo tempo.

As Filhas da Misericórdia tinham tomado a vida de Beru. E agora Ephyra tomaria a vida delas.

O *esha* das mulheres fluiu por Ephyra, como um rio passando por uma barragem quebrada. Ela fechou os olhos e se abriu. O *esha* a engoliu, envolvendo-a com uma luz branca. Sentiu a energia a preencher e estrondar pelo seu corpo até *doer*. Ofegando, ela soltou o *esha* e o deixou se dissipar.

A luz desapareceu e Ephyra ficou no túmulo escuro cercada pelos corpos das Filhas da Misericórdia.

O Cálice brilhava suavemente; seu poder era quase palpável nas mãos de Ephyra. Era dela agora.

Mas chegara tarde demais. Beru tinha voltado para a terra.

Ephyra caiu de joelhos e soltou um grito terrível.

30

JUDE

O bote salva-vidas deslizou suavemente para a câmara cavernosa. Estavam fora da cidade agora, depois de terem navegado pelos canais e virado em um estuário do rio de Endarrion. Colunas ladeavam a câmara e o luar passava pelo teto, lançando sombras pelas águas. Parecia algum tipo de ancoradouro interno, embora Jude nunca tivesse ouvido falar de uma coisa como aquela em Endarrion.

— Que lugar é este? — perguntou ele quando ancoraram.

Havia uma escada de cada lado que levava a passarelas ao longo da colunata.

— Um tipo de esconderijo — respondeu lady Bellrose, saindo da embarcação. — É onde eu moro quando estou em Endarrion. Estar na água permite que eu me mova pela cidade sem ser vista. E permite que os outros venham até mim.

Jude saiu do barco depois dela e estendeu a mão para ajudar Anton.

— Outros quem? — perguntou Anton, segurando-se em Jude.

— Outros membros da Rosa Perdida. Costumamos nos comunicar por correspondência codificada, mas algumas questões exigem uma visita.

Jude contraiu os lábios em desprezo. Ainda achava que aquela mulher estava mentindo sobre a Rosa Perdida. *Sabia* que não estava dizendo a verdade sobre os Profetas. Parte dele queria arrastar Anton para o barco e remar de volta para a casa de Evander ou para o Templo de Endarra, mas aquilo os colocaria em perigo, o que não era aceitável. E parecia que, embora Anton não confiasse na mulher, acreditava que ela não os machucaria, nem permitiria que alguém machucasse.

Ainda assim, Jude não gostava nada da situação enquanto a seguia pela passarela que levava até outra escada que, por sua vez, os direcionou para um corredor que ecoava seus passos, com um teto de vidro que mostrava o céu noturno. Ela os levou por portas duplas que se abriram para uma sala de estar com vista para o rio.

— Vou preparar os quartos para vocês — disse ela, se afastando.

— *Ela* vai preparar os quartos? — perguntou Anton. — Ela não tem criados?

— Como você a conheceu? — perguntou Jude.

Anton passou os dedos pela beirada de uma prateleira de livros.

— Nós nos conhecemos há alguns anos. Ela tentou me ensinar a usar a minha Graça. Não deu muito certo. Eu fugi, e ela me encontrou de novo em Pallas Athos.

— Você não confia nela. — Não era uma pergunta.

— Eu não confio em ninguém, Jude — respondeu Anton, cauteloso.

— Você confia em mim. — Também não era uma pergunta.

— Confio — confirmou Anton. — Acho que confio.

Jude se sentiu inseguro sob o olhar sombrio dele, e olhou para outro lado. Havia uma nova tensão no ar, e Jude não sabia se era por causa do que tinha acontecido no barco ou se era só coisa da sua cabeça.

Sentiu o peso da Espada do Pináculo no cinto e passou os dedos pelo cabo frio de metal. Era por isso que não conseguia desembainhá-la. Era por isso que sua Graça não lhe respondia mais.

A porta se abriu e lady Bellrose apareceu novamente.

— Vou acompanhá-los até seus aposentos. Vocês dois parecem estar precisando de um bom descanso.

Ela os levou por um corredor decorado com uma série de mapas que pareciam representar as Seis Cidades Proféticas nos últimos dois mil anos, assim como alguns territórios novogardianos e a Estepe de Inshuu. A mulher abriu uma porta ao fim do corredor.

— Este é o seu quarto — disse ela para Anton, que olhou para Jude. — Não se preocupe — disse lady Bellrose, achando graça. — Ele vai ficar no quarto ao lado.

Anton entrou no aposento, mas, em vez de levar Jude para o outro quarto, a mulher o puxou de volta para o corredor.

— Vamos conversar um pouco, Guardião.

A mão em seu braço pareceu estranhamente fria.

— Não tenho nada para conversar com você.

— Você não conseguiu desembainhar a Espada do Pináculo, não é?

Jude congelou.

— Você sabe o porquê.

— É exatamente como eu disse.

— Você disse que a espada saberia se eu sou o Guardião da Palavra. Então, isso significa que não sou.

Ela passou por um arco que levava a um pequeno escritório e se encostou na escrivaninha.

— Guardião da Palavra é só um título, não carrega nenhum poder. O poder está dentro de você.

— Minha Graça não funciona.

Era tarde demais para manter aquilo em segredo. Nas atuais conjunturas, ele estava desesperado.

— Não é a sua Graça, são suas ações. Suas intenções. Seu propósito, eu acho.

— Eu sei o meu propósito — disse Jude com mais veemência do que pretendia.

Sabia seu propósito desde os três anos de idade. Ainda assim, depois de todo aquele tempo, se deixara distrair. Deixara-se levar por pensamentos e sentimentos que o Guardião da Palavra não deveria ter.

— E se você estiver errado sobre qual é o seu propósito?

Jude levantou a cabeça e olhou para ela, sobressaltado.

— Preciso fazer uma pergunta — continuou ela. — Você já foi honesto consigo mesmo? Pelo menos uma vez?

— E você já foi honesta com ele? — rebateu Jude, o coração disparado.

— Eu fui, hoje. Acredite você ou não.

— O que você quer de mim? Quer a Espada do Pináculo de volta? Tudo bem, pode ficar. Não posso mais usá-la mesmo.

Ele a soltou do cinto e a entregou para Bellrose, que fechou a mão em volta do cabo.

— Esta espada só pode ser empunhada pelo Guardião da Palavra. O homem que a vendeu para mim estava desesperado para se livrar de uma arma tão inútil. Então, Jude, é isso que essa lâmina é para você? É isso que você é para a espada? Para ele? Inútil?

A vergonha tomou o seu peito, fazendo com que se sentisse sufocado. Anton estava certo. Jude fizera uma promessa que não tinha como cumprir. E quebrá-la destruiria aos dois.

— Você não me conhece. Não entende nada disso. — Mas seu coração gritou a verdade. — Eu vou lutar por ele. Não importa o que aconteça. Vou lutar por ele. Mesmo que eu perca.

Ela o encarou com expressão de pena.

— Se é isso que quer, Jude, é isso que vai ter. Mas talvez um dia você aprenda a *parar de lutar*.

Antes que ela pudesse dizer outra coisa, Jude fugiu.

Jude estava na sacada com vista para o rio. O céu estava um breu, e o único som era o do ondular das águas lá embaixo. Não sabia quanto tempo havia passado desde a conversa com lady Bellrose, só sabia que não conseguia tirar as palavras dela da cabeça. Dormir era uma possibilidade remota.

— Ainda acordado? — A voz de Anton soou nas suas costas e Jude se virou para vê-lo.

Quantas vezes tinham se encontrado daquele jeito? No meio da noite, com as defesas baixas, momentos em que a verdade lutava para chegar à superfície como os brotos no início da primavera.

Anton se aproximou, ainda pelas sombras, e Jude se sentiu...

Não sabia como se sentia. Não se mexeu, só observou enquanto Anton se sentava ao lado dele.

— Você está chateado — comentou Anton.

— Eu achei... — começou Jude. — Achei que seria simples. A minha vida toda, sempre soube qual era o meu destino. Tudo que eu queria era ser digno dele. E achei que, quando encontrasse você, eu saberia o que fazer, e, quando eu não soube, eu...

— Você desistiu — disse Anton em voz baixa.

Jude baixou o olhar.

— Eu te chamei de covarde naquela noite em Cerameico. Mas sou eu que estou fugindo esse tempo todo.

Cada uma das palavras cruéis que dissera contra Anton naquela noite, ele queria ter dito para si mesmo. Todas as coisas vergonhosas que não conseguia admitir. Não conseguia suportar a lembrança de que as descontara em Anton.

— Você está com medo, Jude. Isso não faz de você um covarde.

— E você não está com medo? — perguntou ele, antes de conseguir se controlar.

— Sempre.

— E você só... vive assim?

— Eu não sabia que existia outra opção — respondeu Anton, seco.

— O que eu quero dizer... — Jude esfregou a testa. — Os Profetas são a única coisa em que sempre acreditei. Minha fé é tudo que tenho. A única certeza da minha vida quando eu me sentia incerto em relação a todo o resto. E eu... eu... não sei como seguir em frente sem fé. Não sei como recuperá-la.

— Talvez você nem deva recuperá-la — disse Anton.

— Mas eu preciso. A minha Graça... Ela se foi porque eu não sei mais como ser quem eu deveria ser. Não consigo mais seguir o caminho de um Paladino. Eu nem consegui desembainhar a Espada do Pináculo. Ela sabe que não sou digno.

— Se você não é digno dela, Jude, então ninguém mais é.

Jude negou com a cabeça.

— Você não sabe. Você não sabe os pensamentos egoístas que eu... — Ele nem conseguia olhar para Anton. Não conseguia dizer mais nada. Fechou os olhos e ergueu o rosto para o céu. — Tudo que eu sempre quis foi servir à Ordem da Última Luz.

— Nós dois sabemos que isso não é verdade.

Todo mundo quer alguma coisa, Jude. Até você. Anton lhe dissera isso na noite em que se conheceram. Ele já sabia, mesmo naquela época.

Jude queria esconder o rosto. Não escondeu.

— Você vê demais — disse ele com a voz trêmula.

Era a coisa mais assustadora em relação a Anton. Mais assustador do que as brincadeiras provocantes ou o jeito como, mesmo sem sua Graça, Jude sempre parecia saber exatamente onde ele estava em um aposento.

Mais aterrorizante até do que o jeito como Anton o olhava agora, banhado pelo luar, com seus olhos escuros, límpidos.

— Eu vejo você, Jude.

Anton pousou a mão sobre a dele e passou o polegar por seu pulso. O peso e a calidez do gesto fizeram com que a situação parecesse mais íntima do que seus corpos pressionados na sala da coleção particular, no barco. Jude sabia que deveria se afastar, mas não conseguia ficar longe daquele garoto que não parava de atraí-lo para mais perto, perto o suficiente para que sentisse o cheiro de sua pele e ouvisse a batida gentil do coração em seu peito. Ele não conseguia.

Mas deveria.

O coração de Jude estava disparado. Sentiu-se tonto enquanto Anton se inclinava em sua direção, tocando suas costas. Ele fechou os olhos e os dois ficaram parados naquele momento, a um fôlego de distância, até que Anton pressionou os lábios contra os de Jude, e tudo ficou muito quieto.

O beijo durou apenas um piscar de olhos antes de Anton se afastar. O peito de Jude doeu com a ausência e, antes de saber o que estava fazendo, puxou Anton de volta, trazendo-o para mais perto, buscando os lábios e o calor dele. Beijá-lo era como enfiar a mão no fogo, querendo e não querendo se queimar. Era como mergulhar do alto de um farol sem a mínima esperança de um pouso seguro.

Como afundar no oceano, sabendo que com certeza ia se afogar.

31

ANTON

— Por favor — sussurrou Jude contra os lábios de Anton, que agarrou a camisa dele e o puxou para mais um beijo.

Jude se afastou.

— Não... não me ofereça isso. Por favor.

Anton abriu os olhos. Os olhos de Jude estavam sombrios, e ele tremia sob seu toque.

— Você tem tanto medo assim de ter o que quer? — perguntou Anton, observando o rosto dele.

— Você é o Profeta. — Nos lábios dele, aquilo era um refrão, um mantra, um *aviso*, e só naquele momento Anton percebeu o abismo que aquelas quatro palavras criavam entre eles. — E eu sou o Guardião da Palavra. Eu não deveria querer nada de você.

Anton o segurou.

— Mas você quer. Isso é tão ruim assim?

Jude segurou seu pulso, e Anton sentiu o latejar do próprio sangue quando ele o apertou com mais força. A sensação era de que estava lutando contra si mesmo.

— Isso significaria quebrar meu juramento. — Ele olhou nos olhos de Anton. — Significaria nunca mais recuperar a minha Graça. Por favor.

Nenhum dos dois se mexeu por um momento. Então, devagar, Anton afastou a mão.

— Está bem — disse ele, baixando o olhar. — Nunca mais vou fazer isso. Vamos voltar para como era antes.

Ele olhou para Jude com um sorriso certamente tão falso quanto se sentia. Não conhecia aquele sentimento vulnerável dentro de si, e não tinha certeza se queria sufocá-lo ou protegê-lo.

Observou Jude se levantar, as mãos cerradas ao lado do corpo, colocando uma distância entre eles e que Anton sabia que não iam cruzar de novo. Pensara que estava dando a Jude algo que ele queria, mas percebia agora como aquilo tudo era difícil para ele. E agora era Anton quem não conseguia esquecer o gosto de Jude, a calidez das suas mãos, a pressão suave do seu corpo. Não estava acostumado a desejar essas coisas, e só agora, depois que Jude se afastou, foi que percebeu o quanto queria.

— Anton — disse Jude, se remexendo e parecendo agitado. Mas ele parecia não saber o que dizer, nem Anton.

Então ficou ali sentado, olhando para o rio e ouvindo os passos de Jude enquanto ele voltava para dentro e fechava a porta.

Anton sonhou com o lago pela primeira vez desde Nazirah. Tudo no sonho estava igual — a neve, o céu cinzento, a água gelada e cortante —, só que, em vez de Illya acima dele, era Jude. Ele estendia as mãos para Anton, gritava seu nome, mas nenhum som saía.

O mundo virou de cabeça para baixo e de repente Jude estava caindo, se afogando, enquanto Anton estendia as mãos para ele, berrando seu nome até a garganta arder.

Acordou ofegante, com a mão procurando instintivamente por Jude ao seu lado.

Só que Jude não estava ali. Estava do outro lado da parede. Anton resistiu ao impulso de usar a sacada que unia os aposentos para ir até o quarto dele e lhe contar o sonho. Em vez disso, se esgueirou pelo corredor e seguiu na direção do escritório da Mulher Sem Nome. Viu uma luz dourada pela fresta aberta da porta e a empurrou.

— Você acordou cedo — comentou a Mulher Sem Nome assim que Anton entrou no aposento.

— Tive um sonho.

— Parece que foi ruim.

— Sempre são ruins. Mas não estou falando do sonho de agora. Tive um sonho algumas semanas atrás. Você estava nele.

Ela arqueou as sobrancelhas.

— Estou lisonjeada.

Ele entrou no escritório enquanto ela servia um copo de uma bebida alcoólica de um tom escuro de bronze.

— Você já sabia disso, não é? — perguntou Anton devagar. — Eu não estava sonhando com você. Você realmente *estava* no meu sonho. — Ele balançou a cabeça. — Como isso é possível?

Ela deslizou o copo pela mesa na direção dele.

— Com muita prática. Nem todo cristalomante consegue.

— Mas você consegue — disse Anton, se sentando do outro lado da mesa, em frente a ela. — Você viu o que estava acontecendo no meu sonho?

— Alguns fragmentos.

Será que ela tinha assistido à parte da visão que aparecera no sonho? Imaginou o que aconteceria caso se deitasse agora, dormisse e sonhasse de novo, se ela conseguiria entrar em sua mente e ver tudo. A destruição das Cidades Proféticas, aquela luz fria e destruidora, o corpo de Beru na torre destruída. Pelo menos daquela forma não teria que enfrentar tudo sozinho.

— Você estava tentando me contar alguma coisa — disse ele. — Era sobre as Relíquias?

Ela assentiu, servindo-se de outro copo.

— O Hierofante estava no sonho — disse Anton. — Estava procurando pelas Relíquias. E minha avó... estava lá também. Não sonho com ela há anos. Mas, naquele dia, eu tinha lido as últimas coisas que Vasili escreveu...

Ele fez uma pausa, tentando se lembrar das palavras. *A Pedra me chama. Sabe que foi roubada e quer me punir pelo pecado dos Sete.*

— A Relíquia da Visão — disse ele. — Estava com Vasili, não é?

A Mulher Sem Nome assentiu.

— Foi a Relíquia da Visão que o enlouqueceu. Ela o consumiu. Ele sabia sua origem e acreditava que poderia falar com o deus morto através dela. Superar os Profetas. De certa forma, funcionou.

— Como assim? — perguntou Anton.

— Não é óbvio? A profecia de Vasili foi a última que os Profetas viram acontecer. Vasili fracassou ao desafiar a profecia, mas eles desapareceram logo depois. E deixaram para trás uma última profecia.

— A Era da Escuridão — disse Anton.

A Mulher Sem Nome inclinou a cabeça.

— Acredito que o que Vasili viu com a Relíquia da Visão, independentemente de ele ter se comunicado com o deus ou não, tenha dado início a tudo. À última profecia. Ao desaparecimento dos Profetas. À Era da Escuridão.

— No sonho que tive esta noite, eu estava no lago outra vez, na casa da minha avó — Anton deixou escapar. — E havia alguma... alguma coisa me puxando para baixo. Alguma coisa no fundo do lago. Não era uma pessoa. Era mais como... uma força. Mais forte do que qualquer coisa que já senti. — Mais forte até do que Jude. — Parecia que cada fio do meu poder estava sendo atraído para o fundo.

Ele olhou nos olhos da Mulher Sem Nome, que já brilhavam com a compreensão do que ele tinha acabado de dizer.

— A Relíquia da Visão está lá, não está? — disse ele. — Quando Vasili morreu, deve ter passado para seu filho, que por sua vez deve ter feito o mesmo. E agora minha avó a tem.

— Eu suspeitava disso há muito tempo — disse a Mulher Sem Nome. — Anton, o que acha de voltar para casa?

O dia ainda estava nascendo no alto das montanhas quando Jude, Anton e a Mulher Sem Nome se reuniram no escritório dela. Anton explicou seu sonho para Jude, e como descobriram que a Relíquia da Visão estava em sua antiga casa.

— Precisamos encontrá-la — concluiu Anton.

Jude contraiu os lábios.

— Precisamos discutir isso com a Ordem da Última Luz antes de decidirmos qualquer coisa. Eles logo vão chegar.

— Não precisamos da Ordem — disse Anton com teimosia.

— Anton, eu não posso...

— Me proteger, eu sei. Não preciso que me proteja. Preciso que *confie* em mim.

— E eu confio — respondeu Jude com voz suave. — Mas isso não significa que não precisamos mais da Ordem.

Anton soltou um suspiro de frustração.

— Não vou conseguir te fazer mudar de ideia quanto a isso, não é?

Jude negou com a cabeça e se virou para a Mulher Sem Nome.

— Você pode mandar um mensageiro até o Templo de Endarra?

— Poder, eu *posso* — respondeu ela, olhando para Anton, demonstrando que só faria aquilo se ele concordasse.

Anton mordeu o lábio. O que um encontro com a Ordem significaria para Jude? Será que os Paladinos os separariam, colocariam Anton com o resto da Guarda e manteriam Jude longe dele?

Pensou tristemente em como Jude o rejeitara na noite anterior. Era isso que Jude *queria* que a Ordem fizesse?

Anton decidiu que não se importava. Já estava apegado demais a Jude, e seria melhor assim. Mas, mesmo enquanto o pensamento se formava na sua mente, não conseguiu acreditar.

— Mande a mensagem — disse Anton.

A Mulher Sem Nome se levantou para cumprir seu pedido, deixando Anton e Jude a sós no escritório.

Anton olhou para Jude, totalmente ciente de que aquela era a primeira vez que se viam desde que haviam se beijado. Jude parecia ter dormido ainda menos que ele. O cabelo escuro estava bagunçado; os olhos, vermelhos; e ele estava pálido. Anton sentiu um aperto no peito.

Jude o olhou de volta e parecia fazer esforço para falar:

— Por que você quer procurar a Relíquia?

— O sonho que tive com o Hierofante — começou Anton. Aquele não era um terreno muito seguro, mas era melhor do que qualquer outro assunto. — Ele estava procurando pela Relíquia. Mesmo que a Mulher Sem Nome esteja errada em relação ao deus, precisamos impedir que o Hierofante as encontre. E eu... eu vi o lago, no meu sonho. Acho que significa que tenho que voltar lá.

Anton não sabia o que esperava por ele, mas, quando partira, sua intenção havia sido nunca mais voltar. A casa da sua infância era o lugar dos seus pesadelos. Mas voltar era um ato de coragem. E Anton estava tentando ser corajoso.

— Você viu isso no seu sonho? — perguntou Jude.

Anton assentiu.

— Você está confiando na sua Graça.

Ele tinha razão. Seu sonho os levara até a Espada do Pináculo. E agora os levaria para a casa na qual Anton crescera. Era isso que a Ordem sempre quisera dele, mas Anton sentira medo demais.

Sabia o que tinha mudado, o porquê de conseguir confiar nas visões agora, quando antes não confiava. Era o mesmo motivo que o fazia considerar voltar para o pesadelo da sua infância.

— Se você acha que precisamos ir, é para lá que vamos — disse Jude. — Vou convencer a Guarda.

A Mulher Sem Nome reapareceu na porta.

— A mensagem está a caminho — disse ela. — Logo teremos uma resposta.

O dia parecia estar se arrastando. Anton vagou por todos os aposentos do esconderijo da Mulher Sem Nome, enquanto Jude se recolhera ao próprio quarto, até que Anton chegou à conclusão de que ele estava evitando sua presença.

Por fim, a Mulher Sem Nome os chamou de volta ao escritório.

— Parece que a Guarda Paladina já está aguardando por vocês no Templo de Endarra.

Com expressão séria, Jude assentiu e se levantou.

— Devemos ir ao encontro deles, então.

Ele se virou para sair e Anton fez o mesmo.

— Espere — disse ela quando chegaram à porta. — Você está se esquecendo de uma coisa.

Anton viu, surpreso, quando ela estendeu a Espada do Pináculo. Jude se virou, se aproximou dela e hesitou. Sua boca estava contraída em uma expressão que Anton não conseguia entender. Parecia raiva com uma pitada de confusão.

— Leve com você. A espada é sua.

Assentindo lentamente, Jude pegou a espada e a prendeu no cinto. Anton olhou para os dois, sem saber direito o que tinha acabado de acontecer entre eles. Mas Jude se virou e saiu do escritório sem dizer nada.

— Você não vem com a gente, não é? — disse Anton para Mulher Sem Nome.

Ele não estava se referindo apenas ao encontro com a Guarda Paladina.

Ela sorriu, um pouco triste.

— Não. Mas vou me certificar de que cheguem ao destino em segurança.

Anton não sabia bem por que se sentia decepcionado. Não confiava na Mulher Sem Nome e sabia que a Guarda também não confiaria. Acompanhá-los até Novogardia só complicaria as coisas.

Talvez fosse o fato de que ela parecia entender seu poder, e tudo que vinha com ele, melhor do que qualquer pessoa — inclusive ele próprio. Fora isso que o fizera fugir, logo que se conheceram, mas agora parecia um motivo para mantê-la por perto.

— Vamos nos ver de novo? — perguntou ele.

— Estamos ficando sentimentais, não é? — Ela suspirou. — Se tudo der certo, desconfio de que não.

— E se não der?

Ela deu um sorriso fraco.

— Nesse caso, teremos problemas bem maiores com que nos preocupar.

32

BERU

Beru acordou com o som suave de alguém cantarolando. Por um instante de delírio, achou que fosse a voz de Ephyra no seu ouvido, cantarolando uma música da infância. A primeira coisa que viu quando abriu os olhos foram folhas frondosas de tamareiras contra o céu azul. Ela se sentou devagar.

— Você acordou! — disse uma voz desconhecida e simpática.

Beru se virou e fez força para se levantar. Foi tomada por uma onda de tontura e quase caiu antes que mãos fortes a segurassem pelos braços.

— Não faça esforço — disse a voz. — Deixa eu te ajudar.

Beru se apoiou pesadamente no estranho, permitindo que a ajudasse a se sentar. Ofegante, ergueu o olhar.

Antes que tivesse a chance de falar, ouviu vários passos apressados e, de repente, foi empurrada. Beru cambaleou, mas conseguiu se equilibrar enquanto o som de metal soava ao redor.

— Afaste-se dela! — rugiu outra voz.

Aquela voz Beru reconhecia. Hector estava na sua frente, com a espada desembainhada na mão, enquanto levava a outra mão para trás para manter Beru ali.

Ela não era o alvo dele.

Com a respiração ofegante, olhou para os poucos metros entre o corpo forte de Hector e o estranho que a acordara. O estranho era alto e magro, quase delicado, com cabelo preto comprido e tatuagens cobrindo seus braços. Ele ergueu a mão para os dois, a palma para cima, curvando os ombros como se quisesse se encolher.

— Não dê nem mais um passo — avisou Hector.

Beru não sabia o que a surpreendia mais: a presença do estranho no meio do deserto ou a ferocidade com que Hector correra para seu lado, com a espada em punho.

— Peço desculpas — disse o estranho, parecendo prestes a chorar. — Minha intenção não era assustar vocês. Eu só estava tentando ajudar ela.

Seguiu-se um momento de silêncio tenso e Beru percebeu que Hector estava esperando o estranho fazer qualquer movimento.

Ela tocou o braço de Hector com a ponta dos dedos. Em vez de se afastar, os ombros dele relaxaram sob o toque. Conseguia sentir o medo dele, misturando-se com o nervosismo dela.

Encorajada, pressionou a palma da mão no braço dele.

— Está tudo bem — disse ela com voz trêmula. — Ele está dizendo a verdade.

— Quem é você? — perguntou Hector, olhando para o estranho. — Como nos encontrou?

O estranho baixou as mãos.

— Eu... eu encontrei vocês dois caídos na areia, não muito longe daqui, e trouxe vocês para cá para curá-los.

— E *onde* estamos? — perguntou Beru.

Ela olhou para os lagos límpidos e azuis espalhados entre formações rochosas. Havia árvores verdejantes e frondosas e plantas espalhadas pela terra, e pensou ouvir ao longe o canto de pássaros.

— Que lugar é este?

O estranho abriu os braços em um gesto de boas-vindas.

— Este é o meu lar.

— Quem é você? — perguntou Beru.

— Meu nome é Azhar — respondeu. — Sou um curandeiro.

— E você me curou?

Azhar olhou para ela.

— Curei.

— Como? — perguntou Hector.

— O oásis fornece tudo de que preciso. Venham, venham.

Ele se virou e se afastou.

Hector baixou a espada e se virou para olhar para Beru, como se quisesse conferir o que ela queria fazer.

— Você está bem? — perguntou ele. A preocupação carinhosa em sua voz a deixou sem palavras por um momento.

— Estou — respondeu ela, por fim. — *Você* está bem?

Além do comportamento desconcertante, ele parecia um pouco trêmulo e retraído. Como se estivesse começando a se esvair.

Ela afastou o pensamento.

— Estou bem. Mas esse lugar é meio... meio familiar.

Ele passou a mão na folha de uma palmeira.

— Familiar? Como assim?

— Não sei dizer ao certo — respondeu Hector. — Sinto como... se eu tivesse sonhado com este lugar.

Um pouco à frente, Azhar olhou para eles, esperando.

Ela fez um gesto com a cabeça em direção ao curandeiro.

— Vamos ver qual é a desse lugar.

Azhar os levou até uma casa baixa na beira de uma das nascentes. Havia uma mesa no centro, cercada por almofadas. Já estava posta para o chá. Hesitante, Beru se sentou enquanto Azhar servia chá, cantarolando.

Ela estendeu a mão para pegar a xícara e, com um sobressalto, percebeu que seu pulso estava descoberto. Por instinto, cobriu a marca com a outra mão.

— Eu sei o que vocês são — comentou Azhar, com um tom neutro. — E sei quem trouxe vocês para o meio do deserto e deixou os dois para morrer. Elas já foram minhas professoras.

— As Filhas da Misericórdia? — perguntou Beru.

Ele assentiu. Hector ainda o olhava, desconfiado.

— O que aconteceu? — perguntou Beru.

— Elas me expulsaram — respondeu Azhar. — Me entregaram para o deserto, exatamente como fizeram com vocês dois. Mas eu encontrei este lugar. Um oásis. E aqui fiquei desde então.

— Sozinho? — perguntou Beru.

Azhar inclinou a cabeça.

— De vez em quando aparece por aqui algum viajante perdido precisando de ajuda. Assim como vocês. Mas eles nunca ficam muito. E já faz algum tempo que ninguém aparece. Não, sou só eu e o Pontudo.

— Pontudo?

Azhar apontou para uma planta com aparência afiada em um canto.

— Não se preocupem. Ele adora visitas, não é, Pontudo?

Beru olhou para Hector, sem saber se deveria se ficar com medo ou achar graça do comportamento peculiar do salvador deles, fosse lá quem fosse, que aparentemente conversava com suas plantas.

Ela pigarreou.

— Você nos ajudou mesmo sabendo o que somos?

— Sim, sim — respondeu Azhar. — Não costumo discriminar entre os seres vivos e os que... voltaram a viver. Quem foi que trouxe vocês de volta?

A pergunta foi feita de forma muito casual, como se ele estivesse pedindo que lhe passassem o chá.

Beru olhou para Hector. Não sabia se podiam confiar no curandeiro, apesar do que tinha feito para ajudá-los. Ele disse que não acreditava na doutrina das Filhas da Misericórdia, mas até que ponto? Um ressurgido era uma coisa. O necromante que o trouxe de volta era outra.

— Ah, vocês não querem contar. Minha nossa. Eu não queria me intrometer. Não é nada educado — disse ele, como se estivesse se admoestando. — Vocês são bem-vindos para ficar até recuperarem as forças. O oásis ficará feliz em fornecer tudo de que precisam.

— Como você a curou? — perguntou Hector. — E não venha com essa conversa fiada sobre o oásis.

Azhar inclinou a cabeça.

— Que jeito estranho de tratar uma pessoa que acabou de salvar sua vida. Mas acho que você teve um dia muito intenso, então vou desculpá-lo.

A expressão de Hector ficou sombria e Beru de repente sentiu vontade de rir.

— Vocês dois — disse Azhar, depois de um momento. — Existe uma conexão entre vocês. O *esha* de um alimenta o do outro.

A vontade de rir desapareceu e subitamente Beru sentiu que ia vomitar.

— Você quer dizer que... usou o *esha* de Hector para me curar?

Aquilo explicava por que o rapaz parecia muito mais fraco do que antes. Não conseguiu olhar para ele. Não queria ver a expressão em seu rosto quando descobrisse que, mais uma vez, Beru lhe tinha tomado alguma coisa.

— Você ficou chateada — disse Azhar com suavidade. — Eu... eu só quis ajudar.

Ele pareceu perdido, de repente, magoado de uma forma que a surpreendeu, com as sobrancelhas franzidas e a boca em uma expressão de tristeza.

Ela sentiu um impulso repentino de confortá-lo.

— É... é complicado. Você não tinha como saber, mas Hector morreu por minha causa. Porque minha... porque alguém queria usar o *esha* dele para me curar.

— Entendi.

— Eu queria tentar desfazer isso — continuou Beru. — Foi por isso que procuramos as Filhas da Misericórdia.

— O que está feito não pode ser desfeito — disse Azhar.

Tinham sido exatamente as mesmas palavras que Hector dissera na noite em que confessara querer acabar com a própria vida.

— Mas acho que você sabe como consertar as coisas — disse Beru. — Você pode nos ajudar, não pode?

Azhar não respondeu logo de cara. Estava olhando para as próprias mãos. Então, com voz calma, continuou:

— Sozinho, acho que não... Não consigo fazer o que você me pede. Eu precisaria de outra pessoa. A pessoa que fez isso com você.

Beru arregalou os olhos. Ephyra. Ela jamais concordaria com aquilo. Jamais abriria mão da vida de Beru, quanto mais para dá-la a Hector.

— Por favor — pediu Beru. — Deve haver outra forma.

— Não consigo pensar em nada — disse Azhar. — A não ser...

— A não ser o quê? — perguntou Beru, inclinando-se para ele.

— Há uma coisa — continuou Azhar. — Um objeto. Uma relíquia antiga que pertenceu à primeira rainha de Behezda. Um cálice.

— O Cálice de Eleazar — disse Beru.

Os olhos de Azhar brilharam sob a luz das velas.

— Você o conhece.

Beru assentiu.

— Nós... eu cheguei a procurá-lo, mas nunca cheguei nem perto de encontrá-lo.

— Muitos tentaram. — Azhar baixou a cabeça. — Ainda assim, sem ele, não vejo outra forma. Sinto muito não poder ajudar mais.

Ela sentiu a raiva emanando de Hector, mas não conseguia entender por quê.

— Não precisa se desculpar — disse ela. — Você já fez mais do que podíamos esperar. Muito obrigada.

— Vou mostrar os aposentos de vocês — declarou Azhar. — E o banheiro, caso queiram se refrescar. Tem uma pedra-pomes ótima que... bom, vocês vão ver.

Ele se levantou da mesa e os levou de volta para fora, até uma estrutura que parecia um favo de mel com portas que davam para um pequeno jardim. Azhar abriu uma das portas para Beru.

— Aqui está.

Quando a porta se fechou, Beru se sentiu *sozinha*. Tinha se acostumado com a presença de Hector ao seu lado na tenda durante a viagem até Behezda. Também estava completamente exausta. Ainda não era nem meio-dia e tudo que queria fazer era se deitar na cama e dormir por horas.

Ouviu uma batida à porta.

— Sou eu. — Era a voz de Hector.

Beru foi até a porta e a abriu. Hector ficou parado ali, parecendo inseguro.

— Entre.

Ele entrou e fechou a porta.

— Você não está achando tudo isso muito estranho? — perguntou Hector assim que Beru o encarou.

O que lhe parecia estranho era o jeito como seu coração disparava quando olhava para Hector. Mais estranho ainda era ele ter ido procurá-la. Esperou até que ele voltasse a falar.

— Esse curandeiro simplesmente nos encontrou no deserto? E simplesmente conseguiu curar você? Parece bom demais para ser verdade.

— Acho que depende da sua definição de *bom* — retrucou Beru.

Ela sentiu o sobressalto de surpresa que emanou dele.

— Hector, não faz muito tempo que você queria me matar.

Ele fez uma careta e ela sentiu uma pontada de arrependimento.

— Quando a tempestade chegou, achei que você fosse morrer, e eu...

Ele a olhou de forma suplicante, como se Beru pudesse explicar o que ele estava tentando dizer.

Ela queria muito que Hector concluísse o pensamento.

Mas, quando ele voltou a falar, foi para dizer:

— Não podemos ficar aqui.

— Então não fique — disse ela. — Encontre uma forma de voltar para a civilização.

— E te deixar com esse cara estranho? — perguntou Hector, incrédulo. — Sem chance.

Beru se sobressaltou com a sensação de proteção e frustração que ele emanava, e demorou a encontrar a própria voz.

— Ele é um pouco estranho, sim, mas inofensivo. Além disso, você não me deve nada.

— Eu não disse que devia — retrucou ele, a voz acalorada, e fez uma pausa. — Você não... você quer que eu vá?

— Não — respondeu Beru na hora. Sentia que precisava se deitar.

Um sorriso hesitante apareceu no rosto dele. Não se lembrava de vê-lo sorrir desde que eram crianças, e seu coração bateu feliz ao ver aquilo, enquanto um rubor lhe subia pelo rosto. Não era mais uma garotinha com uma paixonite. Então por que ainda se sentia assim?

— A gente só precisa ter cuidado, está bem? — disse Hector. — A gente achou que podia confiar nas Filhas da Misericórdia e olhe só o que aconteceu. Não quero cometer o mesmo erro de novo.

— Está bem — respondeu ela, a voz fraca.

Ele ficou parado na soleira da porta por um tempo, como se esperasse que Beru dissesse mais alguma coisa.

— Vou te deixar descansar um pouco — disse ele, por fim, antes de sair do quarto e fechar a porta.

Assim que ouviu os passos dele se afastando, ela suspirou e encostou a cabeça na porta. Estava morta de cansaço, mas, quando se deitou na cama, o sono não veio.

Ela deveria estar morta. Deveria ter morrido no deserto, como era a intenção das Filhas da Misericórdia. Uma vez mais, porém, contra todas as expectativas, foi salva. Hector tinha razão — era bom demais para ser verdade. Havia algo de errado ali, mas não achava que fosse Azhar.

Estava começando a achar que era ela.

33

EPHYRA

Ephyra não sabia por quanto tempo ficara ali no túmulo, segurando o Cálice e olhando para os corpos das Filhas da Misericórdia espalhados à sua volta.

Um arfar alto a arrancou do transe. Olhou para o canto do aposento, onde Illya estava parado com uma das mãos cobrindo a boca.

— O que foi que você fez? — disse com voz entrecortada e sem ânimo.

— Elas a mataram — disse Ephyra. — Elas *mataram* Beru.

Ela olhou para a mão e para o Cálice em seus dedos.

— Eu não preciso disso. É seu, se quiser.

Illya olhou para ela como se achasse que era algum tipo de truque. Mas havia outra coisa nos olhos dele. Desejo.

Ephyra estendeu o Cálice e viu os olhos de Illya acompanharem o objeto e, por fim, voltarem a mirar os dela. A respiração dele ficou suspensa.

— Ou talvez você queira outra coisa.

Ela sentiu uma raiva poderosa e inflexível, um anel de fogo em volta de um abismo. A raiva o preencheria, mas até isso acabaria, deixando nada além de uma imensidão vazia.

Se Ephyra se permitisse cair naquele abismo, seria engolida e destruída.

Observou os olhos dourados de Illya, então aproximou-se suavemente dele e o segurou pela nuca. O Cálice caiu no chão entre os dois. Pressionou de leve o polegar na base do pescoço dele, sentindo o pulso disparar, como tinha acontecido do lado de fora do túmulo, quando ela pegara seu *esha*.

— Eu poderia te matar, sabia? É tão fácil. Eu devia ter feito isso na noite em que a gente se conheceu.

Ele olhou para os lábios dela.

— Então me mate.

A mão de Ephyra se fechou no pescoço dele e apertou enquanto aquele vazio a envolvia. Matá-lo preencheria o vazio. Satisfaria sua voracidade, mas então, quando tudo acabasse e ele estivesse morto aos pés dela, o vazio voltaria, corrosivo e infinito.

Beru tinha morrido e ela estava completamente sozinha no mundo.

Escorregou a mão, segurou o rosto dele e o puxou para perto. O beijo crepitou como um incêndio, incontrolável. A raiva de Ephyra desapareceu, substituída por uma necessidade que a queimava por dentro. Ela se aproximou mais enquanto as mãos de Illya mergulhavam no seu cabelo e os lábios ardiam contra os dela.

E, então, tão rápido quanto começara, ela parou, empurrando-o para longe. Eles ficaram parados ali, ofegantes, avaliando um ao outro como se fossem lutar. Então Ephyra se abaixou e pegou o Cálice.

— A gente tem que dar o fora daqui — disse ela.

Ele assentiu, ainda a encarando.

— Não podemos voltar por onde viemos.

Os dois se viraram ao mesmo tempo, procurando pelas paredes da câmara.

— Aqui — disse Illya. — Acho que tem uma saída.

Ephyra seguiu o som da voz dele e viu que Illya estava diante de uma abertura na parede. Deixou-se conduzir; seus pés se moviam, enquanto sua mente estava oca. O resto da jornada para fora do túmulo foi um borrão, até finalmente cambalearem em direção à luz.

No tempo que passaram dentro do túmulo, o sol tinha nascido, e seus raios lançavam um tom de vermelho-sangue na construção de arenito.

Ephyra se afastou de Illya e desabou na areia. Fechou os olhos e respirou fundo, sem saber por quanto tempo ficou sentada ali.

— Você está viva — disse uma voz.

Ephyra não se virou para olhar para Shara em pé atrás dela.

— E conseguiu o Cálice.

Ephyra fincou os dedos na areia.

— O que aconteceu com ela? — Ouviu Shara perguntar a Illya.

Ephyra se levantou, pegou o Cálice e encarou Shara. As outras estavam atrás dela; Parthenia apoiada em Numir. Hadiza não estava presente.

— Eu as matei — disse Ephyra, dizendo cada sílaba bem devagar. — As Filhas da Misericórdia mataram a minha irmã, então eu as matei.

Ephyra viu o misto de confusão e medo na expressão de Shara.

— Agora, o Cálice é meu. E se você tentar tirá-lo de mim, vou te matar também.

A expressão Shara mudou para raiva.

— Não vai, não.

— Não vou precisar te matar — disse Ephyra. — Se ficar perto de mim, vai acabar morrendo. Você estava certa, Shara. Eu sou amaldiçoada.

Foi o que Hector dissera também, a seu modo. Um arauto da escuridão. Uma mão pálida na noite, trazendo morte e destruição por onde passava.

— O que vai fazer com ele? — perguntou Shara, olhando para o Cálice.

Existe algo sombrio dentro de nós. Foi uma das últimas coisas que Beru lhe dissera.

Ephyra conseguia sentir a escuridão dentro de si agora, agarrando suas entranhas como uma fera cativa e selvagem prestes a destruir seu coração, e ela podia destruir o mundo em pedacinhos apenas para que sentissem uma centelha da mesma dor. Era o seu destino.

— Só fique fora do meu caminho — disse Ephyra —, e não precisará descobrir.

Virou-se e começou a caminhar para leste, em direção ao sol e a Behezda. Alguns segundos depois, ouviu os passos de Illya a seguindo. Ele não tinha escolha a não ser segui-la.

Ephyra segurou o Cálice e continuou caminhando. Ainda sentia o poder da relíquia correndo em suas veias. A coisa sombria dentro dela sorriu, cheia de maldade.

PARTE III
FÉ E MENTIRAS

34

JUDE

Duas tochas queimavam na entrada do templo de Endarra. Anton e Jude pararam lado a lado diante da escada, enquanto o rio fluía suavemente abaixo da passarela. O olhar de Jude pousou no limiar escuro do templo.

— Não precisamos entrar — declarou Anton, com um olhar gentil. — Podemos ir embora agora, só você e eu.

— Nós precisamos deles. — Jude fincou as unhas na palma das mãos. — Eu deixei meus sentimentos ficarem no caminho do meu dever antes, com Hector. Isso pode facilmente acontecer de novo. — Já tinha acontecido. — Eles estão esperando por nós.

Sem esperar pela resposta de Anton, Jude começou a subir a escada, sentindo a apreensão crescer em seu âmago. No alto, parou, e mergulhou o indicador no óleo de crisma dentro de enormes pratos de cerâmica que ficavam na entrada.

Anton passou por ele para entrar e, sem pensar, Jude o segurou pelo pulso e o puxou de volta. Anton o encarou, a centímetros de distância, e Jude passou a ponta do polegar por sua testa, deixando uma marca oleosa. Anton piscou, surpreso, e Jude deu um passo para trás, soltando-o.

Ele se recompôs e mergulhou os dedos no óleo mais uma vez para se consagrar. Não sabia o que tinha dado nele. Era um ato incrivelmente íntimo, consagrar alguém antes de entrar no templo dos Profetas. Só pais faziam isso nos filhos ainda pequenos ou casais unidos em matrimônio, que faziam um no outro. Jude não tinha nada que consagrar o Último Profeta, mesmo que Anton não conhecesse a tradição para fazer sozinho.

Quando se virou, Anton estava exatamente onde o tinha deixado, com o rosto corado e olhando para Jude. Ele tocou a linha de óleo na testa e Jude desviou o olhar enquanto entravam no templo, cerrando as mãos traidoras ao lado do corpo. Ele precisava se controlar.

Os mesmos acólitos que os receberam antes estavam na antecâmara semicircular, com a Guarda reunida atrás deles. Ao vê-los, Penrose se afastou dos outros e seguiu até a entrada do templo.

— Jude. — Havia afeto nos olhos dela quando se aproximou. — Vocês estão seguros. Vocês dois.

Ele foi tomado por uma onda de alívio. Os acólitos tinham dito que Penrose e o resto da Guarda estavam em segurança, mas mesmo assim continuara preocupado.

Petrossian se aproximou também.

— Esta é... a Espada do Pináculo? Como?

Jude levou a mão ao cabo da espada.

— É uma longa história. Temos muito que discutir. Meu pai está com vocês?

Ele olhou rapidamente para os Paladinos reunidos ali.

Penrose fez uma expressão tensa.

— Os acólitos não te contaram?

Jude congelou.

— Não me contaram o quê?

— As... as Testemunhas — disse Penrose, meneando a cabeça devagar, os olhos arregalados e assombrados. — Elas o mataram.

As palavras rugiram nos ouvidos dele como um vento inclemente. Uma tempestade de tristeza caiu sobre seus ombros.

Não.

— Sinto muito — disse Penrose com sinceridade. — Você é o último da linhagem Weatherbourne.

Jude desmoronou. Cobriu o rosto com as mãos e um choro desolador lhe subiu pela garganta enquanto se esforçava para manter o controle. Ele e o pai nunca tinham sido próximos. Se o Weatherbourne mais velho sentia alguma afeição pelo herdeiro, era por sua esperança na devoção de Jude e pelos deveres que compartilhavam. Às vezes, aquilo tinha sido o suficiente. Sua fé em Jude o fizera acreditar que ele tinha um lugar no mundo.

Sentia que sua vida já estava estilhaçada, mas isso... era a peça final para que desmoronasse de vez. Como a Ordem da Última Luz existiria sem Theron Weatherbourne?

— Você sabe o que isso significa, Jude? — perguntou Penrose. — Você precisa ser o Guardião da Palavra.

— Não — disse Jude, desesperado. — Não, eu... o Tribunal...

Penrose meneou a cabeça.

— Não importa. Os Profetas foram muito claros sobre o Guardião da Palavra ter que ser da linhagem Weatherbourne. Não há ninguém para assumir o seu lugar.

— Então vocês o fizeram passar por tudo aquilo por nada? — perguntou Anton.

A veemência na voz dele foi o suficiente para arrancar Jude do seu momento de tristeza.

— Anton — disse ele, com firmeza.

— Não — rebateu Anton, os olhos escuros brilhando, desafiadores. — Ou vocês acham que ele é o Guardião da Palavra ou acham que não é. Mas isso não muda o que eu já sei. Eu preciso de você.

O olhar de Penrose passou de Anton para Jude, que olhou para o chão. A declaração dele provocou um aperto no seu coração. Mas também sabia como Penrose ia interpretar aquelas palavras.

— Entendi — disse ela.

— Também tem outra coisa que vocês precisam saber — disse Anton. — Não planejamos ficar em Endarrion. Nem voltar para Cerameico. Nós vamos para o norte.

Por um instante, Penrose demonstrou surpresa com o tom de comando de Anton. Havia um novo ar de certeza nele, um tom decisivo que Jude só vislumbrara algumas vezes.

— Por que para o norte? — perguntou Osei.

— Preciso voltar ao lugar onde nasci. Acho que é lá que está a Relíquia da Visão.

— A Relíquia? — perguntou Penrose. — E o que isso tem a ver com...

— Você se lembra do sonho que tive sobre o Hierofante? — perguntou Anton. — Ele está procurando as Relíquias. Todas elas. Precisamos encontrá-las antes dele e impedir a Era da Escuridão.

Penrose observou-os atentamente. Jude sabia que, se Anton tentasse contar a eles o resto da história que lady Bellrose contara, a Guarda reagiria exatamente como ele tinha reagido. Era uma história ridícula, mas Anton parecia ter certeza de que precisava encontrar a Relíquia da Visão.

— Precisamos ir para algum lugar seguro — disse Penrose. — As Testemunhas nos encontraram em Cerameico. Precisamos encontrar um local onde a gente possa te proteger.

— Eles já nos atacaram em Cerameico — disse Anton. — Para onde mais podemos ir para ficarmos seguros? Onde vamos ficar em segurança se a Era da Escuridão começar?

— Ele está certo — disse Osei. — Nossas chances são melhores se continuarmos em movimento.

— Devemos fazer o que ele diz — declarou Jude, sobressaltando os outros. — Anton é o Profeta. Se ele diz que encontrar a Relíquia da Visão vai ajudá-lo, então é para lá que nós vamos.

Penrose o observou por um momento, e Jude teve a distinta sensação de que ela estava vendo algo novo nele. Não tinha certeza se era algo de que ela gostava.

Mas logo percebeu que aquilo não importava mais. Seu pai tinha partido. Ela tinha que obedecer a Jude. Todos tinham.

Entraram no barco de lady Bellrose, que estava ancorado do lado de fora do templo. O barco, que Jude tinha acabado de notar que se chamava *Bellrose*, contava com uma tripulação pequena. Estava bem cauteloso de permitir que qualquer outra pessoa soubesse o que estavam fazendo e para onde estavam indo, mas engoliu as objeções.

— Quem é exatamente essa lady Bellrose? — perguntou Osei.

— Uma amiga de longa data — respondeu Anton. — Ela nos ajudou a fugir das Testemunhas.

— E está te dando um barco? — perguntou Penrose.

— Emprestando — respondeu Anton. Além de mais dinheiro do que poderiam precisar na viagem, mas Anton não deu detalhes. — Ela quer ajudar. Não vai fazer nada para nos prejudicar.

Aquela claramente não era a resposta que Penrose procurava e, quando o olhar dela pousou em Jude, ele não suportou corresponder. Em vez disso, olhou para a água, pensando na última vez que falara com o pai. A fé dele em Jude não fraquejara nem uma vez. Ele confiara no filho, em sua devoção ao Profeta, mesmo em tempos de tribulação. Jude olhou para Anton e percebeu que ele era a única pessoa que também confiava nele daquela forma.

Acomodaram-se em um aposento com paredes de vidro no deque superior, que oferecia uma boa visão de todo o resto do barco, enquanto navegavam pelo rio e o sol ia desaparecendo no horizonte. A Guarda encheu Jude e Anton de perguntas, querendo saber o que tinha acontecido com eles desde que escaparam de Cerameico. Anton respondeu à maioria delas, e Jude ficou muito grato. Já estava escuro quando saiu para o deque externo do barco.

O ar frio da noite foi um bálsamo quando Jude se sentou com as pernas penduradas na beirada. Não sabia o que esperava por eles nos territórios novogardianos, mas sabia que lady Bellrose estava certa pelo menos sobre uma coisa: caso ele não se recompusesse, seria totalmente inútil para todos.

— Jude? — Penrose estava atrás dele. — Está tudo bem?

Queria mentir para ela. Queria, inclusive, acreditar na mentira. Em vez disso, negou com a cabeça.

— Tem uma coisa que preciso contar para você. Uma coisa que eu deveria ter contado há muito tempo.

Ela esperou, segurando na grade com tanta força que os nós dos dedos ficaram brancos.

— Minha Graça se foi — disse ele.

Ela ficou boquiaberta de surpresa.

— Ah, Jude.

— Não contei antes porque não queria encarar a realidade — disse ele, apoiando a mão na grade ao lado da dela. — Achei que havia alguma forma de recuperá-la porque o Fogo Divino não me afetou do mesmo modo que afetou os outros.

— E há mesmo? — A voz dela soou cheia de esperança.

— Anton acha que sim — disse Jude. — Lady Bellrose... É difícil obter uma resposta direta dela sobre qualquer coisa, mas ela diz que minha Graça não se foi. Mas que existe uma fraqueza... em mim.

— Se existe uma forma de recuperar a sua Graça, você vai conseguir — disse Penrose, encarando-o com intensidade. — Eu conheço você. E não existe fé maior que a sua. Lembre-se do seu Ano de Reflexão. Lembre-se de como foi se libertar das amarras do mundo. Libertar-se das dúvidas.

Jude assentiu, soltando o ar bem devagar. Era a mesma coisa que vinha repetindo para si mesmo há semanas. Anos, na verdade. Porque, apesar do que Penrose acreditava, nunca tinha conseguido se livrar de verdade das dúvidas. Nem durante o seu Ano de Reflexão. Nem quando se tornou o Guardião da Palavra. Nem mesmo quando encontrou Anton.

Mas... com a dúvida ele conseguia viver. A dúvida era uma amiga de longa data. Conhecida. Mas havia uma coisa muito mais perigosa com a qual precisava lidar, algo que corria solto pelo seu peito sempre que olhava para Anton. Algo que o fazia questionar não a si mesmo, mas a tudo que sabia. A Ordem. Os Profetas. Algo de que ele estava começando a achar que jamais conseguiria se livrar.

Talvez fosse algo de que Jude não quisesse se livrar.

35

HASSAN

As primeiras noites foram as mais difíceis. Depois que deixou a Biblioteca, Hassan não sabia bem para onde ir. Acabou retornando ao bairro que ele e Khepri patrulhavam antes de encontrarem a Asa do Escaravelho, e passou algumas noites em diferentes casas abandonadas, mudando-se com frequência porque sabia que os soldados de Lethia estavam fazendo patrulhas. Talvez procurando especificamente por ele.

Sem a Asa do Escaravelho e sem os próprios soldados, que tinham sido requisitados pelos rebeldes, Hassan tinha que pensar com cuidado sobre cada passo que dava.

E foi por isso que, seis noites depois de deixar a Grande Biblioteca, ele foi até os portões do palácio e se anunciou para os guardas.

— Meu nome é Hassan Seif — disse ele para os dois homens do lado de fora dos portões.

Lembrava-se do que Lethia lhe dissera na sala do trono logo que descobrira a traição: que não queria derramar o sangue dele. Esperava que isso fosse verdade — afinal, ela tivera incontáveis oportunidades de se livrar dele em Pallas Athos.

Só que ela o deixara para morrer no farol, naquele dia.

O guarda começou a rir.

— Boa tentativa. Mas o príncipe está...

— Morto? — perguntou Hassan. — Morreu no incêndio que destruiu o farol? É isso que estão dizendo?

Os guardas trocaram um olhar.

— Meu nome é Hassan Seif — repetiu ele. — E tenho uma mensagem para a rainha Lethia.

Os soldados o arrastaram até a sala do trono. Hassan ainda se lembrava da última vez que fora levado até lá como prisioneiro, do choque e da traição ao ver Lethia em seu trono. Sentia tanta raiva quanto antes, e a mulher agora parecia ainda mais à vontade ali, vestindo sua túnica verde-escura e preta bordada com esmeraldas e com o cabelo escuro com mechas grisalhas arrumado em um penteado elaborado de tranças.

— Sobrinho — disse ela. — Estou surpresa por ter vindo me parabenizar. Achei que estivesse se escondendo com seus amiguinhos... Os que tentaram arruinar a coroação.

— Eles não são meus amigos — retrucou Hassan.

Ela arqueou uma das sobrancelhas. Uma expressão que Hassan reconhecia bem e que fez parte dele sentir saudades doloridas da tia.

— Mas você estava trabalhando com eles, não estava?

— Estava — respondeu Hassan. — Mas acontece que não temos tanto em comum quanto acreditávamos.

— E o que você está fazendo aqui?

— Sei que eles são uma pedra no seu sapato. Ficam lembrando a todos na cidade do quanto a sua reivindicação ao trono é ilegítima. Mostrando ao povo que eles podem lutar.

— E daí?

— Eu posso ajudá-la a acabar com eles.

Isso pareceu surpreendê-la, mas Lethia logo se recuperou.

— E por que devo acreditar em você? Afinal de contas, você é conhecido como o Enganador. — Um sorrisinho debochado apareceu nos lábios dela ao dizer aquelas palavras.

— Porque o líder deles me odeia. E eu também não gosto muito dele.

— Você também me odeia.

Hassan engoliu em seco. Não queria mostrar a ela como aquilo estava longe da verdade. Parte dele a odiava. Outra parte ainda a amava, mesmo sabendo de tudo que tinha feito.

— Bom, vou considerar sua oferta — disse Lethia. — Obviamente não posso deixá-lo ir embora daqui.

— Obviamente — concordou Hassan, percebendo que a surpreendera de novo. — Você não pode deixar o Príncipe da Coroa de Herat sair por aí quando todo mundo acredita que ele morreu no incêndio no farol.

— Eu realmente achei que você tivesse morrido no farol, se isso te faz sentir melhor.

— Então me veja como alguém que se levantou dos mortos.

Lethia se dirigiu ao soldado mais próximo.

— Leve-o lá para cima.

O soldado o levou pela escadaria e por um corredor familiares.

Seus aposentos. Por um momento, ele ficou imaginando se aquilo era o modo de Lethia demonstrar afeto, permitindo-lhe que ficasse em um lugar no qual se sentia seguro. Mas sabia que ela só estava tentando magoá-lo ainda mais — tornando-o prisioneiro no seu próprio palácio, em seus próprios aposentos.

Criados levaram o jantar e a sobremesa para ele, alguns deles Hassan até reconheceu. Os serviçais claramente o reconheceram também e o trataram bem.

Mesmo assim, ele era um prisioneiro.

Quando a noite caiu, Hassan trocou de roupa, vestindo as sedas macias que antes usava para dormir, e se deitou na cama, sentindo um aperto no peito. O quarto estava exatamente como o havia deixado, como se tivesse catorze anos de idade e tivesse voltado de uma viagem pelo rio com os pais. Afundou o rosto no travesseiro para abafar o choro.

Depois de alguns minutos, se acalmou, e então se deitou de costas, olhando para o teto e tremendo. O quarto parecia insuportavelmente frio sem Khepri ao seu lado, quieto demais sem seu riso e sua voz gentil. Uma semana atrás, estava lendo poemas para ela, fazendo pausas para explicar as referências mais obscuras enquanto ela deitava a cabeça no colo dele e ficava brincando com o cadarço da sua camisa.

E então ela o traiu. Disse para ele ir embora, como se toda a fé que sentia nele tivesse evaporado de repente. Será que estava tudo acabado entre os dois? Não queria acreditar, mas ela tinha feito sua escolha. E agora ele tinha que fazer a dele.

Na manhã seguinte, ele foi convocado, mas não por Lethia.

O Hierofante estava exatamente como Hassan se lembrava do dia em que o vira no farol — vestido com uma túnica do mais puro branco e com o rosto escondido atrás de uma máscara de ouro.

— Vossa Alteza — disse ele com uma voz suave quando Hassan entrou na biblioteca do palácio. — Muito gentil da sua parte se juntar a mim.

— Espero que não pense que vou me dirigir a você como o Imaculado — retrucou Hassan.

O Hierofante fez um som que quase pareceu uma risada.

— Claro que não.

— Bom, você queria falar comigo. Aqui estou.

— Sim, aqui está você. Nas mãos das pessoas que declara mais odiar — respondeu o Hierofante. — A rainha me contou sobre sua oferta, e sou obrigado a dizer que fiquei intrigado. O que te convenceu a trair seus camaradas dessa forma?

— Eles não são meus camaradas. Nós queremos coisas diferentes para esta cidade.

— Assim como nós — respondeu o Hierofante.

Hassan fez menção de falar, escolhendo as palavras com cuidado:

— Sabe, eu ainda não entendo por que você nos escolheu. Por que Nazirah? Existem outras cinco Cidades Proféticas que você poderia ter escolhido. O que te fez querer esta?

— Por que você buscou refúgio com seus inimigos? — devolveu o Hierofante, sem responder à pergunta.

— Você sabe o motivo — disse Hassan. — Porque farei qualquer coisa para garantir a segurança do meu povo.

— Você acha que eu me importo se é você ou sua tia quem vai ocupar o trono?

Lethia e o Hierofante haviam parecido bem próximos quando Hassan voltara a Nazirah. Mas talvez aquilo fosse só uma ilusão. Começava a desconfiar que a aliança deles estava fragilizada. A tensão entre os soldados e as Testemunhas na noite em que Khepri e ele encontraram a Asa do Escaravelho fora um sinal disso. Ali estava outro. Hassan poderia encontrar um modo de usar aquilo para sua vantagem.

Com cuidado para não demonstrar o que pensava, respondeu:

— Ela é leal a você, então, sim, acho que você se importa.

— Eu permiti que ela ocupasse o trono porque ela me deu uma coisa que eu queria.

Hassan se lembrou das palavras da tia durante sua captura.

— Você queria o Profeta. O verdadeiro. — Com a respiração mais pesada, ele engoliu em seco. — Porque você quer começar a Era da Escuridão.

— Você chama de Era da Escuridão. Nós chamamos de Acerto de Contas. Um acerto de contas de luz e escuridão que vai nos levar a uma nova era. Mas, veja só, eu preciso de ajuda. Da sua, na verdade.

Porque Hassan era o Enganador. Porque aquela escuridão — aquele acerto de contas — era o seu destino.

— Se eu ajudar, você vai causar ainda mais sofrimento do que já causou.

— Se você me ajudar, quando tudo acabar, você terá o que mais deseja. Nazirah.

Nazirah. Ele poderia proteger sua cidade. Poderia restaurar a ordem.

— E quanto à minha tia?

— Eu resolvo a situação com ela — respondeu o Hierofante. E havia algo próximo à raiva no tom de sua voz. — Vejo que está tentado com a minha oferta.

Hassan não negou.

— Por que não me diz de que ajuda precisa?

— Há semanas o meu pessoal está tentando entrar na Grande Biblioteca — disse o Hierofante. — Mas, pelo visto, há camadas e mais camadas de proteção.

— Não vou te ajudar a atacar os rebeldes.

Mesmo que tivessem se separado, não os prejudicaria.

— Não estou nem aí para os rebeldes. Achei que tivesse deixado isso claro. A questão de quem rege a cidade não tem a menor importância para mim. Estou atrás de algo maior.

— Maior em que sentido? — perguntou Hassan.

Sabia que estava em uma linha muito tênue, tentando entender o que o Hierofante planejava sem levantar suspeitas. Mas, se fizesse tudo certo, talvez conseguisse tirar o trono de Lethia, impedir Arash e expulsar as Testemunhas, tudo isso com uma tacada só.

— Temo que eu precise manter isso em segredo por ora — respondeu o Hierofante.

— Não sei bem como posso te ajudar, se não sei o que você quer. Por que está tentando entrar na Grande Biblioteca?

— Pelo mesmo motivo que vim para Nazirah. Existem informações na Biblioteca... informações que, nas mãos certas, podem mudar o curso do mundo.

Hassan não precisava perguntar para saber que o Hierofante se referia às próprias mãos.

— Então você quer que eu entre na Biblioteca e pegue essa informação para você — disse Hassan devagar.

— Exatamente.

— Vou precisar de um pouco mais de respostas. De que tipo de informação estamos falando? Um livro? Um mapa?

— Então você está concordando? — perguntou o Hierofante.

— Não falei isso.

Mas estava pensando a respeito. Poderia dar para o Hierofante uma cópia falsa do que fosse e, em troca, o Hierofante o tornaria rei. Poderia reclamar o trono sem derramar uma gota de sangue.

— Você vai me dar a coroa, se eu pegar isso para você? Como posso confiar que não vai voltar atrás na sua palavra? Ou que as Testemunhas não vão se virar contra mim?

— Quando eu conseguir o que quero, não vou ter nenhum motivo para ficar em Nazirah. E vou levar sua tia querida comigo. Nazirah será sua.

— Temo que isso não seja o suficiente — disse Hassan.

— Já convoquei um navio para levar a mim e meus seguidores mais fiéis para longe de Nazirah — disse o Hierofante. — Posso provar o que digo. Vou fazer uma declaração pública de que o chamado das Testemunhas não é mais em Nazirah.

Em outras palavras, ele partiria para outra cidade. Hassan não gostava da ideia, mas encontraria um jeito de impedir que aquilo acontecesse quando o Hierofante se fosse.

— Tudo bem — respondeu ele, com cautela. — Só tem um problema. Os rebeldes me odeiam agora.

-— Então eu sugiro, Vossa Alteza, que faça o que faz de melhor — retrucou o Hierofante. — Minta.

36

BERU

Beru foi recuperando as forças no decorrer dos dias seguintes. Embora percebesse que Hector não estava nada satisfeito, ele não voltou a tocar no assunto de irem embora. Beru se esforçou para se manter ocupada, ajudando Azhar com os afazeres e explorando o oásis.

Um dia de manhã, Hector a interceptou quando estava voltando do desjejum.

— Quero mostrar uma coisa para você — disse ele.

Hector a guiou por um caminho ladeado de palmeiras e subiram uma colina até chegarem à entrada de uma caverna, que, apesar de escura, tinha aberturas no teto que permitiam a entrada de raios de sol. Beru viu um triângulo de luz logo adiante. Hector a levou até lá e eles entraram em uma passarela de pedra sobre uma piscina da mais límpida água azul, completamente cercada por rochas. Uma gruta escondida dentro do oásis.

— Que lindo.

O ar estava tão fresco que Beru quase conseguia sentir o gosto.

— Encontrei este lugar outro dia — contou Hector. — Achei que você fosse gostar.

Ela sentiu o coração quase parar, impressionada ao saber que Hector chegara àquele lugar incrível e pensara *nela*. Lembrou-se de um dia quando Hector, na época com apenas doze anos, a levara para ver as piscinas naturais perto da aldeia de pescadores em Cárites. Os dois eram tão inocentes. Sentiu o peso de tudo que passaram depois daquilo e, no prazer suave do momento, foi tomada de tristeza.

— O que houve? — perguntou Hector, virando-se para ela e roçando os dedos nas costas de sua mão.

Beru estremeceu e meneou a cabeça.

— Nada.

Sabia que não podia enganá-lo, que Hector conseguia sentir as emoções que ela emanava, mas ele não insistiu.

Naquela noite, sonhou com Medea. Sonhou com sua aldeia morta, com todos os vizinhos e amigos que Ephyra matara. Passeou pela praça da aldeia e seguiu o caminho que a levava para casa. E, quando entrou na casa e foi para os fundos, ela o viu. Hector morto sob a acácia. Caiu de joelhos.

Abriu os olhos e estava de volta ao quarto no oásis.

— Tudo bem — disse uma voz suave. Hector. — Foi só um sonho.

Ele estava sentado na beirada da cama, acariciando o ombro dela de leve. Ainda sonolenta, Beru estendeu a mão para acariciar o rosto dele, que permitiu o gesto.

— Você também viu? — perguntou ela.

Ele confirmou com a cabeça e ela sentiu o movimento sob a mão.

Ficou com medo de falar alguma coisa e começar a chorar... ou pior, de acabar contando como se sentia, falar que, apesar de tudo, ele ainda era a melhor pessoa que ela conhecia, a mais honesta e mais sincera. Não importaria, porém, porque a conexão entre eles significava que Hector já sabia a verdade em seu coração.

— Não sei como você consegue olhar para mim desse jeito. Depois de tudo que fiz. De toda a dor que causei — disse ela com voz trêmula. Sentiu a surpresa dele.

Hector contraiu o maxilar. Beru de repente sentiu uma emoção nele, algo suave, frágil e *cálido*.

Ficou sem ar.

— Eu te perdoo — disse ele. — Eu... eu não quero que você morra.

Ela olhou nos olhos dele e enxergou tudo que ele não estava dizendo. Que Hector tinha passado a gostar dela, mesmo tentando lutar contra o sentimento. Que, apesar de tudo, não queria deixá-la partir.

Não parecia possível que ele pudesse sentir aquilo por ela. Não *era* possível. Beru só podia estar enganada.

— Eu perdi tudo — prosseguiu Hector. — Minha família. Meu lugar na Ordem. Até mesmo a minha vida. Não posso perder você também.

Mas desde quando ela pertencia a ele, para que fosse perdida?

— É você ou eu, Hector — disse Beru, com suavidade. — Não pode ser os dois. Você sabe disso.

— Beru — disse ele, a voz carregada de emoção. Até aquele momento, ela não sabia como seu nome soava nos lábios dele.

Hector chegou mais perto. Outra onda de afeição a atingiu, até que ela parecia não conseguir respirar. Ele segurou seu braço.

— Você já esteve disposto a me deixar morrer — disse Beru, ofegante.

— Eu sei. Mas isso foi antes.

— Antes?

Ele assentiu.

— Meus sentimentos mudaram.

O rosto estava bem próximo ao dela, e Hector fechou os olhos. Beru queria se aproximar mais e acabar com a distância que restava.

E então as palavras dele fizeram sentido e ela o empurrou. Os sentimentos de Hector tinham *mudado*. Ela sentiu um aperto de culpa no estômago. As pessoas não iam do ódio ao amor daquela forma. Tinha acontecido alguma coisa com Hector, alguma coisa o fizera se sentir assim.

— Beru, o que...

— Não posso — disse ela, afastando a coberta e saindo da cama. — Não posso... eu só... me desculpe.

Ela saiu pela porta, deixando-o sozinho no quarto.

Beru passou o resto da noite perambulando pelo oásis e, quando amanheceu, foi até a casa de Azhar e o encontrou cuidando dos jardins.

— Bom dia — disse ele, sem levantar o olhar.

— Preciso fazer uma pergunta — começou ela, hesitante.

— Que maravilha — respondeu ele, distraído. — Adoro mentes questionadoras.

— Bom... Hector e eu. A... conexão entre nós. É... mais do que apenas o nosso *esha*. Parece que nossas emoções às vezes se misturam.

Certa vez Beru tinha deixado suas emoções emanarem *de propósito* para Hector, para que ele sentisse o sofrimento e a tristeza dela, e assim pudesse convencê-lo a acompanhá-la a Behezda. Se era capaz disso, talvez fosse capaz de coisa pior.

— Hum... Quando morremos, nosso *esha* se liberta do corpo. *Esha* sozinho é apenas energia. É só quando está ligado a uma forma física que ele se torna único à forma que ocupa. Ainda assim, se o *esha* ligado a um de vocês foi tirado e colocado no outro, talvez ainda contenha ecos da primeira forma, ligações com o *esha* residual deixado para trás. Essas ligações se manifestam como uma infiltração entre essas formas.

Beru assentiu. Depois de deixar Cárites, ela e Ephyra passaram vários meses estudando o *esha* em qualquer texto que conseguissem encontrar, em Tarsépolis. Ela entendia os princípios básicos, mas aquilo era algo fora da expertise de qualquer um.

Beru hesitou.

— É possível... Poderia haver... hum... outro... efeito colateral dessa conexão?

— Efeito colateral? — perguntou Azhar, franzindo a testa.

— Essa conexão poderia mudar a forma como as pessoas se sentem? Uma em relação à outra?

Azhar pareceu pensar por um momento.

— Acho que sim. Se um tivesse sentimentos particularmente fortes... sentimento de ódio, de amor... Eles poderiam passar para o outro. Pode ser bem difícil definir a origem desses sentimentos.

Beru baixou o olhar, se sentindo nauseada. Aquela era a confirmação de que precisava. Os sentimentos de Hector não eram reais, tinham sido impostos a ele. E seus sentimentos verdadeiros tinham sido completamente distorcidos por causa...

Por causa dos sentimentos de Beru. *Ela* os impusera a ele.

Hector não queria salvá-la de verdade. Só achava que queria.

Ela tinha que explicar isso a ele. Sabia que tinha.

— Eu... eu preciso encontrar Hector — disse Beru, levantando-se, vacilante.

Azhar se levantou também e estendeu a mão para segurá-la.

— Está tudo bem?

Não estava. A visão de Beru ficou embaçada e as pernas, bambas. Então ela começou a cambalear e caiu sobre Azhar, se segurando nele enquanto o homem a baixava para o chão.

Beru ficou deitada ali com os olhos fechados. Uma sombra a cobriu.

— O que você fez com ela? — questionou Hector.

Beru piscou e se deparou com os olhos escuros dele encarando-a.

— Não é... — começou ela com voz fraca, e então respirou fundo. — Não é culpa dele.

— O que está acontecendo?

— O *esha* dela — disse Azhar. — Está começando a enfraquecer de novo. Não sei quanto tempo ela ainda tem.

— Então *faça* alguma coisa! Cure ela, como fez da última vez. Pode usar o meu *esha*.

Beru se virou e viu Azhar meneando a cabeça devagar.

— Acho que... essa não é uma opção dessa vez. Isso te mataria.

Hector se retesou.

— Tem que haver outra forma.

— E tem — disse Azhar. — O Cálice. Se soubéssemos onde está...

— Vou encontrá-lo — disse Hector abruptamente. — Custe o que custar. Vou encontrá-lo. Vou voltar para as Filhas da Misericórdia, vou obrigá-las a dizer onde está. Só... não a deixe morrer, está bem? Mantenha ela viva até eu voltar.

Beru tentou estender a mão para ele, mas sentiu o braço pesado. Hector voltou a atenção para ela.

— Isso não vai acabar assim — declarou ele com veemência. — Não vou deixar.

— Hector — disse ela, tentando puxá-lo para perto. — Preciso contar uma coisa.

— O que é? — perguntou ele, ajoelhando-se ao lado dela, com tanto carinho e paciência que o coração de Beru chegou a doer.

— Não é de verdade. Não é...

— Você não está dizendo coisa com coisa — disse Hector. — Está tudo bem. Só aguente firme. Prometo que volto logo.

Ela se sentia muito fraca, como se fosse desmaiar a qualquer momento.

— Não, Hector, escute. *Me escute*. Você... você não pode...

Ele se levantou e olhou intensamente para Azhar.

— Mantenha ela em segurança até eu voltar, está bem? Não vou perder outra pessoa que amo.

Beru fechou os olhos e sentiu vontade de chorar. Hector achava que a *amava* e arriscaria tudo por ela.

E era uma mentira. Mas não tinha forças para explicar a verdade para ele.

E não pôde fazer nada além de observá-lo se afastar.

37

EPHYRA

No alto do verão, Behezda fedia.

A cidade ficava às margens de um rio que cortava uma garganta de rochas vermelhas. A água ficava rasa nos meses de seca, turva de sedimentos e lixo, perfumando toda a cidade com o seu fedor. Ephyra tinha ouvido muitas histórias sobre Behezda, a Cidade da Misericórdia, mas, na realidade, o lugar não chegava perto do que tinha imaginado.

Illya arranjara um quarto escuro e decrépito em um dos prédios inclinados que se enfileiravam ao longo do rio. Ephyra nem se lembrava de como tinham chegado ali nem se Illya tinha pagado pelo quarto. Nada daquilo importava.

Só se lembrava de Illya colocá-la lá dentro e mandá-la dormir.

— Não quero dormir — disse ela. — Venha aqui.

Quando ele hesitou, Ephyra foi até ele.

— O que foi? Está com medo de mim?

Ele não se mexeu quando ela se aproximou, pegando-o pela nuca.

— Diga que não é isso que você quer.

Não esperou permissão para colar os lábios aos dele.

— Você não quer — disse ele, ofegando, quando se afastaram. — Você não quer isso de verdade.

Ela o beijou com mais ardor, afogando sua culpa e sua tristeza nele, que absorveu tudo. Ephyra não queria sentir mais nada, exceto as mãos dele passeando pelo seu corpo, o calor e o gosto. O resto do mundo tinha se transformado em cinzas, Illya estava em chamas e ela queria se queimar.

— Neste momento, é a única coisa que eu quero — disse ela, puxando-o para a cama.

De manhã, acordou e o viu sentado em um banco ao lado da cama, olhando pela porta e brincando com a algema de metal no pulso, virando-a distraidamente. Ephyra de repente foi tomada de uma fúria incompreensível.

— Pode ir, então.
Ele olhou para ela.
— Como é?
Ela foi até Illya e parou bem na frente dele, para que não tivesse escolha a não ser olhar para ela.

— Vá embora — disse ela, segurando a algema do próprio pulso. Ephyra a abriu e a jogou contra o peito dele antes de se afastar. — Se não quer estar aqui, então pode ir.

Olhou para Illya, que estava com uma expressão confusa, enquanto segurava a algema na mão sem saber o que fazer. Então ele se levantou e, sem dizer nada, saiu pela porta.

Ephyra o observou partir enquanto sentia algo se quebrar e virar pó dentro dela. Ainda odiava Illya, e o que tinha acontecido entre eles não mudava aquilo, mas até uma cobra era melhor do que não ter ninguém. Pensar que sentiria *falta* dele a fez ficar morrendo de raiva. Saber que tinha tão pouco na vida e que perder Illya Aliyev era ruim fez algo se retorcer dentro dela.

Ficou parada no meio do quarto, sem saber o que fazer, antes de se jogar na cama e dormir de novo.

Quando acordou novamente, sentiu o cheiro de pão quentinho e carne grelhada. Levantou-se da cama, confusa, e parou, demorando um pouco para processar o que estava vendo. Illya estava sentado em uma mesa baixa, no canto do quarto, comendo.

Ephyra deu dois passos em direção a ele e parou.

— Comprei de um vendedor de rua ali na esquina — disse ele. — Está bem gostoso.

Hesitante, Ephyra se sentou diante dele.

— Aqui — disse Illya, passando para ela um pote de algum tipo de molho. — Acho que vai gostar disso.

Ephyra o observou por alguns momentos, sem entender, e então cortou um pedaço de pão e o mergulhou no molho. Ela comeu e Illya sorriu, como se aquilo fosse uma coisa normal, compartilhar uma refeição em um quartinho qualquer. E *era* normal. Era o que as pessoas faziam, todos os dias. Mas não ela.

Depois que comeram, Illya limpou tudo, de forma quase meticulosa, enquanto Ephyra observava da cama.

Quando estava terminando, ela se levantou, foi até ele e o pressionou contra a mesa. Illya se virou e a beijou de novo. Ephyra se perdeu no beijo e nele, o que fez a criatura com garras dentro dela se acalmar por ora.

Sentiu-se arder de desejo enquanto parte dela se encolhia de nojo conforme pressionava seu corpo no dele. Era uma bênção e um castigo e cada qual era um alívio.

Quando acordou na manhã seguinte, Illya ainda estava lá.

* * *

Ephyra não sabia por quanto tempo estavam em Behezda. Dormia o dia todo e acordava apenas à tarde para mastigar qualquer coisa que seu estômago aguentasse. À noite, assombrava a cidade, mantendo o Cálice por perto. O poder fluía por ela, preenchendo as rachaduras e abafando a dor. Conseguia sentir a tração que emanava, a necessidade de que usasse o seu poço de poder. Passava os dedos pelo Cálice à noite e se imaginava sugando o *esha* de todas as pessoas na rua.

Ela se sentia fora de controle de um jeito que nunca tinha se sentido antes.

Os únicos momentos em que sentia que tinha algum controle era quando estava nos braços de Illya. Eles não tocavam no assunto. Nem precisavam. Ephyra queria se esquecer de tudo e Illya ficava feliz em ajudá-la nisso.

Aquilo não mudou nada entre os dois. Pelo menos não da maneira que ela esperava. Ele nunca era suave com ela, levara ao pé da letra o que Ephyra dissera no túmulo, e não tentava mais conquistá-la. Cada noite que passavam juntos entre os lençóis fazia com que o odiasse mais. E odiá-lo fazia com que o desejasse mais. E desejá-lo fazia com que odiasse a si mesma. Illya era a pior pessoa que ela conhecia, a pior pessoa que tinha conhecido e não tinha matado; além disso, encontrar alívio com ele era fácil, porque ela destruía tudo que tocava e não se importava se o destruísse também.

Ela *queria* destruí-lo. Queria queimar tudo. Queria ser a Mão Pálida de novo, punir tudo e todos — ela mesma acima de tudo. Só que, em vez disso, permitia que Illya ficasse por perto. Não sabia por que ele ainda estava com ela, por que tinha ficado, se ele queria o Cálice para si ou se só queria queimar tudo, como ela.

Não importava. Ele tinha ficado quando ninguém mais ficara e, se isso não provasse o quanto ela era horrível, não sabia o que provaria.

Mas a crescente escuridão não cedia, não importava o quanto tentasse se afogar em Illya. E havia uma parte dela que Ephyra tinha medo de encarar. Além da raiva, além do luto. Nem ao menos conseguia nomear. Mas sabia o que era. Alívio. Parte dela estava aliviada por Beru ter partido. E ela se odiava por isso.

Acordou uma noite depois de dormir ao lado de Illya e se sentou no escuro. O Cálice estava na mesinha de cabeceira. Lembrava-se de como tinha sido absorver seu poder para matar as Filhas da Misericórdia no túmulo da rainha morta.

Estendeu a mão e o pegou. Passou os dedos pelas linhas esculpidas e entalhadas, hipnotizadas.

— Acho que ele reconhece você — disse Illya.

Ephyra se assustou e envolveu o pé do Cálice com a mão.

— Do que você está falando?

Ele suspirou e esfregou o rosto com a mão antes de jogar a coberta para o lado.

— Preciso te mostrar uma coisa.

Illya bateu em uma das luzes incandescentes e foi até o outro lado do quarto, remexendo em suas coisas.

Ephyra se sentou na beirada da cama, tensa.

— Você se lembra de quando me encontraram no esconderijo do Rei dos Ladrões?

Ela assentiu.

— Bom, eu não encontrei só o espelho e a outra pista — disse ele, voltando para a cama. — Também encontrei isso.

Ele estendeu um envelope para ela. Já tinha sido aberto, pois o lacre de cera não estava mais lá.

Tremendo, Ephyra o pegou. Abriu a carta com pressa e levou a mão à boca quando viu que a letra era o garrancho feio do pai.

— Você leu? — perguntou para Illya.

Ele levantou as mãos e encolheu os ombros.

— Estava procurando por pistas do Cálice.

Ephyra não tinha energia nem para ficar zangada.

— Vou dar uma volta — disse Illya, se dirigindo para a porta. — Para te deixar mais... Já volto.

Ephyra esperou a porta ser fechada antes de olhar para a carta.

Prezado Badis, ela leu. Mas precisou parar. Aquela devia ser a carta do pai para o Rei dos Ladrões, que teve como resposta um breve aviso.

Se o Cálice realmente existir, é melhor não procurá-lo. A única coisa que você achará é uma morte rápida.

Badis estava certo, no final das contas. E não tinha sido só o pai que encontrara a morte.

Com o coração disparado, continuou a ler.

Agradeço pelos presentes que enviou no mês passado, as meninas adoraram. Sinto muito que tenha se passado tanto tempo desde a minha última carta. A questão é que tenho um favor a pedir, e não é um favor muito comum.

Ephyra enxugou as lágrimas. A escrita do pai lhe era tão familiar que quase conseguia ouvir a voz dele, o jeito gentil e hesitante com que falava.

Mas, antes, permita que eu lhe fale sobre minha filha.

Ephyra arfou.

Minha filha mais velha, Ephyra, não recebeu as melhores boas-vindas da vida. Quando Cyrene estava grávida, ficou muito doente. Parecia impossível que ela ou o bebê pudessem sobreviver. Quando a levamos aos curandeiros, eles não conseguiram ajudar. Mas, nas minhas viagens, ouvi falar de um homem, de quem as pessoas comentavam aos cochichos. Um curandeiro poderoso, mais poderoso do que as próprias Filhas da Misericórdia. Acabei encontrando alguém que dizia conhecê-lo. E essa pessoa me contou onde eu poderia encontrá-lo.

Voltei para casa, arrumei as coisas e peguei Cyrene, que estava a semanas de dar à luz. Eu saiba que, se não o encontrássemos e o convencêssemos a nos ajudar, a viagem a mataria. Mas, se ficássemos em casa, ela morreria do mesmo jeito. Então, fomos.

Nós o encontramos em um deserto, em um oásis. Não sabíamos quem ele era na época. Quando o encontramos, era quase tarde demais. Cyrene estava à beira da morte. O curandeiro disse que nos ajudaria por um preço. Naquele ponto, eu já estava desesperado. Ele queria que eu encontrasse o Cálice de Eleazar. Sem outra escolha, concordei.

Ele curou Cyrene. Ephyra chegou duas semanas depois, cheia de saúde. Fomos viver nossa vida. Tivemos outra filha. Estava tudo bem, ou foi o que achamos. E então o homem que me contou onde achar o curandeiro me procurou de novo. Disse que tinha mentido para mim, que o homem que eu tinha ido ver não era um curandeiro, mas sim um necromante. Que ele tinha se mantido vivo por cinco séculos. Que já fora conhecido como o Rei Necromante. Não acreditei, a princípio. Não tinha motivo para isso. Então eu o botei para correr.

Meses depois, a Graça de Ephyra se manifestou. A Graça do Sangue. Nem eu e nem Cyrene temos nenhum ancestral Agraciado. É claro que isso não é raro, mas as coisas que nossa filhota consegue fazer com o poder dela... são diferentes de tudo que eu já vi.

Ephyra engoliu em seco, os olhos ardendo. Lembrava como se fosse ontem o medo que os pais demonstraram quando ela começou a usar os poderes. Como uma vez matara sem querer um lagarto no jardim com um simples toque, e como os pais passaram a olhá-la depois daquilo. Como se tivessem medo dela. Ela costumava fazer sementes germinarem no jardim só para se divertir, até os pais a flagrarem e mandarem que nunca mais fizesse aquilo. Ephyra chorara até dormir naquela noite, certa de que os pais a odiavam e odiavam sua Graça.

Ela estava certa.

Nós nos esforçamos para esconder a Graça de Ephyra do mundo. Tememos que alguém possa descobrir e espalhar a notícia... Se o Rei Necromante souber, ele vai nos encontrar. Temo que ele já tenha encontrado e que vá se certificar de que eu cumpra a promessa que fiz em um momento de desespero. Se eu conseguir encontrar o Cálice de Eleazar... Sei que é muito pedir que se envolva nisso. Mas, por favor, meu amigo. Tenho que proteger a minha família.

Seu amigo desesperado,
Aran.

Ephyra fechou os olhos enquanto as lágrimas pingavam na carta do pai em sua mão. Entendia, pela primeira vez, o porquê de os pais sentirem tanto medo dela. Eles temiam apenas o que o poder dela poderia atrair para a família. O desprezo que sentiam era da lembrança da escolha que tinham feito de confiar em um homem que se denominava curandeiro.

Mas, com essa compreensão, veio a tristeza, uma tristeza mais profunda e mais desoladora do que qualquer coisa que já tinha sentido. Os pais tiveram razão em sentir medo. O poder de Ephyra só levara morte à porta deles. E aquela coisa dentro dela, aquela escuridão... existia por um motivo. O Rei Necromante. Parecia impossível que ele pudesse estar vivo depois de tantos séculos... Depois da história de Hadiza sobre como o Cálice tinha se virado contra ele, como as Filhas da Misericórdia o tinham derrotado... Mas o terror crescente em seu peito lhe dizia que aquilo era verdade. O pior vilão da história do mundo tinha transformado Ephyra no que ela era — um monstro.

Illya voltou depois de uma hora, mais ou menos, e encontrou Ephyra ainda sentada na cama, lendo e relendo a carta.

— Você não tem medo de mim — disse Ephyra, olhando para ele.

Illya hesitou na entrada. Talvez suas palavras não fossem totalmente verdadeiras. Contudo, ele tinha voltado, no fim das contas.

— E preciso ter?

Sim, respondeu a coisa sombria dentro de Ephyra. Todo mundo deveria temê-la.

— Você leu a carta. Sabe o que eu sou. Quem me fez assim.
Ele se aproximou, foi até ela e se sentou ao seu lado.
— Não acredito que alguém te fez assim. O Rei Necromante talvez tenha dado um pouco do próprio poder para você. Talvez grande parte dele. Mas o poder é seu.
E ela tinha escolhido usá-lo da pior forma.
— As Filhas da Misericórdia sabiam — disse Ephyra. — Só podiam saber. Elas estavam com medo de mim.
— É claro que estavam com medo de você — retrucou Illya. — Elas passaram a vida inteira tentando defender as regras. A lei natural da vida e da morte. Mas você é mais poderosa do que elas. E não segue as regras. Isso é o que separa os poderosos dos fracos. Os poderosos fazem as regras, os fracos as seguem.
Ephyra não se sentia poderosa naquele instante, mas se sentira ao enfrentar as Filhas da Misericórdia. Ela vivera de restos por muito tempo, matando porque tinha de matar e se escondendo nos cantos podres do mundo porque tinha medo. Tudo começara com o medo dos pais, com a culpa que jogavam em cima dela pelo que *eles* tinham feito.
E agora ela não tinha nada. Nada além de todo o poder do mundo. O poder de enfrentar as Filhas da Misericórdia e qualquer pessoa que tentasse lhe dizer como usá-lo. Seus pais, as Filhas da Misericórdia, o *mundo*... todos deveriam temê-la, e não porque ela tinha o poder de matar, mas porque seu poder significava que podia quebrar as regras.
Ela se levantou da cama. O Cálice estava quente, queria que ela o usasse.
— O que você está fazendo? — perguntou Illya.
— Levante-se — disse Ephyra. — Você vai me ajudar.
— Ajudar a fazer o que, exatamente?
— Encontrar uma vítima.

A casa do homem ficava nos limites da cidade. Ephyra o encontrou lá, sozinho.
De acordo com Illya, era um vigarista. Tirava vantagem dos mais pobres e vulneráveis, prometendo ajudá-los e, depois, roubando tudo o que tinham.
Ephyra entrou pela porta da frente.
O homem a encarou.
— O que está fazendo na minha casa?
— O que você faz com aquelas famílias tira seu sono à noite?
Ele deu um passo para trás.
— Do... do que você está falando?
— Só quero saber se você já pensou nas pessoas que enganou. Nas pessoas que perderam tudo por sua causa.

— C-como v-você...

— Foi o que pensei — disse Ephyra, agarrando o pescoço dele.

O Cálice queimou contra seu quadril, onde estava guardado entre as dobras da túnica. Drenar o *esha* estava mais fácil do que nunca. Parecia *certo*. Beru não estava mais ali para fazer com que se sentisse culpada. E ela não se sentia. Aqueles filhos da mãe recebiam exatamente o que mereciam, e Ephyra estava feliz em ser o veículo da merecida punição. Era uma sensação familiar.

Aquele era o seu propósito. A Mão Pálida era o seu destino. Ela tinha o poder de decidir quem vivia e quem morria — não de acordo com as leis da natureza ou do certo e do errado, mas de acordo com a *sua* escolha.

Ela fora feita para ser a Mão Pálida da Morte. Os Profetas viram isso, ou pelo menos foi o que Beru lhe dissera. E agora Ephyra via também.

O homem caiu no chão enquanto a marca pálida de uma mão brilhava em sua pele.

38

ANTON

Anton mal tinha dormido uma noite inteira desde que partiram no *Bellrose*. Sonhava com o lago, sonhava e sonhava, e, toda vez, Jude estava lá. Achava que deveria se considerar sortudo por ver Jude nos sonhos, pois certamente o via pouco quando estava acordado.

Desde a noite em que se beijaram, as coisas ficaram tensas entre os dois. Anton tentava entender. Jude o desejava, sabia disso — ele mesmo confessara quando correspondeu ao beijo, e Anton percebia como o olhar de Jude sempre acompanhava seus movimentos. Mas, sempre que Anton se aproximava demais, os olhos de Jude ficavam sombrios e os lábios, contraídos. Como se desejar Anton fosse uma punição que precisava aguentar.

Então, os dias foram passando enquanto viajavam para o norte através da garganta do rio que cortava as montanhas novogardianas. Anton passava o tempo fazendo amizade com a tripulação do barco, evitando a Guarda sempre que podia e tentando esquecer o local para onde estavam indo. Foi ficando cada vez mais ansioso à medida que os dias passavam, até o momento que a própria Guarda percebeu que havia algo errado.

— Você não quer voltar para lá — comentou Annuka certa noite, quando fazia sua segurança.

— Não tenho lembranças muito felizes.

— Sinto muito — disse Annuka, parecendo sincera. — Pode ser bem difícil voltar para nossa casa da infância.

— Aquele lugar não é a minha casa de verdade. Eu não tenho casa.

Ela assentiu.

— Eu entendo. Meu lar também não é um lugar. Era o meu povo, a minha tribo. E, quando eles desapareceram, meu lar também se foi.

Ele percebeu, pelo tremor na voz dela, que aquele assunto era doloroso, talvez ainda mais agora que Cerameico também tinha sido tomado dela. Nunca conhecera aquele tipo de tristeza. Até onde sabia, lar era o lugar que mais doía abandonar.

Ela o olhou com um sorriso triste.

— Mas a gente nunca deve desistir de encontrar o nosso lar. Às vezes é preciso construir um para si.

— Como? — Anton deixou escapar.

— Encontrando alguma coisa para a qual você tenha vontade de voltar — respondeu Annuka. — E então ficando lá.

Na manhã seguinte, quando Anton acordou e saiu para o deque, o ar estava gelado. Estavam bem próximos da aldeia dele, talvez a poucas horas de distância. Ele se encostou no parapeito, olhando para o rio e para as montanhas que o cercavam, com seus picos cobertos de neve.

— Tem gelo no rio — disse um tripulante chamado Adrien, parecendo ofendido. — *Gelo*. No meio do verão!

— Bem-vindo ao norte — disse Anton, ainda encostado no parapeito.

— Agora entendi por que você foi embora.

Anton deu risada.

— Sim, com certeza foi por isso que parti. Eu simplesmente não suporto o frio.

— Bom, se você precisar de alguém para te esquentar, é só me chamar — disse Adrien com um sorriso, antes de sair para ajudar seus colegas com as cordas.

Achando graça, Anton observou enquanto o homem se afastava. Virou-se para entrar e viu Jude parado à porta que levava para o corredor principal. A expressão em seu rosto deixou claro que tinha ouvido a interação.

Jude se virou abruptamente e voltou pelo corredor. Anton hesitou por um momento e então o seguiu, praguejando. Alcançou-o no meio do corredor e pegou-o pelo braço, puxando-o para um quarto adjacente.

— O que está fazendo? — perguntou Jude.

— Achei que a gente podia conversar — respondeu Anton. — Sabe? Aquela coisa que a gente fazia.

Olhou em volta e percebeu que tinha puxado Jude para a sala da coleção particular da Mulher Sem Nome, na qual tinham sido encontrados bisbilhotando na festa.

Jude deu um passo para se afastar de Anton.

— Tudo bem. Sobre o que você quer conversar?

— Você pode começar me contando como está, que tal?

— Estou bem — respondeu Jude.

— Então por que nunca fica no mesmo aposento que eu? Por que não consegue nem olhar para mim às vezes?

Jude ficou tenso e, quando encarou Anton, seus olhos brilhavam de raiva.

— E o que eu deveria fazer? Ficar flertando com você em deques e fingir que você nunca... — Ele olhou em volta e baixou a voz para um sussurro: — Que você nunca me beijou?

— Você *quis* que a gente fingisse que nunca aconteceu. Que a gente voltasse ao normal.

Jude meneou a cabeça, olhou para uma das paredes de vidro e soltou uma risada.

— Você não precisava fazer com que parecesse tão fácil.

— Foi *você* quem *me* dispensou, então pare de agir como se eu tivesse te magoado — retrucou Anton, deixando transparecer a raiva na voz.

— Não foi bem assim, e você sabe muito bem — respondeu Jude, acalorado.

— E como foi, então? — devolveu Anton, aproximando-se.

— Eu vi como você agia, na Primavera Oculta. Depois vi você com Evander e com... — Ele fez um gesto para indicar o tripulante. — Você flerta e brinca porque não significa nada para você, mas toda vez que eu te olho, tudo que consigo pensar é naquele beijo, e *eu não aguento mais*.

Anton perdeu o fôlego, e seu olhar passou dos olhos verdes de Jude para a curva de seus lábios. Ainda se lembrava da sensação daqueles lábios nos seus. Aquele beijo tinha sido um impulso, uma tentativa desastrada de oferecer um pouco de consolo para Jude. Mas, agora, essa vontade de beijá-lo de novo... não passava de egoísmo.

Jude pareceu perceber como estavam próximos e deu um passo para trás.

— Você não entende. Para você, aquilo não passou de um beijo idiota. Para *mim*? Foi algo capaz de arruinar tudo.

A voz dele falhou na última palavra e Anton se lembrou de outra discussão que tiveram, na despensa, em Cerameico. O fracasso amargo de Jude. O pedido impensado que Anton fizera, sabendo que não mudaria nada. *Venha comigo.*

— Eu sei o que significou para você — disse Anton, obrigando-se a falar. — Sei o que a Ordem exige de você, e sei que não é o que você quer de verdade. Mas talvez você prefira assim. Talvez você só consiga querer alguma coisa se não se permitir tê-la.

Jude engoliu em seco e Anton se sentiu o maior idiota do mundo porque, por um momento, achou que Jude fosse beijá-lo de novo.

Em vez disso, Jude baixou o braço, deu meia-volta e deixou Anton sozinho, encostado na parede e com a respiração ofegante.

Ancoraram em Lukivsk algumas horas depois. O pequeno porto ficava a oito quilômetros da antiga casa de Anton. Durante a caminhada que se estendeu pela manhã, a respiração de Anton saía como nuvenzinhas de fumaça. O frio entranhava em seus ossos feito medo. Estava prestes a encarar o passado do qual tentara fugir por seis anos.

Um sentimento de vergonha crescia em seu peito à medida que se aproximavam da casa. Ali, entre dois pinheiros altos, a cabana parecia muito menor do que se lembrava. A construção aparentava ter sido abandonada há anos. E talvez tivesse mesmo. A última vez que Anton tinha entrado ali fora seis anos atrás. Seu irmão Illya partira logo depois.

Nosso pai provavelmente bebeu até morrer, dissera Illya. *E quanto a nossa querida e velha avó... bem, se for possível viver apenas da própria maldade, imagino que ela esteja exatamente no mesmo lugar.*

Estava prestes a descobrir se isso era verdade. Pausou no caminho de entrada, que mal dava para ver sob as camadas de lama e mato, e olhou para a estrutura escura e pequena onde havia passado tantas noites encolhido de medo, desejando poder estar em *qualquer* outro lugar.

A Guarda Paladina estava atrás dele. Sentia Jude ao seu lado. Mesmo que Jude mal o olhasse, Anton tinha mais certeza do que nunca de que ele o protegeria de qualquer mal.

Penrose caiu de joelhos e emitiu um som baixo. Anton se virou para ir até ela, sentindo o pulso acelerado e imaginando se a avó tinha...

Mas alguém o impediu. Ele olhou para trás e viu que Petrossian o segurava pelo pulso.

— Este é um lugar sagrado — disse ele para Anton. — O lugar onde o Último Profeta nasceu.

Anton sentiu a raiva brotar no peito. Aquele lugar não era sagrado. Era um pesadelo. Um lugar do qual tinha fugido aos onze anos de idade, preferindo tentar a sorte nas ruas.

— Não me parece nada sagrado — respondeu Anton, afastando a mão de Petrossian.

À frente, Penrose se levantou. Os outros Paladinos se juntaram a ela e seguiram a trilha. Todos, exceto Jude, que ficou para trás, observando Anton com olhos cautelosos.

— O que foi? — perguntou Anton.

Jude desviou o olhar.

— Você me contou o que aconteceu aqui, lembra? Só quero garantir que você está bem.

Anton sabia ler Jude muito bem, e melhorara nisso nas últimas semanas. Esquecera-se, porém, de que Jude também sabia interpretá-lo. Mesmo depois da briga, mesmo que estivessem zangados um com o outro, Jude se preocupava. E isso fazia com que Anton desejasse se atirar nos braços dele.

— Pode deixar que aviso se sentir vontade de me afogar no lago.

Jude franziu as sobrancelhas e Anton de repente não aguentou mais olhar para ele.

— Vamos — disse, seguindo em frente e deixando Jude decidir se ia segui-los ou se ficaria para trás.

— Está trancada — disse Penrose quando ele se juntou à Guarda na porta.

— Ninguém responde também. Vamos ter que arrombar.

Anton meneou a cabeça e se aproximou da porta. Ele e Illya tinham ficado muito bons em abri-la por fora para poderem entrar quando a avó os trancava para fora. Pressionou uma das mãos contra a ombreira da porta e, com a outra, virou a maçaneta, empurrando a porta para cima e para trás. Ela se abriu.

A visão da sala desmazelada e mofada preencheu Anton de nojo e de um pavor familiar. O mesmo tapete cinza esfarrapado cobria o chão onde ele e Illya costumavam jogar cartas. As mesmas cadeiras de madeira velha continuavam na frente da lareira imunda diante da qual aqueciam os dedos feridos do frio. Cortinas carcomidas por traças cobriam as janelas sujas que tinham vista para o lago no qual Anton quase se afogara.

— Quem é você? — perguntou uma voz rouca. — E o que está fazendo na minha casa?

Anton olhou para o canto da sala, onde havia uma pessoa.

— Meu... menino — balbuciou a figura, então teve um acesso de tosse que durou quase um minuto. — Meu querido Anton. É você mesmo?

Anton não conseguia se mexer. Sentia o olhar de expectativa dos Paladinos. Jude se aproximou mais. Ele olhou para a avó. Ela parecia mais curvada e enrugada, bem mais velha do que há seis anos. Estava apoiada em uma bengala retorcida, com as pernas frágeis e finas demais para sustentar seu peso.

— Você é Uliana, descendente de Vasili? — perguntou Jude.

Os olhos da avó se estreitaram.

— E quem quer saber?

— Madame — disse Penrose. — Somos a Guarda Paladina da Ordem da Última Luz.

— Servos dos Profetas blasfemos — retrucou a avó. — O que estão fazendo com o meu Anton?

Penrose olhou para Anton e depois para a avó.

— Estamos procurando uma coisa. E talvez a senhora saiba onde está.

— Como se eu fosse dar alguma coisa aos servos dos maiores inimigos de Vasili! — rosnou a avó.

— Babiya — disse Anton, usando o nome pelo qual costumava chamá-la. — Eles são meus amigos. Por favor, escute o que eles têm a dizer.

As feições dela se suavizaram e ela se aproximou de Anton.

— Meu querido menino. Eu sabia que voltaria para cumprir o destino que Vasili deixou para você. Sabia que não me abandonaria como o ingrato e inútil do seu irmão.

Anton teve de se obrigar a dar um passo em direção a ela e deixar o calor da presença de Jude.

— Isso mesmo. Vim cumprir o meu destino, mas preciso da sua ajuda.

Ela mancou até ele e ergueu as mãos secas e de pele fina para o rosto de Anton.

— Finalmente — disse ela. — Finalmente, finalmente.

Anton observou a expressão do rosto dela se contorcer em êxtase. Os olhos pareciam grandes demais para o rosto. Perguntou-se como podia ter sentido medo dela. Era velha, fraca e completamente fora de si.

— Precisamos da sua ajuda — repetiu Anton. — Você tem alguma coisa de Vasili?

— De Vasili? — repetiu a avó. — Tenho. Tenho. Deixe-me mostrar.

Ela se virou e foi até um canto da sala, onde guardava os livros; pegou um da prateleira, tirou o pó e começou a folheá-lo.

Anton foi até ela e fez um gesto para Jude ficar onde estava.

— Aqui — disse ela, entregando-lhe o livro.

— Escritos dele? — perguntou Anton, olhando para o livro. — Achei que todos estivessem em Cerameico.

— Não — respondeu a avó com certo desdém. — Salvei alguns dos servos dos Profetas. Os mais importantes. Eu planejava entregá-los para você quando fosse mais velho. Para que pudesse ver.

— Ver o quê?

Ela bateu com o dedo na página. Anton leu as palavras.

Não consigo ver o futuro da forma como os Profetas veem, mas finalmente fiz uma coisa que ninguém mais, a não ser eles, fez. Vi o passado. Vi as lendas dos antigos com meus próprios olhos.

— Vasili usou a cristalomancia para ver o passado? — perguntou Anton. — Não é possível, é?

— Acho que... teoricamente... é possível, sim — respondeu Penrose. — Mas seria necessário mais poder, mais poder do que a Graça da Visão comum.

— Está se referindo ao poder de uma Relíquia?

— O que ele viu? — perguntou Jude.

Anton olhou para o livro.

— "Procuro pela verdade onde ela começou" — leu Anton em voz alta. — "Como a Visão sagrada foi concedida a eles." Ele queria saber como os Profetas tinham conseguido suas habilidades. Acho que porque as queria para si.

— Queria mesmo — confirmou a avó. — Mas ele descobriu muito mais que isso.

— Como assim?

— Ele viu o início de tudo — respondeu a avó. Os olhos dela brilhavam, arrebatados, como se, assim como Vasili, ela pudesse enxergar o passado. — Ele falou com aquele que criou todos nós.

Anton se lembrou com um sobressalto da passagem que lera nos arquivos de Cerameico. *Ele deseja falar comigo.*

Foi isso que Vasili fez. Ao usar a Relíquia da Visão para falar com o deus antigo, ele quase quebrou o Selo das Quatro Pétalas.

— A antiga divindade falou com ele direto do passado — continuou a avó. — Contou para Vasili o que estava por vir. E Vasili viu o que os Profetas fizeram, como eles traíram e destruíram o deus.

— Basta! — exclamou Penrose. — Chega dessas baboseiras.

A avó se virou para encará-la.

— Baboseiras? Ah, sim, foi o que disseram sobre Vasili também. Que ele era um louco, um rei desvairado. E olhe onde isso os levou.

— Babiya — disse Anton. — Você sabe onde a Relíquia está? Pode ser uma pedra. Talvez Vasili a tenha usado para cristalomancia. Onde está?

— Você sabe como Vasili morreu? — perguntou ela.

Anton assentiu, mas a avó continuou assim mesmo.

— Ele se afogou — disse ela. — Entrou no lago, com pedras amarradas nos pulsos e nos tornozelos.

Anton estava na margem do lago, observando a água se chocar lentamente contra seus pés. Jude o observava a certa distância.

— Tem certeza de que vai ficar bem? — perguntou ele.

— A Relíquia está em algum lugar neste lago — respondeu Anton. — Não temos como mergulhar e procurar cada pedra. Esta é a única forma de descobrirmos onde está.

— Isso não responde a minha pergunta.

— Eu sei.

Jude se aproximou, como se quisesse abraçá-lo, mas pensou melhor e desistiu.

— Vou estar aqui o tempo todo.

Anton sentiu frio no espaço entre eles, mais frio que a água em seus pés enquanto seguia lentamente para o lago. Já estava tremendo. Tinha sido ali, naquele lugar, que tivera a visão pela primeira vez, embora sua mente tivesse enterrado a lembrança por causa do trauma.

Mas agora que estava de volta, a falsa memória se desfez e Anton se lembrou do frio cortante da neve contra sua pele e daquela força que o puxava cada vez mais para dentro do lago.

— Anton?

A voz de Jude soou longe e indistinta atrás dele. Anton fechou os olhos e sentiu a água escura do lago atraindo-o para baixo. Sentiu a pressão nos seus pulmões.

— Anton!

A voz de Jude estava bem mais próxima agora, e Anton sentiu mãos nos seus ombros, sacudindo-o. Anton se aproximou daquele calor por instinto e abraçou Jude, que ficou parado ali, petrificado.

Anton fechou os olhos e lutou contra a vontade de chorar, então se afastou de Jude.

— Estou bem — disse ele, sem olhar para o Guardião. — Me desculpe. Estou bem. Eu consigo.

Virou-se para o lago e, respirando fundo, levantou uma pedra lisa na mão. Não era uma pedra de cristalomancia de verdade, apenas uma pedra qualquer que Jude encontrara perto do lago, mas achou que funcionaria. Fechou os olhos e a jogou na água.

Sentiu as ondas geradas pelo impacto, seguiu-as até a margem do lago e invocou sua Graça. Ele se concentrava não em um nome, não no *esha* de uma pessoa específica, mas na sua própria Graça, deixando que ela o guiasse pela energia sagrada do mundo até a sua origem. Sentiu a energia pulsar como um coração, quente e batendo embaixo d'água.

Abriu os olhos. Conseguia sentir o pulso fraco da Relíquia o atraindo em direção ao meio do lago. Jude estava bem ao lado dele, com a mão nas costas de Anton, que se deu conta de que estava tremendo.

— Encontrou? — perguntou Jude, com suavidade.

Anton assentiu e Jude fez um sinal para o resto da Guarda, que estava em volta de uma canoa que pertencera ao pai de Anton. Eles a empurraram para a água. Quando pararam ao lado de Anton e Jude, Petrossian e Osei estenderam a mão. Anton pegou a de Petrossian e usou o impulso para subir no barco.

— Por aqui — disse Anton, apontando para o lugar em que sentia a Relíquia pulsar embaixo d'água.

Jude pegou um dos remos e o deslizou pelas águas na direção indicada.

— Aqui — avisou Anton ao sentir que tinham chegado ao ponto exato do lago. Conseguia sentir a Relíquia pulsando mais forte que nunca.

Jude soltou o remo e tirou seu manto, soltou a Espada do Pináculo e despiu a camisa. Com um último olhar para Anton, ele mergulhou.

Anton se debruçou na beira do barco e observou a água ondular e depois parar. Conseguia sentir a Graça de Jude abaixo da superfície. Os segundos passavam dolorosamente devagar.

E então Anton sentiu um puxão vindo lá de baixo. Como uma sombra escura e forte, pegando Jude e o arrastando para o fundo.

A Relíquia. Ela puxara Anton para o fundo, todos aqueles anos atrás, e agora ia prender Jude lá embaixo.

Sem parar para pensar, Anton mergulhou. O gelo mordeu sua pele. Ele cerrou os dentes e continuou atravessando as águas em direção ao lugar onde conseguia sentir a Graça de Jude. A luz da superfície do lago se esvaía à medida que ele nadava em direção às profundezas.

Viu as bolhas primeiro. Como bolsinhas de ar subindo pela água. E então viu Jude, flutuando na escuridão, com os olhos fechados e o rosto relaxado.

O coração de Anton quase parou ao vê-lo. Ele bateu as pernas com toda a força, dando impulso naquela direção. Envolveu o corpo de Jude com os braços e o puxou contra o peito, enquanto sentia o pânico dar lugar a uma calma fria e calculada. Tinha que levar Jude de volta em segurança. Era a única coisa que importava. Olhou para cima, para a luz bruxuleante na superfície do lago, e começou a bater os pés na direção dela.

Jude estava inerte em seus braços enquanto Anton o arrastava em direção à superfície. Por fim, emergiram e ficaram boiando por um tempo. Anton ofegava, tentando recuperar o fôlego enquanto tentava desesperadamente manter Jude fora d'água. Olhou em volta, viu o barco, e então foi puxando Jude até lá. Sentiu alguém pegar Jude e o puxar para a embarcação.

Anton subiu logo depois, ficou de joelhos ao seu lado e segurou o rosto dele entre as mãos.

— Acorde, acorde — implorou, sacudindo-o. — Por favor, Jude. Por favor!

Alguém se ajoelhou do outro lado de Jude. Anton olhou e viu que era Osei, que puxara o Guardião de volta ao barco. Os outros Paladinos, notou ele, estavam na água em volta deles. Pelo visto, todos haviam mergulhado quando Anton saltara atrás de Jude.

Anton não estava nem aí. Inclinou-se sobre Jude e pressionou o rosto contra o peito nu.

Você não pode fazer isso comigo, pensou com fervor. *Não pode me abandonar.* Sentiu o coração de Jude bem fraco sob seu rosto. Não sabia quando nem como aquilo tinha acontecido, mas sabia que a ideia de viver sem o espadachim era inimaginável.

Jude estremeceu sob as mãos de Anton ao soltar um suspiro molhado. Anton deu um pulo para trás, mantendo as mãos nos braços de Jude enquanto ele se virava e tossia, expelindo água no barco. Com o corpo inteiro tremendo, Jude ofegava e tossia cada vez mais. Anton passou a mão pelo cabelo molhado do rapaz. Por fim, a tosse parou e Jude fechou os olhos, encostando a cabeça na lateral do barco.

— Eu consegui — disse ele com voz fraca.

— O quê? — perguntou Anton, ainda tentando cuidar dele.

Jude não respondeu, só abriu a mão. Uma pedra macia do tamanho de uma azeitona, negra como ônix, escorregou dali. Estava presa a uma corrente enferrujada de prata e havia um brilho estranho e bruxuleante à sua volta. No desespero de salvar Jude, Anton nem tinha pensado na Relíquia.

— Vamos dar uma olhada — disse Penrose quando chegaram à margem.

Jude abriu a palma da mão para mostrar o objeto. Tremendo, Anton estendeu a mão para pegá-lo. Olhou para o rosto de Jude e os olhos do espadachim se iluminaram. Os dois ficaram imóveis por um momento.

Era aquilo. A Relíquia da Visão, o objeto que fizera Anton ter sua visão ali, tantos anos antes. O catalisador que começara tudo.

Anton fechou os olhos e segurou a pedra. E então começou a cair, cair exatamente como caíra do alto do farol, mas pousou em um lugar conhecido.

Uma cidade de ruínas. O céu vermelho. Uma sombra cobrindo o sol. Um portão colossal esculpido nas paredes vermelhas do desfiladeiro cuja sombra pairava sobre um labirinto de ruínas. No centro havia a parede inclinada de uma torre destruída. Ao lado, Beru estava caída, imóvel feito um cadáver, de olhos fechados. Uma fumaça se retorcia em volta dela. Ele viu o brilho de quatro objetos — uma espada, uma pedra, uma coroa de ouro e um cálice.

Uma luz brilhante, pálida e fria como Fogo Divino, fluía para dentro de Beru.

Visões de destruição o tomaram. A queda das Seis Cidades Proféticas.

E agora ele sabia o que ia destruí-las. Ou melhor, *quem*.

39

HASSAN

Hassan olhou para a passagem, sentindo um frio de incerteza na barriga. Ele realmente ia fazer aquilo? Mentir para todos em quem confiava? Mentir para Khepri?

Sim, era exatamente o que faria, se isso significasse libertar Nazirah. Não seria a primeira vez.

A passagem foi aberta e Hassan entrou. No início, ninguém pareceu notá-lo. Então ouviu uma coisa cair no chão e viu que um soldado havia derrubado uma pilha de livros e estava olhando para ele. Assim como todo mundo no aposento.

— Hum — gaguejou Hassan. — Oi. Eu voltei.

Ninguém se moveu por um momento. E então Hassan viu Chike dar uma cotovelada no irmão. Sefu saiu correndo, e Hassan percebeu com um aperto no peito que ele estava indo chamar Khepri. Ela apareceu ao lado dele um minuto depois e ficou congelada na entrada. Hassan também congelou.

Então o momento passou e Khepri caminhou em direção a ele, a boca em uma expressão decidida e um olhar severo; Hassan não sabia se ela ia socá-lo ou beijá-lo. Mas ela apenas parou, olhando para ele.

— Você está bem? — perguntou ela depois de um longo momento.

— Estou. Estou bem.

Ela assentiu.

— Que bom. Isso é... bom.

Claramente ela não sabia o que dizer, assim como ele não sabia o que dizer para ela. A briga parecia pairar sobre os dois como uma sombra.

— Arash sabe que você está de volta? — perguntou ela depois de um tempo.

— Eu estava indo falar com ele.

Ela assentiu, ainda o encarando.

— Posso te levar até ele — ofereceu Chike, quebrando o silêncio que estava começando a ficar constrangedor.

— Obrigado — disse Hassan, desviando o olhar de Khepri.

Ele passou por ela e seguiu Chike pela porta.

— Hassan, eu... — começou Khepri.

Hassan se virou, a esperança de que ela fosse se desculpar e se atirar em seus braços crescendo dentro dele, mas ela disse apenas:

— Estou feliz que tenha voltado.

Ele a observou por um tempo antes de responder:

— Eu também.

Seguiu Chike por um corredor, ouvindo Khepri dando ordem para todos voltarem ao trabalho. As pessoas o encaravam abertamente quando passava.

— Ela perdeu a cabeça quando você partiu — contou Chike. — Saiu todas as noites para te procurar, na verdade. Sefu e eu ficamos preocupados, achando que ela estava ficando descuidada. Não a víamos assim desde o golpe.

Hassan não achou que a intenção de Chike fosse fazer com que se sentisse culpado, mas foi exatamente como ele se sentiu.

— Aqui estamos — disse Chike, dando um tapa nas costas de Hassan quando pararam diante da porta do escritório de Arash.

Hassan deu um sorriso amarelo como resposta, respirou fundo e bateu na porta.

— Quem é? — perguntou Arash com uma voz cansada.

— Hassan.

Houve um silêncio do outro lado da porta. Hassan cobriu os olhos com a mão, já arrependido da decisão.

Um momento depois a porta se abriu.

Hassan parou na soleira, olhando para Arash, que ainda estava sentado à escrivaninha. Ele balançou um pequeno objeto na mão.

— Isso abre a porta — disse ele, fazendo um gesto para a porta. — Fui eu que inventei.

— Ah. Você deve estar se perguntando por que voltei.

— Na verdade, não.

— Eu exagerei no outro dia — disse Hassan. — Fiquei com raiva de você e... e de mim também. Mas agora tive tempo para pensar. E, enquanto estava lá em cima, fiquei horrorizado de ver como nosso povo está sofrendo nas mãos de Lethia. Então voltei para dizer que você está certo. Que eu estava sendo moderado demais. As Testemunhas com certeza não vão pegar leve, então também não devemos aliviar. Acho que perdi de vista quem era o meu verdadeiro inimigo e eu só quero... quero fazer as pazes.

— Quer mesmo? — perguntou Arash com indiferença.

Hassan estava começando a perder a paciência.

— Você realmente quer provar que está do nosso lado? — perguntou Arash.

— Quero — respondeu Hassan imediatamente, mas sentindo um aperto no estômago.

O que Arash poderia pedir como prova de sua lealdade? Algo pior do que provocar um tumulto no meio da multidão de civis inocentes?

— Então você tem que conseguir uma coisa para mim.

— Uma coisa?

— A Coroa — respondeu Arash.

— A Coroa de... Herat?

— Não — respondeu Arash, impaciente, olhando para Hassan como se ele fosse idiota. — A Coroa que o primeiro rei de Herat recebeu da Profetisa Nazirah. A Coroa que vai mudar a balança nesta batalha.

— Ah — disse Hassan, aliviado por um momento que Arash não tivesse pedido para governar o reino. — Mas eu já disse que não sei onde ela está.

— E eu sei que você estava mentindo.

— Não estava — insistiu Hassan, dizendo a primeira verdade desde que chegara ali. Uma ideia começou a ganhar vida em sua mente. — Mas posso procurar. Conheço mais sobre a história da minha família do que qualquer pessoa, então, se existe algum registro sobre o que aconteceu com a Coroa, vou descobrir.

Seria perfeito para encobrir seu objetivo verdadeiro — encontrar o texto que o Hierofante queria. Ele poderia passar todo o tempo de que precisava fazendo pesquisas na Grande Biblioteca.

Arash o observou com cautela e descrença.

— Então acho que você devia começar de uma vez.

Três dias depois, Hassan ainda não achara nada — nem a Coroa nem o pergaminho para o Hierofante, que lhe dera pouquíssimas informações. Tudo que sabia era que estava procurando por algum tipo de tratado, um documento mais antigo que a própria cidade, marcado com o símbolo da rosa dos ventos. Ele vasculhara a câmara de textos antigos. Duas vezes.

No quarto dia, Khepri o encontrou na ala da coleção particular da família real. Expositores de vidro mostravam artefatos e documentos colecionados por séculos e considerados importantes pela linhagem Seif. Quando tudo aquilo acabasse, Hassan poderia acrescentar itens que ele mesmo selecionasse para a coleção.

— O que você está fazendo aqui? — perguntou ele quando Khepri entrou.

Ela pareceu chocada com seu tom, que tinha sido mais duro do que pretendia.

— Só queria ver como você está. Agora que você não... eu... a gente não se vê mais com tanta frequência.

Hassan pedira um quarto próprio quando voltara para a Biblioteca. Em parte, para manter sua busca em segredo, em parte porque não sabia se seria bem-vindo no antigo quarto que compartilhava com Khepri, e em parte porque não suportava a ideia de ter que mentir constantemente para ela.

— Bom, estou aqui — disse Hassan.

— Você não está levando essa exigência de Arash a sério, não é? De provar seu valor para ele? — perguntou Khepri, passando o dedo pelo fio de uma lâmina de marfim entalhada na presa de um elefante.

Era por isso que ele a evitava.

— Não é que eu precise provar o meu valor... Acho que ele talvez esteja certo em relação à Coroa. Lembra o que você disse sobre reconstruir? Isso talvez nos ajude com essa questão.

— Você mudou de ideia, então — disse Khepri. Hassan não respondeu. — Deixe eu ajudar.

A luz que entrava pelas claraboias a banhava de dourado. Parecia uma oferta de paz e, mesmo que aquilo complicasse tudo, Hassan estava desesperado demais para fazer as pazes com ela para dizer não.

Ele riu, tentando não soar tão nervoso quanto se sentia.

— Acho que você foi feita para o campo de batalha.

Khepri pareceu ofendida.

— Só porque sou forte não significa que não sei ler.

— Não foi o que eu quis dizer — disse ele, abrindo um sorriso.

Era bom implicar com ela de novo. Como nos velhos tempos.

— Claro que não.

Ela pegou uma adaga e começou a jogar de uma mão para a outra.

— Cuidado com essas coisas — avisou Hassan. — Você não sabe o que ela faz.

Khepri sorriu e girou a adaga na mão.

— Você realmente acha que sua família está escondendo a Coroa aqui embaixo?

— Não — admitiu Hassan.

Examinava um documento que sua tataravó havia, aparentemente, acrescentado à coleção. O ofício dava a permissão a acadêmicos não heratianos para entrar na Grande Biblioteca, uma decisão que trouxera uma era de ouro de inovação a Herat.

— Mas talvez haja alguma pista de onde esteja.

— Bom, onde ficam as coisas mais antigas aqui? Da época do primeiro rei?

Hassan não respondeu. Não conseguia impedir que as lembranças voltassem. Seu pai o levara àquela ala da Biblioteca várias vezes. Ele a conhecia melhor do que alguns dos aposentos no palácio.

Legado, dizia sempre seu pai. *Este é o nosso legado.*

Aquele lugar ligava Hassan ao seu passado e ao seu futuro. E o ligava ao pai. Quase conseguia vê-lo, parado ali com ele, com um sorriso gentil enquanto conversava com Hassan sobre a história de Nazirah. A história deles.

Sentiu o toque no braço e olhou para Khepri, ao seu lado.

— Você está bem? — perguntou ela.

— Não sei — respondeu ele com sinceridade.

Viu a expressão de carinho no rosto de Khepri e teve que desviar o olhar. Foi quando seus olhos pousaram em uma estátua dourada de crocodilo em um canto do aposento. E isso despertou outra lembrança — e também um palpite.

Sempre que visitavam aquela ala, sem exceção, o pai parava ao lado da estátua e tocava o focinho do crocodilo. Eles não deviam tocar em nada ali, mas o pai sempre fazia aquilo e dava uma piscadinha, como se estivesse aprontando alguma coisa.

Hassan certa vez perguntara o significado do crocodilo, que parecia deslocado naquele salão repleto de documentos e itens de significado histórico.

— Ele é a coisa mais importante aqui — dissera seu pai. — É o guardião dos segredos mais antigos de Nazirah.

Hassan nunca soube se o pai estava só brincando. Até onde sabia, o crocodilo era apenas um presente que a família real ganhara de um nobre importante ou algo assim.

Só havia um jeito de descobrir.

Hassan foi até o crocodilo. O focinho dourado estava gelado sob seus dedos. Os olhos do crocodilo brilharam em resposta. Hassan parou na hora. Havia um símbolo entalhado em um deles. Um círculo com quatro pontos — uma rosa dos ventos.

Olhou para Khepri, esperando até que ela se distraísse antes de observar o crocodilo com mais atenção. Enrolado em sua boca estava o que Hassan primeiro achara ser uma língua, mas na verdade era um pedaço de pergaminho. Passou os dedos pelos dentes do crocodilo e teve a súbita sensação absurda de que ele ia mordê-lo, o que o fez afastar a mão.

O olho do crocodilo brilhou para ele. Sem pensar, Hassan pressionou um dedo ali.

A mandíbula do crocodilo se abriu. Hassan saltou para trás, o coração disparado, até perceber que o crocodilo não tinha ganhado vida de repente. Mas sua mandíbula estava aberta para que Hassan pegasse, com mãos trêmulas, o pergaminho. Estava lacrado com um selo com a mesma marca da rosa dos ventos que havia no olho da estátua.

Era aquilo que o Hierofante queria. Hassan o desenrolou com dedos trêmulos. Como o Hierofante dissera, era um tratado que parecia ter sido assinado com sangue.

Nós, os Protetores da Rosa Perdida, assinamos e selamos esta aliança, que serve como o primeiro e único registro da nossa existência e da existência das Quatro Relíquias Sagradas.

A Coroa de Herat, dada ao primeiro rei por Nazirah, a Sábia. A primeira das Quatro Relíquias, a fonte da Graça da Mente.

A Coroa? Será que o Hierofante a queria também? E, de acordo com aquele documento, ela não era apenas um artefato poderoso, era a *fonte* da Graça da Mente. Será que Arash sabia disso? E por que seu pai tinha aquele tratado?

Hassan continuou lendo.

A Espada do Pináculo, entregue ao primeiro Guardião da Palavra por Pallas, o Fiel. A segunda das Quatro Relíquias, a fonte da Graça do Coração.

O Cálice de Sangue, dado para a Rainha Sacrificada por Behezda, a Misericordiosa. A terceira das Quatro Relíquias, a fonte da Graça do Sangue.

A Pedra do Oráculo, guardada pelo Viajante, a última das Quatro Relíquias e a fonte da Graça da Visão.

Essas Quatro Relíquias são os restos da Grande Deidade, o Criador, aquele que os Profetas mataram. Os poderes concedidos por tais Relíquias são os poderes do Deus, dados a esses mortais pelos Profetas. Nosso dever é protegê-los e evitar que caiam nas mãos daqueles que possam abusar do seu poder.

Hassan quase deixou o pergaminho cair. Os poderes de um deus antigo? Aquilo não podia ser real.

O que seu pai estava fazendo, escondendo um texto como aquele?

— Hassan?

A voz de Khepri interrompeu os pensamentos confusos de Hassan.

Ele enrolou o pergaminho e se virou rapidamente para ela, que se aproximou.

— O que é isto? Você achou?

— Não — respondeu Hassan rápido demais e com a voz alta demais. — Isso é só uma lista antiga de conselheiros da corte.

— Bom, acho que não vamos achar nada aqui. Vamos jantar e voltar a procurar amanhã.

Hassan esperou Khepri se virar e enfiou o pergaminho no bolso.

Fosse lá o que fosse aquele texto, verdadeiro ou falso, ele agora tinha certeza de que Arash e o Hierofante estavam atrás da mesma coisa — a Coroa.

E Hassan precisava impedi-los de encontrá-la.

40

BERU

Beru gemeu e se virou de lado. Sentiu a cabeça girar quando abriu os olhos e se deparou com a claridade do sol.

— Hector — murmurou ela. — Cadê o... Hector?

Alguém segurou seu braço, ajudando-a a se levantar.

— Tudo bem, minha querida. Você está bem agora.

Beru esfregou os olhos e se virou para olhar Azhar. O rosto enrugado oscilava diante dela.

A lembrança da partida de Hector voltou à sua mente.

— Hector — repetiu ela, estendendo a mão para segurar o ombro de Azhar. — Você precisa ir atrás dele. Por favor. Não estou forte o suficiente, não posso permitir que ele faça isso.

— Se eu for, você precisa ir comigo. Não posso te deixar sozinha aqui para morrer.

— Mas eu vou acabar morrendo lá — disse Beru. — Estou fraca demais.

— Não se eu restaurar suas forças.

— Achei que precisasse de Hector para fazer isso — respondeu Beru, hesitante.

— Não necessariamente. Não se eu conseguir *esha* suficiente de outro lugar.

— *Não* — disse Beru. — Não vou permitir que outra pessoa morra por mim.

— Não uma pessoa — disse Azhar. — Mas um lugar.

Beru engoliu em seco.

— O que... Como assim?

Azhar fez um gesto ao redor.

— Este oásis. Tem muito *esha* aqui. Muito mais do que é preciso para alimentar a vida de uma única pessoa. Se eu sugar todo o *esha* de tudo que vive aqui, talvez seja o suficiente.

— Você faria isso? — perguntou Beru. — Destruiria seu lar por mim?

Azhar contraiu os lábios.

— Minha doce menina, você ainda não percebeu?

Beru sentiu um aperto no peito.

— Este lugar não é o meu lar. É a minha prisão.

Beru se afastou dele.

— Do que está falando? Que prisão?

— As Filhas da Misericórdia me colocaram aqui — disse Azhar, olhando para as águas turquesa e as palmeiras que balançavam ao vento. — Elas não sabiam o que fazer comigo, sabe? Eu era poderoso demais. Poderoso demais para que me matassem. Então, elas pegaram o *esha* de todo mundo que eu havia trazido de volta e usaram para construir este lugar, que se tornou minha prisão. Eu precisava da vida que tem aqui para sustentar a minha própria. Se eu me afastar demais, começo a enfraquecer. Exatamente como você.

— Todo mundo que você trouxe de volta? — perguntou Beru. — Você quer dizer...

— Sim — disse Azhar, os olhos brilhando. — Exatamente como sua querida irmã, eu sei levantar os mortos. Na verdade, pode-se dizer que sou um mestre nisso.

— Foi *você*. Foi você que trouxe Hector de volta.

Azhar sorriu.

— Pensei que você fosse descobrir mais rápido.

— Mas *por quê*?

— Fiz um favor para uma velha amiga — respondeu Azhar. — Ela o trouxe para mim e me pediu que o ressuscitasse. E foi o que eu fiz.

— Quem é você?

Não era qualquer pessoa que conseguia erguer os mortos. Além de Ephyra, Beru só ouvira falar de uma outra pessoa com aquela habilidade.

— Já fui rei um dia — disse ele em um tom quase saudoso. — Até que elas tomaram meu posto e me deixaram aqui para apodrecer.

— Você não pode ser ele — disse ela com voz trêmula. — O Rei Necromante viveu há quase quinhentos anos.

— Eu até que estou bem para minha idade, não acha? — Ele passou a mão pelo braço. — Como eu disse quando vocês chegaram aqui, o oásis fornece tudo de que preciso. Mas agora que você está aqui, não preciso mais dele.

— O que você quer? — perguntou Beru com voz trêmula.

Hector tinha partido e ela estava sozinha com o homem mais perigoso da história.

— Estou preso neste oásis há quase quinhentos anos. Tudo que quero é a minha liberdade. E você pode me dar isso.

— A sua liberdade... E depois?

— E depois vou querer vingança.

— Já se passaram quinhentos anos — disse Beru. — Quem fez isso com você já deve ter morrido. As Filhas da Misericórdia...

— Não as Filhas — disse o Rei Necromante em tom de desprezo. — Mas aqueles a quem elas servem. Aqueles que previram minha queda.

— Os Profetas? — perguntou Beru. — Eles... eles se foram. Desapareceram há mais de cem anos.

— Eles não se foram — retrucou o Rei Necromante. — Só não querem ser encontrados.

— Isso é... impossível.

— E há apenas alguns minutos você acreditava que era impossível o Rei Necromante ainda estar vivo.

— Por que está me contando tudo isso?

— Porque era nosso destino nos encontrarmos, Beru de Medea — disse ele, acariciando um cacho de cabelo dela. — Podemos ajudar um ao outro. Depois que eu te encher com o *esha* deste oásis, posso sugá-lo de você como venho sugando desta prisão nos últimos séculos. E, quando eu tiver o Cálice, posso devolver a você sua vida.

— Não vou te ajudar — declarou Beru. — Seja lá o que esteja planejando, eu... eu não vou fazer parte disso.

— Ah, minha querida... Que adorável você achar que tem escolha.

Ele envolveu o pulso dela com os dedos e uma onda de *esha* cálido fluiu para dentro de Beru. Sem fôlego, ela observou as palmeiras em volta secarem e morrerem. O som dos pássaros se calou abruptamente, enquanto dezenas de corpos plumados caíam no chão. A areia substituiu a grama. Ao redor, todo o oásis ruiu e morreu.

O Rei Necromante soltou o pulso de Beru, que caiu de joelhos na areia. O vento soprava em volta dela. Uma onda de energia corria por suas veias. Sentia-se acesa, cada fibra do seu ser vibrava de vida.

— O Cálice foi despertado. — O Rei Necromante estendeu a mão. — É hora de irmos.

O *esha* girava dentro de Beru como um mar revolto.

— Não vou com você. Você precisa que eu saia daqui voluntariamente, não é? E não vou fazer isso.

— Ah, que pena — respondeu o Rei Necromante. — Achei que você quisesse que seu espadachim continuasse vivo.

Beru o encarou, horrorizada ao se dar conta do que estava ouvindo.

— Você não pode matá-lo. Ele foi embora.

— O seu *esha* está ligado ao dele — disse o Rei Necromante. — Posso tirá-lo através de você.

— Você está... você está mentindo.

— Será que estou?

Beru fincou os dedos na areia enquanto o *esha* do oásis rugia dentro dela. Podia deixá-lo matá-la naquele fim de mundo. Deixar Hector morrer também. Ou podia ir com o Rei Necromante na esperança de impedi-lo de fazer o que tinha planejado.

Ela segurou a mão dele.

41

JUDE

Jude ficou andando de um lado para o outro na frente do acampamento que os Paladinos armaram a uns cinco quilômetros do lago. Esfriava à medida que o céu escurecia. Annuka e Yarik estavam acendendo uma fogueira.

Anton estava deitado em uma das tendas. Haviam se passado três horas desde que desmaiara ao tocar a Relíquia da Visão. Jude tocou na Pedra que estava guardada no bolso da sua túnica. Parecia estranhamente fria, como se fosse forjada em gelo, em vez de em pedra.

— Alguma mudança?

Jude ergueu o olhar e viu Osei a alguns metros de distância. Olhou para a entrada da tenda e meneou a cabeça.

— Você também devia descansar. Quase se afogou.

— Eu estou bem — respondeu Jude, meneando a cabeça novamente. — Eu só queria que...

— Ele vai ficar bem — assegurou Osei. Depois de um momento, completou: — Ele mergulhou logo atrás de você, sabe?

Havia algo no tom dele que deixou Jude instantaneamente em alerta.

— Acho que ele gosta de você.

Jude afastou o olhar. Não conseguia mais pensar no que Anton sentia ou deixava de sentir por ele. E, de qualquer forma, não importava.

— Ele é o Profeta — respondeu Jude.

A mesma resposta que dera para Anton. A mesma coisa que vivia repetindo para si mesmo.

Ouviram um farfalhar dentro da tenda e Anton saiu, piscando com a claridade do entardecer. Osei logo se aproximou, perguntando como ele estava se sentindo. Jude ficou congelado, observando enquanto Osei explicava o que tinha acontecido quando Anton tocara na Relíquia.

Anton ficou em silêncio por um momento.

— Eu vi de novo. A minha visão.

Jude arregalou os olhos.

— Havia algo que não entendi na primeira vez — continuou Anton. — Mas entendo agora.

— Como assim? — perguntou Jude.

Anton respirou fundo.

— O deus antigo... com quem Vasili acreditava falar... o que dizem que foi morto pelos Profetas. Ele existe. E ele vai voltar, a não ser que a gente o impeça.

— É impossível — disse Penrose.

Não era a primeira vez que dizia aquilo. Anton explicara várias vezes, mas ela não cedera nem um pouco.

— Esse deus *não é real*. Ele não pode ressuscitar quando nem ao menos existiu.

— Só estou contando o que vi — respondeu Anton. — Você tem que admitir, ninguém sabe de onde as Relíquias vieram e nem como os Profetas conseguiram seu poder. Então, não é possível que...

— Não, não é — respondeu Penrose com uma voz dura. — Porque você está tentando me dizer que os Profetas foram os responsáveis por matar um *deus*. E sabemos que isso é uma mentira deslavada inventada para desacreditar e difamar eles.

— *Ou* é a verdade que os Profetas tentaram enterrar — devolveu Anton. — Mas você não consegue acreditar porque isso significaria que tudo que a Ordem da Última Luz defende é uma mentira.

Penrose engoliu em seco e se encolheu como se tivesse levado um soco.

— Jude — disse Anton em tom de súplica. — Você é o Guardião da Palavra. É você quem decide se vamos impedir que um deus seja ressuscitado ou ficar de braços cruzados sem fazer nada.

Jude fechou os olhos. Anton tinha razão sobre uma coisa: se sua visão fosse verdade, a Ordem da Última Luz tinha sido construída baseada em mentiras. Mentiras dos Profetas sobre sua origem. Mentiras que significavam que os Profetas — e não as Testemunhas, nem o Hierofante — eram os responsáveis pela Era da Escuridão.

Ele não sabia se conseguiria aceitar aquilo. E *sabia* que Penrose não conseguiria. A Ordem da Última Luz era tudo para ela. A Ordem tinha sido a luz que a guiara por toda a vida.

Com um só golpe, Anton queria tirar aquilo dela. De todos eles. Se Jude não acreditasse mais nos Profetas e na Ordem, no que acreditaria?

— Precisamos todos descansar — disse ele. — Vamos conversar sobre isso amanhã de manhã.

Ele não conseguiu encarar a mágoa da traição no olhar de Anton, nem a fúria no de Penrose. Jude precisava voltar para sua tenda.

Penrose o seguiu.

— Preciso conversar com você.

— Pode esperar até de manhã.

— Não pode. É sobre o Profeta.

— Ele está bem.

— Mas *você* não está. — Ela respirou fundo. — Te conheço melhor do que qualquer pessoa, Jude. Sei por que você não consegue recuperar sua Graça.

— E por que é, então? — perguntou Jude com aspereza.

— Porque você não consegue desapegar. Não consegue desapegar dele, e isso está anuviando seu julgamento.

— Meu julgamento não foi afetado.

— É claro que foi — disse Penrose. — Isso é exatamente o que aconteceu com Hector.

— Isso não tem nada a ver com o Hector — irritou-se Jude.

— Você o amava — disse Penrose com uma voz severa. — Você ama o Profeta?

— *O quê?* — perguntou Jude. Sentiu como se o ar tivesse sido sugado do seu peito. — Isso é...

— Você não pode ficar com ele. Não do jeito que deseja.

— Do jeito que *eu* desejo? E desde quando nós podemos desejar alguma coisa, Penrose?

— Todos nós fizemos um juramento, Jude.

— Mas você teve uma *escolha*. Você passou a vida inteira procurando a Ordem. Você queria esta vida e eu...

Penrose pareceu chocada.

— Você o quê?

Jude estava prestes a dizer *e eu não*. As palavras estavam prontas para sair da sua boca e ele nem tinha percebido que eram verdadeiras até aquele momento. Ficou ali, à beira de jogar fora todo o seu legado, seu dever e seu propósito; não porque não fosse digno, mas simplesmente porque não acreditava mais neles.

Houve uma época em que sua fé era tudo o que tinha. Mas isso não era mais verdade. Não era mais verdade desde o dia em que Anton entrara no tribunal. Desde antes, talvez. Agora Jude tinha outra coisa em que acreditar.

— Está tarde — disse ele para Penrose, em vez de falar a verdade. — Vá dormir um pouco.

Penrose se virou e saiu da tenda, deixando Jude sozinho.

Ele colocou a Espada do Pináculo e a Pedra do Oráculo em frente a si. A Relíquia da Visão e a Relíquia do Coração. A origem das Graças. Anton dissera que eram a chave para impedir a Era da Escuridão.

Ele as pegou de novo, colocou a espada no cinto e a Pedra no bolso, depois foi para a tenda de Anton. Annuka estava de guarda.

Ela fez um gesto quando ele se aproximou.

— Ainda está cedo para a troca de turno.

— Não consegui dormir — disse Jude. — Vou ficar no seu lugar, melhor que um de nós descanse.

Annuka se afastou. Jude hesitou na porta da tenda, controlou o nervosismo e entrou.

Anton estava sentado na cama, com os joelhos encolhidos junto ao peito. Ergueu o olhar quando Jude entrou e, por um momento, os dois ficaram apenas se encarando.

— Quanto tempo até a próxima troca de turno? — perguntou Anton, por fim.

— Um pouco mais de quatro horas. Por quê?

— Precisamos ser rápidos, se quisermos abrir distância o suficiente — disse Anton, se levantando.

Jude congelou.

— Como é?

— Temos que ir. Nunca vou conseguir convencer a Guarda de que a minha visão é verdadeira. Você ouviu Penrose. A única opção é partir sem eles. Precisamos impedir o Hierofante. Precisamos lacrar o Portão.

O coração de Jude disparou. Escolhera deixar a Guarda uma vez antes, mas tinha sido uma escolha feita por desespero e medo. Temera perder Hector e temera nunca ser o líder que a Ordem queria que fosse.

— Jude — disse Anton em tom de súplica. Seus olhos escuros brilhavam na penumbra da tenda. — Não consigo sem você. Por favor, aposte em mim. Você já fez isso antes.

Verdade. Ele apostara tudo em Anton na Primavera Oculta. Fora uma das coisas mais idiotas que já tinha feito, mas...

Aquilo os levou até onde estavam. Aquilo lhe dera aquele garoto, que depositava a vida nas mãos de Jude e confiava que ele o manteria a salvo. Que o beijava e o enlouquecia e o fazia questionar tudo que achava que sabia. Que lentamente se abria para Jude e o via como ninguém nunca o tinha visto. Que o pedira uma vez antes para ir com ele. Jude nunca chegara a responder.

— Naquela noite em Cerameico — disse Jude, hesitante. — Quando você me encontrou na despensa...

— Quer dizer quando eu o encontrei de porre na despensa? — perguntou Anton, com um sorriso debochado.

— Você me disse que devia ser difícil acreditar em uma coisa só para me decepcionar depois.

Ainda se lembrava das palavras, e da forma como haviam atravessado a névoa de raiva que sentia de si mesmo como um raio de sol. Lembrava-se da maneira desafiadora com que Anton as havia proferido. Como se quisesse provocar Jude a dizer que não deveria ter sido Anton a se revelar o Profeta.

— Eu devia ter dito que você nunca me decepcionou — disse Jude. — Fui eu que te decepcionei. E a Ordem... A Ordem nos decepcionou. Eu estava cego demais para ver até você me dizer aquilo. Você sempre faz isso. Me diz as coisas que não quero ouvir. — Os olhos dele pousaram nos de Anton. — As coisas que mais preciso ouvir. Às vezes parece que você sabe mais sobre mim do que eu mesmo.

Ele não desviou o olhar. Sentia-se vulnerável ao permitir que Anton visse partes dele que jamais permitira a ninguém ver. Nem mesmo a Hector.

E, mesmo depois de vê-las, Anton ainda queria sua companhia. Tinha dito isso várias e várias vezes, mesmo quando Jude não pôde protegê-lo. Mesmo quando deixou o medo enfraquecê-lo.

— Acho que nunca serei o que a Ordem quer que eu seja — admitiu Jude.

Aquele pensamento o tinha torturado e angustiado, mas Jude nunca se permitira dizê-lo em voz alta. Agora que tinha conseguido, sentia-se aliviado.

— E talvez eu não precise ser. Talvez eu *não queira* ser.

Anton sorriu de novo e Jude retribuiu o sorriso.

— Então — disse ele, pegando a mão de Jude. — O que estamos esperando?

42

EPHYRA

Alguém sacudiu Ephyra para acordá-la.

— Me deixe em paz, Beru — gemeu ela, virando-se de lado.

Seus olhos se abriram e a realidade a atingiu. Beru tinha morrido. Ephyra se levantou e encontrou Illya agachado ao lado da cama.

— O que foi? — perguntou ela.

Ele cruzou os braços.

— Achei que gostaria de saber que os Vigias da Cidade estão procurando por você. Parece que acham que você matou várias pessoas.

— Eles não têm como ter certeza de que fui eu — retrucou Ephyra, pressionando a palma das mãos nos olhos. — Não houve testemunhas. Além disso, eles nem sabem quem eu sou.

Então fez uma pausa, olhando-o com atenção. A luz matinal tingia o cabelo castanho-claro com um tom amarelado e os olhos com um tom de mel meio dourado. *Ele* era o único que sabia quem ela era. Mas que motivo Illya teria para denunciá-la?

Ephyra se levantou, puxando o lençol.

— Você ficou descuidada — disse ele, seguindo-a pelo quarto. — Tem saído quase todas as noites. Mal tem dormido. Parece até que *quer* ser capturada.

— Por que você se importa?

Illya parecia frustrado.

— Esta coisa entre nós...

Ephyra deu uma risada alta e cortante.

— *Coisa* entre nós? Está falando de como você me ajuda a matar pessoas e depois vai para a cama comigo? O que você ainda está fazendo aqui? Você não trabalha para as Testemunhas?

— Eu trabalhei. Quando foi conveniente para mim. Já te disse isso.

Ela emitiu um som de escárnio.

— Já. E podemos dizer que o que está rolando também é exatamente isso. Conveniente. — A expressão dele mudou, como se ela o tivesse magoado e, por algum motivo, aquilo a irritou. — Quem é o próximo alvo?

— Como é?

— Quem é o próximo alvo?

— Eu... não tem nenhum alvo — respondeu Illya. — Já estamos nisso há duas semanas. Você precisa de um tempo.

Mas ela não podia parar. Beru estava morta. Se parasse, não lhe restaria mais nada.

— Não é você que decide isso — avisou ela, enquanto se vestia.

— Você está com uma aparência péssima — disse Illya, aproximando-se dela por trás. — Está ficando um caco e eu acho que o Cálice está te afetando.

Ephyra colocou a túnica por sobre a cabeça.

— Por que mesmo que eu permito que você fale comigo?

— Porque — disse Illya, abraçando-a pela cintura — sou muito charmoso.

— Se você gosta deste braço, é melhor se afastar agora — avisou Ephyra.

Ele o afastou de má vontade.

— Estou falando sério. Você precisa de uma folga.

— Está bem — respondeu ela, vestindo seu manto. — Eu mesma encontro uma vítima.

— Você está perdendo a cabeça — disse Illya atrás dela.

— Não preciso de lição de moral de um cara que sequestrou o próprio irmão — rebateu Ephyra enquanto amarrava a máscara.

— O que sua irmã pensaria de você agora?

Ephyra ergueu a mão como se fosse bater nele, mas a afastou no último segundo.

— Não — disse ela com voz baixa e cheia de raiva. — Não se atreva a falar da minha irmã.

Illya se aproximou e a beijou. Ela sentiu o sangue esquentar e a pele se arrepiar. Então se afastou abruptamente e o empurrou contra a parede pelo pescoço.

— Não se meta na minha vida.

E, antes que ele tivesse a chance de responder, ela partiu.

Era tarde da noite quando Ephyra encontrou a próxima vítima. Um mercador, que seria perfeitamente inocente, não fosse o fato de estar claramente vendendo algo mais do que tapetes.

Vendia pessoas. Especificamente lutadores para entretenimento nos poços de areia. Ela o seguiu durante o pôr do sol e, quando já estava totalmente escuro, resolveu que tinha chegado a hora. Ele tinha acabado de sair cambaleando de uma taverna e seguia por um beco.

Ephyra prendeu a máscara e saltou do alto da construção em frente, sem nem tentar fazer um pouso leve.

O homem se sobressaltou e se virou para olhá-la.

— Q-quem é você?

— Prefiro falar sobre quem é você. — Ephyra se aproximou.

O homem pareceu confuso.

— Na verdade — continuou Ephyra, parando bem na frente dele —, dá no mesmo, melhor nem falarmos nada.

Ela se inclinou em direção ao homem e então parou. Ouviu um movimento às suas costas. Havia mais alguém no beco.

O som agudo de algo cortando o ar soou atrás dela e Ephyra se desviou bem a tempo de uma flecha passar por ela e acertar a parede ao lado da cabeça do homem que pretendia matar.

Virou-se e observou os telhados para encontrar seu atacante.

O som de passos ecoou na entrada do beco e Ephyra se virou para se deparar com vários Vigias da Cidade, o que a fez dar um passo atrás.

Os Vigias correram em sua direção.

— Pegue as mãos dela! — disse alguém entre eles. — Ela é perigosa.

Eles a cercaram e Ephyra os enfrentou como pôde até alguém a empurrar de cara contra a parede, torcendo seus braços atrás das costas.

— *Illya* — praguejou ela, lutando para se soltar. — Você me entregou de novo.

E ela tinha confiado nele feito uma idiota.

— Na verdade, fui eu — declarou uma voz diferente, e então Shara apareceu. — Sinto muito, Ephyra, mas o que mais eu podia fazer? Você desapareceu com o Cálice e, de repente, começamos a ouvir notícias de assassinatos em Behezda e corpos aparecendo com a marca da Mão Pálida. Sabíamos que era você.

— Você devia ter ficado fora disso.

— Isso deixou de ser uma opção quando você foi até Tel Amot para me procurar — disse Shara. — Ainda mais depois que causou a morte de Hadiza.

Ephyra lutou para se soltar enquanto um dos guardas a pressionava com mais força na parede.

— É melhor desistir, Ephyra — disse Shara. — Vai ser mais fácil assim.

Ephyra fechou os olhos e procurou o Cálice. Mas, mesmo sem apalpar as dobras vazias da túnica, soube que não estava lá. Em meio à raiva, não dera falta da calidez nem da atração dele.

Illya. Ele devia ter tirado dali quando se beijaram. Provavelmente só estava esperando por uma oportunidade.

O corpo dela relaxou, toda a vontade de lutar a abandonou e a exaustão a tomou por completo.

— Você não precisava fazer isso — disse para Shara, que a olhava nos olhos.

— Claro que eu precisava.

Ela estava certa. E talvez Illya também estivesse. Talvez Ephyra quisesse ser pega. Talvez quisesse que alguém a impedisse de continuar, porque sabia que não ia conseguir parar sozinha. Beru tinha morrido para evitar que Ephyra se transformasse em um monstro, mas era exatamente isso que ela tinha se tornado.

Merecia tudo que acontecesse com ela agora.

43

HASSAN

Hassan fez umas dez tentativas de copiar o texto. Não sabia as informações que o Hierofante tinha do pergaminho, a não ser o fato de que era algum tipo de acordo. Por segurança, manteve a maior parte do texto original, alterando apenas alguns detalhes importantes que esperava que enganassem o Hierofante por tempo suficiente para Hassan orquestrar um plano.

Quando terminou, e o pergaminho verdadeiro foi guardado em segurança, ele se deitou na cama, tentando entender como o pai podia ter tido alguma coisa a ver com aquelas Relíquias. Será que tinha tentado encontrá-las? Protegê-las? Ele era parte dos misteriosos Protetores da Rosa Perdida? Era aquilo que o símbolo da rosa dos ventos significava?

Desejou, pela centésima vez, que o pai ainda estivesse vivo para lhe contar. Ele se virou na cama e pegou na mesinha de cabeceira o objeto que lhe era familiar. A bússola que o pai lhe dera.

Ele a abriu, por hábito, e observou a agulha dourada se virar para o farol. O farol não existia mais, mas a bússola ainda apontava para aquela direção.

Hassan observou o objeto com olhos estreitados, de repente se concentrando na rosa dos ventos da bússola. Um minuto depois, estava revirando a gaveta em busca do pergaminho. Pegando-o, olhou para os dois, lado a lado. A bússola e o símbolo da rosa dos ventos.

Alguma coisa dentro dele dizia que aquilo não era coincidência. Que a bússola era uma pista. O pai lhe dera aquilo — devia ter tido um motivo. Talvez o mesmo motivo que o levara a esconder o pergaminho. A bússola guiava Hassan não para o farol, mas para alguma coisa que fora escondida lá.

Hassan deixou a Grande Biblioteca um pouco depois do amanhecer e saiu sem ninguém ver. As ruas de Nazirah estavam praticamente vazias àquela hora e a tranquilidade quase fez com que se sentisse em paz.

O Hierofante lhe dissera para entrar em contato com uma das Testemunhas que ficavam perto do mercado, e a Testemunha lhe disse para levar o texto até um templo na Estrada de Ozmandith. Eles tinham tomado todos os templos ao longo da estrada e os transformado em lugares para a estranha adoração que faziam.

Hassan não esperava que o próprio Hierofante estivesse lá. Deduzira que ele enviaria um de seus lacaios para aquilo. Então ficou surpreso quando entrou e foi recebido por aquela máscara dourada brilhante.

— Você tem o que eu quero? — perguntou o Hierofante.

Hassan pegou a cópia do pergaminho e a entregou. Umas das Testemunhas ao lado do Hierofante a examinou e a devolveu ao líder.

O Hierofante segurou a cópia e, com a outra mão, fez um gesto para o santuário. Outra Testemunha apareceu, segurando uma tocha.

A chama era branca.

Hassan quase arfou. Pensou que tinham acabado com o Fogo Divino quando derrubaram a torre.

As Testemunhas levaram a tocha até o Hierofante e, sem rodeios, o mascarado ateou fogo ao pergaminho. A chama queimou a ponta do papel até que restassem apenas cinzas. Hassan ficou em choque.

— Esse pergaminho é falso — declarou o Hierofante.

Ele não parecia zangado, o que deixou Hassan ainda mais assustado.

— Eu...

— Achou que podia me enganar? — perguntou o Hierofante. — É isso?

Hassan engoliu em seco.

— Acho que o príncipe de Herat precisa aprender uma lição.

A porta se abriu e Hassan se virou. Na porta, banhada com luz fraca, havia duas Testemunhas. E, entre elas, Khepri, com os braços presos com correntes forjadas com Fogo Divino.

Hassan sentiu um aperto de descrença e terror no estômago. Seu olhar cruzou com o de Khepri e ele viu uma mistura de emoções no rosto dela — traição, confusão, medo. Ele contraiu o maxilar e desviou o olhar. Não quisera envolvê-la em nada daquilo, esperara mantê-la de fora. E parte dele estava com raiva por sua presença. Khepri não confiara nele. Ela o seguira. Talvez ela nem estivesse tentando acertar as coisas entre eles... talvez só estivesse o vigiando.

— Encontramos esses dois lá fora — declarou uma das Testemunhas.

Do outro lado, havia mais duas Testemunhas, arrastando outro prisioneiro: Arash.

Hassan observou, sem acreditar, enquanto sentia uma punhalada no coração. O que Arash estava fazendo ali? Será que tinha ido com Khepri?

O Hierofante fez um gesto para as Testemunhas se aproximarem.

O Fogo Divino crepitou com a aproximação e Khepri, arregalou os olhos, aterrorizada. Enquanto tentava se libertar das correntes que a prendiam, algo arrebentou no peito de Hassan.

— Espere — pediu ele, sem ar. — Espere. Eu sei onde a Relíquia da Mente está. É isso que você quer, não é? A Coroa? Posso pegá-la para você.

O Hierofante ergueu uma das mãos e as Testemunhas pararam.

— Seu *traidor!* — berrou Arash. — Você é exatamente como os outros. Vai vender o próprio país, o próprio povo para esse monstro!

— Ou você ou as Testemunhas vão destruir este país, se eu não fizer o que ele quer — disse Hassan. — Este é o único caminho para a paz.

Arash abriu a boca para gritar de novo, mas uma das Testemunhas a cobriu.

— Hassan — disse Khepri, com olhos suplicantes.

Não soube dizer se ela queria que ele continuasse ou parasse. Não importava. Aquela era a única forma de salvá-la.

— Solte-a e eu pego a Coroa para você — disse Hassan. — A Coroa pela garota.

— Muito bem, príncipe Hassan — disse o Hierofante. — Mas você não vai querer me decepcionar uma segunda vez.

O céu estava cinzento, com nuvens carregadas com uma tempestade de verão enquanto o Hierofante e dez Testemunhas levavam Khepri e Hassan até o local onde outrora ficava o farol.

— Hassan — murmurou Khepri. — Diga que você tem algum tipo de plano.

Ele até *tinha* um. Mas fora tudo por água abaixo.

Estava encurralado. Khepri estava presa com as correntes forjadas com Fogo Divino. Ele só tinha uma jogada e nenhuma garantia de que o Hierofante honraria a troca.

E Arash... Hassan o encarou só para ser fulminado pelo olhar do adversário. Arash estava claramente furioso e, daquela vez, não podia culpá-lo. Estava prestes a fazer o impensável. Mas, se quisessem uma esperança de sair dali vivos, ele só tinha uma escolha.

Entraram nas ruínas do farol. O mar batia contra a rocha sobre a qual o farol outrora se erguera.

— A Coroa está aqui? — perguntou o Hierofante. — Mas o farol foi destruído.

— Está embaixo dele — respondeu Hassan, tentando emanar uma confiança que não tinha, já que estava apenas seguindo seus instintos.

— Pois muito bem. Pode ir na frente.

Hassan assentiu e eles seguiram com as outras duas Testemunhas, cruzando as ruínas.

As Testemunhas, segurando tochas de Fogo Divino, os guiaram por uma escada que descia para o subterrâneo. Eles avançaram para a escuridão. Hassan pegou sua bússola e a usou para guiá-los pelas câmaras escuras. Agora que estavam dentro das ruínas do farol, a agulha tinha virado, e girava lentamente de um lado para outro enquanto desciam a escada.

— Por aqui — disse Hassan.

Chegaram a um aposento circular de pedra escura, que ele achava estar a uns cem metros da superfície. A agulha da bússola começou a tremer e a girar descontroladamente.

— Está aqui.

Havia uma pilastra circular de pedra no centro do aposento, que ia até a altura da cintura. Hassan foi até lá. A bússola ficou mais quente em sua mão enquanto a agulha girava mais rápido. Ele colou a mão na pedra fria e encontrou uma pequena endentação circular no centro da pilastra.

— Abra — ordenou o Hierofante.

Hassan meneou a cabeça.

— Não sei como.

O Hierofante não respondeu, simplesmente inclinou a cabeça para a Testemunha que carregava a tocha do Fogo Divino, que aproximou a chama de Khepri.

— Espere, espere! — gritou Hassan. — Só me dê um minuto. Me deixe...

A bússola ficou tão quente que queimou sua pele e o fez largá-la. Ela se espatifou no chão de pedra. Hassan ficou olhando, horrorizado, as peças da bússola do pai no chão. Era a última lembrança que tinha dele.

Então viu algo brilhando no assoalho e se ajoelhou. Entre as peças, molas e cacos de vidro havia um disco dourado do tamanho de uma moeda com a gravação da rosa dos ventos. Hassan o pegou e olhou do disco para a pilastra. Com mãos trêmulas, ele pressionou o disco na pedra.

A princípio, nada aconteceu. Então, com um barulhão, a pilastra começou a se elevar em direção ao teto da câmara. Enquanto a pilastra se erguia do chão, Hassan viu uma parte oca, uma plataforma de pedra na qual a Coroa de Herat descansava. As pontas afiadas que se curvavam sobre o aro retorcido pareciam dentes brilhando à luz do Fogo Divino.

— A Relíquia da Mente — murmurou o Hierofante, aproximando-se devagar.

Arash se debateu contra as Testemunhas, olhando avidamente para a Coroa enquanto o Hierofante a pegava.

Um gemido assustado tirou a atenção de Hassan da Coroa e a levou para a porta da Câmara, onde Khepri tinha prendido uma das Testemunhas contra a parede e enrolado as correntes no pescoço de seu captor. Ela deu uma joelhada na virilha dele e pegou a tocha de Fogo Divino antes que caísse no chão. As outras Testemunhas partiram para cima dela.

— Nem mais um passo — avisou Khepri.

O Hierofante congelou e se virou para ela.

— Não é só a coroa que você quer. Quer todas as outras Relíquias também.

Ela tirou algo das dobras da camisa — o pergaminho. O *verdadeiro* pergaminho. Devia ter encontrado na gaveta de Hassan, o que mostrava que só tinha ido procurá-lo para saber o que ele estava planejando.

— Bom, você não vai consegui-las — disse Khepri. — Era isso que queria que Hassan encontrasse, não é? Dê mais um passo e tudo que terá serão cinzas.

Ela fez um gesto para a Testemunha que segurava Arash.

— Solte ele.

As Testemunhas olharam para o Hierofante.

— Deixe a gente sair daqui — avisou Khepri, aproximando o pergaminho da chama.

— Isso não vai acontecer — respondeu o Hierofante, com calma.

Khepri baixou o pergaminho para a chama do Fogo Divino, incendiando-o e deixando-o cair.

Só que o pergaminho não se transformou em cinzas. A chama pálida dançou sobre ele, tornando-o preto. Mas o papel não queimou. As chamas morreram e Hassan mergulhou para pegá-lo.

Havia um novo parágrafo ali.

O segredo final da Rosa Perdida, o segredo que não será revelado é este: as Quatro Relíquias que protegemos contêm o esha *da deidade antiga. É dele que tiram o seu poder. Juntas, elas formam o Selo das Quatro Pétalas, que manteve o* esha *da antiga deidade preso no Portão Rubro por mais de dois milênios. Todas as Quatro Relíquias devem ser mantidas separadas, pois, caso sejam reunidas e usadas para abrir o Portão, o* esha *da deidade vai se espalhar livremente e provocar a destruição do mundo.*

Hassan olhou para o pergaminho em estado de choque.

— Isso é... É isso que você quer, não é? Quebrar o Selo das Quatro Pétalas. Libertar o *esha* do deus.

Khepri o encarou.

— Como é que é?

— Os mortais neste mundo cometeram muitos erros — disse o Hierofante. — Mas o primeiro e mais custoso foi quando mataram o antigo deus. Tudo que aconteceu desde então é uma mácula na história do nosso mundo. Os Profetas. As Graças. Os reis e rainhas, os heróis e os vilões. Todos eles habitam em um mundo que nunca deveria ter existido. Mas nós vamos reconstruí-lo. Vamos fazer o mundo voltar a ser o que foi um dia.

— *Nós*? — repetiu Hassan.

— Sim, príncipe Hassan — respondeu o Hierofante. — Minhas Testemunhas mais leais... e você.

Hassan o observou. Imaginara que o Hierofante já tinha conseguido tudo que queria dele. Por que ainda precisava de Hassan?

Khepri se colocou entre ele e o Hierofante.

— De jeito nenhum você vai levá-lo.

— Nós fizemos um trato — disse Hassan, olhando para o Hierofante. — Você disse que iria embora!

— Eu vou. E você vai comigo.

— Um *trato*? — perguntou Arash, furioso.

— Ele está brincando, não é? — perguntou Khepri. — Isso tudo é parte do seu plano.

Hassan desviou o olhar

— Como você *pôde*?

Hassan fechou os olhos. Não sabia como explicar para ela que estava vendo Nazirah escapulir por entre seus dedos. Que poderia perder seu reino ou para Lethia ou para o caos que Arash queria provocar.

Mas ainda precisava dela. Virou-se para Khepri, enfrentando a decepção e a raiva que brilhavam nos olhos dela.

— Khepri, se o que ele está planejando acontecer, não tenho como manter Nazirah em segurança. Ninguém tem. Essa é a única forma de impedi-lo. Preciso que você fique. Fique e proteja a cidade enquanto eu estiver fora.

Ele se aproximou para tocar o ombro dela, mas Khepri o empurrou.

— Eu nem te reconheço mais — disse ela com uma voz embargada. — Mas você está certo, Nazirah não precisa de você. E eu também não.

Suas palavras foram como uma punhalada no peito.

— Não espero que você entenda, mas eu... eu estava tentando proteger o meu povo.

Khepri virou o rosto. Não suportava olhar para ele.

Tristeza e culpa subiram pela garganta de Hassan, mas ele as engoliu. Virou-se para o Hierofante.

— Enganador — disse o Hierofante, quase em um tom de reverência. Ele estendeu uma das mãos e os dedos frios roçaram na testa de Hassan. — Você virá comigo para testemunhar o surgimento de uma nova era.

Hassan ficou parado enquanto duas Testemunhas se colocavam ao seu lado e prendiam seus braços.

— Levem ele também — disse o Hierofante, e, com o canto dos olhos, Hassan os viu arrastar Arash em direção à saída.

Diferente do príncipe, Arash lutou contra seus captores.

— Para onde está nos levando?

O Hierofante segurou o ombro de Hassan.

— Para o lugar onde tudo isso começou.

44

ANTON

Depois de dias perambulando pelo barco da Mulher Sem Nome, Anton ficou feliz em pisar em terra firme de novo.

Sentou-se em frente a Jude no salão de uma taverna movimentada perto do porto e repassou o plano deles uma última vez sob o barulho da conversa. Haviam chegado a Tanais na 17ª noite da viagem. Passariam a noite ali, pegariam o trem para Behezda bem cedo de manhã e chegariam lá no dia seguinte.

— Tanto o Cálice quanto a Coroa estão em Behezda — disse Anton. — Ou, pelo menos, é onde estarão, de acordo com a minha visão. E o Portão... o Portão Rubro da Piedade é o local onde a Rosa Perdida selou o *esha* do deus. Então, quando chegarmos a Behezda, só precisamos pegar as outras Relíquias e levá-las para lá.

— E encontrar alguém que possa usá-las.

— Você pode usar a Relíquia do Coração.

— Não posso, não — respondeu Jude.

Anton olhou para ele na penumbra.

— Você não tentou mais nenhuma vez. Não desde Endarrion.

Com uma expressão de desgosto, Jude afastou o olhar e encarou a multidão de viajantes entediados, famintos e cansados. Anton sentiu um frio na barriga.

Todas as interações entre os dois desde que deixaram a Guarda para trás em Lukivsk eram pesadas, carregadas de palavras não ditas. Logo que chegaram ao barco da Mulher Sem Nome, Anton não conseguia parar de olhar para Jude e, a cada poucos passos, abrir a boca para falar mas desistir antes mesmo de começar. Jude deixara a Ordem com ele. *Por* ele. Anton nem sabia como expressar o que aquilo significava. O que esperava que significasse.

Mas naquela primeira noite, no corredor entre o quarto deles, os dois pararam e se olharam por um longo e desconfortável momento.

— Bom — dissera Jude, por fim. — Boa noite.

— Boa noite — respondera Anton.

E tinha ficado assim. Jude podia ter dado as costas à Ordem, mas aquilo não significava que tinha mudado de opinião sobre todo o resto.

Agora, sentados ali, tão próximos na taverna, Anton se obrigou a falar.

— Está tudo bem, Jude.

— Se Penrose estivesse aqui, ou o resto da Guarda... — Jude soltou um suspiro frustrado.

— Você pode me contar, sabe? — disse Anton, hesitante. — Se está chateado por ter deixado a Guarda.

Sabia que Jude se sentia culpado por ter pegado o barco da Mulher Sem Nome, apesar das afirmações fúteis de Anton de que não tinham abandonado os outros. Lukivsk era um porto pequeno, mas navios passavam por lá todos os dias. Eles conseguiriam alguém para levá-los até Osgard, a capital de Novogardia. A Ordem tinha acólitos lá. Eles ficariam seguros — muito mais seguros do que eles dois.

Mas Anton sabia que a preocupação de Jude não era só com o bem-estar da Guarda.

Ele respirou fundo e olhou nos olhos de Jude.

— Ou se você se arrepende.

— Não me arrependo — disse Jude de forma tão direta e simples que não tinha como não ser verdade. — Você estava certo. Não íamos convencê-los, não a tempo de impedir o Hierofante. É só que... eu me sinto inútil. Você disse que precisava de mim, mas eu nem consigo desembainhar a Espada do Pináculo. Não tenho como te ajudar.

Anton queria dizer que já era mais que suficiente que estivesse ao seu lado. Mas sabia que, se fizesse isso, abriria a caixinha de tudo que estavam deixando de falar. A caixinha que fora muito bem fechada desde a briga no barco da Mulher Sem Nome.

— Vamos jogar Cambarra — disse Anton.

— O quê?

— Posso te ensinar. Olha, já está tarde. Só por esta noite, não vamos falar sobre Behezda, nem sobre Relíquias e nem, você sabe, sobre a possível destruição do mundo. Vamos jogar cartas.

— Mas... — Jude franziu a testa, parecendo frustrado. — Temos que ser discretos.

— E vamos ser. Dois caras jogando carteado numa taverna? Ninguém vai olhar duas vezes para nós.

E foi o que aconteceu. Meia hora depois, Anton estava sentado em frente a Jude em uma mesa barulhenta de jogos. Como Anton prometera, ninguém os incomodou nem pareceu notar a presença deles.

— Viu? — disse Anton enquanto Jude olhava as cartas com atenção. — Eu disse que você ia aprender rapidinho.

— Pare de me distrair — retrucou Jude.

Anton apoiou o rosto na mão.

— Eu estou distraindo você?

Ele disse isso com uma voz baixa e charmosa e viu o rubor subir pelo rosto de Jude. Sabia que era burrice fazer aquilo, mas não conseguia evitar.

Com um brilho de diversão no olhar, Jude encarou seus olhos. Fez a jogada. Anton era o próximo. O jogo terminou algumas rodadas depois. Anton obviamente venceu.

— Não se preocupe. Vamos continuar treinando.

Quase sugeriu outra partida. Não queria que a noite acabasse, não ainda. Jude estava tranquilo de uma forma que não ficava desde que haviam deixado Endarrion. Desde o dia em que Anton cometera o erro monumental de beijá-lo. Ali, na luz aconchegante e com o burburinho caloroso da taverna, não conseguia impedir que sua mente viajasse e que seus olhos não focassem em Jude.

Voltaram para o quarto que alugaram e o encontraram iluminado pelo fogo da lareira, com as duas camas de dossel arrumadas com peles.

— Estou *muito* feliz de termos saído do barco — disse Jude, recostando-se nas almofadas perto da lareira.

Anton se acomodou ao lado dele. O fogo na lareira banhava o rosto de Jude de dourado e fazia os olhos do espadachim parecerem vidro marinho.

— O que foi? — perguntou Jude, e Anton se deu conta de que o estava encarando.

Olhou em direção à lareira.

— Sei que combinamos de não tocar no assunto esta noite, mas acho que eu só queria te agradecer.

— Por jogar cartas com você? — perguntou Jude.

Anton tinha quase certeza de que ele estava brincando.

— Por ter vindo comigo — respondeu com voz firme, mesmo enquanto sentia o coração disparar. — Se você não estivesse aqui... não sei o que eu ia fazer.

Jude não respondeu por um momento. Quando Anton olhou para ele, viu que seus olhos também estavam fixos na lareira.

— Deixei a Guarda porque você me pediu — disse ele por fim. — Mas também... porque era o que eu queria. Acho que já queria isso há muito tempo. Mais tempo do que consigo admitir. Mas eu tinha medo de que sem a Ordem... que sem seu propósito e suas regras, eu acabaria...

A voz fraquejou e tudo que Anton queria fazer era pegar o rosto dele e puxá-lo para um beijo. Mas não se atreveu.

— É só que... — Jude baixou o olhar. — Você estava certo.

O coração de Anton parecia prestes a sair pela boca.

— Sobre o quê?

— Eu não me permito ter as coisas que quero. E é mais fácil assim.

Anton se sentiu vulnerável sob o calor do olhar de Jude e percebeu uma esperança crescer no peito.

— E o que você quer?

Jude olhou para ele e continuou olhando e, quando Anton achou que ele ia desviar o olhar, Jude se aproximou e pressionou os lábios contra os dele. Era como se o desejo de Jude fosse um reflexo do de Anton, que se rendeu ao beijo, segurando-o pelos ombros e se permitindo ser pressionado contra as almofadas.

Só conseguia pensar em como Jude o tinha olhado no alto do farol de Nazirah, enquanto o Fogo Divino queimava atrás deles e havia um mar de águas esverdeadas turbulentas lá embaixo. Foi como se algo estivesse se encaixando no lugar certo.

Jude se afastou abruptamente e se apoiou sobre um dos ombros, ofegante.

— Anton.

Ele parecia tão aterrorizado quanto da primeira vez em que se haviam se beijado.

— Você tem o direito de ter o que quer, Jude — disse Anton com fervor e desespero. — Você deve ter tudo que quer.

O peito de Jude subia e descia, ofegante.

— Eu não quero pedir muito de você. Nem *posso*.

— Do que você está falando? — perguntou Anton, passando o polegar pelo maxilar dele, que estremeceu e segurou sua mão.

— Estou falando que vou proteger você — disse Jude, apertando levemente seu pulso. — Vou ficar ao seu lado até que me peça para partir. Mas não desafiei a Ordem nem abandonei a minha Guarda para que você... — Ele se interrompeu, olhando para as mãos entrelaçadas. Em voz baixa, completou: — Não vou pedir mais do que você queira oferecer.

Anton viu a mágoa nos olhos de Jude, a incerteza, e entendeu, de repente, o que ele estava tentando dizer. Queria puxar Jude para si e beijá-lo de novo, deixar que as coisas seguissem de forma simples. Mas simples era flertar com um tripulante do barco. Simples era beijar um garoto que olhava para ele sobre uma taça de vinho de magnólia. Aquilo entre eles dois não tinha nada de simples — era confuso, verdadeiro e sagrado porque era *deles*.

— Eu te falei que eu sabia o que aquele beijo tinha significado para você — disse Anton, se sentando. — Mas nunca disse o que tinha significado para mim, não é?

O olhar de Jude ficou sombrio na penumbra. Ele meneou a cabeça.

— Você sabe que eu... não tive uma infância fácil — disse Anton, porque pareceu ser uma boa forma de começar. — Quando eu era criança, querer alguma coisa significava sofrer, porque eu nunca conseguia nada. Então, durante a minha vida inteira eu só... tentei sobreviver. Sempre que alguém tentava se aproximar demais, eu fingia ser o tipo que eles queriam e dava a eles o que desejavam sem nunca pedir nada de volta. Era mais fácil assim.

Jude remexeu as mãos no tapete em que estavam deitados. Anton as segurou.

— Mas quando eu te conheci ... você tentou tanto *não* querer nada. Eu não sabia o que fazer — disse ele, dando de ombros de um jeito vulnerável. — Mesmo assim você me protegeu e eu simplesmente... *gostei* de você.

Jude olhava para ele, e seus dedos quentes estavam sob os de Anton.

— Gosto de como você é sério e de como consegue ser engraçado às vezes. Gosto dessa ruga que se forma entre suas sobrancelhas quando está preocupado. — Exatamente a ruga que marcava a testa de Jude naquele momento e despertava uma onda de afeto no peito de Anton. — Você me surpreende o tempo todo, e às vezes acho que eu faria qualquer coisa, absolutamente qualquer coisa, só para te fazer sorrir. E, quando a gente se beijou, eu finalmente admiti para mim mesmo o que você me fez perceber naquele dia no farol.

Jude subira até lá com ele. Tinha enfrentado o pior pesadelo de Anton. Sem nem hesitar. Ninguém nunca tinha feito aquilo por ele antes.

— Eu estava fugindo há tanto, tanto tempo — disse Anton, passando o polegar pela testa de Jude. — E você foi a primeira pessoa que me fez querer ficar.

— Ah — disse Jude com voz fraca.

— Jude — disse Anton, segurando o rosto dele e acariciando as têmporas com o polegar.

Jude se aproximou mais, diminuindo o espaço entre eles até que desaparecesse totalmente. Então se beijaram de novo, um beijo doce e sem pressa. A mão de Jude estava pousada com firmeza e calidez nas costas de Anton.

— A sua Graça me chamou — sussurrou ele contra o rosto de Anton. — Eu te encontrei.

Anton começou a beijar o pescoço dele, bem abaixo do maxilar.

— Isso significa — disse Jude, roçando os lábios nos dele de novo — que tenho o direito de ficar com você.

Trêmulo, Anton tirou o casaco de Jude e desfez os cadarços da camisa até o tecido macio se abrir e revelar o peitoral nu. Sentiu Jude prender a respiração enquanto passava as mãos pelo seu torso e traçava levemente com os dedos um padrão familiar sobre a clavícula.

As cicatrizes brancas do Fogo Divino contrastavam com a pele bronzeada. Anton passou a mão sobre uma delas e Jude segurou o pulso dele. Não havia vergonha alguma no seu olhar, apenas desejo e algo delicado demais para ser nomeado. Anton beijou uma cicatriz fina e branca que formava uma linha em sua clavícula. Ofereceu o beijo como um pedido de desculpas, uma bênção.

Jude levou o pulso de Anton aos lábios e, com seus olhos escuros irradiando a mesma intensidade de quando prometera protegê-lo, depositou um beijo bem no ponto onde o sangue fervilhava. Anton pegou a mão de Jude e acariciou com o polegar o nó de um dos dedos.

Independentemente do que os aguardasse em Behezda e dos pesadelos que rastejavam nos confins da mente de Anton, ele daria conta. Desde que Jude estivesse ao seu lado. E em cada toque, em cada suspiro e em cada beijo, Anton encontrou aquilo do que se esquivara a vida toda.

Esperança.

PARTE IV
MORTE E RESSURGIMENTO

45

JUDE

Jude acordou e olhou a cama intocada do outro lado do quarto e o cabelo louro aparecendo ao seu lado por entre as cobertas.

Virou-se para deitar de costas e ficou olhando para o teto em um silêncio surpreso. Tinha *beijado* Anton. Na verdade, tinham se beijado até as primeiras horas da madrugada e só pararam quando o sono começou a pesar.

Sentiu o coração aquecer ao pensar nisso, mas o medo espreitava sua mente. Apesar das garantias de Anton na noite anterior, Jude não conseguia se esquecer do que tinha acontecido na última vez em que colocara o coração nas mãos de alguém.

— Pare de pensar. — Antou surgiu por entre as cobertas.

Jude já o tinha visto em várias manhãs, mas não como naquele momento. Estava despenteado, ainda quentinho de sono e piscando os olhos escuros. A visão aqueceu o coração de Jude e esse calor desceu até a ponta dos dedos dos pés.

— E o que eu deveria fazer?

Anton passou os dedos pelo cabelo dele, afastando os fios da testa.

— Tenho algumas ideias.

O cantinho da boca de Anton estava implorando para ser beijado e foi o que Jude fez, pressionando o polegar na suave curva da cintura de Anton, que sonhara em tocar desde a primeira vez que o vira.

— Jude — murmurou Anton. — *Jude*.

Era inacreditável que, depois de desejar por tanto tempo, finalmente pudesse ter aquilo. Que pudesse ter Anton, ali todo quentinho, sob suas mãos, e que pudesse fazê-lo estremecer contra seus lábios. Que algo tão precioso pudesse ser dele.

— A gente vai perder o trem.

Com a mão já quase no peito de Anton, sob a camisa, Jude congelou.

— O quê?

— O trem para Behezda — disse Anton, apoiando-se em um dos cotovelos.

— Precisamos sair logo se quisermos pegá-lo.

Ele saiu da cama, ficou fora de alcance e começou a trocar de roupa enquanto Jude o encarava, o que fez um calor subir por seu pescoço. Relutante, ele pegou a camisa no chão e a vestiu, depois pegou as botas.

Na estação de trem, Anton se ofereceu para comprar a passagem e levou Jude até o vagão dormitório. Jude colocou a bagagem em um compartimento e entrou na cabine particular que Anton tinha pagado com o dinheiro que a Mulher Sem Nome lhes dera. Havia uma mesinha com um abajur, duas cadeiras e uma cama fechada na parede.

Uma cama.

Jude olhou para Anton.

— Esta era a única cabine disponível.

Uma imagem da noite anterior apareceu em sua cabeça: Anton aconchegado nos braços dele, iluminado pela luz quase apagada da lareira enquanto levantava o rosto para um último beijo antes de adormecer. Jude, vulnerável demais para fazer qualquer coisa além de aceitar.

— Claro que era — disse Jude com um sorriso enquanto empurrava Anton para a cabine e o beijava para sufocar o pensamento do que viria depois.

Desembarcaram na estação de Behezda na tarde seguinte. Como tudo que existia na cidade, a estação de trem também era entalhada na pedra vermelha que cercava o desfiladeiro. Caminharam pela sombra dos penhascos vermelhos acima e seguiram para a praça da cidade, que possuía um calçadão com um chafariz no centro e era ladeada por portões arcados.

— Tem certeza de que não precisa de uma fonte de cristalomancia para usar sua Graça? — perguntou Jude, conduzindo Anton para uma rua lateral.

— Tenho.

Ele segurou a Relíquia da Visão e fechou os olhos.

Jude só vira Anton fazer cristalomancia uma vez. No lago, Anton parecera quase esmagado pelo próprio poder, o que fez Jude precisar de todo seu autocontrole para não pegar sua mão e tirá-lo de lá.

Daquela vez, ficou apenas observando enquanto Anton segurava a Pedra e mexia os lábios sem fazer som. Estava trêmulo e com o rosto retorcido de sofrimento. De repente, ele teve um sobressalto e pulou para trás, soltando a Pedra e cambaleando até se encostar na parede. Jude foi até ele e o segurou pelo braço.

— O que foi? — perguntou Jude, amparando-o.

Com a respiração acelerada e ofegante, Anton abriu os olhos e piscou.

— Desculpe. É que... eu senti o Cálice. Mas também senti outra coisa.

— Você está bem? — Ele pôs as mãos nas costas de Anton para acalmá-lo.

Anton respirou fundo mais uma vez e soltou o ar devagar.

— Eu não sei. O poder da Pedra é... intenso demais.

Jude encaixou a mão de Anton na dele, lembrou a promessa que fizera e, com uma clareza repentina, entendeu o que ela significara para Anton. Que mesmo sem sua Graça e sem seu poder, ele ainda podia protegê-lo.

— Aconteça o que acontecer, vou estar bem ao seu lado. Mesmo que eu tenha que mergulhar nos seus pesadelos atrás de você.

Anton olhou para ele com um sorriso trêmulo. Respirou fundo mais uma vez e pegou a Pedra novamente. Ela brilhou suavemente na sua mão, ele fechou os olhos e seu corpo todo se contraiu de tensão. Tudo que Jude podia fazer era observar, completamente impotente. Procurou se lembrar de que era necessário. Precisavam encontrar as outras Relíquias. Precisavam arrumar o selo do Portão Rubro. Foi apenas então, observando Anton, que Jude pensou em tudo que aquela tarefa impossível poderia custar. Impedir a Era da Escuridão talvez custasse a vida de Anton.

Com um grito agudo, Anton desmoronou no chão. A Pedra pulsava com uma luz fraca na base do seu pescoço.

— Eu vi — ofegou ele enquanto Jude se ajoelhava ao seu lado. — Sei onde o Cálice está. Mas... é impossível.

— O quê?

Os olhos escuros de Anton encontraram os dele. Havia terror ali, um terror tão profundo que Jude o sentiu até os ossos.

— É meu irmão — disse Anton. — Illya está com o Cálice.

46

EPHYRA

Eles lhe deram cinco dias para tomar a decisão.
No quinto dia, o guarda chegou. Era jovem, talvez até mais jovem que ela, com um rosto infantil e olhos que nunca tinham visto violência.
— Vou enfrentá-los — disse Ephyra.
Não havia prisões em Behezda. O que tinham era o anfiteatro. Disseram que ela tinha uma escolha: enfrentar os próprios crimes ou ser vendida como escrava, sem julgamento.
Esperou sua vez no anfiteatro. Outros criminosos foram antes dela — alguns dos quais provavelmente teria matado, se os tivesse encontrado como a Mão Pálida.
Os acusados ficavam no meio do fosso, com as mãos amarradas em um poste às costas. Em frente havia uma mesa. Na mesa, uma única faca.
Aqueles que o acusado prejudicara poderiam se aproximar, um por um, e exigir a retribuição pelo que lhes fora feito. Um dedo. Um braço. Um olho. Às vezes simplesmente faziam um corte no rosto, como um aviso público do que o acusado tinha feito. E às vezes... às vezes não pegavam a faca.
Misericórdia.
— Você vai ter que enfrentá-los — disse o guarda. — Todos que você prejudicou.
— Isso vai ser bem difícil — respondeu Ephyra friamente. — Já que todos estão mortos.
Ele a empurrou adiante com força.
— A misericórdia não é o perdão — disse a mulher na extremidade do fosso enquanto levavam Ephyra até o centro. — É uma coisa que os prejudicados podem oferecer ou não.
Amarraram Ephyra ao poste.
— A mulher que está diante de vocês é conhecida como a Mão Pálida — continuou a mulher. — Ela matou incontáveis pessoas nesta cidade e em outras. Usou a Graça do Sangue, a Graça das fundadoras da cidade, para fazer isso.

— Ela não merece misericórdia! — gritou alguém na multidão.

A mulher fez um gesto no ar, exigindo silêncio.

— Ela não merece? A misericórdia não pode ser merecida. Não pode ser conquistada. Só pode ser dada. Quem vai oferecer isso a ela?

A multidão não emitiu nem um único ruído.

— Quem foi prejudicado por ela?

Ninguém vai se levantar, pensou Ephyra. Se ninguém falasse nada, será que permitiriam que ela fosse embora? Ou a matariam?

Alguém surgiu na multidão.

— Eu fui — disse uma voz.

A voz era familiar, mas era impossível que pertencesse à pessoa que surgiu na sua mente.

Porque aquela pessoa estava morta.

Era um truque, exatamente como quando ouvira a voz de Beru no túmulo da Rainha Sacrificada.

Ainda assim, de alguma forma, Hector Navarro caminhou em direção a ela. Ele parou ao lado da mesa, pegou a faca e a olhou nos olhos.

Ephyra encarou aquele espectro do seu maior pecado enquanto ele a encarava de volta.

— A Mão Pálida matou toda a minha família — declarou o espectro. — Tirou tudo de mim. E depois ela... tentou tirar minha vida.

Ele deu um passo em direção a Ephyra com a faca brilhando na mão.

— E para isso não há perdão.

Hector levantou a faca. Seria possível uma alucinação matá-la?

Ele desceu a faca e Ephyra fechou os olhos. Mas a lâmina não cortou sua pele. Em vez disso, ela sentiu as cordas cederem no seu pulso e caírem. A voz perto do ouvido dela sussurrou:

— Beru precisa da sua ajuda.

Ephyra abriu os olhos.

— Esta... esta é a minha punição?

Ele franziu a testa.

— O quê?

Ephyra se encolheu contra o poste e desviou os olhos.

— Beru está morta e você também.

— Beru está viva — disse ele. — Eu... e sabe do que mais? Não temos tempo para isso.

Ele agarrou o braço dela e a puxou para longe do poste. Ephyra se encolheu.

— Você não pode... me tocar.

Estava sonhando. Aquilo tudo era um sonho e ela ia acordar sozinha no chão daquela cela encardida à espera de sua punição.

— Você me matou, então acho que agarrar o seu braço é um fardo que você pode aguentar — retrucou ele com voz seca.

— Isso não é real — insistiu ela. — Você não é real. Você está morto.

— Não mais — respondeu Hector.

Os gritos da multidão soaram no ouvido de Ephyra.

Quatro membros da Vigilância da Cidade os cercaram.

— Não é assim que se dá a misericórdia. Ou você pega a retribuição ou vai embora.

Hector olhou rapidamente para Ephyra e a empurrou para trás de si enquanto se virava para enfrentar os Vigilantes. Então jogou a faca para ela, que a pegou.

Os Vigilantes partiram para cima deles. Hector manteve a espada na bainha, usando apenas os punhos para se defender, mas até mesmo Ephyra percebeu que aquilo seria mais que suficiente. Ele se movia tão rápido que ela mal conseguia definir os movimentos: ataque, defesa, desvio, golpe, sempre mantendo sua posição entre Ephyra e os Vigilantes. Ephyra se afastou, segurando a faca e procurando outros atacantes.

Um instante depois, Hector estava ao lado dela e todos os Vigilantes caídos no chão. A multidão gritava.

Ephyra olhou para Hector.

— Você está mesmo me resgatando?

— É o que parece — respondeu Hector.

Ao longe, ela viu mais Vigilantes entrarem no fosso. Hector a puxou pelo braço em direção ao túnel que dava para fora da arena.

Mais guardas da Vigilância da Cidade surgiram no túnel de saída, mas o espaço estreito ofereceu uma vantagem para Hector: os homens eram obrigados a enfrentá-lo um de cada vez.

Em um estalar de dedos, Hector havia derrubado os dois primeiros e pressionava o terceiro contra a parede.

— Vá! — gritou ele, empurrando o guarda contra os outros de modo que fossem obrigados a retroceder.

Ephyra não hesitou. Usando a faca quando necessário, passou pela briga, desviou e fugiu das mãos dos Vigilantes que tentavam agarrá-la.

Saiu para a luz do sol com Hector logo atrás.

Fugiram correndo da arena, ouvindo os gritos da Vigilância da Cidade, e mergulharam nas ruas estreitas com calçamento de pedra. Ziguezaguearam por becos, vielas, escadas estreitas e passagens em ruínas, despistando qualquer um que os estivesse seguindo. Entraram em outro beco e Ephyra parou de repente, agarrando Hector e o pressionando contra a parede, apertando a mão no pescoço dele.

— Você estava mentindo?

Ele arregalou os olhos, com medo, e ela pensou, satisfeita, que estava se lembrando da última vez que tinham se enfrentado.

— Você estava mentindo? Sobre Beru?

— Ela está viva — disse Hector. — Juro que está viva.

Ela afastou a mão do pescoço dele, mas o manteve preso enquanto observava o rosto de Hector para ver se detectava a mentira. Seu coração estava disparado. Beru estava viva. Estava viva. Ephyra teve uma sensação ainda mais forte de que estava em um sonho. Será que as Filhas da Misericórdia tinham mentido para ela? Ou era Hector que estava mentindo?

— As Filhas da Misericórdia me disseram que ela estava morta.

— As Filhas da Misericórdia tentaram nos matar — disse ele, ofegante. — Elas nos abandonaram no deserto. Mas nós sobrevivemos.

Ephyra se virou, cobrindo o rosto com as mãos. Beru. Viva.

— Como você está vivo? Eu te *matei*.

— Alguém me trouxe de volta. Não sei quem.

Ephyra só sabia de uma outra pessoa capaz de erguer os mortos.

— Você realmente encontrou o Cálice? — perguntou ele.

Ela o olhou, desconfiada.

— Como você sabe disso?

— Porque também estou procurando — respondeu ele. — Foi assim que encontrei você. Ouvi que a Mão Pálida estava em Behezda. Fiz algumas perguntas e finalmente descobri que você tinha sido presa pela Vigilância da Cidade. E quando falei com a pessoa que te entregou...

— Shara.

— Precisei conversar muito para convencê-la, mas, no fim das contas, ela me contou tudo. Como vocês localizaram o Cálice. Como você matou as Filhas da Misericórdia para ficar com ele.

— E por que você está procurando o Cálice? — perguntou ela, ainda muito desconfiada.

— Pelo mesmo motivo que você — respondeu ele sem pestanejar. — Beru me encontrou depois que você... depois do que aconteceu. Existe um tipo de... conexão entre nós. Por causa do que você fez. Isso restaurou a saúde dela por um tempo, mas não é o suficiente, então eu a deixei e vim aqui tentar encontrar o Cálice. Ela está morrendo, Ephyra.

— Como assim você a deixou? — perguntou ela. — Onde?

— Em um lugar seguro — respondeu Hector. — Em um lugar onde ninguém pode encontrá-la.

— *Onde?*

— Existe um curandeiro... Ele nos encontrou no deserto, depois que as Filhas da Misericórdia nos deixaram lá. Ele nos levou para o seu oásis.

Ephyra empalideceu de medo. Só conseguia pensar na carta do pai para Badis. *Nós o encontramos no deserto, em um oásis. Não sabíamos quem ele era na época.*

— Hector — disse ela, olhando nos olhos dele. — Você deixou a minha irmã com o Rei Necromante.

47

BERU

O Rei Necromante segurou o braço de Beru, sugando *esha* dela. Antes de ele transformá-la na sua fonte pessoal de energia, ela só tinha vivenciado o *recebimento* de *esha*. Aquilo era muito diferente — como ser atirada em uma banheira de água gelada. Ficava com frio e trêmula depois.

— Não se preocupe — disse o Rei Necromante, puxando a manga da camisa dela para cobrir seu braço. — Esta é a última vez.

Ephyra dissera algo bem parecido certa vez, depois que tirara a vida de um sacerdote para curá-la. Naquela época também não tinha sido verdade.

O Rei Necromante se levantou com um movimento fluido. Parecia mais forte do que no oásis, mais robusto. Estava praticamente brilhando. Beru, em comparação, estava encolhida e pálida. Ele a enchera com o *esha* do oásis inteiro. Um fluxo tão grande, explicou ele, teria efeitos colaterais em qualquer outra pessoa, menos nela.

Ele dissera que ressurgidos eram como um poço sem fundo. Eram capazes de sugar todo o *esha* que lhe davam. O Rei Necromante estava cuidadosamente sugando toda a fonte de *esha* que colocara nela. A não ser que a repusesse, ele sugaria tudo até secá-la.

Já tinham se passado oito dias desde que haviam deixado o oásis, e estavam procurando o Cálice em Behezda desde então. O Rei Necromante dissera no oásis que o Cálice tinha sido "despertado novamente" pela primeira vez em quase quinhentos anos. E, nos dias que se seguiram, ele sentiu que o Cálice vinha sendo usado várias e várias vezes. Mas então, de repente, parara.

— Venha — disse ele. — Sinto outro eco. Mais recente que os outros.

O Rei Necromante arrastara Beru por toda a cidade, atrás de templos e becos escuros onde dizia sentir os ecos do Cálice. Ecos que lhe diziam que a pessoa que o portava só o usara para tirar *esha* — nunca para curar nem para ressuscitar. E evidentemente tinham tirado *esha* o suficiente para matar, o que significava que havia vários cadáveres com a marca de uma mão branca.

Mas isso não significava que era Ephyra. Com o Cálice, qualquer um com a Graça do Sangue poderia se tornar poderoso o suficiente para matar. Mas, no fundo, Beru sabia que não era nenhum desconhecido. Sabia que a Mão Pálida estava de volta.

Sentiu a culpa crescer no peito. Deixara Ephyra por achar que era a única coisa que impediria a irmã de continuar matando. Mas e se tivesse cometido um erro? No que Ephyra tinha se transformado, sem Beru ao seu lado para impedi-la?

O Rei Necromante a guiou pelas ruas estreitas de Behezda e finalmente parou em um beco e fechou os olhos, cantarolando baixinho.

— Este tem menos de uma semana — disse o Rei Necromante. — Os ecos aqui são diferentes. Mais fortes. Quase... — Ele fez uma pausa, como se estivesse prestando atenção. — Está perto.

Beru sentiu um aperto de terror no estômago enquanto o Rei Necromante seguia cada vez mais para o coração da cidade. Tudo que via quando fechava os olhos era a expressão arrasada de Ephyra quando Beru a abandonara em Medea.

Não conseguia suportar a ideia de encarar a irmã de novo. Ainda assim, permitiu que o Rei Necromante a guiasse. Se Ephyra ainda estava lá, ainda matando, era responsabilidade de Beru.

Pararam quando chegaram à beira do rio. Havia uma fileira de construções alinhadas na margem, em ruínas devido à idade.

O Rei Necromante parou diante de uma das portas e girou a maçaneta.

— Quem está aí? — perguntou uma voz.

Beru piscou para a penumbra do aposento. Havia um homem lá dentro, usando roupas no estilo de Endarrion. Ephyra não estava à vista.

O Rei Necromante avançou e Beru arfou, seguindo-o.

— Não dê nem mais um passo — avisou o homem, encostando-se em uma mesa.

— Você tem uma coisa que me pertence — declarou o Rei Necromante.

O olhar inquisidor e dourado do homem os observava.

— Quem são vocês?

— Onde está Ephyra? — perguntou Beru, com medo. — O que foi que você fez com a minha irmã?

Ele arregalou os olhos.

— É você. A irmã. As Filhas da Misericórdia disseram que você tinha morrido.

Beru congelou. Ephyra nunca contaria a qualquer um sobre ela. Quem era aquele homem?

— Como você conhece Ephyra? — questionou Beru, dando um passo em direção a ele. — O que aconteceu com ela?

— Veja bem, Beru — disse o Rei Necromante com uma voz carinhosa, dando tapinhas no seu braço. — Você sabe muito bem que não temos tempo para isso. Estamos aqui para pegar o Cálice, lembra?

— O Hierofante mandou você? — perguntou o homem.

O Rei Necromante inclinou a cabeça, sem entender.

— O Hierofante?

— O que você quer com o Cálice?

— Ninguém me *mandou* — respondeu o Rei Necromante. — Eu quero o Cálice para mim. E quero agora.

— Não entregue — disse Beru antes de conseguir se controlar. — Não dê para ele. Sei que parece impossível, mas ele é o Rei Necromante.

O Rei Necromante encarou o homem de olhos dourados.

— Ela está certa — disse ele, animado. — Então você deve considerar bem se realmente quer ficar entre mim e o que eu desejo.

Ninguém se moveu por um momento. Então, lentamente, o homem de olhos dourados enfiou a mão em uma bolsa aos seus pés e tirou um objeto. Um Cálice prateado.

Ele o virou nas mãos.

— Isto? É isto que você está procurando?

Beru ficou tensa, mas o Rei Necromante sorriu.

— Talvez a gente possa chegar a um tipo de acordo — continuou o homem. — Veja bem, o Hierofante também quer isso. E ele vai ficar muito zangado quando descobrir que eu dei para outra pessoa. Então, que tal eu entregar o Cálice de boa vontade e, em troca, você matar o Hierofante?

— Com prazer.

— Não — disse Beru, ofegante.

O Rei Necromante se aproximou do homem e segurou o pé do Cálice. Ele fechou os olhos e a Relíquia pareceu brilhar sob seu contato.

— Você não tem ideia do que acabou de fazer — disse Beru.

O homem de olhos dourados a encarou.

— A sua irmã — disse ele por fim. — Se você a encontrar, tente não ser tão dura com ela.

Beru sentiu um aperto no coração. Aquele homem *conhecia* Ephyra.

Deu um passo em direção a ele e o agarrou pelo braço.

— Onde ela está?

Ele se soltou.

— Pode acreditar, assim é melhor para vocês duas. — Ele se virou para o Rei Necromante. — E, agora, que tal cumprir o nosso combinado? Até o Hierofante morrer, tenho um alvo nas minhas costas.

O Rei Necromante olhou para o homem como se ele fosse um inseto particularmente interessante.

— Que desagradável.

— Você está... zombando de mim? — perguntou o homem, hesitante. — Você *vai* matá-lo, não vai?

— Claro — disse o Rei Necromante. — É como dizem, um acordo é um acordo.

Beru ficou parada enquanto o Rei Necromante passava por ela.

— Venha, Beru — chamou ele por sobre o ombro.

Ela não sabia mais se era possível impedi-lo, mas era a responsável por tudo aquilo, por ele. Por causa dela, ele tinha fugido de sua prisão. Parecia que não importava o que Beru fizesse, seu destino era causar morte e destruição. Mas, daquela vez, não fugiria.

Lançou um último olhar para o homem de olhos dourados e seguiu o Rei Necromante.

48

HASSAN

O Hierofante manteve Hassan confinado durante toda a viagem que os levou por Pélagos e pelo deserto até chegarem à Cidade da Misericórdia. Agora, em Behezda, Hassan era mantido em um quarto pequeno e escuro dentro de uma caverna que parecia abrigar algum tipo de campo abandonado de trabalhos forçados. Havia uma Testemunha do lado de fora do quarto em todos os momentos do dia.

Ele não tinha mais visto o Hierofante desde que partiram de Nazirah, e também não sabia o que tinha acontecido com Arash. A única coisa que sabia com certeza era que precisava escapar, se queria ter alguma esperança de impedir o Hierofante.

No segundo dia, uma Testemunha entrou com uma tigela de sopa em uma bandeja.

— Não vou comer essa gororoba — disse Hassan, cruzando os braços, tentando bancar um príncipe mimado e petulante, afastando a bandeja com movimentos bem exagerados.

A Testemunha pareceu se irritar.

— Como posso saber se você não a envenenou? — perguntou Hassan. — Você come primeiro.

A Testemunha suspirou, pegou a colher e a levou à boca, comendo um bocado.

E caiu dura no chão.

Pó paralisante. Zareen lhe dera um pouco algumas semanas antes, achando que poderia vir a calhar em algum momento.

E ela tinha razão.

Depois de alguns momentos de confusão e medo, Hassan saiu do quarto vestindo a túnica da Testemunha paralisada. Prestando muita atenção ao som de passos, se esgueirou por um corredor escuro até chegar a uma porta entreaberta, de onde ouvia o som de vozes baixas e uma fogueira crepitando.

Hassan se aproximou mais. Ousou espiar lá dentro e logo se afastou, encostando-se na parede, com o coração disparado. Enfiou a mão no bolso e pegou uma pequena luneta, tirada da coleção de artefatos antigos do pai, que ficava na Biblioteca. Ele a pressionou contra a parede e espiou lá dentro, vendo a sala como se estivesse espiando por uma janela.

O Hierofante estava perto da lareira, cercado por umas dez Testemunhas, e uma delas estava estranhamente coberta da cabeça aos pés e com um tecido sobre o rosto.

— O Cálice foi finalmente encontrado — disse o Hierofante com voz gentil. — Preciso que um de vocês vá se encontrar com Illya Aliyev.

— Ele está com o Cálice? — perguntou a Testemunha mascarada, descrente.

— Está — respondeu o Hierofante. — E ele fez algumas... exigências para devolvê-lo. Vou enviar três de vocês para recuperar o Cálice.

A suspeita de Hassan estava correta. O Hierofante não queria apenas a Coroa — estava à procura de todas as Relíquias. E, se o que o pergaminho dizia era verdade, ele pretendia usá-las para liberar um poder antigo.

— Eu vou — disse a Testemunha mascarada. — Vou obrigar Illya Aliyev a temer sua ira e se arrepender da própria traição egoísta. Ele não contribuiu em *nada* para a nossa causa. Sua lealdade muda com a menor das brisas.

— Você não vai a lugar nenhum — retrucou o Hierofante. — Deve ficar aqui comigo para proteger a Coroa. Não se esqueça de que você fracassou comigo, não uma, mas duas vezes. Eu esperava mais de você quando te mandei para corrigir os erros de Aliyev.

A Testemunha mascarada se empertigou.

— Imaculado, se me der mais uma chance para provar... Você sabe o que dediquei a esta causa.

— Basta — disse o Hierofante, o tom de voz um pouco irritado, embora ainda baixo. — Você está questionando a minha decisão?

A Testemunha mascarada se ajoelhou.

— Não, é claro que não, Imaculado. Nunca. Eu... hei de ficar aqui, conforme ordenou.

O Hierofante suspirou e afastou o olhar da Testemunha mascarada.

— Vocês três. Vão encontrar Aliyev e levem o Cálice ao Portão Rubro. Aqui está a mensagem que ele mandou e o endereço onde vão encontrá-lo.

A Testemunha ao lado do Hierofante deu um passo à frente com um pedaço dobrado de pergaminho em mãos. Uma das outras três que receberam a missão avançou para pegar o papel.

— Vocês receberam suas ordens — disse o Hierofante, observando seus seguidores. — Agora vão cumpri-las.

Quando o Hierofante liberou as Testemunhas, Hassan guardou a luneta no bolso e se afastou pelo corredor. Entrou em uma pequena alcova e esperou algumas Testemunhas passarem por ele. À direita, em uma mesinha baixa, havia diversas velas de tamanhos diferentes. Hassan pegou uma, guardou-a na manga da túnica e se misturou ao grupo de Testemunhas, sem perder de vista as três que deveriam recuperar o Cálice e apressando-se atrás delas pelo labirinto de corredores.

49

ANTON

— Estamos perto.

Anton segurou a manga de Jude, puxando-o para trás. Estavam diante de uma fileira de construções dilapidadas à margem de um rio enlameado que cortava o centro da cidade. A sensação do *esha* de Illya o arranhava. Era fria, sombria, assustadora.

— Ele está ali dentro — disse Anton, apontando para uma das construções.

Jude se virou para ele com o cenho franzido de preocupação. Anton já estava acostumado a ver aquela expressão, mas dessa vez não precisou controlar o impulso de tocar a têmpora de Jude com o polegar.

— Talvez seja melhor eu entrar sozinho. Da última vez que viu seu irmão, você não saiu exatamente ileso.

A oferta era tentadora. Anton às vezes via Illya rindo em seus pesadelos. Mas a ideia de Jude entrar sozinho quando tinham chegado tão longe juntos foi o suficiente para fazê-lo recusar.

— Vou ficar bem, Jude. Vou entrar com você.

Por impulso, ele se aproximou e o beijou. Quando abriu os olhos, a expressão de Jude estava atordoada como se Anton tivesse lhe dado uma pancada na cabeça, e Anton sentiu um quentinho no coração.

Respirando fundo, se dirigiu para a entrada. Sentia Jude ao seu lado, assumindo a postura de luta, contraindo os músculos e concentrando os olhos e ouvidos; sua respiração estava ruidosa, mas estável. O *esha* vibrante de Illya soava nos ouvidos de Anton.

Então abriu a porta. Antes que pudesse entrar, Jude tomou a dianteira.

Ouviu um leve arfar e uma pancada quando Jude pressionou Illya contra a parede.

Illya olhou para Anton, olhou para Jude, e levantou as mãos, se rendendo. Sua expressão era calma.

— Bom — disse ele com voz suave. — Que surpresa, meu irmão.

— Nada disso — interveio Jude, com um olhar severo. — Você não fala com ele. Não olha para ele. Você fala comigo ou com a ponta da minha espada. Fui claro?

Na maior parte do tempo, os traços suaves de Jude e seus modos gentis faziam com que Anton se esquecesse de como ele era mortal em combate. Mas então havia momentos como aquele, quando a voz de Jude ficava tão fria e o olhar, tão quente, que era impossível fazer qualquer coisa a não ser obedecer. Anton detectou um ar de nervosismo na expressão de Illya quando ele se virou para Jude.

— Tudo bem. E o que você quer, Guardião?

— O Cálice — disse Jude. — Onde ele está?

— Vocês chegaram cinco minutos atrasados — disse Illya. — Alguém o pegou de mim. — Ele olhou para os punhos de Jude ainda agarrados à sua camisa. — Você se importa de me soltar?

Jude olhou para Anton, que fez um gesto discreto com a cabeça, e só então soltou Illya.

— Quem o pegou? — perguntou Anton. — O Hierofante?

Esticando a roupa, Illya respondeu:

— Vocês provavelmente não vão acreditar, mas o Rei Necromante pegou o Cálice. Pelo menos foi como ele se identificou.

— O Rei Necromante? — repetiu Anton. — Você está falando sério? Isso é sério?

— Muito sério.

Jude se colocou entre os dois.

— Digamos que a gente acredite. Por que ele quer o Cálice?

Illya revirou os olhos.

— Por que você acha? Ele quer o que todo mundo quer. Poder. Todo mundo, menos você, irmãozinho.

Anton enfiou a mão na camisa e puxou a Relíquia da Visão. Os olhos de Illya acompanharam o objeto como uma mariposa atraída pela chama.

— Você sabe o que é isso, não sabe? Sabe onde eu o encontrei?

— Tenho certeza de que você vai me contar — respondeu Illya, tranquilo, mas Anton conseguia ver a avidez do irmão.

— Eu voltei para casa. Fiz uma visita a nossa avó.

Illya pareceu surpreso.

— A Relíquia estava no lago onde você... onde eu quase me afoguei. — Mais baixo, ele acrescentou: — Onde você me salvou.

— No lago? Mas...

— Vasili tinha a Pedra — continuou Anton. — E depois de destruir o Império Novogardiano, ele a levou para o lago e se afogou. Exatamente como quase aconteceu comigo. Então, não, Illya, eu não quero poder. Porque, até onde sei, o poder leva à loucura.

— Então acho que somos todos loucos.

Antes que Anton pudesse responder, a porta se abriu atrás deles, revelando três pessoas de túnica. Testemunhas. A mais alta, no meio, era um homem que ocupava toda a entrada. As outras duas eram mulheres, uma baixa, com cabelo claro e sardas, e a seguinte com a pele marrom e longos cabelos escuros presos em um rabo de cavalo.

Jude empurrou Anton para trás de si e levou a mão ao cabo da Espada do Pináculo.

— Ah — disse Illya, calmo. — Vocês demoraram.

Jude estreitou os olhos para ele.

— Você estava nos enrolando para que seus reforços chegassem e nos pegassem desprevenidos.

— Entregue o Cálice, Aliyev — disse a Testemunha mais alta.

— Então, em relação a isso...

— O Cálice não está aqui — disse Anton. — Vocês chegaram tarde demais.

A Testemunha arregalou os olhos para ele.

— Você. Você é o Profeta.

Anton se encolheu quando as outras duas Testemunhas começaram a avançar. Jude segurou mais forte o cabo da Espada do Pináculo.

Uma figura encapuzada e usando túnica, como as outras Testemunhas, apareceu na porta segurando uma barra de metal. Antes que Anton tivesse a chance de reagir, ele acertou a Testemunha de cabelo escuro entre os ombros, fazendo-a soltar um grito de dor e desabar. As outras duas se viraram para a Testemunha traidora com expressões confusas.

Illya aproveitou o momento de distração e avançou com uma faca brilhando nas mãos. A lâmina cortou a Testemunha alta, que caiu com um gemido profundo, agarrando a barriga. Agora indefesa, a Testemunha de cabelo claro se afastou da confusão e recuou de costas até a porta.

Jude correu em direção ao recém-chegado e o pôs contra a parede, forçando o bastão de metal do próprio atacante contra seu pescoço.

— Espere — pediu a quarta Testemunha, ofegando. — Não sou uma Testemunha.

Ele puxou o capuz, revelando um rosto bonito com olhos castanhos calorosos e cachos escuros.

Jude deu um passo para trás, deixando o bastão de metal cair aos seus pés.

— Príncipe Hassan?

O rosto do rapaz demonstrou alívio.

— Capitão Weatherbourne. Eu não esperava encontrá-lo aqui.

A Testemunha de cabelo escuro gemeu enquanto se levantava. Antes que pudesse fazer qualquer coisa, Jude e Hassan giraram em direção a ela, cada um agarrando um dos braços e empurrando-a contra a parede. Ela sibilou de dor.

A Testemunha mais alta, que ainda sangrava no chão, soltava arquejos úmidos enquanto tentava se aproximar deles.

— Por favor — implorou a mulher que Hassan e Jude seguravam. — Permitam que eu leve ele a um curandeiro. Nós vamos embora e não vamos voltar.

Jude olhou para a Testemunha ensanguentada.

— Você vai dizer para o Hierofante onde nos encontrar.

— Por favor. Ele vai morrer se não permitirem que eu o leve.

— De qualquer forma, nenhum curandeiro vai querer ajudá-lo — sibilou Hassan. — Além disso, a Graça do Sangue não é uma abominação para vocês? Ou agora que você precisa de um curandeiro isso não importa mais?

A mulher choramingou e Anton viu nos olhos de Jude o que ele estava prestes a fazer. O Guardião soltou a Testemunha e fez um gesto para o homem ensanguentado.

— Vá, pode levá-lo.

Hassan o encarou, boquiaberto e descrente, mas um momento depois também soltou a Testemunha.

Ela não agradeceu nem disse nada enquanto se abaixava e levantava a outra Testemunha. Saíram cambaleando pela porta.

— O que foi tudo isso? — perguntou Anton para Illya.

Illya se virou de costas e sacudiu a faca para remover o sangue.

— Autopreservação. O Hierofante teria me matado se soubesse que o Cálice não estava mais comigo. — Ele guardou a faca.

— O Cálice não está aqui? — perguntou o príncipe Hassan.

Jude olhou para ele.

— O que você sabe sobre o Cálice? E como nos encontrou?

— Não encontrei. Fui capturado pelo Hierofante. Ele me trouxe para cá, para Behezda. Está procurando as Quatro Relíquias Sagradas. Ele já tem a Relíquia da Mente. E isso... foi culpa minha. Um erro. Estou aqui para corrigir as coisas. Segui as Testemunhas até aqui para impedir que o Hierofante chegasse ao Cálice.

— E como você sabe sobre as Relíquias? — perguntou Anton.

Hassan olhou para ele.

— E quem é você? Onde está o resto da Guarda?

Jude deu alguns passos em direção a Anton.

— A Guarda... não está aqui. Príncipe Hassan, este é Anton. O Último Profeta.

O príncipe encarou Anton, demonstrando um misto complexo de emoções. Anton sentiu que o silêncio estava se alongando demais e ficando constrangedor.

— Também conhecido como meu irmão — acrescentou Illya.

Anton o ignorou.

— Precisamos encontrar o Hierofante. Você pode nos ajudar?

Hassan assentiu.

— Sei que ele está seguindo para o Portão Rubro.

— Então é para lá que nós vamos. Temos que impedi-lo e recuperar a Coroa. — Anton olhou para Jude.

— E o Cálice? — perguntou o Guardião.

— Não sei — respondeu Anton. — Mas sei que tudo está me levando para o Portão Rubro.

— E quanto a ele? — perguntou Hassan, apontando para Illya.

— Vou sair desta cidade o mais rápido possível.

Jude lançou um olhar de desculpas para Anton e agarrou o braço de Illya antes que ele tivesse a chance de sair.

— Você vem com a gente.

— O quê? — perguntou Anton. — Mas por quê?

— Você conhece o Hierofante — disse Jude para Illya. — Já seguiu ordens dele. Precisamos saber no que estamos nos metendo.

— Eu não o conheço *tão* bem assim — respondeu Illya, e Jude o apertou mais forte. — Está bem, está bem!

— Um passo em falso e você é um homem morto — avisou Jude.

Ele soltou Illya, que fez uma cara de dor, e Anton não conseguiu evitar o orgulho que sentiu.

Jude segurou sua mão.

— Pronto?

— Não — respondeu Anton, entrelaçando os dedos nos de Jude. — Mas dessa vez isso não vai me impedir.

50

EPHYRA

Ephyra queria gritar. Queria despejar toda sua raiva em cima de Hector. Ameaçá-lo. E queria comemorar. Queria chorar de alívio.

Beru estava viva.

Mas talvez não por muito tempo.

— Como é possível que o Rei Necromante ainda esteja vivo? — perguntou Hector. — Ele viveu há mais de quinhentos anos.

— Ele é poderoso, mesmo sem o Cálice. Acho que está sugando *esha* para se manter vivo.

Hector fechou os olhos.

— Foi ele. Só pode ter sido. Foi ele quem me reviveu.

— E o que ele quer com você? E com Beru?

— Não sei — respondeu Hector. — Ele só disse para a gente que precisava do Cálice para salvá-la.

Claro. O Rei Necromante queria o Cálice de volta para restaurar todo o seu poder. E depois o quê?

— Precisamos encontrar o Cálice — disse Ephyra, levantando-se.

Se não conseguisse o Cálice de volta, o Rei Necromante venceria. Mesmo se encontrassem Beru, não faria diferença.

— O que aconteceu com o Cálice? — perguntou Hector.

— Uma pessoa o roubou de mim — respondeu ela. Illya. — Mas antes disso eu o usei. Eu... matei com ele. Ainda sinto um eco do seu poder.

— Então você consegue encontrá-lo? — perguntou Hector.

— Acho que sim. — Ela o encarou. — Você veio mesmo até aqui para salvar Beru?

Hector suspirou e concordou com a cabeça.

— Por quê?

— Eu só... — Ele contraiu os lábios. — Eu só sinto... Não sei. Eu preciso protegê-la.

A última vez que vira Hector e Beru juntos, ele estava esperando a morte dela. E foi a morte dele que, por fim, separara as irmãs. Ephyra se sentia incomodada em saber que algum tipo de elo tinha se formado entre Beru e Hector depois daquilo. Sabia que a irmã tivera uma paixonite por ele quando eram crianças — uma vez a provocara tanto por causa disso que Beru ficara com raiva a ponto de lhe dar um chute.

Estava acostumada a ser ela a protetora de Beru. Pensar que alguém estava fazendo isso em seu lugar era estranho. E não era qualquer pessoa — era Hector.

— Se estiver mentindo para mim... — avisou ela.

— Não estou.

Ephyra respirou fundo e sentiu o coração disparado. Um formigamento nas mãos. Conseguia sentir melhor a atração do Cálice quando usava sua Graça.

— Me dê a sua mão — disse ela para Hector.

Ele lançou um olhar cauteloso para ela.

— Se queremos encontrar o Cálice, você precisa confiar em mim — disse ela com impaciência.

— Não tenho certeza se consigo. Levando em consideração que... bom, tudo.

Ela não tinha tempo para aquilo. Estendeu a mão para pegar a dele e Hector a afastou com um tapa. Ephyra tentou de novo e, em um piscar de olhos, Hector a prendeu pelo pescoço em um mata-leão.

— Não encoste em mim — disse ele.

Ela levantou a mão e segurou o pulso dele. Tinha feito aquilo uma vez antes. Tinha puxado uma quantidade insignificante do *esha* de Illya para entrarem no túmulo da Rainha Sacrificada. Ela respirou fundo, sentiu o pulso de Hector contra sua mão e atraiu um fiozinho do seu *esha*.

Hector afastou o braço abruptamente ao perceber o que ela estava fazendo. Ephyra se afastou, sentindo o zunido do *esha* dele vibrando por ela.

Foi o suficiente. Captou um sinal fraco do poder do Cálice, sussurrando para ela nos limites da sua Graça.

Hector a encarava, assustado.

— Vamos — disse Ephyra, ignorando seu olhar. — Eu sei onde está o Cálice.

Partiram em direção à saída da cidade, para o portão que levava à boca do desfiladeiro.

— Estamos quase lá — disse ela para Hector.

O que Illya estava fazendo tão longe assim?

Tenso, Hector parou de repente. Ephyra parou ao lado dele e seguiu seu olhar sério. Nas sombras dos portões da cidade havia uma pessoa alta.

Ephyra olhou para Hector.

Ele deu um passo hesitante para frente.

— É ele.

Com cautela, Ephyra o seguiu. O homem de repente se virou, notando sua presença. Era alto e magro, com cabelo escuro e comprido, e tinha uma barbicha discreta no queixo. Tatuagens cobriam toda a pele à vista.

— Ora, ora — disse o homem, sorrindo. — Hoje parece ser meu dia de sorte. Finalmente tenho a chance de conhecer a Mão Pálida.

A animação genuína desorientou Ephyra por um momento. Aquele realmente era o Rei Necromante? Parecia quase amigável. Mas definitivamente era o Cálice aquele objeto brilhando em sua mão e, atrás dele, escondida nas sombras, estava Beru.

Ephyra congelou.

— Ephyra — disse Beru, arregalando os olhos.

Ela realmente estava viva. Bem diante dos seus olhos.

— Como você conseguiu isso? — perguntou Hector, aproximando-se do Rei Necromante.

Ele ergueu o Cálice, admirando-o, e então olhou para Ephyra.

— Você quer isto, não é?

— Liberte ela — disse Ephyra com a voz trêmula de raiva.

O Rei Necromante levantou uma das sobrancelhas.

— Com todo prazer. Que tal fazermos um trato?

— Que tipo de trato? — perguntou Ephyra com cautela.

— Uma troca simples. Você pela sua irmã.

— Ephyra, não — avisou Beru. — Ele quer o seu poder.

O Rei Necromante deu uma risada trovejante.

— Ela está certa! Sua irmãzinha é tão sábia, não é? Posso contar a história, se você quiser. É uma boa história... bem trágica.

— Me poupe — retrucou Ephyra. — Já sei que você me deu um pouco da sua Graça.

— Sim. Todos nós cometemos erros.

— E agora você quer de volta?

O Rei Necromante inclinou a cabeça.

— É o justo. — Ele olhou para o Cálice que segurava na mão. — Da última vez que segurei este Cálice, o poder dele foi demais para mim. Me transformou. Mas com você... com você as coisas vão ser diferentes. Com você, o poder não vai se opor a mim.

— Liberte ela — repetiu Ephyra. — E eu te dou o que quiser.

O Rei Necromante sorriu.

— Então assim será.

Ephyra deu um passo em direção a ele, que então afastou a mão de Beru, mas ela não se mexeu.

— Não faça isso — implorou a irmã. — Por favor. Não por mim.

Ephyra deu mais um passo em direção a ela, mas Beru recuou. Ephyra baixou a mão e se virou para Hector.

— Estou confiando em você. Mas se você a machucar...

— Não vou — respondeu ele. — Eu nem conseguiria.

Ephyra assentiu.

— Então tire ela daqui.

O Rei Necromante estendeu a mão. Ephyra a aceitou.

O necromante puxou-a para si e Ephyra cambaleou quando ele agarrou-lhe o pulso e puxou seu braço. Ela ofegou e ouviu Beru arfar também.

Com a outra mão, o Rei Necromante pegou uma faca. Ephyra gritou e tentou se afastar, certa de que estava prestes a morrer, mas ele apenas cortou sua pele um pouco acima do pulso. Com calma, ele guardou a faca, pegou o Cálice e o segurou sob o fluxo de sangue que escorria do corte.

— O que está fazendo? — perguntou Ephyra.

Ele estava cantarolando baixinho e soltou o braço dela enquanto balançava o Cálice com o sangue.

Ephyra observou, horrorizada, quando ele levou o Cálice aos lábios e bebeu. Quando olhou para ela, seus olhos estavam brilhando.

— O que você acabou de fazer? — perguntou ela em tom desafiador.

O Rei Necromante sorriu e limpou uma gota de sangue no canto da boca. Ephyra segurou o braço que sangrava enquanto ele fechava os olhos e erguia uma das mãos para Hector.

Ephyra ofegou ao sentir sua própria Graça responder. Hector soltou um gemido de dor e cambaleou como se estivesse lutando contra uma força invisível. Então ele agarrou os ombros de Beru, que por sua vez gritou de dor, tentando se soltar.

— Hector... o que...

— Sinto muito — ele conseguiu dizer, parecendo lutar para emitir cada palavra. — Eu não... não sou eu.

Ephyra olhou de novo para o Rei Necromante e entendeu na hora. Ele comandara seu exército de ressurgidos com o Cálice. Ele os *controlara*. Do mesmo jeito que controlava Hector agora.

— Este não foi o nosso acordo. — Ephyra estava enfurecida. — Você disse que ia libertar ela!

O Rei Necromante a encarou.

— Eu disse, não disse? Só que nunca falei que não ia pegá-la de volta. Você realmente deveria ter mais cuidado no futuro.

Ele se virou para partir e Hector o seguiu, puxando Beru junto.

— Ephyra — gritou Beru, em pânico. — Ephyra, não... não permita que ele...

— Para onde você está levando eles? — perguntou Ephyra.

— Vou levá-los para conseguir o que desejei pelos últimos séculos — retrucou ele. — Vingança.

51

JUDE

O Portão Rubro da Piedade se erguia diante deles; suas sombras cobriam a terra rachada enquanto o sol se punha no deserto. As ruínas do centro da cidade original de Behezda se estendiam em volta. O Hierofante e cerca de trinta das suas Testemunhas estavam nas sombras. Ao lado do Hierofante, havia um heratiano desconhecido, preso por correntes forjadas em Fogo Divino.

— Arash — disse o príncipe Hassan.

O homem acorrentado olhou para ele, mas não respondeu.

Do outro lado do Hierofante, uma Testemunha segurava uma caixa de vidro, dentro da qual descansava uma coroa dourada. A Relíquia da Mente.

A Testemunha mascarada que atacara Jude e Anton em Cerameico e em Endarrion deu um passo à frente, colocando-se diante do Hierofante.

— Illya Aliyev — disse o Hierofante. — Onde está o Cálice?

Ao lado de Jude, Illya ficou tenso.

— Recebi uma visita e alguém o roubou de mim.

— Você permitiu que a Relíquia do Sangue fosse roubada? — O tom do Hierofante foi cortante.

— Você já não tinha atrapalhado o suficiente em Nazirah? — perguntou a Testemunha mascarada. — Quando deixou o Profeta escapar? O Imaculado me mandou para corrigir o seu erro.

— E você fez um belíssimo trabalho — retrucou Illya com voz seca. — Quem foi que deixou o Profeta e o Guardião da Palavra escapar por entre os dedos não uma, mas *duas vezes*? E quem é que está aqui não só com o Profeta e com o Guardião, mas com duas das Relíquias?

— Basta — disse Jude. Ele se virou para o Hierofante com a mão no cabo da espada. — Sabemos o que está planejando. Mas, se você abrir o Portão, dará início à Era da Escuridão.

— E você ainda acha que pode me impedir — disse o Hierofante.

— Por que está fazendo isso?

— Por que nós estávamos *errados* — respondeu o Hierofante. — Quando os Profetas mataram o deus e roubaram seu poder... eles se desviaram do plano divino. E nós pagamos por isso. Temos que corrigir as coisas. Devemos reabrir o Portão.

— Você vai trazer ruína para todo o mundo — disse Anton. — Eu vi. É isso que realmente quer?

— Quando é que você vai entender? Não se trata do que eu *quero*. Nem do que vocês querem. Nossos desejos humanos não importam. Somos meros instrumentos da vontade do mundo.

A fé de Jude já tinha sido quebrada uma vez, mas algo mudara dentro dele na noite em que abandonara a Ordem. Pela primeira vez, havia depositado toda sua fé em si mesmo. Ninguém, nem mesmo o Hierofante, poderia abalá-la agora.

— Você acha que tem uma escolha? — perguntou o Hierofante. — Que qualquer um de nós tem?

— Acho — respondeu Jude, encarando seus olhos azuis. — É exatamente o que eu acho.

Ele soltou seu manto, deixando-o escorregar pelos ombros. Então o dobrou com capricho e se aproximou de Anton, entregando a peça para ele. Anton a pegou, hesitante.

A Testemunha mascarada desembainhou a espada de Fogo Divino. As chamas brilhavam forte sob os raios do sol poente.

Jude segurou o cabo da Espada do Pináculo. Sentiu a onda de poder. Fechou os olhos.

Por favor, pensou com desespero.

A Testemunha mascarada atacou. Jude tentou desembainhar a espada e chamou sua Graça. Ela ganhou vida, mas logo se apagou.

— Você ainda acha que pode confiar nesse poder corrupto e vil? — perguntou a Testemunha, cheia de desdém.

Ela atacou de novo, com rapidez e força, à esquerda de Jude, que se virou e conseguiu evitar o golpe. A Testemunha lhe acertou um soco nas costelas.

— Jude! — exclamou Anton em pânico.

Jude sentiu o ar ser arrancado de seus pulmões.

A espada de Fogo Divino desceu mais uma vez sobre ele, que mal teve tempo de bloquear o golpe com a espada embainhada. As espadas se cruzaram, fazendo com que eles ficassem cara a cara. Jude olhou nos olhos da Testemunha e para as cicatrizes claras em volta deles.

Foi tomado de horror, exatamente como da primeira vez que vira o que aquele homem tinha feito consigo mesmo. Mas com o horror veio outra coisa, uma coisa que tinha tentado não enxergar. Reconhecimento. Não importava o quanto a ideia de que aquele homem tinha queimado a própria Graça o nauseasse, havia uma parte que o entendia completamente. Entendia o impulso irresistível de provar para todos que era digno de uma causa que não queria nada além da sua autodestruição.

Eles compartilhavam as mesmas cicatrizes. E só agora Jude conseguia ver as outras, as marcas invisíveis que a Ordem da Última Luz deixara nele. O autoflagelo que tivera que executar tantas e tantas vezes, negando completamente quem era, queimando as partes de si mesmo que a Ordem não queria. Jude era um reflexo daquela devoção terrível e sem sentido da Testemunha.

Não queria se ver naquele homem, mas era o que estava acontecendo.

— Nunca será o suficiente — disse Jude. — Você pode dedicar cada parte do seu ser para as Testemunhas, para o Hierofante, e nunca vai ser o suficiente.

— Você não sabe nada sobre mim, sobre a minha devoção e nem sobre o Imaculado!

A Testemunha partiu para cima dele com um rugido e o golpeou com força; Jude saltou para o lado para evitar o golpe e pousou delicadamente.

Sabia o que precisava fazer.

A Testemunha correu novamente em sua direção e Jude segurou o cabo da Espada do Pináculo.

Pare de lutar, dissera lady Bellrose.

Sentiu o peso da espada nas mãos.

Lembrou como a tinha desembainhado na Primavera Oculta. Do rosto assustado de Anton na janela. Daquele mesmo rosto olhando para ele na cisterna, o verdadeiro norte da bússola do seu coração. A sensação foi de que havia sido encontrado.

E não porque ele era o Profeta, mas porque Jude esperara a vida toda para encontrá-lo e, quando isso aconteceu, não tinha sido nada como o imaginado. Anton era teimoso, lindo e irritante, e Jude passara tempo demais fingindo que não ardia por inteiro sempre que Anton olhava para ele. Não conseguia mais fazer aquilo. Não faria.

Reuniu toda a fé que tinha dentro de si e começou a fazer os movimentos do *koah*. Respiração. Movimento. Intenção.

Deixaria seus sentimentos, a verdade do seu coração, tomarem forma dentro de si. Eles o guiariam, do mesmo modo que sua fé na Ordem o guiara uma vez, antes de tudo ruir. Anton não acreditava nas coisas em que Jude acreditava, mas acreditava em *Jude* e isso era o suficiente. Era mais que o suficiente, mais do que qualquer pessoa já lhe dera. As sementes da fé de Anton tornaram possível que a própria fé de Jude se enraizasse.

Sua Graça rugiu e ganhou vida, ecoando por suas veias, enchendo-o de força. Uma tempestade poderosa rugiu dentro dele, insuperável, inegável. Ele era Jude Weatherbourne, o Guardião da Palavra, Capitão da Guarda Paladina.

Um garoto com um coração no peito e uma espada na mão.

Poeira e areia giraram à sua volta quando ele se virou e desembainhou a Espada do Pináculo para bloquear o ataque da Testemunha. A intensidade da defesa foi o suficiente para empurrar a Testemunha para trás. Jude partiu para o ataque, golpeando rapidamente. A Testemunha se esquivou e a Espada do Pináculo passou rente ao cabelo dela.

A Testemunha cambaleou e Jude atacou novamente, acertando a lâmina de Fogo Divino com uma onda de força. O poder combinado da Espada do Pináculo e da Graça de Jude foi o suficiente para derrubar a Testemunha, enquanto a espada de Fogo Divino voava da sua mão.

O oponente caiu com tudo e desabou de costas na terra, levantando poeira. A forma encolhida no chão emitiu um gemido suave e tentou se levantar antes de desistir e desmoronar de novo na areia.

Jude o deixou em paz. Não era ele que precisava derrotar. Então avançou contra o Hierofante. A Relíquia do Coração em suas mãos reverberou com poder — tanto poder que o corpo de Jude não conseguia conter sozinho. Aquela força emanava pelo ar ao redor, fazendo a poeira e a areia se erguerem em volta dele.

O Hierofante deu um passo para trás. As Testemunhas formaram uma barreira de proteção à sua volta, mas Jude nem ligou. A Espada do Pináculo estava viva em suas mãos quando ele avançou em direção ao Hierofante, derrubando qualquer Testemunha que se atrevesse a entrar no caminho. Dezenas caíram em questão de segundos.

Em um piscar de olhos estava diante do Hierofante.

— Pare! — exclamou o Hierofante, recuando.

Jude avançou, erguendo a espada.

— Pare! — exclamou o Hierofante novamente. — Guardião. Você não sabe quem está prestes a matar.

— Sei que você precisa ser detido — retrucou Jude. — E isso é suficiente para mim.

Com mãos trêmulas, o Hierofante levou a mão à parte de trás da cabeça e soltou a máscara, deixando-a cair. O que Jude viu fez seu sangue gelar.

— Você não quer me matar — disse o Hierofante. — Você nasceu para me servir.

Jude olhou para o Hierofante.

Diante dele estava o profeta Pallas.

52

ANTON

A tempestade do *esha* de Jude estava poderosa e estrondosa de um jeito que Anton jamais tinha sentido.

Porém ainda mais estrondoso foi o silêncio que se seguiu depois que Jude sussurrou três palavras:

— Pallas, o Fiel.

— Sim — confirmou o Hierofante, Pallas. — Esse já foi meu nome.

Anton viu o terror e a descrença anuviarem os olhos de Jude. Toda sua vida tinha sido devotada a servir os Profetas. Anton nem conseguia imaginar como ele se sentia, enfrentando a origem da sua fé e ouvindo aquele homem — o Profeta — rejeitar tudo que um dia defendera. Saber que não era só a Ordem que o tinha decepcionado, mas os próprios Profetas.

— Não é possível — disse Jude. — Isso... é um truque.

Uma onda de *esha* atingiu os sentidos de Anton. Mas não vinha de Jude. Era um *esha* que Anton nunca sentira antes. Era oco e profundo, como um eco sem fim.

Uma voz desconhecida cortou o ar.

— Não é truque nenhum.

Anton se virou e viu um homem alto de cabelo escuro e longo na entrada das ruínas, segurando o que Anton sabia ser a Relíquia do Sangue. Ao seu lado estava Ephyra.

— Olá, Pallas — disse o homem com uma voz quase carinhosa.

— Eleazar — respondeu Pallas em um tom afiado. — Nunca imaginei que fosse vê-lo novamente. Achei que fosse definhar no deserto.

Eleazar. O Rei Necromante.

— Ah, peço perdão por decepcioná-lo — respondeu o Rei Necromante. — Eu, por outro lado, imaginei este momento muitas e muitas vezes. E estou muito feliz por ter sobrevivido para vê-lo acontecer.

Anton olhou para Ephyra, que estava rígida ao lado do Rei Necromante, segurando o braço ferido. Parecia fraca e exaurida. O que a levara para o lado do Rei Necromante? Não parecia que estava lá por escolha própria.

— Todos esses anos e você não arrumou nada melhor para fazer do que nutrir um rancor de séculos — desdenhou Pallas.

— Você me expulsou para uma terra desolada por mais de quinhentos anos — disse o Rei Necromante. — Acho que nutrir o meu rancor foi um uso muito produtivo do tempo.

— Foi Behezda quem te baniu — retrucou Pallas. — Eu queria matar você.

O Rei Necromante deu um sorriso alegre.

— Sim, e devia ter matado.

Ao longe, Anton viu mais duas figuras se aproximando do Portão Rubro. Percebeu que Jude também os havia avistado pelo arfar surpreso e o sussurro de:

— Hector?

Anton sentiu uma pontada de raiva. Lembrava-se muito bem do que tinha acontecido da última vez que Jude vira Hector. Era inimaginável que alguém fosse capaz de descartar a amizade e o *amor* de Jude. Anton viu o sofrimento no rosto do Guardião e sentiu um impulso de ir até ele para oferecer conforto.

Mas, quando olhou novamente para Hector, viu que havia algo de errado. Hector foi até o Rei Necromante, puxando Beru consigo, mas parecia relutar a cada passo. Como se não tivesse controle de si mesmo.

Anton sentiu o sangue gelar nas veias. Beru estava ali. Era o que acontecia em sua visão. Estavam na ponta do precipício da Era da Escuridão, e Anton não sabia como impedi-la.

— Está vendo, Pallas? — disse o Rei Necromante. — Você não é o único que tem seguidores.

— Você está se referindo aos abomináveis ressurgidos que escravizou?

Anton olhou para Ephyra, que não pareceu se surpreender com a chegada de Beru e Hector. Precisava chamar a atenção dela de alguma forma. Se ela conseguisse roubar o Cálice enquanto o Rei Necromante estivesse distraído, ainda tinham uma chance de lacrar novamente o Portão. Mas o olhar dela estava fixo em Beru.

— Illya — disse Pallas. — Já que foi você quem deixou o Cálice escapar por entre seus dedos, é você quem deve recuperá-lo.

Illya não se moveu.

— Illya — repetiu Pallas, um pouco impaciente.

Jude se virou para Anton e atraiu seu olhar. Ele olhou para o Rei Necromante e, depois, inclinou a cabeça em direção à Testemunha com a coroa.

Anton entendeu na hora. Deu um passo em direção ao príncipe Hassan e o cutucou discretamente.

— A Coroa — disse Anton em voz baixa. — Podemos pegá-la enquanto o Hierofante está distraído.

Hassan assentiu.

— O que precisamos fazer para selar o Portão?

— Alguém para empunhar cada uma das Relíquias — disse Anton. — E então vou usar a minha Graça para selá-lo.

— E você já fez isso antes?

— Não — admitiu Anton.

— Arash pode empunhar a Relíquia da Mente — disse Hassan, parecendo desconfortável com a ideia. — Só precisamos livrá-lo das correntes de Fogo Divino.

— Está bem — disse Anton. — Você cuida disso. Vou pegar a Coroa enquanto Jude causa uma distração.

Na frente deles, o Rei Necromante estava segurando o Cálice em uma das mãos, enquanto estendia a outra para o Hierofante que, por sua vez, arfou e começou a tremer violentamente. O Rei Necromante estava sugando o seu *esha*.

Jude correu na direção do Rei Necromante com tanta velocidade que virou uma mancha.

O clangor de metal contra metal soou e Jude parou. A Espada do Pináculo havia sido interceptada pela espada de Hector.

— *Não* — arfou Jude. — Hector.

— Me desculpe — pediu Hector. — Não consigo impedir.

Ele atacou novamente e Jude não fez nada além de aparar o golpe.

Anton mordeu o lábio e se obrigou a desviar o olhar. Precisava confiar em Jude.

— *Agora* — sibilou para Hassan.

Os dois saíram correndo em direção às Testemunhas aos pés do Portão. Anton se atirou sobre a que segurava a Coroa e gritou quando caíram. A caixa com a Coroa desabou no chão ao lado deles.

Anton mergulhou para pegá-la. A Testemunha o agarrou pela cintura. Mais Testemunhas cercaram Anton, correndo para a Coroa. Anton se virou e deu um chute forte na caixa para afastá-la o máximo possível. Ela foi escorregando pelo chão e se espatifou nas pedras perto de onde Hassan lutava contra outro grupo de Testemunhas, brandindo as correntes de Fogo Divino.

A Testemunha se afastou de Anton e seguiu os outros em direção à Coroa, mas já era tarde demais. Hassan a pegou. Ao seu lado, o outro heratiano, Arash, estava se levantando enquanto as correntes de Fogo Divino caíam no chão.

— Pegue — disse Hassan de forma brusca, entregando a Coroa para Arash, que, hesitante, a segurou.

— Anton, agora! — gritou Jude.

Ele ainda estava lutando com Hector. Atrás, o Hierofante estava de joelhos diante do Rei Necromante, que brilhava com o poder do Cálice.

— A Coroa — disse Anton para Arash. — Você precisa usá-la.

Arash olhou para a Coroa e a colocou na cabeça. Anton agarrou a Relíquia da Visão e fechou o os olhos. Sentia o poder de cada uma das Relíquias se unindo, ligando-se uma à outra. A Coroa, a Espada, o Cálice, a Pedra. Uma luz clara e fria o envolveu. Aquele era o *esha* do deus, que era ao mesmo tempo a fonte do seu poder e única coisa capaz de contê-lo.

Com a Pedra, Anton conseguiu ver tudo que acontecia, mas não com os olhos. O mundo à sua volta era uma concentração de corações batendo e *esha*, cada um diferente do outro. E, no Portão Rubro da Piedade, o fio de *esha* de cada uma das Relíquias se uniu, formando o selo que mantinha a energia do deus presa. Explosões de *esha* irradiaram dali e formaram o que parecia um sol minúsculo, ou uma rosa dos ventos.

Era aquilo que Anton precisava consertar.

Ele estendeu a mão e tocou o Portão Rubro. De repente, soube o que precisava fazer e seguiu o mesmo instinto que fizera sua Graça chamar Jude na cisterna de Nazirah. Anton respirou fundo, direcionou todo o seu poder para o selo e sua Graça reverberou e emanou diante de seus olhos. Sentiu a superfície rochosa do Portão e tentou desviar o poder das Relíquias combinadas para lá. O *esha* das Relíquias resistiu. Não queria ser controlado.

Ele fincou os calcanhares no chão e, usando sua Graça, empurrou o *esha* das Relíquias com toda a força que conseguiu, direcionando-o para o Portão e para o selo quebrado.

Sua Graça se tensionou dentro dele. Estava expandindo-a até o limite, mesmo com o poder adicional da Pedra. Caiu de joelhos, mas continuou, mesmo enquanto a luz branca gritava dentro da sua cabeça.

Era demais. A dor e a luz iam queimar sua mente. Todo aquele poder ia dominá-lo. Enlouquecê-lo, exatamente como tinha acontecido com Vasili. Ele não seria nada além de uma concha vazia. Seu controle no *esha* das Relíquias começou a afrouxar.

Era aquilo que sua visão tentara lhe dizer. Era aquilo que o tinha assustado e paralisado. Aquela luz forte e clara — aquilo era o deus. E era poderoso, poderoso demais, para Anton.

Sentiu alguém agarrá-lo e afastá-lo do Portão, o que encerrou a conexão com o selo. Sem um lugar para direcionar o *esha* das Relíquias, o poder o atravessou e anulou todos os seus sentidos. Quando o choque passou, Anton estava caído. A mão de alguém se fechou na Pedra, arrancando-a do seu pescoço.

— Não! — gritou Anton, abrindo os olhos e se sentando.

O mundo girava à sua volta. Tudo que conseguiu ver foi Pallas na sua frente, segurando a Pedra. De alguma forma, ele tinha se livrado do Rei Necromante.

Anton ainda conseguia sentir o *esha* da Pedra, mas não havia nada que pudesse fazer enquanto Pallas pegava o poder combinado do *esha* das Relíquias. O poder atravessou o portal e o despedaçou.

Uma luz fria e forte explodiu, banhando o mundo com seu brilho e clareando tudo em volta de Anton até ele não conseguir enxergar mais nada.

53

EPHYRA

Ephyra tinha observado o espadachim cheio de cicatrizes atacar o Rei Necromante com sua espada de Fogo Divino. Por um momento, sentiu como se fosse sua pele que estivesse queimando.

O Rei Necromante tinha o Hierofante em suas garras e estava sugando o *esha* dele — bem devagar, e ela achava que era porque queria que o Hierofante tivesse total compreensão de sua derrota.

Mas então o ataque da Testemunha libertou o Hierofante, e Ephyra o viu correr em direção ao Portão Rubro da Piedade.

Na frente dela, chamas brancas dançavam na pele do Rei Necromante enquanto ele se retorcia de dor, ainda segurando o Cálice.

— NÃO! — bradou ele.

O Cálice pareceu brilhar na sua mão e Ephyra sentiu sua própria Graça fluir em direção a ele. De alguma forma, por mais impossível que fosse, as queimaduras do Rei Necromante começaram a se curar.

Um grito agudo cortou o ar. Ephyra se virou com o coração disparado. Beru estava caída no chão, nas sombras de uma parede de pedra que outrora devia ter sido uma grande torre.

— Beru! — gritou Ephyra, correndo para o lado da irmã.

Ajoelhou-se ao lado dela e a pegou nos braços. Levou um momento para compreender o que estava acontecendo; o Rei Necromante estava sugando a Graça de Ephyra para aumentar a dele, mas era do *esha* de Beru que ele precisava para curar as queimaduras do Fogo Divino.

Precisava impedi-lo de continuar.

Ele estava sugando a Graça dela para o Cálice, buscando se curar, mas o Fogo Divino persistia, tentando queimar a Graça do Rei Necromante mesmo enquanto ele a usava, como se o fogo e a Graça estivessem travando uma luta e nenhum dos dois fosse forte o suficiente para acabar com o outro.

Ephyra fechou os olhos, segurou Beru com força e se concentrou no *esha* que fluía. Usou sua Graça para pegar o *esha* e estancar o fluxo, mas não importava o quanto pressionasse, o *esha* de Beru vazava como água em um copo rachado. Conseguia sentir que estava acabando. Beru estava se esvaindo sob suas mãos.

— Ephyra? — chamou Beru, em um tom distante, olhando para a irmã com olhos sem foco.

— Estou aqui — disse Ephyra, pressionando a mão contra o coração dela. — Vai ficar tudo bem.

— Estou com medo — disse Beru com a voz fraca.

Durante todos os anos que passaram juntas, esforçando-se para manter Beru viva, ela jamais dissera quanto medo sentia. Não importava quão fraca estivesse, nem quão mal se sentisse, Beru sempre bancava a corajosa. Ephyra sempre soubera que era balela, mas ver aquela confiança ruir a aterrorizou.

Não ia falhar com a irmã. Não dessa vez. Ela soltou o *esha* de Beru, que ainda vazava. Ainda sentia a Graça do Rei Necromante puxando a sua. Ephyra reuniu toda sua força — toda a raiva, toda a tristeza e até mesmo o nada que a consumira quando acreditara que Beru estava morta — e puxou de volta.

Conseguiu agarrar a Graça do Rei Necromante e o Cálice. Os batimentos do coração de Beru diminuíam sob seu toque.

Não, pensou Ephyra, desesperada. O Cálice a chamou. Ephyra se abriu para recebê-lo. Deixou-o entrar. Ela era a condutora. Sentiu, enfim, o que o Cálice queria. O porquê de ter se voltado contra o Rei Necromante. O Cálice não queria ser controlado.

Seu poder explodiu dentro de Ephyra, libertando-se do Rei Necromante, que soltou um berro agonizante enquanto o Fogo Divino o dominava, mas aquilo parecia distante. A Graça de Ephyra trovejava por dentro. A força vazou por ela, era demais para o próprio corpo conter.

Não era só o Cálice, percebeu. A energia era mais poderosa do que qualquer coisa que já fluíra por ela, e queimava intensa e incontrolavelmente. As mãos de Ephyra ainda estavam em Beru e, sem saber o que estava fazendo nem o porquê, guiou a energia para a irmã.

Fosse lá o que fosse, aquilo a salvaria, e para sempre daquela vez.

Quando abriu os olhos, quatro fios grossos de *esha* estavam se enrolando em volta de Beru como fumaça. Conseguia *vê-los*. Os fios começaram a envolver Beru, que passou a brilhar cada vez mais forte, enquanto fissuras de luz se formavam por todo o corpo dela.

Ephyra ofegou através das lágrimas. Era tarde demais para impedir que o *esha* entrasse em Beru. Tudo que podia fazer era aguentar firme e entrar na corrente até que os fios arrebentassem como uma onda.

O poder lançou Ephyra para trás como se tivesse sido atingida por uma explosão que teve Beru como origem. Ajoelhou-se. Tudo à sua volta estava muito parado. A luta tinha chegado ao fim. E lá estava Beru, imóvel, deitada no chão.

Parecia que as entranhas de Ephyra tinham sido incineradas. Um som triste saiu da sua garganta.

Beru se mexeu e abriu os olhos.

Ephyra soltou um longo suspiro de alívio. Tinha conseguido. Tinha salvado a irmã. Nada mais importava.

Beru se levantou, com leveza e calma, e virou a cabeça para observar a cena diante dela. Seus olhos pousaram em Ephyra, caída no chão. Ephyra congelou sob aquele olhar.

Aquela não era a Beru.

Ela trouxera alguma *outra* coisa de volta.

54

BERU

Os olhos de Beru se abriram. Pelo menos foi o que pareceu — e não que *ela* tinha aberto os olhos, mas sim que seus olhos se abriram por conta própria, por uma ordem que não fora dada por ela.

Sua pele parecia quente e estava pinicando como se houvesse uma tempestade de raios sob ela. Sentiu que se levantava e novamente soube que não era *ela* quem estava fazendo isso.

QUE... LUGAR É ESTE?

O pensamento. Novamente, não era dela.

ONDE ESTOU?

E, depois:

O QUE EU SOU?

Havia pessoas à sua volta. Viu Ephyra de joelhos na poeira, como se estivesse em súplica. Algo naquilo parecia certo. Seus olhos se moveram e ela viu uma figura alta e de túnica parada na sombra de um portão rubro.

VOCÊ. EU CONHEÇO VOCÊ.

Havia ódio dentro dela. Traição. Aquele homem tinha feito alguma coisa a ela. Não, não a ela. *Àquilo*. À... presença dentro dela.

O ser queria esmagar aquele homem. Mas estar no corpo dela... aquilo era novidade para o ser, que olhou para suas mãos. Eram tão pequenas. O que mãos tão pequenas podiam fazer?

Sua boca se abriu. O que saiu não foi uma palavra. Foi um som, como um choro ou um grito.

Viu Ephyra se afastar.

O ser dentro dela queria destruir. Sentiu a vontade crescer, o desejo, a necessidade. Beru reuniu sua força de vontade. A coisa estava confusa. Hesitante. Incerta.

Abriu a boca novamente. O som saiu de novo. Ela berrou e berrou e Beru usou todas as suas forças e disse:

— *Saiam daqui. Saiam daqui agora!*

O ser não queria que ela falasse. A coisa a engasgou para que se calasse. *Saiam daqui saiam daqui saiam daqui*, pensou. Nenhum som saiu.

O homem de túnica se aproximou deles. Ele também se ajoelhou em súplica. Aquilo não agradou em nada o ser. O homem não era confiável. O homem...

O homem tinha matado o ser.

O homem tinha prometido servir ao ser, mas, em vez disso, o matara.

— VOCÊ — sibilou a voz de Beru, preenchida de mais ódio do que jamais sentira na vida.

O homem olhou para ela, com os olhos azuis e vítreos. Havia temor no seu rosto.

O ser dentro de Beru se retorceu de fúria. Lembrava-se de tudo agora. Ele era um deus. Ele criara tudo aquilo, a areia, as pessoas, o céu. Tudo aquilo fora feito pelo deus da criação.

Mas o ser fora destruído. E agora o ser fora refeito. E o ser era uma coisa diferente agora.

Era um deus da destruição.

55

JUDE

O chão rugiu sob os pés de Jude enquanto ele se ajoelhava ao lado da forma imóvel de Anton.

— Anton — suplicou, segurando o rosto dele. — Vamos. Por favor. Acorde.

Ele não estava morto, Jude sabia disso. Quando sua Graça retornara com toda a força, ele de repente conseguira sentir a de Anton — do mesmo modo que acontecera em Nazirah. Estava mais fraca dessa vez, como uma correnteza tranquila e calma, mas era o suficiente.

Um grito agudo e assustador cortou o ar. Jude olhou em volta e viu a garota — não, a criatura — em pé no meio das ruínas, com o rosto sombrio. Parecia frágil, como se tivesse sido arrasada e remendada de volta. O poder que emanava era diferente de qualquer coisa que Jude já tinha sentido. Era sombrio, caótico e tão potente que ele conseguia ouvir, como um rugido profundo e de gelar os ossos.

O Hierofante se afastou às pressas.

Ephyra se ajoelhou aos pés da irmã.

— *Vá, Ephyra!* — exclamou Beru. — Não consigo controlar por muito mais tempo.

— Não — respondeu Ephyra com fervor. — Não vou te abandonar.

Outra figura correu em direção a Ephyra, que estava encolhida no chão. Illya. Um barulho alto chamou a atenção de Jude, que ergueu os olhos e viu o Portão Rubro da Piedade começar a ruir, as primeiras pedras cascateando a poucos metros de distância. Houve um som ainda mais alto e o arco do Portão cedeu.

Com o coração quase saindo pela boca, Jude envolveu Anton nos braços e o colocou de pé.

Anton emitiu um gemido e se virou.

— Jude?

Jude se abaixou para dar apoio a Anton.

— Precisamos sair daqui.

— O portal — disse Anton. — Eu não...

— Jude! — chamou outra voz.

Hector correu na direção deles.

Jude ficou boquiaberto. Não havia entendido por que Hector parecia estar sob o controle do Rei Necromante, mas agora parecia ter se libertado. Não havia tempo para fazer todas as perguntas que inundavam sua mente.

Hector os alcançou e, sem dizer nada, pegou Anton pelo outro lado, dando apoio.

— Vamos.

Os três se afastaram da destruição e do deus, enquanto a cacofonia de sons do Portão desmoronando preenchia o ar. O céu se iluminou com a maior tempestade de raios que Jude já tinha testemunhado.

Eles não pararam de correr até chegarem aos muros da cidade, a mais de um quilômetro do Portão Rubro. Anton ainda estava consciente, mas não tinha forças para ficar em pé sozinho, então Jude e Hector o ajudaram a pular o muro. Jude o segurou pela cintura para dar apoio.

— Então, você andou bem ocupado, hein? — perguntou Hector, brincando.

Jude abafou o riso. Não entendia como Hector tinha ido parar lá, mas, no meio do terror que os envolvia, era algo para se comemorar.

— Pode-se dizer que sim. Hector, o que foi que *aconteceu* lá? Com o Rei Necromante?

Hector suspirou.

— Vai ser mais fácil se eu mostrar.

Antes que Jude pudesse perguntar o que ele queria dizer com isso, Hector levantou a camisa e se virou. Jude arregalou os olhos. Havia a marca escura de uma mão na pele bronzeada do rapaz.

— Foi Ephyra. Ela me matou para salvar a irmã.

Jude quase engasgou com a própria respiração. Sentiu um aperto no peito. *Matou?*

— O Rei Necromante me trouxe de volta — explicou Hector, baixando a camisa. — Isso criou uma conexão entre mim e Beru. Entre o nosso *esha*. Consigo sentir o que ela sente. Mas agora... agora só sinto o ser dentro dela. E ele está furioso. Ele quer destruir.

Jude se controlou para não tremer.

— Acho que sei o que é. Acho... acho que Ephyra ressuscitou um deus antigo e o colocou no corpo da irmã.

Era exatamente o que Anton tinha previsto.

— Como...? — Hector parou de falar e encarou Jude. — Na verdade, sabe de uma coisa? Eu ouvi e vi tanta coisa inacreditável hoje que nem tenho como não acreditar em você.

— Capitão Weatherbourne — chamou uma voz atrás deles.

Jude se virou e viu o príncipe Hassan diante deles, com alguns arranhões, mas sem outros ferimentos. Segurava a Coroa de Herat.

— Príncipe Hassan — disse Jude. — Você está bem?

Hassan assentiu com uma expressão sombria.

— Arash não... não sobreviveu.

O compatriota dele.

— Sinto muito.

Hector observou o príncipe Hassan.

— Você não é o Profeta?

Jude e Hassan trocaram um olhar.

Anton levantou a cabeça do ombro de Jude.

— Acho que este seria eu.

Hector olhou para ele e depois para Jude.

— Isso é uma piada?

Antes que Jude tivesse a chance de responder, o céu brilhou com um raio forte e cintilante. O muro atrás deles começou a tremer e Jude logo percebeu que não era só o muro, mas a cidade inteira.

— Ela vai destruir Behezda — disse Hassan com voz fraca.

— O ser ainda está confuso— disse Hector. — Acho que só está esmagando coisas aleatoriamente enquanto tenta matar o Hierofante. O ser o *odeia*.

— Então temos que entregar o Hierofante para ele — disse Hassan com amargura.

— O Hierofante, quer dizer, Pallas, talvez seja o único que sabe como deter o deus — disse Anton. — Afinal, ele é um Profeta. Já lidou com o deus antes.

Jude contraiu o maxilar ao se lembrar da verdadeira identidade do Hierofante. Pallas, o Fiel. Enchia-o de terror e raiva pensar que já o tinha adorado um dia.

— Precisamos encontrá-lo — decidiu Anton.

Aquilo arrancou Jude do próprio rancor.

— Não. Você está fraco demais. Quase *morreu*. E você não tem mais a Relíquia da Visão.

— Eu fracassei — declarou Anton. — Me deixe fazer pelo menos isso.

Jude olhou Anton nos olhos e reconheceu o que via ali. Tentar selar o portal quase o matara, mas o que fora libertado poderia matar todo mundo.

Com um suspiro profundo e um leve aceno de cabeça, Jude segurou a mão de Anton como quem dizia *conte comigo*. Anton fechou os olhos e Jude sentiu quando ele tentou reunir suas energias restantes para fortalecer sua Graça.

Ele cambaleou e abriu os olhos ao apoiar o peso em Jude.

— Ele está fugindo para as montanhas.

— Eu sei para onde estão indo — disse Hassan. — É uma caverna onde o Hierofante e suas Testemunhas me prenderam.

Jude abraçou Anton e olhou para Hector e Hassan.

— Vocês dois vão procurá-lo. Vamos esperá-los aqui.

— O quê? — perguntou Anton. — Por que não vamos junto?

— Porque você está prestes a desmaiar — respondeu Jude com calma. — Então vamos ficar aqui enquanto você recupera suas forças. Hector e o príncipe Hassan vão dar conta.

Anton não pareceu nada satisfeito, mas nem tentou se afastar de Jude.

Notou que Hector os observava.

— Fiquem em segurança — disse Jude a eles.

Hector apenas assentiu e correu atrás de Hassan, que já tinha se virado para partir.

A terra voltou a tremer e Jude se virou para proteger Anton com o próprio corpo enquanto escombros caíam por todos os lados. O tremor parou, mas Jude permaneceu onde estava. O coração de Anton batia contra o dele.

— Eu não consegui — disse Anton, com voz fraca. — Tínhamos todas as Relíquias. Eu estava lá. E agora a Era da Escuridão está chegando e...

— Não vamos permitir — disse Jude com fervor, segurando a mão de Anton. — Vamos conseguir sair daqui. Eu prometo. E, não importa o que aconteça, eu sempre vou te proteger, lembra? Aconteça o que acontecer.

Anton não disse nada, só abraçou Jude com mais força enquanto a cidade ruía ao redor deles.

56

EPHYRA

Ephyra acordou presa ao chão. Tossiu pó e levantou a cabeça, sentindo-se fraca. Escombros e pedras estavam empilhados atrás dela.

Não havia sinal de Beru, mas Ephyra não estava sozinha. Havia alguém do seu lado, com metade do corpo coberto por pedras. Virou a pessoa e viu que era Illya. Seus olhos estavam fechados e, por um momento, achou que ele estivesse morto. Mas então notou o descer e subir do peito dele.

Ela se inclinou sobre ele e tentou avaliar os ferimentos. A camisa estava rasgada e a lateral esquerda do corpo estava coberta de sangue. Ephyra levou os dedos trêmulos até as costelas de Illya.

Já tinha tocado a pele dele intimamente, mas aquelas noites pareciam ter acontecido em outra vida. Pressionou-o e se concentrou no próprio *esha*.

Ele abriu os olhos.

— O que está fazendo?

— Salvando a sua vida — respondeu Ephyra.

Ela se concentrou, mas parecia não ser capaz de fazer seu *esha* fluir para ele.

— Vamos lá — sussurrou ela, cerrando os dentes. A conexão ficava se rompendo. — *Vamos.*

Illya abriu os olhos.

— Não sou boa nisso. Não faço isso há tanto tempo... sou melhor em matar do que em curar.

Ele segurou a mão dela. Seus olhares se encontraram.

— Você não precisa ser o que dizem que é — disse Illya. — A Mão Pálida. O arauto. Você não... Você pode ser mais que isso.

— E se eu não conseguir? — perguntou ela, desesperada, a voz embargada de choro. — E se eu...

— Você é Ephyra. Você consegue.

Ela fechou os olhos e se concentrou no som da respiração de Illya e na dela, sentindo a pressão das mãos unidas. O *esha* começou a fluir, emanando das suas mãos para dentro dele. O ponto onde se tocavam ficou quente. Lágrimas escorreram dos seus olhos e Ephyra foi tomada por uma onda de alívio. Ela foi diminuindo o fluxo de *esha* antes de parar por completo. Estremeceu, sentindo-se fraca, mas os ferimentos de Illya estavam curados.

Ele se sentou e olhou para ela, surpreso.

— O que aconteceu?

— Minha irmã — falou ela, mas foi tudo que conseguiu dizer. — Preciso encontrar ela... preciso derrotar aquela coisa.

— Acho que você não é capaz.

— É a minha *irmã* — disse Ephyra. — Preciso salvar ela. Me diga o que o Hierofante está planejando.

— Não faço a menor ideia — disse Illya, para a surpresa de Ephyra. — Eu sabia que ele queria o Cálice. Só isso. O que precisamos fazer agora é fugir da cidade antes que ela seja completamente destruída.

Ouviram um barulho alto e a parte mais ao sul da cidade pareceu estar desmoronado por inteiro no chão que se partia.

Illya estava certo. Seria suicídio entrar na cidade. Mas Ephyra já correra riscos maiores por Beru todos os dias durante a maior parte de suas vidas.

Ela se virou para Illya.

— Você não precisa voltar correndo para o seu mestre agora?

Ele contraiu o maxilar.

— Ele não está muito feliz comigo.

— Ah, que pena — debochou Ephyra.

— Ele quer reinar nas Seis Cidades Proféticas, não as destruir — disse Illya. — Seja lá o que ele estava planejando, acho que você ferrou com tudo.

Tudo aquilo era sua culpa. Ela destruía tudo que tocava. O que incluía uma cidade inteira agora.

— Eu não sabia que isso ia acontecer — disse ela, e então se voltou para ele. — Por que você ficou? Por que não fugiu?

— Pelo mesmo motivo que você me curou — respondeu ele, olhando intensamente para ela. — Eu não queria te ver morrer.

Ela não sabia como interpretar aquilo, mas não conseguia mais olhar para ele. Ephyra se levantou e começou a caminhar em direção à cidade. Depois de um instante, ouviu um praguejar baixinho e o som dos passos dele atrás dela, acelerados até enfim alcançá-la.

— O que você está fazendo? — perguntou ela.

— Indo com você.

— Por quê? Você disse que só queria sair da cidade.

— Bom... Tem algumas coisas que quero resolver primeiro.

* * *

Gritos cortavam o ar à medida que Ephyra e Illya se aproximavam da cidade. Em pânico, a multidão fugia pelos portões como um fluxo de água passando por uma barragem destruída. Tinham de abrir caminho contra a correnteza de carroças e famílias gritando em desespero.

— Olhe — disse Illya.

Ephyra seguiu o olhar dele em direção aos muros da cidade e viu duas pessoas conhecidas, um agachado junto ao outro. Jude e Anton. Ephyra correu até lá, com Illya logo atrás.

— Onde ela está? — perguntou Ephyra assim que chegou.

Jude se levantou e lançou um olhar cauteloso para Illya.

— Não sabemos.

— O que vai acontecer com ela? — perguntou Ephyra, consciente do desespero na própria voz. Não queria perguntar o que realmente desejava saber: *O que foi que eu fiz com ela?*

— Quando você trouxe ela de volta, trouxe outra coisa junto — explicou Anton. — Um deus. O deus que os Profetas mataram. Ele está... habitando o corpo dela.

— Mas ela ainda está lá — disse Ephyra. — Ela falou comigo. Deve haver alguma forma...

— Não sei — disse Anton. — Mas precisamos detê-la. De qualquer jeito. Caso contrário, a cidade... o *mundo* inteiro será destruído.

Ephyra sentiu um calafrio. Ela tinha feito aquilo. *Existe algo sombrio dentro de nós.*

Beru se referira às duas, a si mesma e a Ephyra. Mas fora Ephyra que dera início a tudo aquilo. Fora Ephyra que tinha continuado insistindo e insistindo, mesmo quando Beru lhe dissera — lhe *implorara* — para parar. E, no final, não conseguira parar mesmo, nem quando achou que tivesse perdido Beru. Porque perder a irmã significava perder a fé no mundo, perder a capacidade de ver o bem nas pessoas. Nela mesma.

Mas o poder ainda estava lá, enterrado dentro dela. Sabia disso agora. Ela o vira ao curar Illya. Havia algo sombrio dentro de si, mas havia luz também.

— Tudo bem — disse ela.

Anton a encarou, surpreso.

— Estou dentro. — Ela olhou por sobre o ombro para Illya. — Ele também. O que precisa que a gente faça?

57

HASSAN

Hassan seguiu o ritmo do Paladino Hector enquanto cruzavam o desfiladeiro em direção ao esconderijo do Hierofante. Passaram pelos cidadãos aterrorizados de Behezda, que corriam pelas ruas e se escondiam em alcovas tentando se proteger dos terremotos violentos.

Hassan assistiu a tudo enquanto era inundado por um sentimento de impotência e raiva. Ele poderia dizer para aquelas pessoas saírem da cidade e procurarem um lugar seguro, mas será que ficariam mesmo em segurança? O deus não ia parar até conseguir o que queria: o Hierofante.

Chegaram à entrada da caverna, onde havia três Testemunhas de guarda.

— Espere aqui — avisou Hector e, um instante depois, ele estava diante das Testemunhas com a espada desembainhada.

Logo as três estavam caídas e mais algumas vinham na direção deles.

— Pode ir na frente — disse Hector, gesticulando em direção aos recém-chegados.

Com as Testemunhas ocupadas, Hassan se apressou pelo corredor e ficou cara a cara com o Hierofante, que estava ladeado por mais Testemunhas enquanto observava a aproximação do príncipe com olhos azuis e gelados.

— *Você* — disse Hassan com desprezo. — Você fez isso. Trouxe essa *coisa* de volta, e agora ela vai destruir esta cidade inteira enquanto você se esconde aqui.

Estava tão furioso que mal registrou o fato de que se aproximava do Hierofante. As Testemunhas à volta dele se moveram para manter Hassan afastado.

— Era isso que queria? — gritou Hassan, lutando contra eles.

Outro tremor sacudiu o chão de forma tão violenta que várias Testemunhas caíram. Hassan se afastou delas e puxou o Hierofante pela túnica.

— Era isso, não era? — insistiu com desdém. — Você queria abrir o Portão e liberar todo o poder. Para limpar o mundo dos erros que *você* cometeu. Adivinha só? O deus que você trouxe de volta quer te ver morto. E só *agora* você quer detê-lo?

O Hierofante encarou Hassan.

— Não era para o deus ter voltado.

— Ele quer *você* — rosnou Hassan. — Talvez se dermos o que ele quer, ele nos deixe em paz.

— Príncipe Hassan, não! — gritou Hector e, um momento depois, Hassan se sentiu puxado para trás, para longe do Hierofante.

Hassan se virou.

— Você acha que, só porque ele é um Profeta, deve ser protegido? *Ele* é o responsável por tudo que está acontecendo. *Ele* condenou a nós todos.

— Você realmente acha que um ser como um deus ficará satisfeito com a morte de um único homem? — perguntou o Hierofante. — Não. Ele não vai descansar até ter destruído tudo que já fizemos. Este mundo é um insulto ao deus, e ele vai apagar qualquer influência minha e dos outros Profetas.

Hassan sentiu a pele formigar. Apesar do ódio que sentia pelo Hierofante, sabia que ele estava dizendo a verdade ou, pelo menos, parecia acreditar nas próprias palavras.

— Ainda precisamos dele — disse Hector. — Ele é o único que sabe como matar o deus.

— Matar? — disse o Hierofante com zombaria. — É impossível. Da última vez que o deus foi destruído, foram necessários sete Profetas. O máximo que podemos conseguir é prendê-lo.

— Prendê-lo como? — perguntou Hector.

— Do mesmo jeito que o *esha* dele estava preso dentro do Portão Rubro — respondeu o Hierofante. — Apenas um Profeta pode fazer isso.

— Nós temos um Profeta — respondeu Hassan. — Então acho que não precisamos de você.

Mas, mesmo enquanto falava, ele soube que não era completamente verdade. Jude dissera que tentar restaurar o selo no Portão Rubro quase matara Anton. E, quando deixaram o rapaz junto aos muros da cidade, ele não parecia exatamente pronto para enfrentar um deus. O Hierofante pareceu ler a incerteza nos olhos de Hassan.

E sorriu.

— Mesmo se o seu Profeta conseguisse, a Relíquia da Visão está comigo.

Uma explosão provocou um tremor no aposento.

— Não temos tempo para isso — disse Hector. — A cidade está desmoronando enquanto discutimos. — Ele olhou para o Hierofante. — Você vem com a gente.

— Se você insiste. — O Hierofante suspirou, conseguindo soar penitente e arrogante ao mesmo tempo. — Minhas Testemunhas vão nos acompanhar.

Hassan, Hector, o Hierofante e dez Testemunhas marcharam para fora da caverna e seguiram em direção aos muros da cidade. As ruas estavam transbordando com ainda mais gente seguindo para os portões da fronteira. A multidão dificultava o avanço deles em direção ao local onde Jude e Anton esperavam.

Quando finalmente chegaram, não havia apenas os dois.

Illya Aliyev estava com eles, assim como a garota — a que ressuscitara o deus.

— Vocês o encontraram — disse Anton com olhos fixos no Hierofante.

— E trouxeram Testemunhas — disse Jude, não parecendo nada satisfeito com aquilo.

As Testemunhas olharam pra ele com igual desgosto.

— Ele está disposto a ajudar — declarou Hector. — Não está?

O olhar frio do Hierofante passou por todos.

— Eu sei como deter o deus. Temos que prendê-lo. Mas precisamos de um lugar para isso.

— Eu conheço um lugar — disse Illya. — Um túmulo fora da cidade.

— Isso vai levar o deus para longe de Behezda — disse Jude em tom de aprovação. — Mas como nós o atraímos para lá?

— Eu sei como — disse Hassan, olhando para o Hierofante. — Nós o usamos como isca.

Hassan não conseguiu esconder a satisfação ao ver a expressão de desprazer no rosto do Hierofante.

— Está bem — concordou o homem com voz irritada. — Mas vocês todos vão ter que me proteger. E vou precisar das Relíquias de todas elas, para selar o lugar e manter o deus sob controle.

Jude assentiu.

— Quando chegarmos ao túmulo, você terá as Relíquias.

— Correntes de Fogo Divino conseguem detê-lo por um tempo — continuou o Hierofante. — Podemos usá-las para controlá-lo temporariamente.

Mais uma vez, Jude assentiu.

— Tudo bem. Então vamos todos para o túmulo. Pallas vai atrair o deus até lá. Vamos usar as correntes de Fogo Divino para desarmá-lo e depois o prendemos no túmulo e o selamos lá.

— E Beru? — perguntou a garota ao lado de Illya. — Não podemos simplesmente trancar ela lá.

— Por ora, é o que temos que fazer — disse Anton. — Assim que o deus for contido, encontraremos uma forma de tirá-lo de dentro dela.

O olhar da menina se tornou duro.

— Vamos encontrar uma maneira — disse Hector. — Vamos arrumar um *jeito*.

— Está bem — disse Jude. — Todo mundo sabe o plano. Todo mundo sabe o que vai acontecer se fracassarmos. — Ele olhou para cada um dos outros. — Vamos logo capturar esse deus.

58

BERU

A fúria do ser só crescia, e Beru se sentia cada vez mais acorrentada dentro de si. Conseguira resistir por poucos e preciosos minutos no Portão Rubro, quando o ser ainda estava confuso. Mas agora ele estava poderoso demais. Era como se estivesse presa e imóvel dentro de uma jaula e tudo que conseguia era observar o que ele fazia.

Você é Beru de Medea, disse para si mesma. *Você é irmã da Ephyra.*

A fúria do ser a atingiu.

Ela pensou no oásis. Voltou até lá em pensamento, até a gruta que Hector lhe mostrara na noite antes de tudo aquilo começar. Aquela foi a última vez que sentira paz. *Aquela garota*, disse para si mesma enquanto o mundo sacudia e ruía à sua volta, *aquela garota é quem você é*. Ela não era aquela criatura. Não era aquela fúria.

Algo tremulou nos confins de sua consciência. Algo que a chamava — não, que chamava por ele, o ser dentro dela.

Estou aqui, parecia dizer. *Venha me pegar.*

O Hierofante, percebeu Beru na hora. O ser, de repente, parou com a destruição e os tremores da cidade cessaram. O Hierofante chamava de algum lugar fora de Behezda.

Em uma explosão de luz, o ser os transportou para lá.

O Hierofante estava diante deles, na entrada do que parecia ser um túmulo. Um longo pátio ladeado por árvores mortas levava aos degraus de pedra de um mausoléu. O Hierofante não estava sozinho. Todo mundo que marcara presença no Portão Rubro estava ali — todo mundo, exceto os poucos que deviam ter escapado ou morrido quando o Portão ruiu. Hector e Ephyra estavam presentes, assim como Anton e o garoto de olhos dourados.

Não os machuque, implorou Beru. Não esperava que o ser lhe desse atenção, nem sabia se ele a ouvia.

O ser soltou um grito de arrebentar os tímpanos e se atirou contra o Hierofante. O garoto de olhos dourados e um rapaz que Beru reconheceu, mas não sabia quem era, mergulharam na frente dele, segurando correntes de Fogo Divino.

O ser gritou e abriu as mãos de Beru em direção a eles, lançando uma explosão de luz branca que os derrubou. Os dois espadachins — Hector e outro Paladino — se aproximaram do Hierofante, se colocando entre ele e Beru.

— POR QUE PROTEGEM PALLAS? — Era a boca de Beru que falava, mas não era a sua voz. Havia um eco da sua voz ali, mas soava antiga e terrível.

— Se nós o entregarmos, você vai deixar esta cidade em paz? — perguntou Anton.

Os olhos do ser o localizaram ao lado do Paladino.

— NÃO SE NEGOCIA COM UM DEUS, PROFETINHA.

O deus deu um passo em direção a Anton. O outro Paladino avançou para protegê-lo. O deus inclinou a cabeça de Beru. Uma espécie de reconhecimento brilhou na mente de Beru.

— VOCÊ — disse o deus. — VOCÊ DEVERIA SER MEU.

O Paladino pareceu se preparar enquanto ela se aproximava. Ele ficou imóvel quando ela segurou seu queixo e titubeou quando Beru o levantou com delicadeza.

— VOCÊ *VAI* SER MEU.

— Você não vai ficar com ele — gritou Anton, atrás do Paladino.

O deus fez um aceno com a mão e Anton voou pelos ares e caiu no chão. O Paladino tentou se virar em direção ao Profeta, mas o deus o segurou.

— Jude! — gritou Hector, saltando em direção a eles.

O deus fez outro gesto com a mão de Beru e Hector também caiu. Uma onda de dor atravessou Beru. O deus cambaleou para trás e congelou, surpreso e irado. Aproveitando a distração, o outro Paladino correu em direção a Anton.

Os olhos do deus se fixaram em Hector. Beru observou a expressão de compreensão no rosto de Hector. A conexão entre o *esha* deles ainda existia e afetava o deus também.

Alguém a atacou por trás. Sem se virar, o deus atirou o atacante ao chão, como se fosse uma mosquinha.

— Beru — gritou Ephyra, tremendo. — Beru, você tem que lutar. Tem que lutar contra ele.

O deus se virou em direção à voz.

Não, pensou Beru com desespero. *Não toque nela. Não a machuque.*

O deus se aproximou de Ephyra com passos lentos e calculados. Ephyra não se acovardou.

— Sou eu — disse com suavidade. — Beru, sou eu.

O deus levantou uma das mãos e Ephyra subiu a alguns centímetros do chão.

— SUA IRMÃ NÃO ESTÁ MAIS AQUI — declarou o deus.

Não é verdade, pensou Beru. *Estou bem aqui, Ephyra.*

— FOI VOCÊ QUEM ME TROUXE DE VOLTA — continuou o deus. — QUE ME DEU ESTA NOVA FORMA. TALVEZ, COMO AGRADECIMENTO, EU NÃO A EXPULSE DESTE MUNDO.

Ephyra estremeceu, suspensa no ar.

— MAS, PENSANDO BEM, DEI FORMA AOS SERES NESTE MUNDO E ISSO NÃO OS IMPEDIU DE ME MATAREM.

O deus cerrou as mãos de Beru em um punho. Ephyra arfou e Beru percebeu o que estava acontecendo. O deus estava sufocando sua irmã, cortando todo o fluxo de ar.

Beru se sentia batendo em uma porta de metal, socando as paredes da sua mente, tentando fazê-lo parar. Mas o ser era muito mais velho e mais poderoso que ela.

Pôde apenas observar, desesperada, enquanto Ephyra fechava os olhos.

— Príncipe Hassan, agora — gritou a voz de Hector.

Uma dor lancinante atravessou o seu corpo e Beru — o deus — cambaleou. Ephyra caiu no chão.

A dor foi piorando, berrando dentro dela até que Beru desabou. Ao erguer o olhar, viu Hector de joelhos com sangue escorrendo de um ferimento na lateral do seu corpo e seu rosto contorcido de dor. Na outra mão ele segurava o cabo de uma adaga, e Beru levou um momento para entender que ele não estava tentando arrancar a lâmina — estava girando para penetrar mais fundo. Usando a conexão deles para ferir o deus.

O deus gritou em agonia e Beru sentiu a própria consciência começar a esvanecer. Quando o mundo voltou ao foco, ela sentiu seu corpo se debater, como se estivesse lutando contra alguém enquanto suas mãos eram acorrentadas atrás do corpo.

Quando ergueu o olhar, viu o rosto do príncipe Hassan, o de Jude e o do Hierofante sobre ela.

— SUAS CRIATURAS VIS — gritou o deus. — SEUS *INSETOS* INSIGNIFICANTES!

Hassan e Jude a levantaram com facilidade, puxando-a em direção ao túmulo, enquanto o deus continuava a praguejar. Eles a colocaram na entrada do mausoléu e passaram as correntes em volta de um dos pilares lá de dentro.

O Hierofante ficou parado na porta; sua sombra escura bloqueava a luz. Então ele olhou para Hassan e estendeu a mão.

O príncipe hesitou antes de finalmente entregar a Coroa. Jude soltou a Espada do Pináculo e também a entregou para o Hierofante.

O Hierofante colocou os dois itens no chão, junto com o Cálice.

O deus o observou com uma fúria incontrolável. A Espada, o Cálice, a Coroa — eram todos parte do deus, partes roubadas dele. Ver aqueles objetos nas mãos do Hierofante o enfurecia.

— Você está preso agora — disse o Hierofante, não em tom de provocação, mas como uma simples declaração.

— Espere! — suplicou Ephyra, surgindo na entrada. Beru foi tomada por uma onda de alívio. O deus não a tinha matado. — Espere, só deixe eu me despedir dela, me deixe dizer que vou encontrar uma maneira de resolver isso. Me deixe ao menos...

Jude deu um passo em direção a Ephyra e bloqueou seu caminho. Beru ainda conseguia ouvir os apelos da irmã enquanto o Hierofante se aproximava, segurando a última Relíquia — a Pedra.

As outras Relíquias começaram a emitir um brilho fraco na escuridão do túmulo. Beru sentiu a Relíquia agarrar o *esha* do deus.

O Hierofante deu alguns passos adiante, ladeado por quatro Testemunhas, e se aproximou até estar bem próximo do deus. Ele estendeu a mão e a pressionou contra a testa de Beru. Aquele toque queimou sua pele, e ela sentiu o *esha* do deus pulsar como uma onda de choque. Devido ao poder, o túmulo começou a tremer tanto que o lugar parecia prestes a desmoronar. O deus poderia derrubar todo o túmulo antes de ceder o controle. Ele destruiria a cidade inteira. O mundo inteiro.

Ela sentiu o poder crescer e crescer e, então, como o ar sendo sugado dos pulmões, sentiu o *esha* do deus se contrair. Beru suspirou e a força do ser de repente abriu caminho para a dela. Ela foi liberta da jaula e o deus ficou preso lá dentro. A marca na sua testa queimava enquanto o deus se debatia dentro dela, mas a marca o segurou. A força do deus estava confinada dentro de Beru.

Ela olhou incrédula para o Hierofante. O que ele tinha feito?

— Beru! — exclamou Ephyra, passando correndo por Jude e pelo príncipe e se atirando de joelhos ao lado dela. — É você.

— Sou eu — confirmou Beru e Ephyra a abraçou.

Beru fechou os olhos, deixando-se ser abraçada por um momento, sentindo-se segura. O deus ainda estava ali dentro, ela conseguia sentir, até mesmo agora, socando sua jaula, mas ela estava no controle. Ephyra mexeu nas correntes de Fogo Divino e arfou quando o metal tocou sua pele.

— Pare — murmurou Beru. — Ephyra, não faça isso.

Ephyra se afastou e Beru se soltou sozinha das correntes.

— Espere — disse Jude, olhando para elas com cautela. Ele encarou o Hierofante. — Achei que você ia trancar ela no túmulo.

— Olhe para ela — disse Ephyra, virando-se para encará-lo. — Ela está no controle. O deus foi subjugado.

Beru se levantou, apoiando-se no pilar para se equilibrar. Ephyra estendeu a mão para ela.

O Hierofante se moveu, foi para trás de Ephyra e agarrou o braço dela com uma das mãos. Antes que Beru conseguisse compreender o que estava acontecendo, ele prendeu os pulsos de sua irmã com correntes de Fogo Divino.

— Você não quer que sua irmã se machuque — disse ele para Beru.

O espadachim e o príncipe correram em direção a eles, mas Beru, temendo o que o Hierofante faria com Ephyra, ergueu a mão por instinto. Eles foram lançados para trás. As Testemunhas, que até então estavam paradas, logo se aproximaram para prendê-los.

Beru olhou para a própria mão, sem acreditar.

— O poder do deus ainda flui em você — explicou o Hierofante. — Embora você agora esteja no controle. E, se quiser manter sua irmã em segurança, vai fazer o que eu mandar.

Beru olhou para ele, sentindo a raiva crescer no peito. Aquela raiva era dela — mas sentia a do deus também.

— Beru — disse Ephyra com voz firme. — Você não precisa fazer isso. *Não* faça isso.

Beru olhou para a irmã. Sabia exatamente o que Ephyra faria se estivesse no seu lugar. O que quase tinha feito.

Ela olhou novamente para o Hierofante.

— O que você quer?

O Hierofante sorriu.

— Que siga as minhas ordens. Que use o poder do deus para servir a mim.

Beru sentiu a raiva do deus queimar ainda mais. Parecia que ia sufocá-la. Independentemente do que o Hierofante tivesse feito, ele devolvera o controle de Beru ao próprio corpo —, mas, naquele momento, ela decidiu permitir que o deus usasse sua voz.

— PALLAS, O FIEL — disse ele. — VOCÊ ERA O MEU SERVO MAIS LEAL.

— E agora você é o meu — respondeu Pallas.

59

ANTON

O mundo ainda tremia quando Beru saiu do túmulo, seguida pelo Hierofante e por Ephyra, que estava acorrentada na frente dele. Anton sentiu um aperto no peito. Jude ainda estava lá dentro.

Ele se levantou, com o coração disparado e a cabeça girando. Mal conseguia se aguentar de pé, ainda estava fraco demais para fazer qualquer coisa além de observar Beru e o Hierofante. E aquela *era* Beru novamente, não a antiga deidade que habitava seu corpo. Conseguia ver isso pelo modo como seus olhos buscavam os de Ephyra com medo evidente.

Não tinha como saber o que acontecera dentro do túmulo, mas podia imaginar. E parecia que Illya imaginara o mesmo, porque no instante seguinte estava correndo em direção ao Hierofante e ajoelhando-se aos seus pés.

— Imaculado — sussurrou ele.

O Hierofante parou e olhou para Illya como se ele fosse um inseto.

— Você fracassou comigo — declarou o Hierofante. — Me desobedeceu. Por que eu não deveria te matar agora mesmo?

Illya olhou para Ephyra e depois para o Hierofante.

— Porque posso vir a ser útil. Já fui antes.

— Quando era leal à nossa causa.

— E ainda sou — insistiu Illya.

O Hierofante deu uma risada, grave e retumbante como um trovão.

— Não ache que sou idiota, Illya Aliyev. Eu sei o que você é. Você diz que quer poder, mas nem sabe como obtê-lo. Então busca aqueles de nós que *têm* poder e lambe suas botas até que joguem um osso para você roer.

Illya pareceu ter levado um soco. Anton sentiu um tipo sombrio de satisfação.

O Hierofante fez um gesto para Beru. Ela se aproximou de Illya e ele se encolheu.

— Entretanto — disse o Hierofante —, esse seu jeito egoísta é previsível. E acho que talvez eu possa encontrar alguma serventia para você.

Illya olhou para ele e se levantou diante do comando mudo do Hierofante. O Hierofante olhou para Beru.

— Leve-nos para Pallas Athos.

O ar em volta deles estremeceu com uma luz forte e então Beru, o Hierofante, Ephyra e Illya desapareceram.

O mausoléu ainda tremia. Jude e o príncipe Hassan saíram lá de dentro e desceram a escada antes que o túmulo ruísse.

— Anton! — exclamou Jude, correndo para ele.

— Onde está o Hierofante? — perguntou o príncipe Hassan.

Anton meneou a cabeça.

— Eles se foram.

Jude estendeu o braço e o apoiou enquanto seguiam até Hector, caído e ainda sangrando.

— Precisamos sair daqui — disse Hector com uma voz séria.

Jude o ajudou a se levantar enquanto o chão tremia embaixo deles.

— Vamos!

Os quatro saíram correndo pelo chão que se ondulava sob seus pés. Pedras caíam no caminho, como se as entranhas da terra estivessem se desfazendo. Uma muralha de água vermelha como sangue se ergueu do lago além do túmulo e começou a fluir na direção deles.

Jude puxou Anton bruscamente para a esquerda, mudando o percurso. Anton tropeçou e gritou ao cair no chão. A mão de Jude escorregou e ele derrapou até parar.

Foi quando o chão começou a se abrir e uma fenda profunda se formou sob seus pés. Anton ficou de um lado e Jude, de outro.

— Anton! — gritou ele, enquanto o chão se mexia e o abismo entre os dois crescia ainda mais.

Anton viu quando Hector saltou para puxar Jude para trás, antes que o abismo os engolisse. Ouviu um som alto quando uma das grandes pilastras de pedra começou a ruir e a tombar.

Anton se colocou de pé e fugiu da chuva de destroços, se afastando ainda mais de Jude. A pilastra se espatifou no chão e levantou uma nuvem de poeira e pedras.

Um pedaço de rocha acertou Anton nas costas e o derrubou no chão. Ele fechou os olhos e se arrastou.

Aquela era a primeira vez que ficava sozinho desde o fatídico dia em que encontrara Jude em um santuário destruído em Pallas Athos. Levantou-se com dificuldade. Tinha que continuar. Se não por si mesmo, por Jude, que nunca se perdoaria caso morresse.

Subiu pelos escombros com os pulmões queimando pelo esforço e as pernas doendo. E então, através da poeira, viu alguém diante dele.

— Anton.

Era impossível. A Mulher Sem Nome.

— O que está fazendo aqui? — perguntou ele. — *Como* você está aqui?

— Vim por você — disse ela. Mesmo no meio de toda aquela destruição, ela ainda parecia serena como sempre. Uma calmaria em meio à tempestade.

— Como assim veio por mim? — questionou Anton, sentindo a garganta queimar de raiva. — Você nos deixou em Endarrion!

— Eu tive que deixar.

— Bom, nós fracassamos — disse Anton. — *Eu* fracassei. Não consegui selar o Portão e agora o deus...

— Eu sei — disse ela, sem rodeios.

Anton queria gritar com ela, xingar, porque de alguma forma aquilo tudo era culpa dela. Afinal, fora a mulher que contara para ele sobre as Relíquias, sobre o deus, sobre o Portão. Tudo apontava para ela.

— Você podia ter nos *ajudado* — continuou Anton. — Podia ter me ajudado.

Ela meneou a cabeça.

— Eu não podia entrar na cidade Behezda. Não enquanto Pallas, o Fiel, estivesse aqui.

— Por quê? — perguntou Anton.

— Porque eu não podia deixar Pallas me capturar. Se ele me matasse, então tudo estaria acabado. O selo teria sido aberto.

— E por que matar você abriria o selo? — perguntou ele. — Quem é você? De verdade. — Ele se fizera essa pergunta todos os dias desde que ela aparecera na casa de apostas em Valletta. — Você não é só uma caçadora de recompensas. Nem uma colecionadora. Nem a protetora das Relíquias. Fale a verdade.

— Achei que você já teria descoberto a essa altura — disse ela. — Pallas, o Fiel, ainda está vivo. Mas ele não é o único.

O mundo, desmoronando à volta deles, de repente fez sentido.

A Mulher Sem Nome. O Profeta sem nome. O Viajante.

— Anton — disse ela. — Acho que chegou a hora de você descobrir a verdade sobre a origem dos Profetas e sobre como matamos o deus que nos governava.

60

BERU

Pallas Athos era exatamente como Beru se lembrava. Colunas de mármore branco e ruas austeras que brilhavam ao luar. Era uma noite luminosa, do ponto em que estavam na ágora com vista para a cidade.

— Esta cidade já foi minha — declarou Pallas. — E será minha novamente. Assim como o resto das cidades proféticas.

Beru virou a cabeça para olhá-lo. O rosto era pálido com traços marcantes e olhos muito mais azuis do que o Mar de Pélagos.

O deus estava inquieto dentro dela. Estava faminto. E cheio de *ódio*. Ele odiava Pallas. Odiava estar preso. E parecia odiar Beru também, e seu corpo frágil e mortal.

Pallas se virou para o templo que se elevava no alto da colina na ágora. O pórtico e as colunas frontais estavam escurecidos pelo fogo. Pallas não precisou mandar que Beru o seguisse quando caminhou para lá. Tinham deixado Ephyra presa pelas correntes do Fogo Divino em um dos muitos esconderijos das Testemunhas na cidade. Mas ela estava segura — desde que Beru não esquecesse a quem servia. Eles subiram a escada de mármore e, com um movimento da mão, Beru abriu as portas.

Vários acólitos olharam para eles.

— Vocês não podem entrar aqui.

Pallas adentrou o santuário.

— Acho que vão perceber que eu posso, sim.

Beru observou o instante em que os acólitos reconheceram as feições do Profeta a quem dedicavam suas vidas.

O primeiro caiu de joelhos.

— O Profeta de Pallas voltou — declarou ele, ofegante.

Os outros seguiram o exemplo, até Pallas estar cercado por súditos.

— Vão — disse Pallas, fazendo um gesto para se levantarem. — Vão e espalhem a minha mensagem. Pallas voltou à Cidade da Fé. O povo de Pallas Athos irá se curvar diante de mim novamente. Assim como o resto do mundo.

Os acólitos se levantaram e saíram pela noite.

E então ficaram apenas Pallas e Beru. E o deus preso dentro dela.

— Venha — chamou Pallas, fazendo um gesto em direção ao altar. — Temos muito trabalho pela frente.

AGRADECIMENTOS

Costumam dizer que o segundo livro é o mais difícil de escrever. Mas, para mim, foi uma grande alegria escrevê-lo, graças, em grande parte, ao meu incrível editor, Brian Geffen, que me guiou com segurança pelas angústias do segundo livro, sempre com muita calma, entusiasmo infinito e uso constante de emojis. Um muito obrigada às mulheres incríveis que formam a equipe de marketing e publicidade da MCPG: Brittany Pearlman, Molly Ellis, Morgan Rath, Allison Verost, Johanna Allen, Allegra Green, Julia Gardiner, Gaby Salpeter, Cynthia Lliguichuzhca, Melissa Croce, Ashley Woodfolk, Mariel Dawson e muitas outras — esta série e a minha carreira devem muito à criatividade e ao trabalho duro de vocês. Mallory Grigg, Rich Deas e Jim Tierney, agradeço por fazerem este livro ficar tão incrível por fora quanto eu espero que esteja por dentro. Meus agradecimentos a Starr Baer, Erica Ferguson e Ronnie Ambrose pelos olhos de águia e pela paciência infinita com a minha abordagem *laissez-faire* no uso de maiúsculas. Agradeço também a Jean Feiwel, Christian Trimmer e a toda a equipe da Holt and Mcmillan Children's: sinto-me privilegiada todos os dias por ser uma das suas autoras.

Meu muito obrigada a minhas agentes, Hillary Jacobson e Alexandra Machinist, por acreditarem nesta série desde o início, e um agradecimento especial a Ruth Landry, Lindsey Sanderson e ICM. Agradeço também a Roxane Edouard, Savannah Wicks e Curtis Brown e a toda a equipe por terem levado meu livro para o mundo. Obrigada também a Emily Byron, James Long e toda a equipe da Little Brown/ Orbit UK.

Para o culto: Meg RK, Amanda Foody, Janella Angeles, Kat Cho, Amanda Haas, Mara Fitzgerald, Ashley Burdin, Erin Bay, Christine Lynn Herman, Axie Oh, Ella Dyson, Melody Simpson, Madeline Colis e Akshaya Raman — foi um presente ver vocês florescerem e crescer ao lado de vocês (Sacaram? Crescer? Como as árvores???). Um agradecimento especial a Tara Sim, por me dar o perfeito retiro emergencial de escrita, e a Alexis Castellanos e Claribel Ortega, não só por serem amigos incríveis, mas também por emprestarem seu talento como designers, desenvolvedores de gif e criadores do trailer. Vocês são gênios da criatividade. Traci Chee, Swati Teerdhala, Patrice Cauldwell, Scott Hovdey, Chelsea Beam e Laura Sebastian, sou tão grata pela amizade, pelos conselhos, pelas caronas para o aeroporto, pelos quitutes, pelas chamadas por Skype e muito mais. Um agradecimento especial a Sara Faring por me deixar testar os títulos com vocês!

Este livro não estaria aqui se não fosse pela minha família. Pai e mãe, obrigada por sempre me encorajarem e terem me dado espaço pra eu ser quem quisesse ser. Sean e Julia, obrigada pelo apoio incondicional e por serem meu pouso em Nova York. Obrigada a Kristin, pela poesia e pelas sequoias. David, estou com saudades e gostaria que você tivesse lido este livro. Obrigada a você, Riley, porque o que é um livro sem um coquetel exclusivo (ou cinco)? Obrigada a Erica por basicamente tudo, mas especialmente pelos passeios ao pôr do sol, as freiras do deserto e o cenário médico. (Você estava certa, é claro, e nunca mais vou duvidar de você.)

E o maior agradecimento de todos vai para os leitores que tornam tudo isso possível. Obrigada por partirem nessa aventura junto comigo.

ESTA OBRA FOI COMPOSTA PELA ABREU'S SYSTEM EM CAPITOLINA REGULAR
E IMPRESSA EM OFSETE PELA LIS GRÁFICA SOBRE PAPEL PÓLEN SOFT DA SUZANO S.A.
PARA A EDITORA SCHWARCZ EM AGOSTO DE 2021

A marca FSC® é a garantia de que a madeira utilizada na fabricação do papel deste livro provém de florestas que foram gerenciadas de maneira ambientalmente correta, socialmente justa e economicamente viável, além de outras fontes de origem controlada.